DES POIGNARDS DANS LES SOURIRES

CÉCILE CABANAC

DES POIGNARDS DANS LES SOURIRES

fleuvenoir

MIXTE
Papier issu de sources responsables
FSC™ C003309
FSC
www.fsc.org

Fleuve Éditions, une marque d'Univers Poche,
est un éditeur qui s'engage pour
la préservation de l'environnement
et qui utilise du papier fabriqué à partir
de bois provenant de forêts gérées
de manière responsable.

ISBN : 978-2-265-11849-2

Dépôt légal : février 2019

À Joseph, mon trésor

« Ce n'est pas la mort que je crains, c'est de mourir. »

Michel de Montaigne

25 novembre 2000, 16 heures, Ceyrat

Il est allongé sur son lit. Il retient un instant son souffle. Pas un bruit. Sa femme et ses enfants ne sont pas là. D'ordinaire, il ne remarque pas leur absence.

La chambre est plongée dans la pénombre, quelques poussières en suspension dansent dans une fine raie lumineuse qui s'échappe entre les rideaux. Bien que François se rappelle s'être réveillé ici des milliers de fois, quelque chose a changé. Ses vêtements sont éparpillés au sol. À sa droite, sur la table de chevet, une bouteille de whisky est entamée. La porte qui lui fait face est fermée. L'air est lourd. Son alliance comprime son doigt, la fine chaîne autour de son cou semble avoir raccourci dans la nuit, les draps collent à sa peau en sueur. Il palpe ses yeux gonflés. Leurs orbites sont douloureuses comme si des grains de sable se baladaient sous ses paupières. Sa main calleuse frotte son visage anesthésié.

Il finit par se redresser et s'assoit sur le lit. Un étourdissement le surprend. Dans ses tempes, le sang exerce une pression désagréable. Sa respiration est courte, saccadée. Le froid le fait grelotter. Il se penche pour atteindre son caleçon qui traîne au sol et s'agrippe à la table de chevet chancelante.

Ses pieds se posent sur la moquette bleue un peu fanée. Un spasme, une nausée.

Le rayon de lumière qui traverse la chambre et le lit forme une coupe nette. Un trait parfait illuminant les veines bleues de sa main. Dans sa paume, une douce chaleur se diffuse.

La salive inonde sa bouche. À tâtons, il atteint la salle d'eau et se laisse tomber près du bidet. Vomit. L'odeur d'alcool le dégoûte. Il se demande si le whisky a remplacé le sang dans ses veines. Son estomac se contracte à nouveau. Son corps expulse tout ce qu'il peut. Puis son œsophage se relâche enfin, provoquant des râles sonores. Un court répit. Toute son attention se concentre sur une patère en bois foncé clouée sur le mur derrière la porte. Les violents bouleversements de son corps n'ont semble-t-il pas d'effet sur les choses qui l'entourent. Il s'en étonnerait presque.

La nuit passée remonte à la surface. Les lumières qui défilent à travers les gouttes de pluie sur la vitre arrière. Le corps nu d'une fille sur la banquette. Le sol gelé. La solitude, immense.

François reste accroupi, accroché au bidet mauve. Minable. De petits tremblements le parcourent. Il n'ose pas bouger de peur que les contractions de son estomac reprennent. Il jure de ne plus boire autant. De la main droite, il ramène à lui le tapis de bain bouclé. Ce simple mouvement du bras l'étourdit de nouveau. Il va devoir rester là le temps de laisser passer la nausée.

Dans le lointain, le grésillement d'une radio brise le silence.

« Elle avait de l'amour / Pauvre Mélody Nelson / Ouais, elle en avait des tonnes / Mais ses jours étaient comptés… »

Son cerveau dilaté pousse contre les parois de son crâne. La pression dans sa tête est intense, mais il tend l'oreille. Il reconnaît cette musique. Les genoux repliés contre son torse, le dos appuyé au carrelage glacé, François sent une émotion pointer au fond de ses entrailles, indéfinissable d'abord. Cette chanson réveille une forme de nostalgie. Des années plus tôt, la vie avait un autre goût.

J'ai 47 ans... Je suis foutu...

Il fait toujours aussi froid dans la chambre. François se tient courbé en angle droit pour atténuer sa douleur au ventre qui l'aspire avec voracité.

Sur le plateau en marbre blanc de la commode trônent les photos de famille. Catherine, toujours le sourire aux lèvres. Les enfants, Maxime, Clémence et le dernier, Eliott, avec cet air absent qui le caractérise. Il ne les regarde pas. Dans le tiroir, sa femme a pris soin de plier ses T-shirts et de les ranger par couleurs. Les plus sombres au fond, les plus clairs devant. Le coton blanc qui enveloppe sa peau lui procure enfin une sensation agréable.

Quand il ouvre la porte de la chambre, le silence inonde de nouveau la maison. Le pas mal assuré, il descend l'escalier moquetté de fleurs. Dans le salon chargé de boiseries rustiques, il n'y a personne. Flotte dans l'air une odeur de plat cuisiné et de cigarette froide. François se dirige vers la cafetière, avale le jus amer et glacé sans plaisir. L'évier regorge de tasses et de bols en équilibre instable attendant d'être nettoyés. Ce tas sale le dégoûte. Il a envie d'un verre. Un seul. Une fois dans le salon, il s'affale sur le canapé en cuir vert. Machinalement, sa main tremblante atteint les alcools rangés sous la table basse. Il en sort une bouteille de gin vide. Ses yeux tristes observent l'écusson de la marque : un sanglier rouge tous crocs dehors. Le pas plombé, il traverse les pièces sans les voir et se dirige vers le garage. À côté des paquets de riz et de pâtes l'attend une bouteille de whisky qu'il entame d'une rasade, directement au goulot. Il se rappelle sa promesse de tout à l'heure, mais l'envie le tyrannise. Sa main droite s'accroche à l'étagère métallique du garage qui se met à remuer. Encore une gorgée. L'alcool l'écorche et le brûle. L'odeur d'essence réveille la nausée. Il retourne à pas comptés jusqu'au canapé et s'effondre en tenant fermement la bouteille. Il est allongé là, la bouche ouverte comme un soldat blessé sur le champ de bataille. À la commissure de ses lèvres, un filet de salive s'épaissit au rythme régulier de ses respirations. Il dort maintenant d'un sommeil profond. Ses traits chiffonnés sont marqués par les excès qui l'ont abîmé.

Des minutes, peut-être des heures se sont écoulées, lorsque l'ourlet rougi de ses yeux se fend avec difficulté. La nuit s'est installée dehors. Toujours personne dans la maison.

Une profonde angoisse l'étreint. Il ne veut pas être seul. Il a besoin de la chaleur de ses enfants auprès de lui. Il fait si froid. Son estomac le brûle avec une intensité douloureuse. L'alcool ocre teinte un fond de bouteille sur la table basse. Il l'avale brutalement dans un râle. Puis, le corps arqué, il rejoint la cuisine. Un plat de pâtes calmera peut-être les élancements.

Dans le reflet de la fenêtre juste au-dessus de l'évier, son visage apparaît. Son image dévastée le fait sursauter de peur. Ses traits lourds sont devenus grossiers, ses yeux gonflés, ses cernes profonds, son cou empâté… Il ne se reconnaît pas. Ses cheveux gras ne forment plus que de fines mèches collées à son front immense. Il baisse les yeux et se met à fixer la casserole qu'il remplit d'eau. Le jet du robinet fait un bruit assourdissant. D'un coup de main brusque, il l'arrête. Les vaisseaux sanguins se tendent de nouveau dans son cerveau. Une peine immense s'empare de lui. Il se sent si seul. Le poignet de sa main gauche vient palper son front brûlant. Il pense appeler sa femme pour lui demander de rentrer avec les enfants.

Quelqu'un l'observe. Une présence. Il est aussitôt saisi d'une peur brusque. Ça ne peut pas être Catherine, encore moins l'un des enfants. Il voudrait se retourner pour voir. Il voudrait parler. Mais il reste interdit devant l'évier. La présence s'est rapprochée. Son pouls s'est accéléré. La casserole pleine d'eau pèse lourd dans sa main droite, mais il n'ose pas la poser. Il entend le frottement du tissu de l'intrus qui a encore avancé d'un pas. Une suée brutale inonde son front et son cou. En relevant les yeux, dans le reflet de la fenêtre, il pourrait apercevoir son visage. D'infimes quantités d'air pénètrent dans ses narines par à-coups. De façon presque imperceptible, il a redressé son menton comme un nageur qui tente d'éviter la noyade.

C'est sans doute un cambrioleur qui croyait la maison vide. Tant qu'il reste calme, il n'y a aucune raison pour que les choses dégénèrent. Il se réveillera bientôt avec une blessure à la tête. Pendant qu'il sera assommé au sol, le type pourra se servir, puis il partira. Il a le souffle coupé. Ses pieds sont nus sur le carrelage glacial. La casserole qu'il agrippe a réveillé une douleur dans son bras. Son poignet droit est pris de fourmillements. Avec précaution, il essaie de poser le récipient qui reste en équilibre précaire. Il peut attendre comme ça, en silence. Un souffle chaud effleure son cou, puis résonnent les battements d'un cœur qui n'est pas le sien. Il ferme les yeux.

Une douleur vive. Piquante. Paralysante. Dans son dos. Submergeante. Sa tête bascule en arrière. Sa bouche s'ouvre, immense, prête à faire jaillir un cri stérile. Une déferlante brutale retourne son corps tout entier qui se jette en avant. Ses bras s'accrochent à l'évier avec une force désespérée. Sa tension chute brutalement. Il est étourdi. La douleur n'est pas soutenable. Aussitôt, de grosses larmes se mettent à couler sur ses joues, une nouvelle suée plus forte inonde les pores de sa peau, ses cheveux. À nouveau, dans son dos, il sent une lame qui s'enfonce, traverse la chair, les muscles, déchire les nerfs, bute sur les os, dévie de sa route, pénètre plus loin encore. Ses yeux sont révulsés, ses veines prêtes à éclater. Il sent ses poumons se resserrer, tous ses muscles se raidir. Son corps est maintenant tendu comme un arc. De violents tremblements le secouent.

Il doit se défendre, mais il n'en est pas capable. Sa bouche se refuse à laisser échapper le moindre son. Personne ne peut le sauver. Ses bras s'accrochent à l'évier comme à une bouée. Juste au-dessus, dans le reflet de la fenêtre, ses yeux ont distingué une masse sombre. Il respire de plus en plus difficilement. C'est peut-être la fin.

De nouveau la sensation de brûlure intolérable sur le flanc droit. Ses jambes le lâchent, il s'écrase au sol. Sa tête tombe violemment sur le carrelage. Il perd conscience quelques secondes.

Lorsqu'il revient à lui, il tente de se tourner sur le côté. Il ne veut pas rester sur le ventre. Ce léger basculement est un supplice. Son sang. Partout. Sur le sol, les placards, les murs. Sa conscience lui échappe. Les images deviennent floues, les sons s'étouffent. Il tente de ramper. Au loin, la musique a repris.

« Tu étais la condition / Sine qua non / De ma raison… »

Le souvenir de cette chanson produit des images dans son esprit de plus en plus confus.

Paris…

Un restaurant du 5e arrondissement…

Une nuit…

Un dîner en tête à tête avec Catherine…

La masse sombre dans le reflet de la fenêtre…

La fille qu'il a baisée dans la voiture…

Catherine…
Trop intelligente pour lui…
Son sang… tout ce sang partout…
Catherine a toujours mené la barque…

Un voile opaque brouille sa vue. La silhouette aux contours flous s'agite, s'acharne sur lui avec férocité. Il ne comprend pas. Il ne cherche pourtant pas à se défendre. Il en est incapable. Il voudrait la supplier d'arrêter. La main puissante l'attrape par les cheveux et, dans un mouvement brutal, vient taper son crâne contre le placard.

Maintenant, il ne perçoit plus la souffrance. L'oxygène lui manque. Lentement, la vie l'abandonne. Ses yeux tentent une dernière fois de voir.

Un ultime chaos, puis le néant.

Le corps sans vie de François Renon gît au milieu de ce qui fut sa cuisine. Tout est calme désormais. Dans le reflet de la fenêtre, la silhouette sombre reprend son souffle.

28 novembre 2000, 16 heures, A71

La neige a commencé à tomber. Sur le pare-brise, les flocons s'écrasent mollement. Derrière la vitre, l'air sombre de Catherine tranche avec son allure juvénile. Ses cheveux blonds sont remontés en queue-de-cheval, de fines lunettes métalliques encadrent ses yeux clairs. Elle est simplement vêtue d'un sweat-shirt gris, d'un jean et de baskets blanches d'adolescente. À l'arrière, Clémence et Maxime chahutent. Eliott, les yeux mi-clos, le front collé à la vitre, somnole bercé par le ronronnement du moteur. Ils ont passé trois jours chez tante Annie, en région parisienne. Ce week-end lui a fait du bien, aux enfants aussi. Sa sœur a tout tenté pour obtenir quelques confidences, mais Catherine n'a rien lâché. Pas même quelques bribes. Raconter ses doutes et ses troubles leur confère trop d'importance et de gravité. Elle préfère les garder en elle, bien à l'abri. Une brume épaisse écrase le décor éteint. Il semble n'y avoir ni relief ni couleur dans ce paysage mélancolique. À intervalles réguliers, Catherine donne une légère impulsion du pied sur l'accélérateur pour maintenir sa vitesse. Pourtant, au fond, elle voudrait freiner cette course, faire durer la parenthèse dans cette atmosphère ouatée qui l'enveloppe. Elle a l'impression de flotter hors du temps, et voudrait se laisser bercer par cette agréable sensation pendant des heures encore. Le moteur baisse de régime, son regard brillant croise le panneau bleu indiquant Saint-Agoulin.

Merde, déjà.

L'appréhension monte comme un cheval au galop. Ces dernières semaines, aucune des fondations de l'édifice qu'elle avait patiemment bâti ne semble plus tenir. Elle observe distraitement les champs de céréales, les forêts en bord d'autoroute. Dans le fond, son couple traverse une crise comme tant d'autres autour d'elle. Mais elle va reprendre les choses en main, combler les fissures. Tout ira bien.

Une masse de nuages noirs approche, la lumière décline brutalement. Les phares blancs se fraient un chemin en fendant le brouillard. Elle doit admettre, une lueur triste dans les yeux, que François est devenu difficile. Leur vie n'est plus ce qu'elle était... Mais elle saura trouver les mots. Peut-être même qu'avec un peu de bonne volonté, ensemble, ils pourront raviver la flamme. Elle observe ses enfants à l'arrière en réalisant que ces idées la perturbent. Il ne faut surtout pas se laisser engloutir par les tourments. Les choses vont s'arranger.

Elle dépasse l'aire des Volcans d'Auvergne. Une demi-heure s'écoule dans le silence et transforme la neige en pluie fine.

À l'entrée de Ceyrat, elle stationne près de la boulangerie-pâtisserie. Bien que l'ambiance ne s'y prête pas vraiment, le retour à la maison doit être une fête. Catherine a décidé de remplacer le dîner par un énorme gâteau au chocolat. Les enfants n'ont pas leur mot à dire. Elle file déjà dans le magasin. Maxime et Clémence la suivent.

Une cloche retentit pour signaler leur présence aux propriétaires, car les clients se font rares dans le coin le dimanche en fin d'après-midi. La gérante, Odette, apparaît derrière son comptoir. Depuis longtemps déjà, elle devrait couler une paisible retraite. Dans son vieux tablier sans manches à fleurs, un casque de boucles grises permanentées sur la tête, Odette continue pourtant à accueillir les clients dans sa modeste boutique. Elle a le teint pâle, et des yeux comme deux trous dans la neige. La boulangère, qui connaît chacun des enfants de Catherine depuis leur naissance, les embrasse avec chaleur en leur offrant une sucette, y compris à Eliott, qui vient de les rejoindre. Elle plaisante avec chacun d'eux, puis elle s'adresse à Catherine.

— Comment va M. François ?

— Très bien, Odette, je vous remercie !

— Lui, on peut dire qu'il sait s'amuser ! La nuit de vendredi ça a été quelque chose ! lance la vieille femme avec un geste de la main emphatique.

Catherine se crispe aussitôt. Elle esquisse un rictus, mais son regard bleu acier fixe Odette froidement. Elle ne comprend pas pourquoi cette femme qu'elle apprécie prend un tel plaisir à la blesser. C'est la première fois qu'on lui parle de François de cette manière.

Jusqu'ici, tout le monde s'était tenu avec discipline derrière la fine ligne jaune imaginaire qu'elle avait dessinée autour des siens. Elle se doutait bien que depuis quelques mois son couple alimentait les conversations de ces ploucs désœuvrés, mais jamais personne ne l'avait humiliée auparavant. Et qui plus est, devant ses enfants !

Une frontière vient d'être franchie. Catherine ramasse la monnaie et tend le gâteau à Maxime. Tous quittent la boutique en silence. Elle espère que les enfants n'ont pas prêté attention à la remarque déplacée de la vieille femme. Elle s'assoit au volant et il lui faut quelques instants pour reprendre son calme. Une lourde boule pleine de regrets et de rancœur grossit dans son ventre.

Ses yeux embués observent la morne petite ville avec dégoût. Derrière ces murs en crépi si laids, combien de trahisons, de drames, de tromperies ? Son couple vit une épreuve comme des millions d'autres. Il faut faire face. Personne n'a besoin de savoir ! Elle tourne la clé de contact et la Volvo redémarre dans un nuage de fumée grise. Sur le trajet, Clémence et Eliott comptent les maisons aux murs saumon, gris, beiges. Maxime semble ailleurs. Catherine veut vite rentrer chez elle, se replier en boule à l'abri des regards. Mais son intuition lui murmure de rentrer sans les enfants. Elle peut peut-être les déposer chez son amie Martine, qui ne vit pas très loin. Elle gare la voiture dans un chemin, et en sort pour téléphoner.

— Martine ? C'est Catherine !... Je suis embêtée, François a une gastro-entérite depuis ce matin. Il est très faible. Tu pourrais me garder les enfants quelques heures ?

Une gaieté feinte teinte sa voix.

— Aucun problème, je les attends devant la porte ! Tu es loin ?

— Non, je suis là dans deux minutes maximum... Merci, Martine.

Un sanglot coincé au fond de la gorge a échappé à sa vigilance.

Catherine regrette aussitôt d'avoir trop appuyé son « merci », lui donnant un relief qu'il n'aurait pas dû avoir. Elle se promet d'éviter ce genre de faiblesse à l'avenir. Elle retourne à la voiture et sert le même mensonge à ses enfants. Les petits ne bronchent pas, mais elle croise le regard intrigué de son aîné à qui elle demande de veiller sur Clémence et Eliott pendant qu'elle aide leur père. Maxime tente de protester, mais elle insiste. Catherine a besoin de quelques heures pour se poser et dénouer la situation. Elle espère seulement que François ne sera pas ivre. En un éclair, cette pensée lui vrille les entrailles.

Elle gare la voiture devant le portail de Martine, qui attend les enfants devant sa porte. Elle affiche un sourire affectueux et esquisse un signe de la main. Catherine redémarre sitôt sa progéniture déposée.

Elle conduit vite dans la petite ville écrasée par une nuit noire. Sur le chemin cabossé de l'allée de sapins, elle roule au pas alors que son cœur, lui, bat à toute allure. Les phares du break éclairent la façade de la maison moderne. Tout en montant les quatre marches du porche, elle formule déjà mentalement ses reproches et tente de contenir sa colère. Aucune lumière n'est allumée dans la maison. Les lèvres pincées, elle sort les clés de sa poche mais la porte n'est pas verrouillée. Lorsque Catherine pénètre avec prudence à l'intérieur, une odeur forte et écœurante flotte dans l'air. Les plafonniers crachent leur lumière triste en jetant un éclairage sordide sur les bouteilles vides du salon. Comme si ces vestiges la narguaient, si nets dans ce décor chaotique. Elle se tend aussitôt. Elle grimpe à l'étage pour voir si François n'est pas dans leur chambre. La maison glaciale est lugubre et cette odeur persistante lui donne la nausée. Elle a bien fait de laisser les enfants chez Martine. Arrivée sur le palier du premier étage, elle constate que la porte de leur chambre est fermée. À pas feutrés, elle s'approche et appuie avec légèreté sur la poignée pour éviter qu'elle grince. La chambre est plongée dans le noir, mais Catherine pressent que François n'est pas là. D'un geste brusque elle tire les rideaux. La lumière blafarde d'un lampadaire extérieur éclaire le lit au carré. Il n'est pas non plus dans la salle de bains, où les serviettes sont pliées et rangées à leur place. L'atmosphère étrange qui plane dans cette maison la trouble. Dans la commode, le tiroir de François est vide. Ses T-shirts, ses caleçons, ses chaussettes ne sont plus là. Elle court dans les escaliers pour rejoindre le garage. Ses cheveux sont défaits, ses lunettes ont glissé sur son nez. Dans le placard où sont rangées les valises manque la plus grande. Celle avec laquelle ils sont partis en famille aux États-Unis il y a cinq ans. Catherine fixe le placard, le vide créé par l'absence de ce bagage. Elle a besoin de s'appuyer sur le mur en parpaing. Elle reste là de longues secondes, sonnée, incapable de bouger.

Puis, le pas traînant, elle rejoint la cuisine où elle se laisse tomber sur une des chaises en enserrant sa tête dans ses mains frêles, et se laisse aller à pleurer. Lorsqu'elle se redresse enfin, elle fixe l'évier qui lui fait face. C'est ici que cette odeur nauséabonde prend sa source. Depuis sa chaise, elle observe la pièce sans la reconnaître, promène ses yeux rougis sur la fenêtre, les placards, le plan de travail à droite. D'un geste brusque, elle arrache une feuille du rouleau de papier absorbant fixé au mur. Elle se mouche tout en restant concentrée sur l'évier. Il est vide. Et c'est justement ça qui l'intrigue. Les assiettes et les bols qu'elle avait laissés en partant ne sont plus là. François n'a pas pu se charger de ça. Impossible. Elle se lève lentement et poursuit son observation méticuleuse. Le frigo derrière la porte. Le plafonnier avec sa lumière vacillante. Son regard examine le carrelage beige, remonte à l'angle du mur à gauche. Le tableau en liège est toujours là, avec les dessins des enfants, les notes de rendez-vous chez le dentiste. Il n'y a rien de spécial, à part cette puanteur épouvantable. Un mélange de détergent… de Javel peut-être, et d'autre chose… Une odeur qu'elle pense reconnaître, sans pour autant parvenir à en déterminer l'origine. Et puis, il y a cette peur latente, comme un germe enfoui dans la terre meuble, qui vient d'éclipser la colère en s'accrochant à ses tripes, et qu'elle sent prête à s'épanouir.

30 novembre 2000, 20 heures, Vichy

Une femme est assise sur le bord d'un fauteuil de couleur ocre au milieu d'un vaste salon cossu tout en tentures fleuries et tapis d'Orient. Dans ce décor chargé, elle se sent comme un oiseau dans son nid, protégée du monde extérieur. Elle se tient très droite, les jambes pliées sur le côté, tandis que son visage penché lui donne l'air absent, un peu triste. Elle a hâte de recevoir son fils. En vue de sa visite, elle a choisi une tenue élégante et simple qui tranche avec le luxe ostentatoire du lieu. Elle jette un coup d'œil à sa fine montre dorée. Un soupir agacé lui échappe.

Voilà déjà deux heures qu'elle l'attend. Ce retard lui est d'autant plus pénible qu'il ne l'a pas appelée pour s'excuser. Il n'a pas pu oublier ce rendez-vous, il lui a promis de passer avec ses ouvriers pour réparer une fuite dans la toiture. Lorsqu'elle lui a assuré de payer tous les frais, elle l'a senti à la fois gêné et rassuré. L'entreprise ne doit pas tourner aussi bien qu'avant.

Quand François l'a héritée de son père, elle était pourtant florissante. Son mari avait un don pour les affaires. Aucun des gros chantiers de la région ne lui échappait. Tout le monde connaissait l'entreprise Renon Construction. Georges s'était bâti un empire.

Elle pose des yeux inquiets sur un portrait de son mari placé à sa droite sur une petite table marquetée. Georges y prend la pose en smocking, un cigarillo dans une main, une coupe de champagne dans l'autre. Il a un regard amusé, et un front aussi large que celui de son fils. Depuis qu'il est parti, elle se sent étrangère au monde. Elle n'a plus aucune discussion un tant soi peu personnelle avec François ou ses filles. Elle ferme les yeux en lâchant une lente expiration pleine d'amertume. Ce fardeau, sur ses épaules, lui pèse.

Elle sait bien qu'elle n'a pas été une mère idéale. Elle n'a de toute façon jamais ressenti ce besoin viscéral de maternité qu'ont certaines femmes. Elle a pris les enfants comme ils sont venus. Une fatalité. Avec François, l'aîné, elle pense ne pas s'en être trop mal sortie. Mais elle n'a pas été aussi tendre, aimante et attentionnée qu'on pourrait l'attendre d'une mère. Elle a été froide. Colérique.

Son regard se trouble, son palais s'assèche, les résurgences d'antan la bousculent. Avec ses filles, les choses se sont mal passées. Dès leur naissance, ces bébés roses n'ont éveillé aucun sentiment chez elle. Pour elles, son cœur est resté désespérément sec. Elle se mord les lèvres en se revoyant les rouer de coups… Ces déchaînements de colère lui paraissent incompréhensibles aujourd'hui. Cela fait un moment que la culpabilité dépose du sel sur ses plaies. Jeanne et Marie ont subi toute sa rage sans broncher. Tout était prétexte à déclencher ses foudres. Un regard, un verre cassé, une tache sur une robe. Dans ces moments-là, elle n'était plus elle-même. Leurs cris et leurs pleurs sont toujours quelque part enfouis dans son oreille, prêts à éclater au moindre moment de fragilité. Elle porte la main à sa poitrine qui palpite. Ces souvenirs la précipitent dans un torrent glacé. Elle se sent submergée de honte et de regrets.

Elle est incapable d'expliquer pourquoi, mais elle n'a jamais porté la main sur lui. Peut-être parce qu'il était un mâle, un futur homme libre, alors que les filles, méprisées dès leur naissance, n'ont jamais leur mot à dire. François a simplement toujours été son préféré. Aujourd'hui pourtant, il est si distant. Alors que Jeanne et Marie ne manquent jamais d'attentions pour elle. Avec un sourire aigre, elle songe à l'ironie du sort.

Tout avait changé une nuit de décembre 1971. Elle était couchée depuis longtemps lorsque le téléphone avait sonné vers 3 heures du matin. Une voix glaciale avait annoncé qu'à la suite d'un grave accident, François devait être opéré en urgence. Il venait de fêter ses 18 ans. Lors d'une soirée étudiante à Clermont-Ferrand, il avait parié avec deux amis de gagner une course-poursuite sur la route en lacets de Charade. Il conduisait la Ferrari Dino que son père Georges venait de s'offrir. Arrivé trop vite sur une portion de route glissante, François avait loupé un virage serré. La Dino avait enchaîné les tonneaux, heureusement freinée dans sa chute par de solides arbres.

Georges était devenu fou de colère. Elle avait secrètement pensé qu'elle payait pour ses crimes. Pendant plus d'une semaine, François était resté dans le coma. Un chapelet entremêlé autour des doigts, elle n'avait cessé de prier en jurant de ne plus jamais lever la main sur ses filles si un miracle se produisait. À l'hôpital, ses ongles étaient si profondément enfoncés dans le fauteuil en Skaï qu'ils avaient fait surgir de petites boules de mousse. Jamais elle n'avait autant souffert. Le calvaire avait duré dix jours. Puis son fils s'était enfin réveillé. Le chirurgien orthopédique lui avait posé une broche métallique dans l'avant-bras droit. Georges n'avait pas daigné lui parler pendant des mois, mais elle s'était sentie reconnaissante. Le ciel l'avait donc entendue et peut-être même pardonnée.

Elle avait tenté de changer, elle s'était même essayée à quelques démonstrations de tendresse, y compris avec ses filles. Mais ses enfants avaient tous grandi dans un tel désert affectif… Après l'accident, François n'avait plus échangé avec elle que des banalités polies. Il était devenu imperméable à ses tentatives de manifestation d'amour maternel.

Les yeux rougis, elle consulte de nouveau sa montre. Deux heures et demie de retard. Son portable se met à vibrer. C'est lui.

— Allô, François ?

— …

— Allô ? Allô ?

Personne au bout du fil. Elle tente un rappel automatique qui n'aboutit pas. Elle décide alors d'appeler la maison de Ceyrat. Pendant que la sonnerie retentit, elle réajuste le col de son chemisier clair. Elle passe un doigt sur le bord extérieur de ses paupières pour sécher ses yeux. Elle se sent angoissée. Elle espère que son fils répondra vite et qu'il s'excusera d'avoir oublié leur rendez-vous.

La voix éteinte de Catherine répond.

— Ah… c'est vous, Catherine ? C'est Michelle. (Aussitôt, les muscles de sa mâchoire se contractent.) François vient de m'appeler, mais il n'y avait personne au bout du fil. J'ai ensuite essayé de le joindre sur son portable qui sonne occupé maintenant. Je l'attends depuis plus de deux heures, il devait passer me voir pour la toiture, et…

— Ah, je n'étais pas au courant, coupe sa bru, avec une voix blanche.

— Savez-vous où il est ?

Le visage de Michelle s'est assombri.

— Non, Michelle. Je n'en sais rien.

La mère marque un silence hostile. Il faudrait être calme, éviter l'agressivité, mais elle a du mal à se contenir. Son ton devient acerbe :

— Il a peut-être eu un accident ? C'est inquiétant, vous ne trouvez pas ?

— Non, je ne pense pas. De toute façon, il est parti il y a plusieurs jours.

L'air détaché de Catherine est insupportable à Michelle, le sang lui monte aux joues. Sa voix devient plus forte.

— Comment ça ? Parti où ?

— Je n'en sais rien ! Il a fait ses valises et il nous a laissés.

— Mais qu'est-ce que vous racontez ? Quand ?

— Quand nous sommes rentrés dimanche, il n'était pas là, et ses affaires non plus. Je dois raccrocher, Michelle, les enfants m'attendent. Au revoir.

La vieille femme est abasourdie. Il se passe peut-être entre eux des choses qu'elle ignore, mais son fils n'a pas pu partir comme un lâche. Un mauvais pressentiment traverse ses pensées. La main en appui sur la console, elle se sent faiblir, puis le décor tourbillonne autour d'elle. *Pourvu qu'il ne lui soit rien arrivé de grave ! Oh mon Dieu !…* Dans un vertige, ses muscles la lâchent, son corps glisse sur le tapis épais, elle chute, inconsciente.

Lorsqu'elle rouvre les yeux, elle est étendue au sol. Sa fille Jeanne est penchée sur elle, un verre d'eau à la main.

— Qu'est-ce qui t'arrive ?

— C'est François… il a disparu. Il a dû se passer quelque chose.

Les mots sortent de sa bouche en se bousculant. Sa gorge est un désert brûlant. Elle boit une gorgée.

— Mais comment tu… ?

Jeanne observe sa mère, incrédule.

— C'est Catherine… Va la voir… vite…

Michelle se sent écrasée de fatigue.

Jeanne attrape un coussin pour relever les pieds de sa mère. Elle ne l'a jamais vue si fragile. Elle promet d'aller à Ccyrat demain matin à la première heure. Michelle proteste, sans conviction. Elle regarde sa fille dans les yeux, elle voudrait avoir un mot pour elle, une parole tendre, un geste même, mais son corps s'y refuse.

1er décembre 2000, 8 heures 30, Ceyrat

Catherine doit être en train de déposer les enfants à l'école. Jeanne décide de l'attendre quelques minutes dans la chaleur confortable de sa voiture. Elle a une trentaine d'années, des cheveux raides châtain foncé. Elle porte un col roulé bleu marine, un jean et des bottes cavalières. Une odeur de chien mouillé traîne dans l'habitacle, de longs poils blancs tapissent les sièges. Un chien est d'ailleurs assoupi sur la banquette arrière.

Il ne viendrait jamais à l'idée de Jeanne d'habiter une maison comme celle qui se dresse devant elle. Ce mélange de bois et de brique lui semble incongru. En plus, le fait que la façade est de la bâtisse compte deux étages, alors que l'ouest n'en compte qu'un seul, crée une asymétrie disgracieuse à son goût. Au sud, une large baie vitrée s'avance sur pilotis vers une forêt de conifères. La sœur de François remarque les huisseries sombres. Le tout lui semble froid, prétentieux, incohérent.

D'où elle se trouve, Jeanne n'a pas de vue sur la façade nord. Elle ne se souvient pas de l'avoir jamais vue. Au bout de l'allée frémissent les gravillons, sa belle-sœur est de retour. Jeanne attrape un vêtement chaud, dehors le froid est mordant. Le chien se redresse aussitôt sur ses pattes avant.

Elle pose son doigt sur ses lèvres comme une injonction au calme, avant de croiser le regard distrait de Catherine qui vient garer son break devant le porche. Jeanne lui trouve l'air préoccupé et fatigué avec ses petits yeux enfoncés dans leurs orbites. Elle l'accueille d'une bise maladroite à sa sortie de voiture.

— Michelle t'a demandé de venir, c'est ça ?

— Oui. On s'inquiète pour François. Tu as dit qu'il était parti avec ses affaires… Est-ce que tu sais où il est allé ?

Catherine hausse les épaules avant de se pencher pour attraper un sac de courses dans le coffre. Sans un regard pour sa belle-sœur, elle s'apprête à entrer dans la maison.

— Je peux entrer ?

— C'est la pagaille à l'intérieur, alors…, prévient Catherine qui daigne se retourner vers elle.

— Ça ne me dérange pas, je ne suis pas une fée du logis, tu sais…

Jeanne monte les marches en forçant un sourire. Catherine lève les yeux au ciel, puis ouvre la porte d'un coup de pied rageur. Leurs relations n'ont jamais été particulièrement chaleureuses, mais cette attitude désagréable de Catherine est pour le moins surprenante. La discussion s'annonce difficile.

En entrant dans la maison, Jeanne est surprise par la forte odeur nauséabonde. Sa belle-sœur, qui l'observe du coin de l'œil, lui parle d'une poubelle restée dans la cuisine tout le week-end. Mais Jeanne ne l'écoute pas. Elle se dirige à pas feutrés vers le salon qui est en effet sens dessus dessous. Elle se fait une place sur le canapé en repoussant un tas de magazines et de poupées. Les chaussettes et les slips des enfants jonchent le sol. Catherine s'affaire bruyamment dans la cuisine. La sœur de François est sur le qui-vive. Le désordre est partout, le ménage n'a pas dû être fait depuis longtemps. Une console de jeux est restée allumée, les manettes sont posées sur la table basse. En dessous, elle remarque avec consternation une armée de bouteilles d'alcool pour la plupart entamées.

Sur le mur de droite, son regard est attiré par une photo encadrée d'un mètre sur un mètre cinquante environ. Catherine y trône au centre avec un air satisfait, entourée de ses enfants. À l'arrière-plan, le décor légèrement flou semble être celui d'une bibliothèque. Les yeux de Jeanne s'arrondissent, ses iris formant deux disques obscurs. Cette photo semble singer les portraits des familles royales. Elle est frappée par son mauvais goût, mais c'est surtout l'absence de son frère qui la désappointe. Au point qu'elle doute qu'il ait jamais eu sa place dans cette maison. Lorsque sa belle-sœur réapparaît, ses bras croisés sur sa poitrine forment comme un bouclier. Elle semble prête au combat.

— Quand François est-il parti exactement ?

— Je ne sais pas, dimanche dans la journée ou peut-être samedi… ou vendredi.

Catherine est restée debout, raide.

— Tu n'étais pas à la maison ?

— Non, j'étais chez ma sœur avec les enfants.

Puis elle se penche sur une table d'appoint et, d'un doigt, retire une couche de poussière.

— Il est resté seul ce week-end, alors ?

— Oui.

Catherine s'affale dans un fauteuil et croise les jambes, son visage fermé évitant soigneusement tout échange.

— Pourquoi ?

Elle donne une intonation sèche à sa voix.

— Ton frère mène sa vie de son côté depuis quelque temps déjà. Il faut croire qu'il avait des choses prévues ce week-end.

Elle continue son examen de la pièce, en silence.

— Hum… Mais… vous avez des problèmes ?

— Qui n'en a pas ? rétorque Catherine agacée. Toi, peut-être ?

Jeanne, qui n'avait pas senti le coup venir, encaisse. De nouveau, un blanc s'étire dans la conversation. Elle se lève, s'approche de la photo de famille qui lui semble marquer l'absence de son frère au fer rouge. Sa belle-sœur lève les yeux vers elle.

— Il n'était pas là ce jour-là non plus ? (La sœur de François est agressive cette fois. Elle n'a plus envie de se contenir.) Nous souhaitons que tu fasses les démarches nécessaires auprès de la police pour le retrouver. Il est le père de trois enfants. Il n'a pas pu partir comme ça, sans laisser d'adresse, sans appeler personne. Tu dois demander une recherche dans l'intérêt des familles.

— Pourquoi tu ne le fais pas, toi ?

Derrière ses fines lunettes, deux icebergs flottent dans les yeux de Catherine.

— Mais je ne suis pas son épouse ! C'est bien toi la mère de ses enfants, non ? Cinq jours que tu n'as pas de nouvelles ! Tu devrais être la plus inquiète d'entre nous !

La voix soudain imposante de Jeanne a déchiré l'atmosphère. Ses yeux sont plongés dans ceux de sa belle-sœur.

Catherine est décontenancée.

— Je vais y aller aujourd'hui. C'était prévu, annonce-t-elle, le regard fixé au sol.

Jeanne se sent soulagée, comme si un verrou venait de sauter. Elle ne souhaite pas rester, elle ne pense qu'à quitter cette maison. Pourtant, dans son esprit, François la retient. Elle l'imagine seul et malheureux, allongé sur ce canapé, étranger à sa propre famille. Elle réalise qu'elle ignore tout de lui, de l'homme adulte qu'il est devenu. Elle regrette qu'ils n'aient pas été plus proches. Et comme chaque fois que des souvenirs de sa jeunesse émergent, elle est prise d'un frisson désagréable. Elle revoit sa mère, furieuse, l'attraper par les cheveux, la bousculer, l'insulter. Avec toujours cette lueur inquiétante dans les yeux, aujourd'hui disparue. Elle n'avait que 6 ou 7 ans. En y repensant, elle sent encore les marques sur ses bras, les écorchures sur sa peau. Tout est si vivant, si présent encore. François assistait à tout ce déferlement de haine, le visage impassible, comme si son esprit incapable de supporter ces visions insoutenables le rendait cataleptique.

Dans la famille, ils ont tous fait le choix d'enterrer profondément ce secret douloureux. Personne n'a jamais rien dit. D'ailleurs, Catherine en ignore sûrement tout. Jeanne a envie de fuir, maintenant. Et c'est ce qu'elle fait, sans un au revoir, sans un regard pour sa belle-sœur. Ce mystérieux départ de François a provoqué un malaise diffus, comme si une porte depuis longtemps condamnée menaçait de laisser s'échapper un monstre.

1er décembre 2000, 10 heures, Ceyrat

Depuis le départ de Jeanne, Catherine est restée immobile dans son fauteuil. Elle a le sentiment d'observer sa vie derrière une vitre opaque, impuissante à modifier le cours des événements. Elle ne se sent plus capable de prendre la moindre décision. Elle observe ses mains posées sur ses genoux, ses pieds parallèles au sol. Elle n'a envie de rien. Dehors, le contraste de la neige immaculée qui s'accroche aux arbres noirs attire son regard. Elle est hypnotisée par ce ballet qui se danse au ralenti. Pendant de longues secondes, elle suit le chemin de ces points blancs qui s'évanouissent dans la nature. Ses yeux secs piquent à présent. Elle se dit que l'absence de François est en train de la transformer. Elle qui ne voyait son existence qu'à travers son couple et ses enfants se sent amputée. Pourtant, François ne lui manque pas. Son départ soudain a même quelque chose d'apaisant. Ces derniers temps, il était devenu un poids mort.

Catherine est mortifiée de sa conversation mouvementée avec Jeanne. *Je ne vais pas aller voir les flics. Je ne vais rien faire du tout.* Elle s'approche de la baie vitrée et y colle son front. Aussitôt, la fraîcheur la ranime. *Comme les flocons... je vais me fondre dans le paysage.*

À son tour, Martine vient aux nouvelles. Catherine s'apprête à répondre à contrecœur. Elle n'a pas envie d'annoncer le départ de son mari, encore moins de livrer ses pensées profondes. Le mensonge rapproche les murs ; bientôt, elle ne pourra sans doute plus respirer. Pourtant, il faut que la réalité reste à distance raisonnable pendant quelques heures, peut-être même quelques jours encore.

— Alors, comment va François ? Il s'est remis ?

— Oh, il est encore un peu patraque, il est au lit.

— Le pauvre ! C'est sérieux alors ? s'inquiète Martine.

— Non, il a juste une petite baisse de tension, rien de grave. Je dois te laisser, il m'appelle. Je te tiens au courant ! Bisous !

Catherine esquisse un sourire. Elle pourrait presque y croire.

Une fois l'échange terminé, ses traits retrouvent leur froideur initiale. Va-t-elle encore devoir faire face longtemps aux questions lancinantes de ceux qui l'entourent ? L'estomac retourné par la puanteur de la cuisine, elle fouille dans un tiroir à la recherche d'un tube de Lexomil. Elle avale deux comprimés en retirant ses lunettes pour se frotter les yeux. Elle voudrait pouvoir dormir quelques heures et se détacher de cette réalité qui l'aspire comme un gouffre. Sur le canapé du salon, elle s'allonge, prête à plonger dans un sommeil profond. Les émanations de gin l'agressent avec brutalité, mais ses muscles s'abandonnent malgré tout à un peu de détente. Elle revoit le visage de François. Il n'a pas les traits fatigués et le front dégarni des derniers temps. Il est plus jeune, les yeux pétillants, séduisant.

Elle se souvient de leur rencontre dans les années 1980. François devait avoir 28 ou 29 ans. Elle en avait quatre de moins. Au cours d'une fête chez des amis communs, dans un appartement parisien, rue de Turenne, elle l'avait aussitôt repéré. Son allure athlétique, son visage fin, ses beaux cheveux bruns l'avaient attirée. François avait tout éclipsé, y compris l'homme avec lequel elle vivait à époque. Tous les week-ends, elle prenait le train pour le rejoindre à Clermont-Ferrand. Elle se souvient des baisers fougueux, de cette sensation de vertige que cette passion nouvelle produisait chez elle. Elle se nourrissait avec avidité des instants qu'elle partageait avec lui. Mais une angoisse avait commencé à tout ternir : la peur qu'il ne se lasse, qu'il se détourne et la quitte. Dans le fond, elle craignait la trahison plus encore que la séparation. Le dimanche soir, au moment des adieux sur le quai de la gare, des larmes brûlantes coulaient sur ses joues. Ses sanglots un peu trop appuyés le mettaient souvent mal à l'aise. Il devenait alors distant. À l'époque, elle interprétait son attitude comme de la pudeur.

Peu à peu, les médicaments troublent ses souvenirs, puis les impasses dans sa mémoire disparaissent les unes après les autres. Elle a soudain l'impression d'avoir une parfaite compréhension des événements. Et cette impression de lucidité clairvoyante la grise.

Elle avait pensé que dans sa relation avec François, la distance compliquait tout. Elle s'était persuadée qu'il avait pris ombrage de sa vie d'étudiante à la Sorbonne. Mais quand au bout de quelques mois, et malgré l'avis de tous ceux qui l'entouraient, elle avait tout quitté (ses études de droit, ses parents, ses amis) pour s'installer en Auvergne, il l'avait accueillie sans chaleur. Pendant de nombreuses semaines, il s'était absenté en prétextant des chantiers éloignés. Elle avait cru que la vie de couple l'intimidait… L'évidence lui saute désormais au visage comme une claque en pleine figure. *Quelle imbécile !* Il n'avait jamais eu l'intention de se fixer sérieusement avec elle. Une fois installés ensemble, elle avait insisté pour avoir un enfant hors mariage. La famille Renon avait tiqué, bien sûr, mais Maxime était né. Puis elle avait finalement voulu se marier en grande pompe à Vichy. Clémence était arrivée plus tard, suivie d'Eliott… *Est-ce qu'il n'a rien voulu de tout ça ?* Le regard embué, Catherine revoit défiler les événements en accéléré. Elle a le tournis. Sa gorge se serre. Elle ne comprend pas pourquoi tout lui apparaît avec autant de netteté si tard. Autour d'elle, la pièce se met à flotter. Elle n'a plus la force de retenir sa tête qui penche sous le poids de la fatigue.

Lorsqu'elle rouvre les yeux, la lumière a changé à l'extérieur. Son corps est ankylosé, sa bouche pâteuse. Elle prend une profonde inspiration et porte ses mains fraîches à son visage qui lui semble brûlant. Elle a gardé le goût amer de ses récentes réflexions. Elle n'est pas encore complètement éveillée lorsqu'elle réalise que l'absence de François la laisse sans aucune ressource. Elle doit vite mettre en ordre les papiers de la banque et faire les comptes.

Elle s'extrait du canapé et se dirige vers le bureau, le domaine secret de son mari. L'odeur de renfermé qui l'accueille lui fait ouvrir la fenêtre en grand pour que l'air frais y pénètre. Les éléments de ce décor lui semblent étrangers. Des dossiers sont entassés sur la table, elle jette un œil sur le haut de la pile : des factures, des devis, des plans d'architecte. Les muscles de sa nuque se nouent. François gère tout l'aspect administratif de leur vie. Elle n'a jamais rempli une fiche d'imposition ni lu le moindre contrat d'assurance ou de téléphone. *Je suis seule maintenant…*

Elle se penche pour ouvrir un tiroir fermé à clé. Derrière elle, ses doigts se mettent à palper les renfoncements de la bibliothèque, les espaces entre les livres. Une série de matriochkas qu'elle a offertes à son mari lors d'un week-end à Saint-Pétersbourg attire son regard. Patiemment, elle les défait une à une. L'avant-dernière renferme une clé.

À l'intérieur du tiroir qui glisse en couinant, des papiers, des chewing-gums, des élastiques, des trombones. Lorsqu'elle soulève la paperasse du fond, une photo se détache. C'est une jeune femme qui fixe l'objectif de ses yeux verts lumineux. Elle est vêtue d'un pull blanc et d'un jean, assise sur une branche d'arbre dans un jardin, ou peut-être une forêt. Derrière la photo, il y a une date inscrite à la main : « 4 juin 2000 ».

Elle savait François infidèle, mais elle avait espéré que rien ne serait jamais sérieux. Quelque chose pourtant dans le visage de cette fille lui permet de penser que cette fois c'est différent. De nouveau, elle la dévisage. Frénétiquement, elle fouille les autres tiroirs. Catherine découvre la note d'un hôtel en Bourgogne. Deux nuits pour 1 500 francs entre le 14 et le 16 juillet. Un écœurement l'envahit. Ce week-end-là, elle était partie avec les enfants rejoindre sa sœur Annie sur l'île de Ré.

Elle poursuit ses fouilles et découvre de nouvelles factures de bijoux, de parfums, de vêtements hors de prix. Ces derniers temps, l'argent manquait, pourtant. Elle se sent vidée de ses forces. Les papiers lui échappent des mains. Elle les regarde s'éparpiller au sol.

Un timide soleil pénètre dans le bureau. Il a cessé de neiger. L'air froid envahit la pièce mais Catherine n'y prête pas attention. Au bout de quelques instants, la trahison en travers de la gorge, elle décide de se concentrer sur les comptes en banque en évitant, pour le moment en tout cas, les zones du bureau qui pourraient renfermer d'autres pénibles secrets. Sur la bibliothèque en bois sombre, des classeurs indiquent les périodes 80-85, 85-90, 90-95, 95-2000. Les relevés de banque sont classés par ordre chronologique. Le dernier date du mois d'octobre. Quand elle découvre que le compte est à découvert de quelques milliers de francs, son cœur fait un bond. Rageusement, elle jette le classeur au sol. Un cri puissant déchire le silence de la maison. Elle se laisse tomber à genoux et se met à taper des poings sur le plancher jusqu'à en perdre le souffle. « Putain de salaud ! » hurle-t-elle. Son corps est secoué de spasmes, ses yeux révulsés. Elle tire ses cheveux jusqu'à en avoir mal. La vie ne peut décemment pas lui faire un coup pareil.

1er décembre 2000, 10 heures, Chamalières

À travers la grille du néon d'un plafonnier, une mouche ventrue se débat. Freinée par sa lourdeur, elle manque d'agilité et d'aisance. Elle met toute son énergie à tenter de s'évader des pales d'acier qui enferment le large tube et la retiennent prisonnière. Ses ailes battent si fort que dans la salle de classe le calme est troublé. La bruyante tentative d'évasion de l'insecte arrache peu à peu les élèves à leur torpeur. Les jambes allongées se replient. Les corps avachis se redressent.

Une jeune fille aux pointes de cheveux blondes et aux racines noires se ronge frénétiquement les ongles. Elle porte à son majeur une large bague en argent en forme de tête de mort. À chaque coup de dent, la rotation de son doigt fait découvrir un serpent qui s'échappe des orbites du crâne. De son autre main, elle tortille une mèche de ses cheveux. Elle semble stressée par l'examen qui se déroule. À sa gauche, à une table d'elle, un garçon s'est figé, le stylo-plume en l'air. Il porte une chemise vichy bleu marine sous son pull-over vert sombre. Devant lui, les feuilles portent les marques serrées de ses réflexions, mais la concentration vient de le quitter. La sueur perle sur ses tempes juvéniles. Il reste penché, le souffle coupé. Certains autour de lui commencent à s'agiter. Le bruit des vibrations des ailes de la mouche est devenu plus grave. Les regards agacés se croisent. De petits rires nerveux fusent dans les coins. La professeure de littérature jette un œil sévère à l'ensemble de la classe.

Un élève a les yeux rivés au plafond. Il est fasciné par le spectacle de cette mouche en détresse. Il est vêtu d'un sweat à capuche noir et d'un T-shirt que son père lui a offert sur lequel on peut lire « *Death records* ». C'est un fan inconditionnel du film *Phantom of the Paradise*. Ses pommettes saillantes et son teint pâle lui donnent l'air plus âgé que ses camarades. Il observe le pauvre animal gaspiller ses forces. Il pense qu'il lui suffirait de se poser sur le tube, reprendre son souffle, apprécier la situation. Mais non. Cette mouche décide de s'acharner. Son corps vient taper violemment sur les parois du luminaire. Chaque impact la déboussole pendant une fraction de seconde, puis elle repart au combat encore et encore. *Cette obstination à vivre... à quoi bon ? Ce doit être ça l'instinct de survie...* Le garçon se souvient que son père lui a expliqué que les mouches mâles ne vivent que vingt et un jours. Décidément, il ne comprend pas. Il se dit qu'à sa place, il n'insisterait pas. Non, lui céderait au bout de quelques tentatives.

— Maxime Renon !

Le poing que Mme Lachères vient d'écraser sur son bureau le tire de ses pensées.

— Faudrait peut-être penser à vous y mettre, il ne vous reste plus que deux heures !

Un long soupir s'échappe des fines lèvres du garçon. La feuille blanche face à lui est comme une énigme. Il relit l'intitulé du devoir : « La question de l'homme dans l'argumentation du XVIe siècle à nos jours ». Il n'est pas inspiré. Son esprit est ailleurs. Au-dessus de lui, l'insecte épuisé agonise. Il fixe le stylo qu'il fait jongler depuis plusieurs minutes entre ses doigts et serre son bouchon mâchouillé de l'autre main, comme pour forcer son esprit à se concentrer. Autour de lui, tous les élèves sont maintenant penchés sur leur devoir, à l'exception de Mathieu qui observe la mouche mourante tout en caressant son crâne rasé, le regard vide.

Un gémissement jusque-là contenu lui échappe. Sous la table, son pied droit chaussé d'une basket noire fatiguée s'agite dans un mouvement frénétique. Il est préoccupé et nerveux. Une question le taraude depuis des jours. Où est passé son père ? Bientôt une semaine qu'il ne l'a pas vu. Il ne comprend pas pourquoi il ne lui donne pas de nouvelles. Ce week-end, ils devaient commencer à réparer la Jeep des années 1970 qu'il lui a offerte pour ses 16 ans. Il a tellement attendu ce moment...

Si les choses s'étaient passées comme prévu, ils auraient passé deux journées entières dans l'atelier à désosser l'engin. Couverts de cambouis des pieds à la tête, ils auraient écouté du bon son, sans doute aussi partagé quelques bières dans le dos de sa mère. Un sourire triste s'accroche à ses lèvres. Ces moments de plus en plus rares lui sont précieux. L'absence de son père a créé un vide en lui, un trou béant qui lui donne le vertige. Il repense à sa présence furtive à la maison vendredi dernier. Maxime prenait son petit déjeuner dans la cuisine avec Clémence et Eliott, il devait être 7 heures 30. Soudain, une violente dispute a éclaté dans la chambre de ses parents. En entendant les cris et les meubles remués, des aiguilles se sont plantées dans son cœur. Chacune de ses pulsations est devenue stressante, douloureuse.

Il s'est levé pour aller à l'étage, mais à peine avait-il monté les premières marches que sa mère a claqué la porte de la chambre et dévalé les escaliers comme une furie. Décoiffée, les boutons de sa chemise arrachés, elle lui a ordonné fermement d'aller se rasseoir et de finir son petit déjeuner. Un lourd silence s'est alors installé. Eliott est devenu blême, Clémence s'est mise à pleurer. Au bout de plusieurs longues minutes, Maxime a osé poser une question d'une voix minuscule.

— Papa est rentré tard ? Ça ne va pas ?

— Tout va bien. Vous n'avez pas à vous inquiéter, a-t-elle répondu sèchement.

— Je vais voir papa, a annoncé Maxime en se levant aussitôt pour le rejoindre à l'étage.

— Non ! Tu restes là ! C'est compris ?

Elle a pris soin de détacher chaque syllabe. Un feu a embrasé le fond de ses prunelles. Maxime n'avait jamais vu une telle lueur dans les yeux de sa mère.

Une peur physique inconnue s'est même réveillée. Inconsciemment, il s'est préparé à recevoir une gifle. *Elle va pas me frapper quand même ? Mais qu'est-ce qui se passe, bordel ?* Sans plus relever la tête, il a fini son bol de céréales en espérant percevoir un son en provenance de la chambre. Pas un craquement du plancher, pas un raclement de gorge, rien ne s'est échappé de la pièce à l'étage. À 8 heures, sa mère a pressé le départ. Il n'a pas osé demander à voir son père, bien qu'il le désirait très fort. Avec un air affligé, il s'est recroquevillé sur la banquette arrière du break en espérant qu'il le reverrait bientôt.

Sans un mot, ils ont quitté la propriété en patinant sur le sol gelé. Sa mère s'est agacée et a accéléré sans ménagement. La tension rendait l'air lourd dans l'habitacle. Avec les changements de vitesse nerveux, les virages pris sans souplesse, les trois enfants étaient malades à l'arrière. Ils s'accrochaient aux portières et se tenaient les uns aux autres comme des chatons apeurés. Aucun n'osait se plaindre de peur qu'un orage éclate.

Maxime a pensé avec inquiétude que leur vie allait changer. Depuis des mois son père passait ses nuits dehors. Souvent, le lendemain, il n'allait pas travailler. Jusqu'ici, sa mère n'avait rien dit, rien manifesté. Il se souvient même que lorsqu'il rentrait tard du boulot, elle l'accueillait avec un verre de whisky à la main. Il n'a pas compris ce changement brusque d'attitude ce matin-là. Comme d'habitude, Clémence et Eliott ont été déposés en premier. Elle les a embrassés avec une expression qui ne trahissait rien de ses réflexions. Pendant les quelques kilomètres qui restaient avant de rejoindre le lycée de Chamalières, un tas de pensées ont traversé l'esprit de Maxime. Une en particulier est revenue : *Je ne le reverrai plus.* Il a scruté sa mère, apercevant à peine son profil depuis la banquette arrière. De temps en temps, ses yeux bleu marine apparaissaient dans le rétroviseur intérieur.

— Qu'est-ce que tu vas faire ?

— Que veux-tu que je fasse ? a-t-elle répondu en haussant les épaules.

— J'en sais rien, moi ! Vous n'allez pas vous mettre à vous battre maintenant, si ?

Son regard s'est brouillé. Elle ne lui a pas répondu.

Maxime a serré ses mains si fort que le bout de ses phalanges a blanchi. Il aurait voulu qu'elle ait réfléchi à la situation, qu'elle ait un plan, qu'elle lui en parle. Elle l'a déposé devant le lycée sans rien trouver à lui dire. Une demi-heure plus tôt, il avait eu peur de la force qu'elle semblait dégager. Désormais, elle lui paraissait perdue, coincée derrière le volant, les yeux hagards.

En rentrant chez lui le soir de cette dispute, Maxime a constaté que son père n'était plus là. Le lendemain, sa mère les a tous amenés en week-end improvisé en région parisienne. Puis, à leur retour, elle a feint de poursuivre une existence ordinaire sans dire un mot. À partir de ce jour, tous les soirs, Clémence et Eliott se sont angoissés de l'absence de leur père, réclamant ses baisers et ses caresses. Catherine les a étouffés de tendresse sans pourtant répondre à leurs inquiétudes. C'est Maxime qui pénètre ensuite en cachette dans leur chambre pour les rassurer, en leur chuchotant à l'oreille que papa pense fort à eux, et qu'il reviendra bientôt.

Soudain, la cloche du lycée retentit et le propulse dans la réalité. Devant lui, la feuille est restée vierge. À ses côtés, des élèves se lèvent bruyamment en faisant racler les pieds de leurs chaises sur le carrelage. Maxime se prend la tête dans les mains. Il se sent épuisé, ses doigts palpent ses orbites creusées. Il a besoin de quelques secondes pour se reconnecter au monde. Lorsqu'il rouvre les yeux, il découvre le petit corps sans vie de l'insecte à ses pieds.

1er décembre 2000, flash de 8 heures,
France Bleu Pays d'Auvergne

« C'est une macabre découverte qui a eu lieu tôt ce matin au col des Goules. Un jeune joggeur effectuait son entraînement lorsqu'il a découvert un corps sans vie, mutilé, dans la neige. Le procureur de la République est actuellement sur les lieux, on ignore pour le moment l'identité du cadavre. »

1er décembre 2000, 5 heures 45, Clermont-Ferrand

Elle ne dort plus depuis longtemps lorsque son portable vibre sur la table de chevet.

— Oui ?

— Capitaine Sevran ? C'est Vacher, l'officier de nuit. On a une scène de crime au col des Goules. Une voiture passe vous prendre dans quinze minutes. Équipez-vous bien, il a neigé toute la nuit.

— Très bien. C'est loin, le col des Goules ?

— Non, pas trop. Il y en a pour une petite demi-heure, mais avec la neige, ça va peut-être vous prendre un quart d'heure de plus...

— Qu'est-ce qu'on a ?

Elle s'est assise dans son lit, prête à bondir.

— Un corps démembré, auquel on a mis le feu. La tête, les mains et les pieds ont été sectionnés, c'est pas beau à voir à ce qu'il paraît.

— Comment on l'a trouvé ?

— C'est un trailer.

— Un quoi ?

À l'autre bout du fil, elle entend l'officier demander un café-crème avec du sucre à un collègue.

— Un fou de course à pied dans les montagnes. Il y en a plein ici.

— Ah, d'accord… À votre place, j'éviterais le sucre dans le café. Bonne journée.

Sevran jette un œil à l'heure à sa montre. Rapidement, elle attrape le jean qu'elle a jeté sur une chaise la veille. S'agenouille devant une valise sombre posée à côté en cherchant sa polaire noire et ses grosses chaussettes en laine. Elle s'est installée dans le petit appartement il y a déjà deux semaines, pourtant, ses affaires ne sont toujours pas déballées. Une jambe dans son jean, elle file à cloche-pied dans la salle d'eau, se lave rapidement le visage, puis fouille dans une trousse de toilette posée sur le bord du lavabo. Elle applique un peu de crème sur ses joues et son menton, en pensant qu'elle videra ses sacs le soir même. Après tout, cette mutation en Auvergne était son choix, il est temps de se faire à cette nouvelle vie. Une fois de retour dans la chambre, elle finit de s'habiller, tout en jetant un œil par la fenêtre. Dans la rue sombre, une voiture est garée en double file. Les feux en warning illuminent les façades d'une vive teinte orangée. Elle prend son manteau, son bonnet et ses gants et descend les marches quatre à quatre, manque de glisser, se rattrape.

Lorsqu'elle arrive sur le trottoir, un froid sec la saisit. Elle s'enfonce dans la voiture côté passager. Au volant, son collègue Pierre Biolet est en train d'envoyer un texto. Sevran voudrait foncer, traverser la ville au plus vite… Mais elle attend poliment tout en l'observant d'un œil noir. Il enclenche enfin la première. *Pas trop tôt…* Elle retire son bonnet et ses gants. Ses cheveux bruns tombent en cascade autour de son visage allongé. Elle se sent alerte et en bonne forme physique depuis sa course la veille au soir dans le parc. Prête, en tout cas, à affronter la dureté d'une scène de crime et d'une enquête en milieu inconnu. Après quelques minutes de silence, son équipier semble découvrir sa présence à ses côtés. Il arbore une barbe de trois jours et de petits yeux cernés, mais vifs. Elle remarque une fine cicatrice au-dessus dc son sourcil droit, c'est un détail qui lui plaît.

— Tu connais le col des Goules ?

— Non, pas encore.

— Les randonnées à faire dans le coin sont très chouettes… quand on n'y trouve pas de cadavre. (Il fronce un sourcil.) Tu marches ?

— Non, je cours. (Elle a le regard distrait. Un paysage enneigé apparaît au fur et à mesure qu'ils s'éloignent de la ville.) Il paraît que c'est un sportif qui l'a trouvé. C'est un peu tôt 4 heures du matin pour s'entraîner, non ?

— Hum… je me suis dit la même chose. Avec la neige qui est tombée cette nuit, il faut vraiment que le type soit accro.

Elle réfléchit en silence pendant que son équipier l'analyse du coin de l'œil.

— Tu regrettes Paris ? finit-il par demander avec curiosité.

— Ah non, pas du tout, pourquoi ?

— Je croyais… Le Quai des Orfèvres, « la crème de la crème », les « fins limiers »… (Il donne une intonation désuète à ce mot.) La plupart des flics rêvent de faire carrière là-bas !

Il glisse un regard vers elle, affiche un sourire mutin.

Elle regarde droit devant elle d'un air absent, tout en fouillant dans ses poches. Elle en sort un paquet de chewing-gums, qu'elle lui tend machinalement.

— C'est moi qui ai demandé ma mutation.

Il tourne vers elle des yeux ronds et gobe la dragée bleue sans un mot.

— J'en avais assez de ce rythme, de cette ville… (Elle ferme les yeux et soupire.) Et puis… Je suis en instance de divorce, alors j'avais besoin de changer d'air.

Le visage tendu vers la forêt, elle observe les sapins immenses en espérant mettre un terme à la discussion.

Une neige drue commence à freiner leur avancée, les flocons fouettent le pare-brise avec force. Biolet est contraint de ralentir. Au fur et à mesure de leur percée dans la montagne, l'atmosphère se fait pesante. Son équipier est concentré, les mains vissées au volant. Elle-même sent ses épaules plus contractées qu'à l'accoutumée. Des cristaux de neige ont envahi les coins des vitres. La cime des arbres se découpe avec netteté dans la nuit d'encre étoilée. Leurs branches alourdies ont l'air engluées dans la poudre blanche. Sur la chaussée de gauche, un chasse-neige en fin de tournée crache un jet de poudreuse sur les congères. Biolet effectue un léger mouvement de volant pour l'éviter et s'enfonce dans l'accotement neigeux. Tous les deux sont aussitôt projetés en avant. Le soubresaut de la voiture a fait glisser une lourde mèche de cheveux de Sevran sur ses yeux. Biolet sort en jurant. Un vent vif chargé de flocons vient s'engouffrer par l'ouverture de la porte, constellant le siège. Elle observe son collègue se diriger vers le coffre d'où il sort une pelle et un morceau de carton. Alors qu'une bourrasque glaciale fouette son visage, la capitaine retire avec autorité la pelle des mains de son équipier et se met à déblayer la neige avec énergie. Il observe ses pelletées nerveuses sans oser l'interrompre. La roue enfin dégagée, elle reprend son souffle, pendant que Biolet positionne le carton sous le pneu. Ils retournent à l'intérieur du véhicule, couverts de neige. Il enclenche la première et remet enfin la voiture sur la chaussée. Elle se sent de nouveau observée, comme si elle était une curiosité.

— Pas bête le coup du carton. Je m'en souviendrai.

— Oui. C'est utile ici en hiver, tu verras.

Au bout de quelques minutes, ils virent à droite.

— On y est presque.

À peine a-t-il terminé sa phrase qu'elle aperçoit au loin les flashs des gyrophares dans la nuit. Elle est étonnée par le nombre de camions sur le parking. Une fois la voiture garée, elle se rue à l'extérieur. À grandes enjambées, elle approche du lieu où sont agglutinés les pompiers, les gendarmes et les policiers. Son cœur accélère sa cadence. La neige tombe mollement, aussitôt aspirée par une bouillasse glissante gris-brun. Au fur et à mesure qu'elle approche, une forte odeur empeste l'atmosphère. *On dirait que ça sent le cochon brûlé.* Lorsqu'elle parvient enfin à hauteur de la scène de crime, elle se fige. Trois énormes projecteurs l'éclairent d'une lumière crue, violente. Elle a besoin de quelques secondes pour reprendre sa respiration.

Le parking est en terre battue. Les arbres forment un demi-cercle autour de la zone. Trois énormes rochers gris font barrage aux voitures. Au centre gît une masse sombre, qu'elle a d'abord du mal à reconnaître. Elle perçoit un os au milieu d'un amas de chair rouge et brun. La capitaine a beau en avoir vu d'autres, comme chaque fois, une colère profonde et lointaine rugit dans son ventre. La scène est choquante, les mutilations du corps dépassent l'entendement. Les pulsations rapides de son cœur réveillent l'extrémité de ses doigts engourdis. La température est glaciale, de petits tremblements crispés la traversent. Elle enroule ses épaules, rentre son cou pour ne pas donner prise au vent. Ses yeux ressemblent maintenant à deux cailloux sombres. Elle doit se concentrer, débuter les constatations d'usage, rester insensible à ce spectacle qui pourtant la bouleverse. Consciente qu'à cet instant les regards des équipes se posent sur elle, Sevran se redresse en gonflant imperceptiblement la poitrine.

À ses pieds, il ne reste que le tronc d'un corps humain allongé sur le ventre. Il semble s'agir d'un homme, bien qu'elle ne perçoive pas nettement les organes sexuels. La tête a été coupée, sans doute à la scie électrique, ainsi que les bras et les jambes. La peau est tendue, presque boursouflée, et porte les marques d'une combustion, mais avec cette température glaciale, le feu n'a pas dû durer longtemps. Une partie du corps repose directement sur la terre, tandis qu'une sorte de bâche en plastique fondu se distingue au niveau des hanches. Les marques au sol ne sont pas nettes. Des bouts de chiffon brûlés entourent le cadavre. Elle imagine qu'ils ont servi à y mettre le feu. Malgré ses genoux devenus raides, elle s'est accroupie pour mieux s'imprégner des détails. Depuis un point fixe, son regard tapisse la zone en cercles concentriques. Elle retire de sa poche un carnet sur lequel elle note tout méticuleusement.

Autour du tronc humain, des officiers de la police scientifique effectuent les relevés d'indices et prennent de nombreuses photos. Elle entend leurs voix mais ne les écoute pas.

Le procureur de la République, qui l'a repérée, vient vers elle en compagnie d'un gradé de la gendarmerie. Elle se tourne vers Biolet qui vient de la rejoindre.

— On a une scène de crime complètement contaminée ou je rêve ? marmonne-t-elle.

— On ne peut pas faire pire, répond-il discrètement en ne lui cachant pas son exaspération.

— Capitaine Sevran !

Le procureur, un homme sec d'une cinquantaine d'années, s'avance. Il a un regard d'acier, des cheveux grisonnants coupés ras. Il porte un long manteau en laine et une écharpe en cachemire rouge. Il lui tend une main molle.

— Je suis le procureur Serge Candal… Bien. Nous sommes en zone gendarmerie, mais j'ai dessaisi la compagnie au profit de la police judiciaire. Vos services ont l'habitude de ce type d'enquêtes criminelles et on m'a dit que vous-même aviez acquis une solide expérience au Quai des Orfèvres.

À ses côtés, le gradé de gendarmerie s'est imperceptiblement tassé.

— Je vous remercie, monsieur le procureur, nous ferons de notre mieux.

Elle se sent gênée par cette entrée en matière sans finesse. Elle remarque les quatre barrettes de commandant sur le képi du gendarme. Il porte l'uniforme bleu marine de rigueur, sa moustache touffue semble faire partie de l'ensemble. Il cache à peine sa déception.

— Le témoin est dans notre camion, si vous voulez l'interroger.

Le commandant fait un geste en direction du véhicule bleu marine, le visage fermé.

— Oui, bien sûr. (Sevran l'accompagne en prenant soin de ne pas glisser.) Vous savez, je sais que ce n'est jamais agréable d'être dessaisi, je suis certaine que vous auriez fait une excellente enquête avec votre équipe.

Elle fait ce qu'elle peut pour apaiser les relations.

— Capitaine. (Il s'arrête.) Vous venez tout juste de débarquer et vous piétinez déjà les plates-bandes de mon groupement. (Elle tente de protester, mais il poursuit, calmement.) Épargnez-nous votre condescendance. Ici, vous n'êtes pas à Paris. Nous sommes nous aussi des professionnels avec une solide expérience en matière criminelle. (Elle tente à nouveau de parler, mais il couvre sa voix.) Nous n'avons pas seulement l'expérience du terrain, nous connaissons aussi parfaitement tous les habitants de cette zone. (Il fait un geste circulaire de la main.) Votre « grande expérience » du Quai des Orfèvres ne vous sera d'aucune utilité ici. Je suis certain que le procureur regrettera vite son choix.

La réflexion lui fait l'effet d'un coup de pied dans le tibia. Mais vu la situation, elle la trouve dérisoire. Elle lui adresse un sourire.

— Vous êtes déçu, commandant, ça se comprend. Veuillez m'excuser, j'ai beaucoup de travail.

Elle se détourne et pénètre aussitôt dans le fourgon. À l'intérieur, un homme d'une trentaine d'années en tenue de sport moulante et fluorescente attend en grignotant une barre énergétique. Sa peau est anormalement hâlée pour cette époque de l'année. Ses cheveux bruns sont retenus en queue-de-cheval. Elle s'assoit devant lui, repense au gendarme et aux milliers de mots qu'elle aurait dû lui dire. Puis, après une inspiration, elle se lance :

— Bonjour, je suis la capitaine Sevran. Vous n'avez pas trop froid ?

Il remue la tête en signe de dénégation.

— Vous vous appelez comment ?

— Stéphane Blachon.

— Monsieur Blachon, est-ce que ça vous arrive souvent de courir en forêt à 4 heures du matin en plein hiver ?

L'homme lève les yeux au ciel.

— Ma question vous étonne ? interroge-t-elle en haussant un sourcil.

— Pfff... Vous êtes au moins la dixième à me demander ça depuis tout à l'heure ! s'agace-t-il avec un accent marseillais à couper au couteau.

— Admettez que ce n'est pas banal. L'endroit est isolé. Vous êtes arrivé comment jusqu'ici ?

— J'habite à Chanat, je pars de chez moi en courant. Y en a pour 20 kilomètres aller et retour.

— Vingt kilomètres de course avec cette météo épouvantable ? (La policière remarque que le témoin évite ses yeux. Il risque de se braquer, elle adoucit un peu les modulations de sa voix.) Non mais c'est dangereux ! C'est ce que je veux dire...

— Ça fait cinq ans que je fais du trail en semi-pro. J'ai l'habitude. Et puis j'embauche à 8 heures, alors j'ai pas le choix, lui répond-il, toujours sans la regarder, tout en remontant ses chaussettes d'un air buté.

— Où travaillez-vous ?

— Je suis vendeur-conseil chez Décathlon.

— Ah ?! (Elle marque un silence.) Ça fait des jours que je dois m'acheter de nouvelles baskets. Les miennes sont mortes. Je commence à souffrir des genoux.

Il relève la tête, elle vient de susciter son intérêt.

— Il paraît qu'il faut les changer souvent ?

— Tout dépend de votre pratique et de votre morphologie, mais faites gaffe… (Elle le sent surpris d'aborder un tel sujet en pareilles circonstances.) Vous pouvez vous ruiner les articulations. Moi, je change les miennes tous les mois.

— Oui, forcément, avec 20 kilomètres par jour, je comprends.

Sevran observe son témoin baisser peu à peu la garde.

— Vous êtes pronateur ou supinateur ? (Elle fait signe de la tête qu'elle l'ignore.) Faites-vous faire un diagnostic par un podologue, ensuite vous choisirez les baskets. C'est le meilleur conseil que je peux donner !

— OK, je vais me pencher sérieusement sur le sujet. Alors… racontez-moi. Comment ça s'est passé tout à l'heure ?

Blachon se crispe de nouveau puis se lâche :

— Oh !… L'horreur, franchement ! (Il lève les yeux au plafond, visiblement ému.) J'étais en train de courir, il neigeait comme pas permis. Tout à coup, j'ai remarqué une lumière à environ 500 mètres. En m'approchant, j'ai vu des flammes qui s'élevaient jusqu'à au moins un mètre. Ça m'a intrigué, je me suis approché. Ça puait terrible ! Ça sentait… euh…

— Le cochon brûlé ?

— Ouais, c'est ça ! Alors je me suis approché… Il y avait une sorte de carcasse dans les flammes. Je suis resté un moment comme un con à essayer de savoir ce que ça pouvait être. Au début, j'ai cru que c'était un animal à cause de l'odeur. Mais au bout d'un moment, j'ai réalisé que ça ressemblait à des fesses. (Il s'arrête, troublé, se passe les mains sur le visage avant de reprendre.) Quand j'ai compris que c'était un corps humain, j'ai aussitôt appelé le 17.

Des sanglots sont coincés dans sa gorge.

— Ça a dû vous faire un choc.

Elle se tient légèrement penchée en avant, les coudes posés sur ses genoux. Il souffle bruyamment. Des larmes envahissent ses yeux. Il ne répond pas.

— Il était environ quelle heure lorsque vous êtes arrivé ici ?

Il déglutit. Sa pomme d'Adam monte et descend comme un ascenseur.

— 4 heures 37.

— Dites donc, vous êtes précis ! Comment pouvez-vous en être si sûr ?

— Je pourrais faire ce parcours les yeux fermés. Quand j'arrive à cet endroit, il est toujours entre 4 heures 35 et 4 heures 38. Au moment où j'ai vu les flammes, j'ai regardé l'heure. Il était 4 heures 37.

— OK. Sur votre parcours, vous n'avez rien remarqué ? Une voiture garée ? Vous avez peut-être croisé un autre coureur ? Un promeneur ? Ou vu quelque chose d'inhabituel ?

— Non, à cette heure-ci, y a jamais personne. J'étais absolument seul. J'ai pas vu de voiture non plus.

— Bien… Je vous remercie. Vos informations vont nous être utiles. Un officier va prendre votre déposition, et vous pourrez vous en aller, d'accord ?

Il est visiblement soulagé et fait un mouvement du menton. En quittant le fourgon, la capitaine retrouve son regard noir et son équipier.

— Alors ?

— Classique… rien vu, rien entendu. Il est assez choqué. On vérifiera son casier au cas où.

Elle fixe la forêt, comme perdue dans ses pensées.

— T'as fait la connaissance du proc ? s'enquiert Biolet comme pour relâcher la pression. T'en penses quoi ?

— J'en pense que c'est un proc… il faut toujours se méfier. (Elle sourit.) Ah oui, au fait, le commandant de gendarmerie a déterré la hache de guerre.

Il la regarde, étonné.

— Il n'a pas digéré de se faire évincer. Il nous souhaite de nous casser les dents sur cette affaire.

— C'est complètement nul !

Sevran reste muette. Son regard est quelque part perdu au fond de cette forêt.

— Les scientifiques vont faire la levée du corps. On a rendez-vous à 10 heures avec la légiste.

— On a cherché la tête, les mains et les pieds ?

— Oui, sur un rayon de 100 mètres. Y a rien. On va batailler pour l'identifier.

— Hum.

Elle passe en revue les images de la scène, souhaitant retarder le moment de quitter les lieux de peur d'oublier ou de laisser sur place un élément important. Elle se rapproche une dernière fois du cadavre qui est en train d'être soulevé par l'équipe du légiste. Le tronc est si raide qu'il a l'air congelé. Au sol, elle observe la bâche verte à moitié calcinée. Elle est ramassée et placée dans un sac pour être analysée. Il y a moins d'une dizaine de personnes sur le parking. Les pompiers et les gendarmes sont partis.

— Finir comme ça, dans cet endroit perdu… C'est ignoble.

Elle est gelée, l'odeur de chair brûlée ne la quitte pas.

Une fois dans la voiture, elle retire lentement son bonnet et ses gants. Cette scène de crime ne ressemble à aucune de celles qu'elle a vues jusqu'ici. C'est la première fois qu'elle se retrouve face à un corps sans tête. Elle pensait pourtant que ses années à la PJ de Paris ne lui avaient rien épargné. Mais elle se sent troublée.

Au bout de plusieurs kilomètres, elle rompt enfin le silence.

— On ne trouvera aucune empreinte exploitable. Ni pneu ni semelle. On commence avec une sérieuse épine dans le pied.

— Chaque fois que les pompiers interviennent, on a le même problème. Ils sont occupés à éteindre le feu… et nos preuves partent en fumée…, répond Biolet distraitement.

— Tu as déjà vu une scène pareille ? demande-t-elle en se tournant cette fois vers lui.

— Non, c'est la première fois que je trouve un corps démembré… (Il reste un temps perdu dans ses pensées.) C'est étrange… J'ai du mal à imaginer que ce type ait eu une vie, des amis, peut-être même des gosses…

— Le tueur nous l'a livré comme une pièce de viande sortie de l'abattoir…, souffle-t-elle, absorbée par ses propres réflexions. Et ça n'a pas dû être simple à organiser…

Le jour se lève peu à peu. Un timide soleil tente déjà de percer la masse de nuages gris globuleux. La neige est en train de fondre sur la chaussée luisante. Depuis la départementale, une vue panoramique de la région se dévoile. Sevran repère aussitôt Clermont et sa cathédrale noire. Elle pense que cette ville à taille humaine agit sur elle comme un pansement sur une plaie. Ce soir, elle s'installera pour de bon dans son petit appartement. Elle ressent le besoin de se sentir ici enfin chez elle. La voiture traverse maintenant de larges avenues. Des panneaux signalent le CHU Gabriel-Montpied. Ses lèvres esquissent un sourire involontaire.

Lorsqu'ils arrivent à destination, elle prend une dernière bouffée d'oxygène sur le parking. Son collègue ouvre la marche dans les couloirs du rez-de-chaussée jusqu'à l'institut médico-légal. Une porte usée beige signale l'entrée du service. On ne compte plus les éclats de peinture à hauteur des chariots qui ont forcé son passage. Un grincement aigu comme un gémissement s'échappe des gonds de la porte. La lumière blafarde des néons fait briller le linoléum où trois brancards abandonnés attendent leur prochain client. Des rires bruyants éclatent depuis le fond du service, comme un paradoxe dans cet endroit lugubre. Biolet accélère le pas dans leur direction.

Lorsque Sevran parvient à la porte, elle découvre trois soignants en blouse blanche, un café à la main, souriants. Pendant que son équipier fait les présentations, elle serre les mains de l'interne, de l'infirmière, puis d'un médecin légiste, le seul dont elle entende distinctement le patronyme : Claude Jarry. Un homme d'une cinquantaine d'années, tout en rondeur, l'air d'un bon vivant, qui lui tend une brioche qu'elle avale avec une avidité discrète. Aucune scène de crime n'a jamais su calmer les ardeurs de son estomac. Jarry leur signale que Sophie Brun, la chef de service, les attend en salle 3. Biolet et lui échangent un regard entendu qui n'échappe pas à la policière.

Quelques secondes plus tard, elle se retrouve de nouveau face au tronc qu'elle peut enfin observer en détail. Il se présente sur le dos cette fois. Une longue ligne droite sépare son abdomen en deux, tandis qu'une ligne perpendiculaire court d'une clavicule à l'autre. Le corps a été éviscéré par la légiste puis refermé par des points de suture réguliers. La capitaine lève les yeux et découvre la Pr Brun, qui l'observe, un sourire en coin.

C'est une femme d'environ 50 ans, peut-être moins, grande, mince, les cheveux blonds négligemment retenus en chignon. Elle porte un rouge à lèvres discret et une chemise noire sous sa blouse blanche. Elle dégage une confiance et une force hors du commun. Sa main est posée sur la table en inox tandis que son poing droit reste serré contre sa taille.

— Comment allez-vous, Pierre ? (Elle se tourne vers Biolet.) Vous vous entendez bien avec votre nouvelle équipière ?

Elle prend un air félin et feint d'ignorer Sevran.

— Je ne m'en plains pas, répond Biolet, insensible face aux tentatives de séduction de la légiste.

Il retire un carnet de sa poche, sans doute pour se donner une contenance.

— Elle vous donne déjà du fil à retordre ?

D'un coup de menton, elle désigne le cadavre, sans se départir d'un rictus moqueur. Intérieurement, l'enquêtrice est en ébullition. *Un roitelet sur ses terres… Incroyable !*

— Capitaine Virginie Sevran. Enchantée.

Elle fait un pas en avant, souriante, mais ferme. La Pr Brun la regarde avec défiance. Il règne une tension désagréable à cet instant dans la salle d'autopsie qui ressemble au fond d'une piscine, avec son triste carrelage bleu pâle.

— Bon, commençons les réjouissances, lance la légiste en se redressant. Votre tronc mesure environ 1 mètre 55, les membres n'ont pas tous été sectionnés à la même longueur. Il s'agit d'un homme d'une quarantaine d'années et de corpulence moyenne, environ 85 kilos. Nous manquent la tête, les bras, les jambes et le sexe. (Elle marque une pause.) Je n'ai trouvé qu'un vestige de testicule carbonisé…

Elle observe la réaction de Sevran qui ne cille pas. Biolet poursuit sa prise de notes, imperturbable.

— Entier, si je puis dire… il devait mesurer dans les 1 mètre 75. Il porte des traces de blessures au couteau dans le dos, sur le flanc droit et au niveau de la carotide. (Elle montre les blessures avec son index.) J'ai compté 28 impacts. Si c'est pas de l'acharnement, je ne m'y connais pas… (Elle poursuit avec la même froideur.) La lame doit mesurer dans les 25 centimètres, type couteau de boucher, assez classique, vous en trouverez un dans toutes les bonnes cuisines !

La remarque surprend un peu la policière qui n'en a jamais eu de tel.

— Regardez maintenant les marques sur la peau, de gauche à droite, de haut en bas. Le couteau devait être tenu comme ça. (Elle attrape un instrument par le manche, se place dans le dos de Sevran et feint l'agression.) Puis le tracé change, impact quasiment à l'horizontale. La victime reçoit des coups alors qu'elle est couchée sur le flanc. Le tueur doit se tenir à califourchon sur elle. Il ou elle est très vraisemblablement droitier. Le début de l'agression a lieu alors que la victime était de dos. Vous l'aviez compris, j'en suis sûre.

Elle lance un regard mutin à Biolet qui consigne toujours les informations sur son calepin, à l'ancienne. La capitaine est d'autant plus agacée par l'attitude de la légiste qu'elle se sent migraineuse, et pas d'humeur à jouer. De petits élancements vifs assiègent son cerveau. Elle est incommodée par la lumière agressive du scialytique au plafond.

— Les membres ont dû être sectionnés avec une scie circulaire dans un mouvement d'avant en arrière. (La légiste fait de nouveau le geste.) Si vous avez des questions, n'hésitez pas ! ajoute-t-elle en ne s'adressant encore qu'au policier.

— À quand remonte la mort, d'après vous ? demande Sevran, les sourcils arqués.

— Ah ! la question qui fâche. (Le visage de la Pr Brun se ferme.) Je n'ai pas de tête, et donc pas d'œil pour doser le potassium dans l'humeur vitrée. La température n'est pas non plus un bon indicateur, on a eu des températures négatives cette nuit. Les rigidités et lividités, plus la tache abdominale… (Elle donne une petite tape familière de sa main sur le tronc.) Ça me fait opter pour une mort qui remonte à une semaine.

Merde, jure intérieurement l'enquêtrice.

— Et quelle est la cause de la mort ?

— La section de la carotide, répond du tac au tac Sophie Brun, le menton dressé.

— OK… Vous pensez qu'il s'est défendu ?

— Ah… sans les mains, difficile à dire, mais je ne le pense pas, non. La toxicologie le confirmera sans doute, mais pour moi, ce type n'était pas dans son état normal.

— C'est-à-dire ?

— On va sûrement trouver un taux d'alcoolémie ou une dose de barbituriques, ou les deux.

Sevran croise le regard de Biolet, sans doute aussi abattu qu'elle.

— Est-ce que, selon vous, le tueur a une force particulière dans le poignet ? Les coups de couteau sont profonds, et une scie circulaire, ça pèse lourd, non ? demande Sevran qui cherche désespérément le moindre détail auquel s'accrocher.

— Excusez-moi, mais on se fout un peu de la force du poignet, désolée… Lorsque vous tuez avec autant de sauvagerie et d'acharnement, vous avez forcément déployé une énergie hors du commun. Appelez ça comme vous voulez, folie ou pas, mais vous n'avez pas un comportement habituel. Par conséquent, ne comptez pas sur moi pour vous dire que c'est un homme plutôt qu'une femme. Je pense que c'était le sens de votre question, non ?

— Ah non, pas du tout.

La capitaine est involontairement sèche. Les élancements dans sa tête sont devenus difficilement supportables, elle perd patience.

— Je pensais plutôt à la corpulence du tueur. Est-ce qu'il est grand ? fort ?

— Pas forcément grand. Fort… (Elle réfléchit.) Il faut sans doute une bonne musculature du poignet et du bras, oui… Mais je ne pense pas que le tueur soit forcément un as de la scie circulaire et du couteau.

Le sourire de la légiste découvre ses dents impeccables. Rien ne semble pouvoir la désarçonner.

— Très bien. (Un soupir de fatigue échappe à ses lèvres.) On a quelque chose pour nous aider à l'identifier ? Cicatrice, tatouage ? demande-t-elle en se frottant les tempes.

— Vous, vous avez une migraine.

La légiste la dévisage.

— Bingo ! répond Sevran, les traits brouillés.

— Vous êtes dans le pire endroit au monde pour vous faire soigner, mais j'ai du Doliprane si vous voulez.

L'enquêtrice se radoucit aussitôt.

— Ça pourrait m'aider, oui, merci.

La Pr Brun se retourne et plonge la main dans son sac. Biolet jette un regard complice à sa collègue.

— Avec tout ce qu'on voit ici, il m'arrive aussi d'avoir quelques maux de tête. (La Pr Brun lui tend un comprimé et un verre d'eau, l'air impassible, puis elle enchaîne aussitôt :) Votre bonhomme avait un cancer.

Les enquêteurs lèvent ensemble leurs yeux vers la légiste, apparemment ravie que son public réagisse parfaitement à ses effets de scène.

— J'ai trouvé une tumeur étendue sur la paroi de l'estomac. Un carcinome épidermoïde, généralement lié à une forte consommation d'alcool. Rien ne dit qu'il était suivi pour ça, mais on ne sait jamais. Vous avez quelques bons spécialistes là-haut. (Elle fait un mouvement de la tête vers le plafond.) Il a peut-être un dossier ici, qui sait ?

Les deux équipiers se regardent, interdits. L'annonce de la légiste devrait les réjouir. Ce détail pourra sûrement leur être utile. Pourtant aucun d'eux ne semble soulagé. Le manque d'éléments auxquels se raccrocher les a plongés dans la confusion.

— Si vous parvenez à retrouver la tête, je pourrai peut-être en tirer quelque chose…

Biolet se met à contourner le tronc en se baissant pour se tenir au plus près du cadavre et en percevoir les moindres détails. Son équipière espère qu'une idée germera dans son esprit. Elle aussi a longuement étudié les boursouflures de la chair, la coupe parfois nette, parfois hésitante et dentelée. Il se redresse enfin et brise le silence.

— D'après vous, pour quelle raison les membres n'ont pas tous été coupés à la même longueur ?

Sa voix est presque mécanique. La Pr Brun enfonce ses poings dans les poches de sa blouse blanche. Elle n'est pas surprise par cette question qui semble l'avoir préoccupée quelques heures plus tôt.

— Eh bien, parfois en effet, le membre est sectionné au-dessus de l'articulation… (Sa main gantée de latex se pose sur une jambe.) Parfois plusieurs centimètres en dessous. Il y a deux hypothèses : la première, c'est que notre tueur n'a pas l'habitude. Il a peut-être été pris de court, il a fait comme il a pu avec les moyens du bord. Il manquait peut-être aussi d'espace. L'accès à toutes les parties du corps n'était peut-être pas aisé… Ça l'a obligé à couper plus court les membres de gauche que ceux de droite… (La légiste mime chaque geste, absorbée par ses pensées.) La deuxième hypothèse, c'est que le meurtrier souhaite nous cacher des éléments qui peuvent faciliter l'identification. On coupe ici pour cacher un tatouage sur l'avant-bras gauche… On coupe au-dessus de la cheville ici, pour cacher une prothèse, ou peut-être… une broche ? Il est clair que la crémation était aussi destinée à tenter de ralentir le travail de la police, mais… il s'y est mal pris. Pour brûler un corps, il faut au moins 200 kilos de bois et dix bonnes heures de combustion minimum. C'est un ratage, donc.

Brun hausse les épaules. Sevran remarque que son rictus moqueur a temporairement déserté son visage. À cet instant, l'hypothèse d'un tueur néophyte lui paraît la plus convaincante. Elle tend une main ferme à la légiste, occupée à lancer vainement des regards pleins d'éclairs en direction de Biolet.

3 décembre 2000, 14 heures, Vichy

La jeune femme jette un regard discret à sa montre. Marie a une quarantaine d'années, de longs cheveux cuivrés, un visage rose et rond ponctué de deux iris vert clair qu'une légère frange vient parfois voiler. Sa mère se tient assise à ses côtés. Le silence qui s'est installé entre elles depuis de longues minutes est aussi angoissant que l'eau accumulée derrière les parois d'un barrage prêt à rompre. Marie tente de concentrer son attention sur ses nouveaux souliers noirs à boucles dorées qui reposent sur un lourd tapis oriental aux tons bleu et jaune. Elle examine le fin entrelacement des anneaux retenus par deux fines brides de cuir cousues main. Une voix dans son esprit lui souffle qu'elle ne va pas pouvoir supporter longtemps le mutisme de sa mère. Son attitude lui est insupportable aujourd'hui. Pourtant, elle décide de lui accorder encore quinze minutes. Ensuite, elle prendra congé et rejoindra son cabinet en ville. Ses patients doivent déjà l'attendre, l'après-midi passera vite. Vers 19 heures, elle rejoindra son chez-elle, se préparera un dîner léger et commencera à rédiger les ordonnances et les arrêts de travail. Son mari Raphaël étant en voyage d'affaires, elle en profitera sans doute pour se coucher tôt. Mais, pour le moment, elle est là, le dos raide et les dents serrées.

Un journal plié en deux est posé sur une table basse. Le gros titre de la page régionale, *« Mortelle découverte au col des Goules »*, attise sa curiosité. Le sous-titre précise : *« Un corps démembré a été retrouvé hier matin par un joggeur… »* L'édition date d'il y a trois jours. L'endroit, sur la moitié visible de la photo, lui rappelle une randonnée avec ses enfants l'été dernier. Elle n'ose pas se plonger dans la lecture de l'article qui pique à vif son intérêt. Marie a toujours eu le goût des récits judiciaires et policiers. À contrecœur, elle détache son attention du quotidien. Sa mère n'a pas bougé. La tête à demi inclinée, les yeux de Marie sont en quête d'un détail auquel se raccrocher. Nerveuse, elle regarde la grande fenêtre sur sa gauche et aperçoit l'épais feuillage qui cache la maison des coups d'œil indiscrets. Des arbres que sa mère a toujours voulu bien touffus, pour les couper du monde. Elle voudrait tant être dehors. Le temps semble avoir freiné sa course pour la mettre à l'épreuve. Elle se sent comme un alpiniste arrivé au sommet d'un pic, les poumons prêts à exploser.

Depuis plusieurs années déjà, elle s'impose ces visites hebdomadaires. Elle en ressort toujours vidée et frustrée ; pourtant, elle n'en a jamais raté une seule. D'habitude, elle écoute sa mère réécrire l'histoire. Elle traque les petits moments de fragilité où, l'œil mouillé, la vieille femme se perd dans les souvenirs qu'elle a maladroitement tissés. Elle la regarde avec indifférence s'engluer dans ses mensonges. Dans le fond, Marie se plaît à assister à ce spectacle pathétique. Mais la plupart du temps, Michelle préfère occuper le terrain avec des histoires qui ne prêtent pas à conséquence ; les rumeurs d'infidélité des uns, les soupçons de corruption des autres. Jamais sa fille ne marque le moindre intérêt pour ces récits sans que cela semble l'affecter. Il en est ainsi depuis des années. Mais aujourd'hui, Michelle a le regard perdu. Sa fille observe ses cheveux clairs, le foulard de soie qu'elle a noué autour de son cou et ses grands yeux tristes. Elle se demande ce qu'elle doit faire : parler ou se taire ? Elle n'a, de toute façon, jamais compris les attentes de cette femme. À moins, peut-être, qu'elle se soit appliquée à les contrer dès l'enfance. Le tic-tac de l'horloge comtoise nichée au fond du salon la rend fébrile ; quand son carillon se met à sonner deux coups, Marie sursaute. Sa mère remarque enfin sa présence.

— Tu as appelé ton frère ?

— J'ai essayé… mais il ne répond pas.

La voix de Marie est presque inaudible. Le regard de Michelle la foudroie, elle explose aussitôt :

— Mais ce n'est pas possible ! (Sa voix retrouve les tonalités aiguës d'autrefois.) Ça fait des jours qu'on est sans nouvelles ! Vous n'avez toujours pas compris ce qui se passe, Jeanne et toi ? (Son regard est devenu dur.) Vous devez chercher votre frère ! Ce n'est pas normal !

Marie décide de rester calme. L'emportement de sa mère a pourtant noué ses nerfs, prêts à céder à la tentation de la colère. Mais elle sait qu'elle ne peut rien lui infliger de pire que son visage marmoréen. Le portrait de son père Georges, posé à côté d'elle, l'occupe un moment. Il a l'air d'un dandy avec sa fine moustache et son smocking. Un être sans profondeur qui a passé sa vie à surnager, entraîné par les courants. Un mondain, que la boisson rendait parfois drôle. Mais si faible, persuadé de pouvoir trouver son bonheur entre les cuisses de la première venue. Marie n'a jamais compris l'aveuglement de sa mère. Tout le monde sait à Vichy qu'il a deux enfants naturels dans la nature. Deux garçons, dit-on, deux frères inconnus qu'elle n'a jamais cherché à rencontrer. Ce manque de curiosité lui fait parfois craindre de ressembler à sa mère… Cette pensée la froisse aussitôt et lui serre les entrailles. Quand elle se redresse, une vive douleur se réveille dans le creux de ses lombaires. *Combien de temps faut-il encore rester ici ? Encore cinq minutes, allez...*

Elle penche à nouveau la tête vers la photo de Georges. Avec ses paupières plissées, François lui ressemble tellement... Maintenant, c'est sa belle-sœur Catherine qu'elle ne comprend pas. Pourquoi cette fille plutôt moderne, intelligente et jolie gâche sa vie avec son abruti de frère ? François a toujours été si léger et fuyant... Comme chaque fois que Marie pense à lui, les images de leur dernier repas de famille ressurgissent...

Ils sont tous réunis dans la grande cuisine de leur mère, ce doit être un de ces 25 décembre où l'on joue à la famille soudée. Les accolades manquent de chaleur, les sourires de sincérité. Une complicité factice s'impose autour de la tablée, étouffante comme une cloche de verre.

Michelle trône au centre, en souveraine. Ses enfants et leurs compagnons l'entourent. Il y a Jeanne et Victor, François et Catherine, Marie et son époux Raphaël... Les petits s'amusent à courir sans se soucier du bruit dans les différentes pièces de la maison. Michelle a demandé à son employée de préparer un bœuf bourguignon, mais comme la pauvre femme n'a jamais montré le moindre talent en cuisine, le plat est lourd et indigeste. La viande dure est inondée d'une sauce trop salée, l'ensemble est écœurant. Pour vaincre la soif, tout le monde boit beaucoup de vin. L'alcool délie raisonnablement les langues, mais l'entraînement familial ne fait craindre aucun écart grave. Pourtant François, qui d'ordinaire tombe endormi comme une masse sur la table, se met à parler. Marie se souvient des tentatives désespérées de sa sœur Jeanne pour dévier la conversation. Mais on ne l'arrête plus. Tout y passe. Les nuits à s'enivrer, les pauvres filles qu'il saute. « Les caillettes », comme il les appelle, sont ses régulières. Mais il y en a d'autres, à Clermont, à Royat...

Aucun détail ne manque au récit de ses exploits minables. Il est si vulgaire et grossier que Marie a envie de l'attraper par la gorge pour qu'il se taise enfin. Sa bouche, comme les égouts, refoule ses miasmes. Et, pendant tout ce temps, Catherine reste imperturbable, comme sourde aux horreurs déblatérées par son mari. Michelle, pourtant si prompte à la colère, se tait, le visage enfoui dans les mains, les pouces collés sur ses oreilles. Comme Victor a l'air de se délecter de ces histoires qui piquent enfin son intérêt, Jeanne n'ose s'interposer. Alors, Marie se charge de la sale besogne. Elle se lève et lui ordonne de se taire en tapant violemment du poing sur la table. François, d'abord surpris, se met à pouffer d'un rire sardonique. Catherine, à ses côtés, ne paraît témoigner aucune gêne au milieu du torrent d'humiliations. Une lourde chape de plomb les écrase tous autour de la table. Puis Marie, Raphaël et leurs enfants quittent la maison sans que personne ne cherche à les retenir.

À la suite de cet épisode, Marie a rompu tout lien avec son frère, pas tant à cause du malaise qu'il avait créé, que pour Catherine et les enfants. Pourtant, quand elle y repense, son flegme a été incompréhensible, presque dérangeant. Lorsque ces souvenirs s'estompent, elle découvre que sa mère ne l'a pas lâchée du regard depuis tout à l'heure. Elle la fixe avec des yeux exorbités emplis d'incompréhension.

— Je dois y aller, je commence mes consultations dans un quart d'heure.

— Dis-moi que tu vas faire quelque chose pour ton frère ! la supplie-t-elle.

— Non. Il n'y a rien que je puisse faire. (Elle attrape son sac posé au sol et se dirige d'un pas leste vers la sortie.) À la semaine prochaine.

Lorsque Marie referme la lourde porte de la maison, un soulagement immense l'envahit. Chaque pas qui l'éloigne de sa mère lui procure une sensation de légèreté. Elle quitte l'avenue à pied et décide de longer le parc des bords de l'Allier. Elle accélère entre les allées pour rejoindre plus rapidement la rivière, comme à la recherche d'air frais. Un coureur solitaire bat le gravier, pareil à un métronome. Elle observe un moment ses enjambées souples et calibrées en rêvant de lui ressembler pour pouvoir prendre la fuite. Lorsque le cours d'eau se dévoile au bout du parc, il est anormalement sombre et lourd, chargé d'une boue qui ne demande qu'à déborder et tout inonder. Marie frissonne. Quelques canards sauvages, réunis sur les abords, pataugent en cancanant à la recherche de nourriture. Leur plumage est si terne qu'il se confond avec l'eau argileuse et disparaît dans le paysage. Elle songe à sa mère dévorée par l'angoisse, se demande un instant où peut se trouver son frère. Elle reste immobile, insensible aux gouttes glacées qui s'écrasent sur son nez, tant l'idée qui la traverse l'indispose. Pour elle, François est mort depuis longtemps.

4 décembre 2000, 15 heures 30, Ceyrat

Catherine est agenouillée dans le bureau. Elle classe des documents en prenant soin de ranger les factures professionnelles par ordre chronologique dans des classeurs de couleur. Son apparence a changé. Ses cheveux ont raccourci, son pull en laine rouge coquelicot tranche avec ses nuances habituelles. Un discret trait rose rehausse même ses lèvres. Une lente métamorphose a commencé. La pièce aussi semble plus lumineuse et plus nette qu'il y a quelques jours. Sur le bureau, le tas de papiers a disparu, la corbeille a été vidée, l'odeur de renfermé s'est enfin dissipée. Elle s'attaque maintenant à un espace de la bibliothèque qu'elle n'a pas encore eu le temps d'explorer.

Pendant plusieurs jours, elle a tourné autour d'un large carton marron en prenant soin de l'éviter, car l'appréhension de découvrir de nouveaux secrets douloureux la paralysait. Tandis qu'elle le fait glisser vers elle, un nuage de poussière s'envole vers ses narines. *Qu'est-ce que je vais trouver cette fois ?* Des feuilles volantes, par centaines, sont entassées à l'intérieur. Il y a les dessins des enfants, des prospectus touristiques des Canaries, des États-Unis… des papiers administratifs et des bilans comptables. Elle fronce les sourcils en hésitant à poursuivre le tri de ce fatras qui la rend nerveuse. Mais elle insiste. Au bout d'un moment, sa main retire des profondeurs de la boîte des factures portant la mention « impayé » tamponnée en rouge. Un malaise, comme un feu follet, s'agite dans sa poitrine. Pour ces nouveaux documents, elle se met à constituer une nouvelle pile devant elle.

Très vite, celle-ci se met à grossir. À chaque découverte, le cœur de Catherine fait des bonds.

Juin 1998 : 32 000 francs ; septembre 1998 : 270 000 francs ; janvier 1999 : 19 500 francs ; mars 1999 : 170 000 francs ; juin 1999 : 25 000 francs ; novembre 1999 : 43 500 francs ; février 2000 : 276 500 francs ; avril 2000 : 38 000 francs ; juin 2000 : 145 000 francs…

Les mains tremblantes, elle se saisit d'une calculatrice et additionne les sommes. Il y en a pour plus de 700 000 francs. Les clients sont pour la plupart des entreprises privées du coin, mais il y a aussi quelques particuliers. Prise d'un vertige, elle s'appuie contre le mur. Tous ces chiffres l'étourdissent. François a laissé l'entreprise se gangrener sans rien tenter pour la sauver. Avec énergie, elle décide de mettre tout en œuvre pour récupérer cet argent. De petits feux d'artifice d'excitation électrisent son cerveau. Il lui faut quelques instants pour mettre au point son nouveau plan de bataille.

Le calme enfin retrouvé, elle contacte les clients un à un, en se présentant comme Catherine Renon, nouvelle gérante de la société. Chaque fois, sa voix adopte un ton ferme, teinté néanmoins d'une forme d'assurance chaleureuse. Ses interlocuteurs sont troublés, voire décontenancés. La plupart prétextent un oubli et s'excusent platement. Au bout de deux heures, la moitié a déjà promis d'envoyer les sommes attendues dans les meilleurs délais. Pour ceux qu'elle a sentis plus récalcitrants, elle décide qu'elle fera appel à un avocat afin d'entamer les démarches nécessaires. Elle jubile presque.

Ce poids dans sa poitrine a disparu. Elle a le sentiment que l'obstacle qui empêchait la bonne poursuite des événements vient enfin de sauter. Gonflée d'adrénaline, elle s'attaque ensuite à certains fournisseurs dont les prix des matériaux ont considérablement augmenté ces dernières années. Tous sont très surpris de découvrir ses nouvelles responsabilités et sa détermination. Une fois le téléphone raccroché, elle savoure le silence serein qui emplit la maison. Elle ne soupçonnait pas qu'une telle force puisse un jour jaillir en elle.

Sa soudaine acuité lui donne le sentiment de parfaitement analyser la situation. Une tasse de café à la main, elle traverse l'entrée puis le salon, en allongeant ses pas avec une aisance qui lui est étrangère. Un plaid crocheté multicolore est posé sur un fauteuil, elle s'emmitoufle dedans et se rend sur la terrasse. Le changement de température est si surprenant que tout son corps frissonne. Une fine couche de glace recouvre le sol par endroits. Elle s'assoit sur une chaise longue qui émet un grincement plaintif lorsqu'elle décide de s'y allonger en relâchant la tension de tous ses muscles. Un air vivifiant emplit ses poumons. Pendant que ses mains enserrent fermement la tasse brûlante qui la réchauffe, elle contemple les sapins, les hêtres et le frêne un peu plus loin. Ses réflexions se perdent dans les méandres de ce jardin que l'hiver a rendu méconnaissable. Elle se demande si sous cet épais manteau de neige la vie repartira au printemps. Les gelées ont forcément été fatales à certains arbres, certaines plantes. Elle espère qu'au premier rayon de soleil, la vie émergera de nouveau, comme la sienne, qu'elle veut désormais sans surprise, sans obstacle. Cette pensée puérile la rend un peu honteuse, mais il n'empêche qu'elle a mérité ce nouveau souffle. Ces derniers mois ont été si éprouvants ! Elle voudrait pouvoir se vider l'esprit, mais l'image de François l'en empêche. *Comment a-t-il pu être aussi négligent avec l'entreprise ?* Quant à elle, comment a-t-elle pu être aussi aveugle ?

La culpabilité se répand en elle comme une tache de vin sur un tissu. Cette minuscule éclaboussure devient vite une auréole indélébile.

Un soir, François était rentré tard d'un chantier, le visage tuméfié. Il avait bredouillé qu'un client en rogne contre des retards et des imperfections s'en était pris à lui. Il avait l'air brisé, désespéré. Catherine s'était contentée de l'écouter distraitement sans chercher à connaître l'agresseur ou l'encourager à porter plainte. Elle avait simplement poursuivi son chemin en s'écartant toujours plus sensiblement du sien. Avec le recul, son attitude lui semble étrange. Qu'avait-elle cherché, au juste, en se comportant ainsi ?

Malgré le froid, son front s'est réchauffé. Une ombre s'est posée sur elle comme un nuage qu'elle tente de repousser. Il est trop tard pour les remords ; elle, au moins, n'a rien à se reprocher. Un sourire satisfait un peu contraint s'impose sur ses traits.

Maintenant, en tout cas, Catherine se sent prête. Elle sait très précisément ce qu'elle doit faire. Ces milliers de francs qui ont failli être perdus pour toujours, elle compte bien les récupérer, et vite. Elle passe en revue les documents qu'elle a triés dans la matinée et repense aux fiches de paie des ouvriers. Parmi eux, un certain João n'a plus été rémunéré depuis mai 2000. Dans ses souvenirs, il était pourtant le meilleur contremaître que François ait jamais eu. Elle boit une dernière gorgée de café froid et décide de retourner dans le bureau. Là, parmi les bulletins de salaires, elle retrouve celui de João Ramirez Pirez. Elle se saisit d'un répertoire rangé dans un tiroir et compose son numéro. Après trois sonneries dans le vide, l'homme répond enfin. Catherine s'entend lui proposer de le reprendre en lui promettant un bon salaire. Comme un long silence s'installe, elle ajoute : « Je suis la nouvelle gérante de la société, c'est moi qui prends les décisions maintenant ! » Le contremaître a l'air hésitant, réticent même. Elle se sent obligée d'insister : « Mon mari ne travaille plus. Vous n'aurez plus du tout affaire à lui, seulement à moi. » João Ramirez Pirez, la voix traînante, déclare enfin : « Dans ce cas, et si vous augmentez mon salaire actuel... c'est d'accord. » Catherine accepte les conditions sans même y réfléchir. Elle a besoin d'un homme de confiance qui saura la faire respecter sur les chantiers. Elle propose de le rencontrer le soir même et l'invite à passer la voir chez elle, vers 20 heures. Lorsqu'elle raccroche, ses récents succès l'enivrent si bien qu'elle a envie de partager sa joie avec sa sœur.

Au téléphone, Annie, qui se bat depuis bientôt un an contre un cancer des poumons, est essoufflée. Sa dernière chimiothérapie semble l'avoir démolie. Catherine sent la tristesse s'abattre sur elle comme un aigle qui fond sur sa proie. Bientôt, Annie ne sera plus là, et elle sera seule.

— Comment vas-tu, ma belle ?

— Tout va bien, ne t'inquiète pas, et toi ?

— Moi ? J'ai mal partout, je suis fatiguée, j'ai le cafard... Je continue ? (Elle se met à rire puis finit par tousser.) Parle-moi de toi plutôt ! Allez ! Je veux tout savoir !

— François est parti.

— Ah ! (Annie soupire de soulagement.) Enfin ! Bon débarras.

— Quoi ?

Catherine est étonnée par la franchise de sa sœur.

— Je ne l'ai jamais aimé, tu sais ?... Ce n'est pas parce que tu n'as jamais rien dit que je ne voyais rien ! Je sais qu'il t'a fait souffrir pendant toutes ces années. Je ne savais pas quoi faire pour t'aider, moi !... (Elle a une voix soudain étouffée.) Maintenant, promets-moi de vivre, et d'être heureuse ! C'est compris ?

— Oh ! Ne parle pas comme ça !

Les yeux de Catherine se mouillent subitement.

— Parler comment ? Oh ! Allez, tu le sais aussi bien que moi. J'en ai plus pour très longtemps… Je voudrais te savoir heureuse avant de partir. (Elle marque une pause.) Dis-moi comment tu vois les choses ?

Catherine a besoin de quelques secondes pour retrouver son courage.

— Eh bien… J'ai commencé à mettre le nez dans les comptes de la société, et j'ai trouvé pas mal de solutions pour qu'elle redécolle. Je suis contente… Je me sens libérée d'un poids… Je me suis même coupé les cheveux, tu te rends compte ?

— Non ! C'est vrai ?

Annie a un sourire dans la voix.

— Oui, je te jure ! C'est… comme une renaissance en fait. Tout va beaucoup mieux… C'est très… bizarre.

— Je suis soulagée, tu sais ? Tout va bien se passer, maintenant. Tout va rentrer dans l'ordre. Tu vas pouvoir refaire ta vie.

Cette dernière parole provoque un trouble chez Catherine.

— Oui… J'ai l'impression qu'il est parti pour toujours…, dit-elle presque pour elle-même.

— C'est mieux comme ça. Tu n'étais pas heureuse.

La voix de sa sœur paraît soudain lointaine, très fatiguée.

Ces dernières paroles ont dissipé ses doutes. Ou, du moins, elles les ont apaisés. Catherine promet à Annie de venir la voir bientôt. Malgré l'immense tristesse qui la transperce, la joie de sa sœur l'a réconfortée.

Catherine quitte la maison pour aller chercher les enfants à l'école. Sur le chemin, elle prépare ses arguments pour ses prochains rendez-vous professionnels, émoustillée par ce nouveau défi. Elle récupère d'abord Clémence et Eliott, qui grimpent dans l'auto chargés de leurs énormes sacs à dos. Ils ont beau afficher un air insouciant, à peine Clémence est-elle installée qu'elle demande si son père est rentré. La mère de famille hoche la tête en silence avec un sourire qu'elle veut rassurant. Ses enfants cesseront sans doute un jour de l'interroger sur leur père. S'ils avaient ne serait-ce qu'une idée de la catastrophe à laquelle ils viennent tous d'échapper, ils ne voudraient plus entendre parler de lui. Il y a, près d'elle, un sac rempli de bonbons et de viennoiseries qui les occupera quelque temps en les détournant de leur chagrin. Du moins le pense-t-elle.

Tout en roulant vers Chamalières pour récupérer son aîné, elle feint de se passionner pour les récits alambiqués de leur journée. Le trafic est dense à cette heure de l'après-midi, la Volvo roule au pas, coincée entre les véhicules des autres parents d'élèves. À l'entrée de l'établissement, la silhouette de Maxime apparaît, immobile dans le flot d'adolescents qui se déverse dans la rue. Son regard morne fixe un point invisible dans l'espace, ses épaules arrondies semblent incapables de retenir le sac à dos qui glisse sur lui comme une limace. En le découvrant ainsi, le cœur de Catherine se contracte douloureusement. Elle voudrait pouvoir quitter la file de voitures et étouffer son fils de baisers, mais elle est paralysée, impuissante. Depuis des jours, la souffrance de son aîné irradie comme une barre d'uranium dans un réacteur nucléaire. Impossible à contenir ni apaiser. Elle se met à klaxonner. De sa démarche adolescente typique, légèrement chaloupée, il remonte la file de voitures et vient s'installer sans un mot à l'avant du break. Elle lui donne une petite tape sur la cuisse.

— Comment ça va, mon beau brun ?

Il ne répond pas, le regard embrumé. Il est évident que Maxime ne comprend pas son soudain regain d'énergie et de joie. Il trouverait plus normal de voir sa mère sombrer dans la dépression. Cette réaction-là le rassurerait peut-être. Elle redémarre avec douceur en quittant la file indienne pour récupérer la départementale. Le ciel pollué décline son sempiternel camaïeu gris sur la plaine de Clermont. En grimpant les lacets, elle remarque que son fils l'étudie du coin de l'œil.

— T'as des nouvelles de papa ?

Sa voix est presque agressive.

La mère de famille se sent mal à l'aise, mais répond avec ce même sourire mécanique.

— Non, mon chéri, toujours pas.

À l'arrière, Clémence et Eliott n'ont plus le goût de jouer. Leurs yeux ronds, accusateurs, la dévisagent.

Elle bifurque sur la gauche et se dirige vers l'allée de sapins. À peine le break stationné devant le porche, les trois enfants filent en courant dans la maison comme s'ils cherchaient à la fuir. Catherine se retrouve seule, un peu désemparée. Il fait déjà sombre, la maison est devenue l'otage d'une forêt d'arbres noirs. Une inquiétude qui aggrave et enlaidit tout sur son passage s'installe au creux de ses pensées fragiles. Elle se dirige vers le salon désert et marque un arrêt devant le portrait de famille. À l'époque de cette photographie, un amour et une complicité solides les unissaient tous les quatre. Les lèvres tremblantes, elle contemple leurs sourires qui, depuis, ont disparu de leurs figures. Catherine a si longtemps vécu en posant un voile pudique sur les failles de son existence qu'elle ne connaît plus le goût de la franchise. Sa décision provoque un puissant vertige : elle les réunira ce soir pour leur annoncer que leur père est parti pour toujours.

4 décembre 2000, 15 heures 30, Clermont-Ferrand

Une chaleur sèche s'échappe des radiateurs électriques en surchauffe. Dans la torpeur silencieuse que seuls de petits claquements de convecteurs à bout de souffle interrompent avec régularité, les corps ramollis se sont avachis sur les piles de dossiers. Pour lutter contre l'asthénie, Sevran avale une gorgée de soda effervescente qui se met à crépiter contre son palais comme un pétard, pendant qu'elle poursuit sa lecture sur son écran d'ordinateur. Dans sa main, un pain bagnat menace de laisser échapper un morceau de thon et quelques rondelles d'oignon. Le généreux sandwich est enveloppé dans un fin sachet en papier qui commence à se désagréger sous l'effet de la sauce et du jus de tomate. Elle croque distraitement dans le pain moelleux, quand sur son bureau son téléphone clignote d'une lumière rouge indiquant un appel extérieur. À contrecœur, elle pose le lourd casse-croûte à moitié entamé.

— C'est la Pr Sophie Brun. Je vous dérange ?

— Non… je vous écoute.

La capitaine Sevran avale un dernier morceau de thon.

— Pépi a fait une connerie sur la toxicologie. Rien de grave, hein, mais on a perdu du temps. Je vous envoie les résultats par fax. Mais j'avais vu juste !

Sophie Brun semble toute fière.

— Vous aviez vu juste… c'est-à-dire ? lâche Sevran en levant les yeux au ciel.

— Votre tronc avait bu comme un trou, on a aussi retrouvé un cocktail de Zopiclone, Nordazépam et Bromazépam. Vous verrez ça dans les résultats. Il était incapable de se défendre.

— D'accord. Bon… (Elle prend un temps pour digérer l'information.) Et qui est Pépi ?

— C'est notre empoté de toxicologue ! (La Pr Brun se met à rire.) Toutes les équipes ont leur maillon faible, c'est le nôtre !

L'acidité de la remarque provoque un froncement de sourcils involontaire chez l'enquêtrice, qui ne sait pas quoi répondre. Heureusement, Brun enchaîne avec son aisance habituelle.

— Vous êtes sportive, non ?

— Je cours… tous les jours, pourquoi ?

— Moi aussi ! Courons ensemble demain matin, 6 heures au jardin Lecoq !

Une grimace vient froisser son visage tandis qu'une réponse automatique lui échappe :

— Excellente idée… À demain alors ?

Un café dans chaque main, Biolet arrive en sifflotant. Sevran et lui occupent des bureaux côte à côte, comme ceux de Navard et Ghemzi installés tout près. L'espace est encombré de placards métalliques, d'ordinateurs, de téléphones, de dossiers et de portemanteaux. Pourtant, dans tout ce fatras poussiéreux, un pan de mur est resté vierge. L'inspecteur Dirty Harry s'y affiche sur fond de flammes illuminant la nuit. Clint Eastwood, visage anguleux et yeux teigneux, tient en joue les résidents du lieu. Sa légendaire et farouche opposition à l'autorité l'a secrètement promu saint patron de la brigade.

De part et d'autre de l'unique fenêtre, deux publicités de lingerie Aubade ont été accrochées là comme une invitation vulgaire à la détente masculine. La première exhibe une poitrine généreuse et intime de *« lui communiquer son code : 90D »*. La seconde présente une culotte surmontée d'un cœur brodé qui habille très légèrement des fesses ultra-rebondies, pour *« le toucher droit au cœur »*. Lorsque Sevran a pénétré dans le bureau pour la première fois, son regard s'est involontairement posé sur ces courbes parfaites. Elle a aussitôt décrété que ces photos ne la dérangeaient pas, mais espéré néanmoins s'en débarrasser au plus vite.

— Qu'est-ce qui t'arrive ?

Son collègue la dévisage.

— On a reçu la toxico. Notre cadavre était ivre et drogué. On va réceptionner le rapport par fax.

Il s'enfonce dans son fauteuil, pensif.

— Et pire que tout… Brun m'invite à aller courir avec elle à 6 heures du matin au jardin Lecoq !… L'horreur !

Biolet éclate d'un rire moqueur devant l'expression mi-agacée, mi-amusée de son équipière.

En engouffrant le reste de sandwich dans sa bouche, elle hésite à lui faire part de son irritation au sujet des résultats de toxicologie arrivés tardivement. Elle a noté que son expérience du Quai des Orfèvres était perçue ici comme un handicap. Elle ne compte plus les remarques acides sur ce lieu fantasmé. Elle décide donc de se taire pour le moment. Dans le fond, elle ne se sent pas encore tout à fait en confiance avec ses nouveaux collègues. Biolet a l'air rigoureux, posé et réfléchi, mais Navard et Ghemzi ont l'air si jeunes, si inexpérimentés. Navard lui fait peine avec ces T-shirts qui moulent exagérément sa musculature dopée. Il est petit, trapu, le crâne rasé à vif, et porte l'étui de son arme de service comme un trophée. Avec son look de bagarreur, il est visiblement dénué de la moindre finesse. Ghemzi semble intelligente, plus méthodique et besogneuse, mais écrasée par les biceps trop gonflés de son comparse. La plupart du temps, elle est affublée de lourdes Nike qui tassent sa silhouette moulée dans un jean si près du corps qu'il semble avoir été cousu à même ses cuisses. Certains jours, des décolletés étonnamment plongeants apparaissent subitement, provoquant les regards concupiscents et surpris de tous ses collègues. Ghemzi s'interroge sur son style en examinant du coin de l'œil les blazers et les fines chemises en crêpe de soie de Sevran. Pour être prise au sérieux dans ce milieu saturé de testostérone, la capitaine a choisi d'assumer discrètement sa féminité, avec de petits talons de 5 centimètres.

Elle a envoyé Navard et Ghemzi faire le tour des stations-service, à la recherche d'une personne qui aurait acheté assez d'essence pour brûler un corps. Pour cela, il leur a fallu remonter la liste de tous les clients sur les deux derniers mois. Elle leur a également demandé d'effectuer une recherche dans les dossiers des disparitions récentes. Déléguer n'a jamais été son fort, mais cette fois, elle n'a pas le choix. Avec Biolet, ils sont occupés depuis trois jours à prendre contact avec des cancérologues et gastro-entérologues, et ils terminent leurs journées en tapant les rapports et en passant des coups de fil.

Il y a quelques heures, sa jeune collègue est venue lui annoncer que le fichier des personnes disparues ne donnait toujours rien. Depuis, Sevran se sent un peu démunie avec ce tronc anonyme sur les bras.

L'étagère métallique grise au fond du bureau se met en branle. Le fax crache le rapport de toxicologie avec de bruyantes secousses. Elle a beau déjà connaître les conclusions de Pépi, elle espère découvrir quelque chose qui lui permette enfin d'avancer. Frénétiquement, elle tire les feuilles avant que l'impression ne s'achève complètement et se lance dans une lecture absorbée des conclusions.

Le sujet présentait un taux d'alcoolémie de 2 grammes par litre, il était en état d'ébriété avancé. Nous notons la présence de molécules anxiolytiques et somnifères. Le Zopiclone est présent dans des proportions comprises entre la dose toxique et mortelle, 0,01 et 0,05 microgramme par litres.

Nous notons également la présence de deux benzodiazépines à dose thérapeutique. Le Nordazépam (1,10 microgamme par litre) et le Bromazépam (0,02 microgramme par litre). La victime était dans un état de soumission totale.

Sevran relit la dernière phrase, « *État de soumission totale* ». Quelque chose la chiffonne. Elle dépose les conclusions sur le bureau de Biolet sans un mot. Il interrompt aussitôt sa tâche et se met à les lire. Au bout de quelques minutes, il relève la tête et plonge ses yeux dans ceux de son équipière.

— La seule motivation de notre tueur, c'est d'empêcher l'identification. Il n'a pris aucun plaisir à mutiler la victime… Puisqu'il l'a pratiquement anesthésiée pour le faire. On ne le trouvera pas dans nos fichiers. C'est sa première fois, affirme-t-elle gravement.

— Mouais… Mais le taux d'alcoolémie n'est pas logique. Avec les doses de somnifères et d'anxiolytiques, l'alcool était inutile. Peut-être que le tueur ne savait pas que notre victime avait bu comme un trou… (Biolet s'enfonce dans son fauteuil, tête en arrière, les yeux au plafond, et étire ses bras.) Il ne connaît peut-être pas la victime si bien que ça ?

— Ou bien, il pense que trois précautions valent mieux qu'une ?

— Mais pourquoi se donner tout ce mal ? Les coups de poignard, la découpe, traîner ce tronc en forêt… puisqu'il suffisait de le laisser crever avec les médocs ? (Il se parle à lui-même, puis se redresse nerveusement.) Merde, y a aucune logique !

Sevran applique ses mains sur son visage en soupirant. Elle non plus ne comprend ni le raisonnement ni la méthode de ce tueur. Pourquoi un tel acharnement afin d'empêcher l'identification, pour ensuite jeter le corps sur un chemin de randonnée fréquenté ? Le tronc aurait pu être enterré ou immergé au fond d'un des lacs de la région, personne n'en aurait rien su.

Elle regagne sa place pour continuer ses recherches auprès des médecins, quand soudain le chef du SRPJ, Ospitalé, pénètre dans le bureau.

C'est un homme rondouillard d'une soixantaine d'années. Il porte des lunettes à lourdes montures rectangulaires noires et un vieux costume froissé.

— Alors, on en est où ?

Il avance son ventre un peu trop près de l'enquêtrice, qui recule instinctivement.

— On a un corps que le tueur s'est donné toutes les peines du monde à nous empêcher d'identifier. Il l'a manifestement drogué – on a reçu la toxicologie à l'instant. Le cadavre avait aussi un fort taux d'alcoolémie à 2 grammes. Les réquisitions dans les stations-service n'ont rien donné pour le moment. Les fichiers des disparus non plus. On s'accroche à ce cancer de l'estomac… On est en train de faire le tour des gastro-entérologues et des cancérologues de la région.

— Mouais… (Ospitalé affiche une moue peu convaincue.) J'ai les mecs de *La Montagne* et de *France Bleu* collés aux basques depuis deux jours. Le proc a fait une conférence de presse, les baveux veulent plus d'infos. Si on a la presse au cul, on n'a pas fini ! Cette affaire devient votre priorité absolue, je veux le nom de ce foutu tronc au plus vite sur mon bureau.

Il lance un regard entendu à Sevran et Biolet qui ne mouftent pas. Elle pense que le directeur force sans doute un peu le trait pour l'impressionner. Elle n'a pas le temps de lui répondre qu'il est déjà reparti ses dossiers sous le bras, à la poursuite d'une autre proie dans les couloirs du commissariat. Il crie à pleins poumons :

— Oh ! Bréchon ! C'est quoi cette connerie de rapport d'enquête sur l'affaire Mésségué ? Vous vous foutez de moi ou quoi ? Sans déconner ! C'est aussi mal foutu qu'un article du *Nouveau Détective* ! Je veux un document lisible dans une heure, c'est clair ?

La capitaine l'entend qui s'éloigne en jurant : « Putain de bordel ! » Puis une porte claque et le silence s'installe de nouveau dans le bureau.

Intérieurement, elle analyse le comportement de ce directeur haut en couleur. Il lui faudra sans doute déployer beaucoup d'énergie pour s'en faire respecter. « Il s'agite beaucoup, mais il n'est pas méchant », remarque Biolet. Elle esquisse un sourire distrait. Le sandwich et le soda pèsent dans son ventre anormalement rond et tendu.

Dans la matinée, Sevran a effectué une recherche dans les fichiers de la police nationale en quête d'affaires similaires à la sienne. Après avoir effectué un premier tri, deux meurtres avec mutilations ont attiré son attention. Bien qu'elle ne croie ni à l'hypothèse d'un meurtrier itinérant ni à celle d'un tueur en série, il faut explorer toutes les pistes possibles.

Dans le rapport qui concerne la première affaire qui a eu lieu en Bretagne deux ans plus tôt, la victime, une femme, a été retrouvée les membres sectionnés sur une plage à quelques kilomètres de Brest. C'est un pêcheur qui l'a découverte un matin, vers 5 heures. Elle lit que les enquêteurs ont fait état de marques au fer rouge sur le torse. Ce détail la fait tiquer. *Les brûlures au fer sont des marques de punition. Le tueur soumet sa victime, marque son appartenance. Rien de comparable, chez nous…* Elle poursuit l'examen du dossier qui indique également qu'un viol a eu lieu. Deux ADN différents ont été relevés sur le corps. Elle fronce les sourcils et remue lentement la tête. Le sexe des victimes, les mutilations infligées et le viol différencient nettement l'affaire brestoise de la sienne. Elle veut tout de même obtenir le rapport complet ainsi que les photos de la scène de crime, au cas où. Elle appelle le SRPJ de Brest et demande à parler à l'officier en charge de l'enquête. Un instant plus tard, un homme à la voix claire lui répond. Ses souvenirs sont intacts. Après plusieurs mois d'enquête, il avoue tristement ne pas avoir été en mesure d'identifier le corps, ni de mettre la main sur le ou les tueurs. En l'écoutant, Sevran imagine les efforts et les tourments de son collègue breton avec une pointe d'anxiété. Au bout d'un quart d'heure d'échanges, il promet de lui faire parvenir des éléments, bien que lui non plus ne pense pas que les deux affaires soient liées. En raccrochant, la policière sent le stress la gagner peu à peu. Une ambiance studieuse à peine troublée par le bruit des doigts courant sur les claviers s'est installée dans le bureau.

Elle décide de se pencher sur le deuxième meurtre qui a eu lieu en Alsace cinq ans plus tôt. Cette fois, il s'agissait d'un homme, poignardé et démembré. Le cadavre a été retrouvé dans une décharge sauvage. La tête qui avait été cachée dans un sac d'ordures a été découverte quelques jours plus tard par la police scientifique, permettant une identification rapide de la victime. De nouveau, les investigations n'ont pas pu désigner l'auteur des faits. Sevran compose rapidement le numéro du SRPJ de Strasbourg. Au bout du fil, le chef d'enquête a l'air peu disposé à l'éclairer sur le dossier. Elle a toutes les peines du monde à jauger la situation, jusqu'au moment où ce dernier évoque l'absence des organes internes liée à une éviscération. Elle n'avait pas remarqué ce détail dans les fichiers et se sent étrangement soulagée. Ce meurtre aussi diffère de celui dont elle a la charge. Elle salue brièvement le policier alsacien et retourne à ses réflexions.

Dans un mouvement rotatif de son fauteuil, elle se laisse bercer en fixant le rapport de la scène de crime des Goules, dont une copie est posée en évidence sur son bureau. Selon elle, la motivation première du tueur était la vengeance. Mais il n'a pas cherché à humilier la victime en donnant au corps une position dégradante, il ne l'a pas torturée au fer, n'a pas cherché à s'emparer de ses organes. Au contraire, il l'a droguée pour atténuer ses souffrances...

Biolet discute au téléphone avec les médecins. Elle l'observe prendre des notes, puis son regard s'échappe par la fenêtre.

Elle s'en approche pour observer les nuages qui forment comme des taches d'encre sur un cahier. Une série d'arbres chétifs longe l'avenue de la République en bordure du commissariat. Ses yeux s'attardent sur une maison au crépi ocre des années 1950, située de l'autre côté de la rue. Derrière le porche en arcade et son entrée sombre, il y a une fenêtre aux rideaux opaques et gris qu'elle imagine éclairer un séjour aux tapisseries vieillottes. Au premier étage, trois pots contenant des plantes mortes sont alignés sur un petit balcon. Au fond du jardin mal entretenu apparaît une vieille femme courbée. Ses cheveux bouclés blancs révèlent une légère tonsure sur le haut du crâne. Ses jambes recouvertes d'épais bas de contention beige foncé sont si arquées qu'elles ressemblent à deux parenthèses. Chacun de ses pas provoque une grimace de douleur qui déforme sa figure. Les rides creusées qui balafrent son visage entraînent Sevran dans d'intenses élucubrations. La voilà en train de tisser une vie imaginaire pavée d'épouvantables épreuves.

Son équipier raccroche enfin et interrompt ses rêveries :

— Au CHU, un certain nombre de dossiers d'hommes entre 40 et 50 ans peuvent correspondre à notre type.

— Super ! Combien ?

— Neuf en tout.

— On y va !

Sevran se réjouit de pouvoir quitter son bureau. Elle a besoin de bouger et de prendre l'air. Elle dévale les escaliers sans se retourner, s'engouffre dans une voiture de service et démarre rapidement en direction de l'hôpital.

— Cette nuit, je retourne au col des Goules.

— Hein ? Mais pourquoi ?

— J'ai besoin de m'imprégner de cet endroit, de prendre le temps de réfléchir... Je pense qu'après, les choses me sembleront plus claires.

— Tu n'y vas pas toute seule, je viens avec toi.

— Oh non, arrête ! C'est pas nécessaire ! Prends soin de ta vie privée tant que tu en as une ! (elle glousse, mais son collègue semble piqué par sa remarque ; son indélicatesse la rend confuse.) Excuse-moi, je ne voulais pas te blesser.

— C'est rien, répond-il froidement. Mais je vais venir quand même.

Elle longe les voies ferrées pour éviter de prendre les boulevards. Une fois sur l'avenue Léon-Blum, la circulation est fluide. Arrivée au niveau du stade, elle bifurque brutalement sur la droite. Elle espère que les médecins lui permettront d'obtenir une information enfin exploitable.

— Qui est-ce qui est parti ?

— Comment ?

— Ton mari ou toi ?

— Ah !... Un peu les deux... Un flic et un urgentiste ont peu de chances de finir leurs jours ensemble, je suppose.

Une impression de regret traverse son visage.

— Tu l'aimes toujours ? interroge Biolet sur un ton chagrin.

Sevran est aussi gênée que surprise par la question.

— Euh... Je serai toujours attachée à lui, mais ce n'est plus de l'amour... Enfin... Je ne pense pas.

Elle ne souhaite pas entrer dans les détails et préfère esquiver.

— Et toi, qu'est-ce qui t'arrive ?

— J'en sais rien. (Il a les bras croisés, il tourne sa tête vers l'extérieur.) On ne s'entend plus, tout est source d'engueulades. Je ne comprends pas ce qui se passe.

Les conflits, les tensions puis les désunions sont devenus un fardeau ordinaire dans l'univers de la policière. Avant de se retrouver dans cette situation, elle avait du mal à comprendre. Au bout de cinq années de mariage, pourtant, elle avait ressenti une forme d'indifférence pour Paul. Cette pensée lui avait été pénible, mais elle avait dû admettre que son cœur renfermait un vide immense. Il était devenu absent de l'avenir dans lequel elle se projetait. Elle avait essayé de se raisonner, de sauver ce qui pouvait l'être. Comme il n'avait pas manifesté de volonté de se battre, ils avaient calmement décidé de mettre fin à leur union, sans drame, sans amertume. Bien sûr, il lui arrive de regretter qu'il n'ait pas cherché à la retenir de toutes ses forces. Elle l'imagine tout de blanc vêtu, filant à vive allure dans un camion du Samu dans les rues de Paris, gonflé à l'adrénaline.

— Parfois, on traverse une crise, on pense que tout va mal, mais ça ne veut pas dire qu'il faut tout remettre en question... Surtout si ça vaut la peine de s'accrocher. (Elle ouvre de grands yeux qu'elle souhaite encourageants.) Je te répète en tout cas que je n'ai pas besoin de toi, ce soir.

— Je pense que c'est vraiment une bonne idée d'y retourner. (Il réfléchit en silence.) Moi aussi, j'ai besoin de comprendre ce qui s'est passé. Je viens.

Elle aperçoit le grand bâtiment blanc du CHU et tourne à droite. Une place se libère sous son nez, elle s'y glisse aussitôt.

4 décembre 2000, 19 heures 30, Volvic

Un homme aux cheveux bruns est adossé à son pick-up. Il vient d'allumer une cigarette sur laquelle il tire longuement, puis il renverse sa tête en arrière et observe la fumée blanche qui s'échappe de sa bouche. Il est habillé d'un pantalon noir multipoches et d'un pull polaire rouge qui porte des traces de peinture vertes et blanches. Des coulures de plâtre recouvrent ses lourdes chaussures de sécurité. Il se sent fourbu, ses épaules sont douloureuses. Ces dernières heures, il a porté plus de sacs de ciment qu'au cours d'une année. Non seulement ce chantier est harassant, mais il est mal payé. Devant lui, sur un petit terrain, la nuit a englouti les fondations d'une maison en construction. Le sol ici n'est pas bon, il aurait fallu descendre en profondeur pour assurer la stabilité du bâti, 5 mètres, peut-être même 6, mais son patron n'a rien voulu savoir. Il n'aime pas travailler dans ces conditions. Dans quelques années, de larges fissures se mettront à courir sur les murs, les habitants n'auront plus que leurs yeux pour pleurer…

Il affiche une mine dégoûtée. Il a reçu l'ordre de commencer les soubassements au plus vite. Les parpaings gris attendent sur un monticule de terre retournée. Non, il n'aime vraiment pas travailler comme ça. Il voudrait pouvoir mettre un peu d'argent de côté et monter son affaire, mais rien ne se passe jamais comme il le voudrait.

Dans l'obscurité, il croise les silhouettes des ouvriers qui quittent le chantier. Ils se saluent laconiquement. Il ne souhaite qu'une chose : rentrer chez lui, boire un verre et se détendre un peu, mais la journée n'est pas encore finie. Il monte la manche de son pull pour observer sa montre. Déjà 19 heures 30, il doit se mettre en route pour son rendez-vous chez Renon. D'un mouvement vif du majeur droit il lance son mégot aussi loin que possible. Le reste de cigarette atterrit dans le ciment frais. Il souffle en l'air une dernière bouffée grise et grimpe dans l'auto. Le moteur vrombit, les pneus glissent dans la boue quelques secondes, puis le véhicule avance enfin. Ses larges mains veinées, recouvertes d'une fine pellicule de plâtre, sont fermement accrochées au volant. João appréhende cette entrevue. Parler n'a jamais été son fort. C'est les deux pieds dans la glaise, un burin dans les mains qu'il se sent dans son élément : là, il sait précisément comment agir. Mais en entretien d'embauche, avec une femme qu'il ne connaît pas de surcroît… Il n'a pas été entraîné pour ce genre d'épreuve. Un fanion aux couleurs du Portugal s'agite sous le rétroviseur intérieur. Il réalise qu'il ne s'est pas rasé depuis plusieurs jours. Il passe sa main sur ses poils drus en se demandant ce qu'en pensera Catherine Renon. Il ne se souvient pas de l'avoir rencontrée, pourtant il est allé quelques fois dans sa maison pour y voir son mari. Il espère qu'elle ne lui a pas menti, parce qu'il n'a plus l'intention de travailler avec François Renon, cet escroc.

Dans le milieu, il a pourtant souvent croisé des cas, mais lui, c'est quelque chose. Il a mis au point un système de blanchiment d'argent assez habile.

Un faux sous-traitant édite de fausses factures pour une prestation fantôme qu'il n'effectuera jamais. Le sous-traitant encaisse la somme, puis en reverse une partie en liquide au chef d'entreprise. Plusieurs patrons du coin sont mouillés, mais tous ignorent que Renon est derrière tout ça. Tout le monde gagne son pourcentage au passage, l'entreprise ne paye ni les cotisations sociales, ni la TVA. C'est risqué, mais apparemment, ça passe. Au début, Renon était un type malin, mais les ficelles sont devenues de plus en plus grosses. Depuis qu'il est porté sur la bouteille, il accumule les gaffes. Ces derniers mois, il n'a plus payé les ouvriers, et certains entrepreneurs n'ont pas reçu leur part. João se souvient que la dernière fois qu'il l'a vu, il lui a envoyé une belle droite. Il a senti l'os de sa mâchoire se briser sous la force de son poing. Évidemment, se mettre à travailler pour sa femme n'est pas forcément une bonne idée, mais il est prêt à tout pour fuir le chantier en cours. Et puis, elle a dit qu'elle paierait mieux, alors… Ça vaut la peine de tenter.

Le pick-up est ouvert aux quatre vents. Une bise glaciale étourdissante frappe son visage, entrant en rafales par les fenêtres, et le maintient en éveil sur la route tortueuse. De petites maisons en pierre noire longent de temps en temps la voie. Son œil aguerri analyse la maçonnerie, les toitures, les encadrements de fenêtres et de portes. Intérieurement, il grogne contre ces rénovations de fortune. Tout lui semble construit sans bon sens et surtout sans le sou.

Il allume la radio pour rompre l'ennui. Les vieilles enceintes crachent un air de rock des années 1980 qui ressuscite aussitôt de vieux souvenirs. Il augmente le volume en esquissant un sourire. À 17 ans, il avait du succès avec les filles et des résultats scolaires qui lui faisaient espérer de ne pas finir ouvrier comme son père. Une mélancolie subite le gagne tandis qu'il réalise que les rêves de cette époque sont depuis longtemps enterrés…

Une nuit, dans une discothèque sur les hauteurs de Clermont, il a fait la rencontre d'Irène. Une grande nana brune, avec des yeux très maquillés et de longs cheveux ébouriffés coiffés comme les punks de l'époque. Elle était très différente de ce qu'il avait connu auparavant... Irène avait quelque chose de sombre, magnétique, fascinant. Il en est tombé amoureux. Fou amoureux. Très vite, Irène a tout bouleversé sur son passage, un vrai cyclone. Comme elle était perpétuellement en quête d'argent, João a commencé à voler : les sacs des petites vieilles, les caisses des magasins.

Puis, un jour, il a appris qu'il y en avait un autre. Un type qui devait s'imaginer qu'il pourrait partager Irène avec lui. Ça l'a rendu fou. Il ne sait plus comment, ni vraiment pourquoi, mais il s'est procuré un couteau à longue lame. Ensuite, tout lui a échappé. Les yeux effrayés du type sont restés gravés dans sa mémoire. Du sang s'est mis à gicler partout... C'est seulement au moment où le couteau est ressorti luisant des entrailles du gars qu'il a pris conscience du tourbillon qui provoquerait sa chute.

À 18 ans, sa vie d'adulte a commencé en centrale, et Irène a disparu. Une colère profonde gronde toujours en lui, prête à bondir.

Il éteint la radio d'un geste brusque. Inutile de ressasser le passé ; il s'en est sorti, toute cette sale histoire est derrière lui.

Le panneau de Ceyrat apparaît dans la nuit, puis très vite après, la maison éclairée de l'entrepreneur. Dans le grand salon qui donne sur la terrasse, il aperçoit Catherine Renon occupée à lire. Elle est blonde, jolie. Il stationne son pick-up, prend quelques secondes pour fumer une nouvelle cigarette et chasser la tension. João voudrait abréger ce rendez-vous, se faire embaucher, et rentrer chez lui pour dormir enfin. Il claque la porte de son véhicule et saute d'un coup les quatre marches du porche, puis sonne deux fois. Catherine Renon apparaît souriante à la porte. Il la trouve séduisante. La pression dans sa poitrine descend d'un cran.

Elle lui propose de venir au salon où la télévision est allumée. Il lui semble que le décor a changé. La maison paraît mieux ordonnée que la dernière fois qu'il est venu. Il jurerait que le mobilier n'est plus le même. Il y avait avant un canapé en cuir vert qui lui avait fait mauvaise impression. Il ne le voit plus dans la pièce, remplacé par un sofa en tissu beige. Les boiseries foncées semblent aussi avoir été repeintes dans un ton clair. Toutes ces modifications lui font penser que Catherine Renon a dit vrai. Son mari François ne semble plus être de la partie. Sur un mur, son regard est attiré par un portrait de famille où il est justement absent. Il y voit là aussi une confirmation qui le rassure. Elle l'invite à s'asseoir et lui propose un verre. Il accepte une bière. Pendant qu'elle le quitte quelques instants pour se rendre dans la cuisine, l'ouvrier se demande si la pièce est aussi différente de l'autre côté du vestibule. Elle revient, un plateau chargé de boissons dans les mains. Elle dégage une assurance calme.

— João, mon mari a toujours eu une très grande confiance en vous. Il est parti et j'ai repris les rênes de la société. (Elle a accéléré le rythme de sa voix.) Je vous veux comme contremaître et je vous propose un salaire à 12 000 francs bruts, auxquels s'ajouteront des primes lorsque les chantiers seront livrés à temps.

La proposition – intéressante – le surprend. C'est 2 000 francs de plus que son salaire actuel. Accepter aussitôt pourrait donner l'impression qu'il est aux abois. Il décide donc de faire durer les négociations :

— Je ne veux plus tremper dans les magouilles, et j'exige que les gars soient correctement payés et déclarés. Si je vous ramène un client, j'obtiens une prime de 8 % sur la totalité du chantier.

Au vu des circonstances, ses exigences lui paraissent plus que légitimes. Catherine Renon l'examine en souriant. Elle se tient très droite face à lui. Il remarque qu'elle ne porte pas de lunettes comme sur la photo de famille et que ses cheveux sont aussi plus courts. Il devine que c'est une belle femme qui ne connaît sans doute rien au métier. Il pourrait d'ailleurs facilement la gruger, mais il préfère ne pas franchir la ligne jaune.

— La confiance a un prix que je suis prête à payer. (Elle marque une pause et le fixe droit dans les yeux.) Vous pensez que je ne connais rien à ce milieu, et vous avez raison. Mais ne me sous-estimez pas, j'apprends très vite. (Elle se redresse.) Je veux être informée au jour le jour de l'avancement des travaux. Au moindre problème, vous m'appelez. Je me rendrai moi-même deux fois par semaine sur les chantiers pour rencontrer les clients. J'ai l'intention d'être plus présente que mon mari ces derniers temps. Je veux aussi que vous veniez avec moi visiter les fournisseurs. Certains se moquent de nous, leurs prix sont anormalement élevés. S'il le faut j'en changerai. (Il acquiesce en silence.) Mon mari a fait preuve d'un certain laxisme dans la gestion de l'entreprise. Je ne travaille pas comme ça. Les clients vont devoir payer ce qu'ils nous doivent, et de mon côté, j'assurerai un salaire décent et déclaré à chaque ouvrier.

Il se demande si elle est au courant pour le blanchiment d'argent. Il préfère ne pas soulever la question maintenant. Il verra comment elle se conduit avec le temps.

Le visage pâle et creusé du fils aîné apparaît à l'entrée du salon. Il marque un arrêt en découvrant João. Son regard devient soudain très sombre. Il est troublé, pris d'un léger malaise. L'adolescent doit être au courant de ses démêlés avec son père. Après un moment d'hésitation, Maxime retourne dans sa chambre. Catherine Renon semble soudainement préoccupée. Il semble que ses relations avec son fils soient compliquées. Le contremaître décide de ne pas en parler. Il ne veut pas se mêler de leurs affaires. Elle finit par lui demander s'il peut commencer dès le lendemain. Il accepte, serre la main de sa patronne et quitte la maison au pas de course.

Sur la route, il se demande s'il a fait le bon choix. *Douze mille francs, c'est pas rien, je vais enfin mettre du fric de côté.* Pourtant, quelque chose le dérange, comme une écharde enfoncée dans la chair. Il n'a pas aimé le regard du fils, Maxime. Est-il possible que ce gamin ait eu connaissance de son passé ?

Les vieux démons. Les revoilà. Prêts à s'évader de la prison dans laquelle il pensait les avoir enfermés des années plus tôt. Il accélère en direction de Volvic, comme pour chercher à les rattraper avant qu'ils ne saccagent à nouveau son existence.

4 décembre 2000, 19 heures 30, Fontainebleau

Allongée dans son lit, Annie a le teint cireux, et de petites veines bleues encerclent ses yeux caves. Ses cheveux clairsemés laissent apparaître son crâne blanc sur le haut de ses tempes. Lentement, la vie glisse sur elle.

Elle nage dans un vieux T-shirt rose élimé qu'elle a acheté sur un marché de Nassau il y a plus de vingt ans. Deux cocotiers immenses surmontés d'un soleil orange encadrent un bateau blanc sur une mer pastel. L'inscription « Bienvenue aux Bahamas » s'est effacée au fil des lessives. Annie aime ce souvenir kitsch. Il donne à sa maladie l'air d'une mauvaise farce.

Son corps lui semble si pesant qu'elle ne parvient pas à atteindre le verre d'eau que son mari a posé sur la table de chevet. Chaque cellule de son organisme menace pourtant d'exploser dans un immense fracas si elle ne boit pas une gorgée. Elle voudrait appeler Jean pour qu'il l'aide, mais elle n'a plus de force. *Je veux mourir. Je veux mourir tout de suite.* Elle ferme les yeux. Annie ne veut plus aller voir les pneumologues, les cancérologues... Les chimiothérapies sont de toute façon devenues inutiles. Il faut arrêter tout ce cirque. Elle aspire à un peu de paix avant de partir doucement, sur la pointe des pieds. Personne ne délogera le mal qui a grandi en elle. Cette anémone noire a posé ses tentacules partout, se nourrissant de son oxygène et de son sang, la dévorant de l'intérieur. Elle a enfin décidé de se soumettre à ses exigences tyranniques. Elle ne veut plus la combattre. Sa tête est enfoncée dans un large oreiller bleu ciel, ses bras osseux dépassent du lit aux draps fleuris. Ses yeux fixent le luminaire en papier au plafond. Elle se sent comme un naufragé assoiffé sur un radeau qui flotte au soleil.

Jean pénètre dans la chambre. Il s'agenouille auprès d'elle, approche le verre de sa bouche asséchée et dépose un baiser sur son front. Ses lèvres bougent, mais elle n'entend pas ce qu'il dit. Elle suit mentalement le trajet de l'eau fraîche qui circule doucement dans son corps. Puis elle perd sa trace quelque part dans son ventre qui retient son empreinte glacée. Cette sensation la surprend un peu, ses entrailles se contractent. Dans un soupir, elle lui demande : « L'eau, moins fraîche s'il te plaît. » Il quitte aussitôt la chambre avec le verre encore rempli. Ses membres lui semblent si engourdis qu'elle se demande si elle vit encore. Elle examine sa chambre comme si chaque détail était de la plus haute importance. Il y a les rideaux dont les motifs rappellent ceux des tapisseries ; de petits oiseaux argentés qui s'envolent sur un fond clair. La moquette grise, le lit avec ses barreaux en laiton doré qu'elle a acheté aux puces. Les photos de voyage au mur à sa droite. La large fenêtre en face. Les portraits des enfants sur la table de chevet en bois clair, et au pied du lit à droite, le matériel médical dans une corbeille. Il y a là de quoi faire des perfusions, des pansements. Il contient sans doute aussi quelques flacons de morphine. Ce décor immuable la rassure.

Il y a de ça deux semaines, elle s'est sentie si bien qu'elle pensait avoir miraculeusement guéri. *Quelle imbécile !*

Elle ne comprend pas pourquoi la maladie lui a joué ce tour. Pourquoi ce faux espoir ? Le destin a toujours été cruel avec elle. Un souffle long s'échappe de ses narines et vide son ventre. À l'inspiration, elle ressent comme une bouffée d'étourdissement. La sensation est agréable. Elle voudrait encore ressentir cette apesanteur. Son mari est revenu avec une carafe d'eau et s'installe à côté d'elle en silence comme un gardien sans armes.

Elle pense à sa sœur et à leur discussion de cet après-midi. Malgré les coups durs, Catherine fait face. Elle est plus forte qu'elle ne le pense, mais elle s'est laissé endormir pendant tant d'années… Annie a toujours su que ce jour arriverait, où elle serait enfin libérée de François, ce type faux, obsédé, violent. Il y a quelque chose de mauvais en lui, elle l'a senti dès le début. Un soir d'été, il y a plusieurs années, alors que Catherine, Maxime et lui étaient venus leur rendre visite à la maison, il a montré son vrai visage.

Annie se sent très essoufflée, son cœur bat aussi vite que si elle courait. Elle se revoit dans la cave à la recherche d'une bouteille de vin rouge. Elle se dirige vers une voûte en pierre au fond de ce grand espace noir, en direction d'une haute étagère en bois où plusieurs dizaines de bouteilles sont disposées à température ambiante. Une lourde pellicule de poussière témoigne du grand âge de certains crus. Seule une petite ampoule pendue à un fil électrique d'un autre temps éclaire faiblement l'espace. Elle s'est penchée près de l'étagère pour lire les étiquettes, les genoux pliés, effrayée à l'idée qu'une araignée lui tombe dessus. Le sol en terre battue rafraîchit ses jambes nues. Elle a la chair de poule. Elle hésite longuement entre un côte-de-beaune 1995 et un haut-médoc 1990. Elle veut faire le meilleur choix possible pour satisfaire l'amateur de bons vins qu'est Jean. Mais une ombre vient se poser sur les bouteilles. Avant même de comprendre ce qui lui arrive, elle le sent se jeter sur elle avec brutalité. Son parfum capiteux mêlé à l'odeur lourde d'alcool est intact dans sa mémoire. Elle ressent encore ses bras puissants dont elle ne parvient pas à s'extraire. Il lui ordonne de se taire, lui murmurant des horreurs à l'oreille. Il soulève sa jupe, fait glisser sa main glaciale sur sa poitrine et son ventre…

Une nausée l'envahit aussitôt. À ses côtés, Jean lui tend une bassine et la soutient pour l'aider à vomir. De petits soubresauts la secouent. Cette scène lui revient sans cesse à l'esprit, comme une torture.

Très vite, Renon n'a plus besoin de maintenir sa main puissante sur sa bouche. Elle est bien trop terrorisée pour qu'un cri s'échappe de sa gorge nouée. Il l'a clouée sur ce sol glacial et humide, s'allonge sur elle de tout son poids. Il la viole. Elle fixe, hébétée, les rayons métalliques des vélos des enfants qui brillent de tout leur éclat à travers ses larmes. Annie se persuade que quelqu'un va venir la sauver des griffes de cette bête. Que Jean arrivera bientôt pour la protéger. Mais non. Elle est prisonnière des ténèbres.

Au-delà de la douleur physique, l'humiliation a été insupportable. Tout est allé si vite qu'elle ne sait plus si elle a tenté de se défendre. Elle en a toujours voulu à son corps de l'avoir trahie, lâchée, de s'être transformé en poids mort. C'est à cet instant qu'est né le mal qui la ronge aujourd'hui. C'est lui qui lui a inoculé cette maladie qui l'emportera bientôt.

Son mari lui tient la main, caresse ses cheveux, attristé de la voir prise de gros sanglots. Quand elle était retournée dehors, défaite et piétinée, François Renon avait rejoint la table sous le sol pleureur du jardin, souriant et détendu. Elle avait compris qu'elle ne pourrait jamais partager son drame avec quiconque. Les voix sourdes et lointaines de Catherine et de Jean lui parvenaient à peine. Elle était incapable de comprendre ce qu'ils disaient. Une partie d'elle-même serait enterrée dans cette cave, pour toujours. Au bout d'un instant, figée au milieu de la terrasse, elle avait prétexté un brusque mal au ventre et s'était réfugiée en courant dans la salle de bains. Catherine était venue taper à la porte. Pendant quelques secondes à peine, Annie avait pensé qu'elle pourrait peut-être lui dire. Puis elle s'était ravisée, sa sœur était trop amoureuse pour supporter la vérité. Quant à Jean, elle ne s'était pas sentie capable de le lui dire non plus. Maintenant, malgré tous ses tourments, elle pense avoir agi comme il le fallait. Ça a été dur, mais elle a évité bien des souffrances à tout le monde.

Chaque nuit par la suite, Annie a imaginé la mort de François Renon. Une mort qu'elle voulait toujours plus cruelle et spectaculaire, au point que parfois, au réveil, elle se sentait honteuse. Avec le temps, elle pensait être parvenue à enterrer ce traumatisme dans un endroit sûr de sa mémoire. Lorsque parfois il échappait à sa vigilance, elle le retrouvait éparpillé et déchiqueté aux quatre coins de son âme. Mais, la plupart du temps, elle le maintenait à distance, une main fermement appuyée sur lui, pour le noyer.

Pendant toutes ces années, l'attitude de sa sœur lui a paru incompréhensible. Au fur et à mesure de ses grossesses, elle semblait se replier sur elle-même et sur ses enfants. Le couple s'est ostensiblement distendu, bien que Catherine s'en soit toujours défendue, la faisant peu à peu s'enfoncer dans une vie imaginaire. *On a tous perdu tellement de temps*, regrette la malade avec amertume. Les minuscules capillaires dans ses poumons se resserrent peu à peu, l'empêchant de respirer. Elle a peur d'étouffer maintenant. Elle voudrait ne plus être consciente, mais elle n'a jamais été aussi présente qu'à cet instant. Elle revoit le visage de François et angoisse à l'idée que son image l'accompagne jusqu'à son dernier souffle. Elle met le peu d'énergie qui lui reste à penser à tous les moments heureux de son existence, mais rien n'y fait : il la rattrape. De fines larmes brûlantes coulent le long de ses oreilles. Elle sent sa présence auprès d'elle, juste là, au pied de son lit. Son parfum lourd semble avoir embaumé la chambre. Son poids l'écrase, comme s'il venait de s'allonger sur elle.

4 décembre 2000, 20 heures 30, col des Goules

Un brouillard compact étrangle la voie déserte qui grimpe dans la nuit. Le ronronnement de la voiture berce Sevran qui se sent fourbue. La neige recouvre les arbres et les champs, mais seuls le goudron noir mouillé et la fine ligne blanche sur la chaussée apparaissent dans l'éclat des phares. Biolet conduit en mangeant, une main posée sur le volant, l'autre tenant un hamburger dégoulinant de ketchup. Il a posé ses frites dans un espace en creux près de la boîte de vitesse. À ses côtés, Sevran plonge une fourchette en plastique dans une salade de graines aux tomates séchées. Une pomme l'attend dans la boîte à gants pour le dessert.

Elle s'est lovée dans le fauteuil confortable, en repensant à son rendez-vous au CHU. Le chef de service de gastro-entérologie lui a plu avec ses yeux rieurs. Sa façon de remonter les manches de sa chemise et de sa blouse blanche, le stéthoscope dépassant négligemment de sa poche, aussi. Malgré le sordide de leur requête, William Bonel ne s'est pas départi d'un humour noir qui n'a pas cessé de la faire sourire. Elle soupire, amusée. Bien qu'elle n'ait pas l'intention de céder aux premières sirènes qui se présentent, elle espère le recroiser bientôt. Sur les neuf noms que le Pr Bonel leur a communiqués, ils sont parvenus à en joindre six. Les recherches se poursuivront demain. Pour le moment, Sevran a hâte de rejoindre le col des Goules.

En début de soirée, elle s'est rendue dans un magasin de bricolage pour y acheter deux sacs de 40 kilos de béton. En les joignant, à l'aide d'une corde et d'une bâche, il sera possible de simuler le poids du tronc et d'envisager comment le tueur a pu le transporter sur le parking. Lorsqu'elle a fait part de son idée à son équipier, elle a remarqué son air sceptique. Sevran a l'habitude de ce genre de réaction. Mais pour comprendre l'enchaînement des événements, et éventuellement l'état d'esprit du tueur, elle a besoin de marcher dans ses pas. Elle croque maintenant dans sa pomme acide. Le jus provoque une excitation brutale de ses papilles. À ses côtés, Biolet s'attaque à un donut au chocolat suintant de gras.

Le frimas nocturne dissimule désormais les sous-bois sinistres dans d'épaisses volutes opaques. Trois jours plus tôt, comme eux, le meurtrier s'est enfoncé dans ces ténèbres glacées, chargé d'un cadavre tué et découpé aux alentours du 25 novembre.

Comment ne pas éveiller les soupçons avec un corps dans les pattes pendant sept jours ? Le tueur vit sûrement seul. À moins qu'il connaisse un lieu suffisamment isolé qui lui ait permis d'exécuter son monstrueux projet sans être repéré ni dérangé. Une petite cabane des horreurs perdue dans les montagnes… Ce genre d'endroit ne manque pas par ici… La capitaine convoque de sombres images devant ses yeux. Un bâtiment modeste, abandonné peut-être, et à l'intérieur, une silhouette aux contours flous qui s'agite à la découpe d'un être humain. Cette vision macabre est sans effet sur elle. Elle poursuit son scénario avec froideur. Les outils. Il les a achetés, à moins qu'il les possède déjà. Dans ce cas, ça peut être un bricoleur ou un artisan. Quant à la découpe proprement dite, Sevran se figure qu'elle doit prendre un certain temps, surtout si c'est une première fois. Une jambe d'abord. Une sacrée nausée, un temps de panique, peut-être de désespoir même. Puis la deuxième. Des litres de sang partout giclant sur les murs, le sol, le plafond. Mais la tête ? Comment peut-on découper la tête de quelqu'un que l'on a connu, avec qui on a eu une relation privilégiée, voire intime ? La scène doit être insoutenable.

— À quoi tu penses ?

Biolet interrompt son film.

— Je réfléchissais à la façon de s'y prendre pour découper un corps.

Elle a l'air absente. Il dresse ses sourcils.

— Ça doit être quelque chose... Même si le type a été ton pire ennemi...

— Hum, c'est ce que je me disais... Enfin, les membres, ça va, ça passe... (Elle réalise l'invraisemblance de ses propos, et se reprend.) Enfin... Tu vois ce que je veux dire ? Mais la tête... (Elle réfléchit tout en fixant la route.) La tête, ça doit être vraiment spécial...

Biolet affiche une mine dégoûtée.

— J'ai beaucoup trop ingurgité de gras pour survivre à ce genre de discussion.

— Ton hamburger et tes frites, ça passait encore, mais le donut franchement ! Ça empeste le graillon maintenant ! lui répond-elle avec un large sourire.

Ils baissent les vitres simultanément. Un vent glacé s'engouffre avec force à l'intérieur. Au bout de deux minutes, l'air est enfin redevenu sain dans la voiture, ils se sont ratatinés dans leur siège, transis de froid.

— À quoi tu penses exactement avec tes sacs de béton ?

— Ensemble, ils pèsent dans les 80 kilos, plus ou moins le poids de notre type. Je veux voir comment on s'y prend...

Si on a besoin d'être à deux. En tout cas, ça nous aidera à imaginer ses gestes, les difficultés auxquelles il a dû faire face…

Son collègue aquiesce en silence tout en ralentissant. Le décor, sans les camions de pompiers et les gendarmes, est totalement différent d'il y a quelques jours. C'est justement ce que Sevran souhaitait. Se retrouver ici dans une configuration proche de celle où le meurtrier a déposé le tronc. Les plastiques de la police scientifique sont encore en place. L'ambiance lugubre ressemble à celle d'un cauchemar. Elle apprécie particulièrement la présence de son collègue à cet instant. Les arbres noirs, immenses, semblent s'être penchés pour les observer autour du parking sauvage. On entend le son étouffé des craquements du bois et du passage au loin de quelques bestioles dans la neige. Tremblante de froid et peut-être un peu de peur, elle examine minutieusement la petite route qui l'a conduite sur le lieu de la découverte du tronc. Le chemin tortueux qui s'engouffre dans la forêt, les rochers sur le parking qui empêchent l'accès aux véhicules à l'orée du bois… L'endroit est idéal pour se débarrasser d'un corps : pratique, et isolé. À l'aide des phares de la voiture et de deux grosses lampes portables qu'elle a pris soin d'apporter, elle éclaire le centre de la scène de crime. Elle enfonce sa tête et ses mains dans son manteau et se déplace au ralenti autour de ce halo lumineux. Face à elle, Biolet fait de même, les mains pleines des clichés du tronc pris par la Scientifique. La mémoire de l'enquêtrice déroule sa partition détaillée. La position du tronc : épaules à l'est ; la chair par endroits calcinée ; la peau tendue, lardée, déchiquetée aux extrémités. Il fait si froid qu'elle effectue de petits mouvements de balancier sur la pointe des pieds pour se réchauffer, tout en réfléchissant. Elle ferme ses yeux et imagine la nuit du 30 novembre au 1er décembre aux alentours de 4 heures du matin. La neige tombait dru, le sol était gelé. La voiture a dû se garer perpendiculairement à la route. Le tueur est descendu puis s'est emparé du tronc, il l'a traîné, l'a déposé ici, bien au centre. Puis il a défait la bâche, fait couler plusieurs litres d'essence qu'il a enflammée. Ensuite, il a dû s'enfuir à toute vitesse.

Elle se dirige vers le coffre de la voiture et commence à lier les sacs entre eux avec une corde, qu'elle serre avec force autour de la bâche en plastique. Une fois l'opération terminée, elle prend une profonde inspiration et essaie de les soulever. Le rebord du coffre, profond d'au moins 40 centimètres, est un obstacle trop important. Elle s'interrompt et réfléchit. *Comment l'attraper ?... Il n'y a pas de prise possible, comme avec un tronc humain...* Biolet s'approche et essaie à son tour. Il parvient à soulever les sacs à peine plus haut que sa collègue.

— Oh la vache ! lance-t-il dans un cri.

— Tout seul, c'est trop compliqué. Tentons à deux.

Les deux policiers se placent côte à côte au bord du coffre. Ils synchronisent leurs gestes, fléchissent ensemble les genoux. Chacun place ses deux mains d'un bord à l'autre du lourd paquet.

— Allez, un, deux, trois !

Ils parviennent à extraire les sacs des profondeurs du coffre puis les posent sur le rebord, épuisés. Ils se laissent quelques secondes pour reprendre leur souffle puis, courbés en deux, les transportent en direction du halo de lumière. À mi-chemin, ils leur échappent. La bâche se défait en laissant s'écraser les sacs au sol dans une poussière blanche.

— OK... OK... Faut être deux, conclut Biolet, à bout de souffle.

— Il n'a pas utilisé une voiture citadine. Il a dû se servir d'une camionnette ou d'un pick-up. Évidemment, si on ne nous avait pas contaminé la scène de crime, on l'aurait su plus tôt avec l'empreinte des pneus, constate-t-elle, les lèvres pincées.

— C'est plus lourd que ce que j'avais imaginé, murmure son équipier, le regard vague.

— Avec un pick-up ou un utilitaire, tu peux très bien être seul, le faire glisser et le jeter d'en haut.

Sevran affiche une mine têtue.

— En tout cas, une femme seule n'a pas pu faire le coup. C'est ce que tu voulais savoir, non ?

La capitaine arrondit deux yeux étonnés et soudain souriants. Elle se demande comment son collègue a pu la percer à jour.

— Oui, j'avoue que j'y pensais… Mais je n'ai pas dit que c'était impossible.

— Bon. Il n'y a plus qu'à tout remettre dans le coffre et s'en aller.

Biolet fait claquer ses mains pour les réchauffer.

— Attends. Ce sera peut-être plus simple par la banquette arrière.

Avec toutes les peines du monde, ils tentent de soulever le barda du sol. Leurs mains engourdies le lâchent à plusieurs reprises pendant l'opération. Au bout d'un moment, ils parviennent enfin à s'en saisir et, à petits pas vifs, ils se dirigent vers le siège arrière. Pendant que Biolet maintient un coin du sac en équilibre, Sevran court de l'autre côté de la voiture pour le traîner à l'intérieur. Chacun finit par asseoir une fesse de part et d'autre de la banquette, à la recherche de son souffle. Ils se regardent en silence.

— C'est un truc de fou. On est face à un malade, tranche-t-il en reprenant sa place au volant.

Une fois à l'intérieur, il enclenche le chauffage. Ils sont tous les deux congelés. Sevran touche machinalement son nez comme pour s'assurer de sa présence au milieu de sa figure.

Il est 23 heures 30 lorsqu'il la dépose devant son immeuble du centre de Clermont-Ferrand.

— Fais-moi le plaisir de mettre une raclée à Brun demain, faut qu'elle comprenne à qui elle a affaire !

— Oh, ne t'inquiète pas, je serai en pleine forme ! Et bien sûr, je te ferai un rapport détaillé.

Elle lui adresse un clin d'œil et disparaît au pas de course dans l'entrée éclairée. En montant les étages, elle perd peu à peu le sourire qui s'était imprimé sur ses lèvres. Ses mains quittent ses gants, ses doigts défont lentement les nœuds de son écharpe. Enfin arrivée au troisième étage, la policière se sent fébrile. Dans son petit appartement, l'ampoule du plafonnier en verre teinté clignote et grésille avant de vomir sa lumière froide sur la moquette marron et les murs beige. Depuis le pas de la porte, elle observe d'un œil triste le canapé informe, son tissu à fleurs, la table en Formica au milieu du salon. La cuisine américaine lui paraît sans âge et son carrelage brun lui fait horreur. Le lieu est morne et sans charme. Après une aussi dure journée, elle aurait souhaité se poser dans un décor agréable. De nouveau, elle se promet de remédier à ce problème tout en se demandant comment trouver le temps. Elle retire ses lourdes chaussures, jette en vrac ses vêtements au sol puis s'engouffre dans la cabine de douche. Pendant de longues minutes, elle profite de la pluie chaude et apaisante qui inonde son visage. Elle se tient penchée, la tête lourde de pensées, un bras posé sur le carrelage devant elle. Ses cheveux tombent sur sa figure comme de gros tentacules noirs. Une expression de douleur affleure ses traits, tandis que l'eau ruisselle sans fin sur ses muscles raides. Elle interrompt enfin le jet de douche et regrette aussitôt son geste.

Lorsqu'elle quitte enfin la cabine, l'atmosphère glaciale dépose son manteau désagréable sur elle. Les pensées morbides se réveillent entre ces tristes murs nus qui ne révèlent rien d'elle. Grelottante, elle s'habille à la va-vite et s'enfonce dans son lit à la couette épaisse. Sa vie lui apparaît comme celle d'un voyageur en transit sans but ni destination. Les idées noires forment un filet épais que le sommeil parvient peu à peu à déchirer.

Une aube froide caresse la ville lorsque la capitaine arrive au jardin Lecoq. Au cœur des nuages gonflés, de petits cocons lumineux sont déjà prêts à se libérer de cette déplaisante étreinte nocturne. Elle sautille sur place en tapant des mains pour conjurer le froid et forcer la motivation à sortir de sa tanière. L'idée d'un bizutage de la légiste lui traverse un instant les méninges, car l'endroit est complètement désert. Quelques minutes passent dans le silence, puis elle entend finalement le bruit des foulées qui se rapprochent. L'ombre allongée de Brun apparaît derrière un bosquet touffu. Le menton légèrement en l'air, elle considère Sevran en souriant puis donne d'un geste le départ de la course. Chacune semble prendre soin de caler son rythme sur celui de l'autre.

— Je n'ai pas souvent travaillé avec des femmes, remarque la professeure de but en blanc.

— Et qu'est-ce que ça change ?

— Tout ! C'est évident !

— Évident ? Pas pour moi, non.

Le regard noir que lui lance la policière réclame des explications.

— Oh ! Virginie, voyons, vous faites encore partie de cette génération de femmes qui se crèvent le cul pour prouver qu'elles sont aussi compétentes que les mecs. Vous ne comptez pas vos heures, vous sacrifiez votre vie… Malgré ça, on ne vous loupe jamais. Un type comme Ospitalé, votre directeur, vous attend au tournant, vous savez ? À la première coquille dans un rapport, à la première migraine, il viendra vous expliquer que vous êtes une petite fille fragile et que vous n'avez pas les épaules pour ce job ! (Elle observe sa partenaire un instant en poursuivant sa foulée ample.) La réalité… c'est qu'on fout la trouille aux hommes !

Sophie Brun ne présente aucun signe d'essoufflement, et semble satisfaite de sa tirade. Sevran ne partage pas du tout son point de vue mais elle n'a pas l'intention de s'opposer tout de suite à elle.

— Oui... Peut-être. Et Ospitalé... Il est comment ? demande-t-elle, méfiante.

— C'est une truie.

La professeure court tout à coup d'une façon un peu raide.

— Pardon ?

— Son intelligence est aussi grossière que son apparence. Il pense comme une truie. Vous vous en rendrez vite compte.

L'image du directeur apparaît mentalement à la capitaine : son gros ventre, son énorme chevalière en or à l'annulaire et sa bouche sèche comme une longue cicatrice. Elle est à la fois agacée par les propos de Sophie Brun et curieuse de ce qu'elle pourrait encore lui apprendre.

— J'ai croisé un commandant de gendarmerie sur la scène de crime..., hasarde-t-elle.

— Bastère. Le gendarme qui déteste les flics ! Lui, c'est un incompétent, ce qui est bien pire que d'être une truie. Il a perdu des scellés sur un meurtre familial il y a deux ans. On a toujours suspecté le fils de la famille d'avoir buté le père, la mère et le frère, mais impossible à prouver. Il vous hait déjà, non ?

Sevran pouffe malgré elle de rire. Décidément, la légiste l'épate.

— Quoi ? interroge Brun, surprise à son tour.

— J'en apprends de belles ce matin ! Y a-t-il quelqu'un qui trouve grâce à vos yeux ?

— Attendez... Je réfléchis. (Elle marque une pause.) Non.

Sophie Brun sourit de toutes ses dents d'un blanc éclatant. Sevran rit à nouveau. Dans le fond, elle est séduite par le caractère bien trempé de la professeure. Au bout d'un instant, cette dernière interroge avec une fausse candeur :

— Vous avez rencontré le chef de service de gastro-entérologie William Bonel, n'est-ce pas ?

L'enquêtrice, un peu surprise, ne trouve rien à répondre.

— Je voulais vous dire… Vous lui avez plu.

Brun lui lance un clin d'œil entendu. Un rictus épouse le visage de Sevran qui ralentit pour jeter un œil à sa montre. Déjà 7 heures 15. Elle n'a pas vu passer le temps. Les deux femmes s'arrêtent de concert puis se courbent côte à côte, à la recherche de leur souffle.

— Virginie… ça a été un plaisir ! On remet ça la semaine prochaine, tu veux bien ?

Brun lui tend la main en signe de camaraderie et la capitaine considère ce tutoiement comme un signe d'adoubement, ce qui l'amuse.

— Avec plaisir, professeure ! lui répond-elle en lui adressant un sourire sincère.

Lorsqu'elle quitte le jardin Lecoq en trottant, une brise glaciale vient lui effleurer l'échine. Elle scrute les avenues qui se teintent lentement d'une lumière bleu clair en pensant à Brun. Elle ne se sent pas en phase avec sa singulière vision du monde, aussi se promet-elle de rester sur ses gardes.

5 décembre 2000, 9 heures, Vichy

Michelle Renon finit de s'habiller dans sa chambre. Elle se tient légèrement droite devant le miroir d'une large armoire en chêne. Ses petits talons noirs sont enfoncés dans un profond tapis à motif fleuri. Elle a passé une nuit sombre et agitée qui a alourdi ses traits. Depuis la veille, elle murmure en boucle un verset de la Bible. *Seigneur, vois ma misère et ma peine, et pardonne tous mes péchés.* Elle implore l'aide divine qu'elle ne doute pas de se voir accorder. Puisque personne à part elle ne semble s'émouvoir de la disparition de François, elle a décidé d'agir seule. Elle dresse un sourcil en relevant son visage grave. Un tube de tranquillisants est posé sur la commode, elle en avale un, puis descend solennellement le large escalier de sa demeure. Dans le vestibule, les clés de sa vieille Renault 5 l'attendent sur un crochet. Elle n'a pas conduit depuis des années et s'inquiète de devoir faire le chemin jusqu'à Ceyrat. Une dernière fois, elle passe en revue son entourage à la recherche de ceux qui seraient susceptibles de l'aider en lui épargnant tous ces tourments. Mais non, il n'y a personne. À 78 ans, elle doit tout faire toute seule. Le pas mal assuré, elle part ouvrir les portes du garage à l'extérieur. Une récente tempête a dispersé un tas de feuilles mortes et arraché quelques branches en les disséminant aux quatre coins du jardin. Elle prête une attention distraite à sa pelouse bouleversée puis rejoint son auto. À l'intérieur, tout est resté intact. Une odeur de poussière, de moisi et d'essence mêlés lui provoque un léger haut-le-cœur. Ses petits doigts tordus tâtent une médaille de saint Christophe aimantée au tableau de bord, en espérant qu'il la protégera sur le long chemin de croix qu'elle s'apprête à emprunter. Son visage pâle penché vers le bas, elle ferme ses paupières. François. Elle voudrait le faire apparaître devant ses yeux, pourtant son visage lui échappe. L'implantation des cheveux, les yeux, la bouche : rien ne lui ressemble. Pourquoi n'arrive-t-elle pas à se souvenir de son fils ? De petites vagues d'émotion font trembler ses lèvres fines. Quelle est cette épreuve épouvantable que le ciel lui envoie ?

Avec un gémissement plaintif, Michelle enclenche la marche arrière avec précaution. Une fois lancée dans la rue, elle retrouve ses réflexes et prend la direction de l'A71 vers Clermont-Ferrand.

Ce matin encore, elle a essayé d'appeler son fils, mais la sonorité semble avoir changé. Comme si la ligne avait été coupée. Sans même prévenir Jeanne et Marie, elle a décidé d'entreprendre ce voyage. De toute façon, ses filles sont deux petites imbéciles. Voilà onze jours qu'on est sans nouvelles de leur frère, pourtant ni l'une ni l'autre n'a été fichue d'entamer la moindre démarche pour le retrouver. Elle les a suppliées, elle les a même un peu bousculées, mais rien. Est-ce qu'elles cherchent à régler leurs comptes avec elle ? Toujours cette rancune tenace qui transpire de tout leur être. Michelle prend un air pincé. Il est tout ce qui lui reste et la maintient en vie, il est normal qu'elle s'inquiète pour lui. Jeanne et Marie sont jalouses et amères. François est un homme qui a tant à porter sur ses épaules ! Il a l'entreprise, sa famille, toutes ces responsabilités et ces tracas.

Il se détend comme il peut, comme le faisait son père avant lui. *Et alors ? Puisque Catherine ne semble pas s'en plaindre ?* Les hommes sont ainsi, il faut les laisser vivre.

Michelle ignore encore comment elle va procéder à Ceyrat. Ce qui compte, c'est de s'y rendre au plus vite. Elle a besoin de voir ses petits-enfants et Catherine. La dernière fois qu'elle l'a eue au téléphone, elle n'a pas aimé son ton. Cette fois, sa belle-fille va devoir s'expliquer. Elle la traînera de force chez les gendarmes s'il le faut. Elle lève ses petits yeux clairs au ciel en pensant à Georges. Son mari savait si bien désamorcer les situations difficiles. Avec lui, sa bru ne se serait jamais conduite comme ça… Après de longues minutes passées à ruminer, la vieille femme aperçoit la chaîne des Puys et réalise qu'elle n'est plus très loin. Elle se sent percluse de douleurs et épuisée. Sa petite voiture a l'air de peiner sur l'autoroute, de puissants bolides ne cessent de la doubler. À travers le pare-brise, elle croise le visage d'une jeune femme agacée par sa lenteur et qui lui fait penser à Catherine. Elle se demande si elle ne ferait pas mieux de la prévenir de sa venue. Michelle craint que sa belle-fille la reçoive mal. Une fois dépassé Clermont-Ferrand, la petite Renault s'engage dans les montagnes. La mère de François se sent mal à l'aise sur ces routes étroites qui grimpent. Elle s'accroche à son volant comme à une bouée de sauvetage, le haut du corps raide.

Arrivée au carrefour de Ceyrat, elle se redresse pour observer son apparence dans le rétroviseur et se satisfait de son reflet. Elle a mis son chemisier en soie clair et ses petits diamants aux oreilles en pensant à un éventuel entretien avec les gendarmes. *Il faut faire bonne impression à ces gens-là si l'on veut qu'ils nous écoutent.* Elle n'est plus qu'à une dizaine de mètres de l'entrée de la propriété de son fils et ne se souvient pas y être venue récemment.

Elle remarque la longue voiture de sa bru garée devant la maison.

Dehors, il n'y a pas un chant d'oiseau, pas l'aboiement d'un chien. Il règne un silence lourd devant cette entrée. Son sac à main serré contre elle, la vieille femme monte les marches et sonne. Au bout d'une longue minute, elle entend l'impact au sol des talons qui courent en direction de l'entrée. Lorsque la porte s'ouvre, elle dévisage un instant Catherine, bouche bée. Elle la trouve très changée, très apprêtée. Elle s'offusque intérieurement de cette vision qui bouscule ses principes. Elle devrait être défaite, anéantie comme elle-même l'aurait été si Georges avait fui le domicile conjugal.

— Bonjour, Michelle, que faites-vous ici ?

— Je viens prendre des nouvelles de mon fils.

La mère de François a un air solennel et la voix tremblante.

— Je vous l'ai déjà dit, je n'en ai pas.

— Vous me l'avez dit il y a une semaine. Êtes-vous allée voir les gendarmes comme vous l'aviez promis à Jeanne ?

Michelle est toujours sur le pas de la porte. Elle a froid, elle voudrait pouvoir entrer pour tenir une conversation normale.

À cet instant, la silhouette de Maxime surgit dans l'entrebâillement de la porte. Comme jamais auparavant, il fonce vers sa grand-mère et se blottit dans ses bras. Lorsqu'il relève la tête vers elle, ses yeux sont inondés de larmes. Catherine devient blême. Elle ouvre enfin la porte à sa belle-mère qui pénètre dans la maison, Maxime accroché à son bras.

— Mais qu'est-ce qui se passe ici, bon sang !

Elle a de grands yeux tristes et refrène un sanglot.

— Il est parti. C'est tout. Il n'y a rien à ajouter, Michelle. Il nous a plantés là sans un sou, sans nous donner la moindre nouvelle. Que voulez-vous que je vous dise ?

Elle fait un mouvement des bras pour évoquer son impuissance.

— Tu répètes toujours ça ! Mais depuis qu'il n'est plus là, toi t'as l'air bien contente ! s'est mis à crier l'aîné des enfants, sans lâcher sa grand-mère.

Un silence vient exploser au sol comme une grenade. Au bout d'un instant, la grand-mère intervient.

— Catherine, je veux que vous m'accompagniez à Romagnat, nous allons voir les gendarmes.

— Oui, oui... Très bien !

— Où sont Clémence et Eliott ?

— À l'école. Allons-y !

L'épouse de François a du mal à cacher sa nervosité. Elle attrape ses clés, un manteau et son sac, puis rejoint sa voiture à petits pas pressés. Lorsqu'elle se retourne, elle comprend que Maxime compte venir. Un sillon profond marque son front.

— Je vais avec mamie, déclare-t-il avec un regard plein de reproches.

Sans répondre, Catherine s'enfonce dans son break et démarre le moteur. Michelle s'assoit lourdement au volant de sa Renault 5 tandis que son petit-fils s'installe à ses côtés, en pleurs. Dans les prunelles démoralisées de sa belle-fille, la vieille femme perçoit un éclat de rancune qui la fait frissonner.

Une pluie drue et glacée se met soudain à tomber. Dans sa voiture, Catherine marque un arrêt, comme une hésitation, puis accélère vivement en s'insérant dans la circulation. Avec les bourrasques qui fouettent le pare-brise, elle ne forme plus qu'une silhouette distante et trouble. La vieille femme, qui peine à la suivre, l'imagine prête à lui filer entre les doigts. Elle réalise que tous ses pires scénarios lui paraissent désormais possibles.

Michelle penche sa tête vers Maxime, qui sanglote.

— Raconte-moi ce qui se passe, mon chéri, lui demande-t-elle d'une voix qu'elle souhaiterait douce.

Le jeune garçon ouvre de grands yeux apeurés. Il est au bord de la crise de nerfs, incapable de parler. Voir son petit-fils aussi inquiet réveille une nouvelle angoisse chez elle. La gravité de l'instant lui vrille les tempes. Pendant que la noirceur l'enveloppe de son épais manteau, les pressentiments se muent peu à peu en certitudes : François est en danger.

La route de Romagnat est une ligne droite qui n'en finit pas. La mère de François observe les branches tourmentées des arbres dénudés plantés dans la neige comme des témoins muets. Le paysage ici ne lui a jamais paru aussi morne. Arrivés dans le village sans charme, elle suit sa belle-fille dans les rues désertes jusqu'à la caserne des gendarmes. Au sortir de sa voiture, Catherine a les yeux injectés de sang. Maxime évite son regard en se serrant contre sa grand-mère. Tous les trois se mettent à marcher en silence. Dans l'esprit de plus en plus confus de la vieille femme, la scène se déroule au ralenti. Il y a le drapeau tricolore qui flotte mollement au vent, le portail blanc qu'elle dépasse avec lenteur, puis le large comptoir beige de l'accueil qui apparaît comme une forteresse imprenable. Les battements de son cœur résonnent dans ses oreilles comme des coups d'enclume. Michelle se sent en étrange apesanteur. Comme Maxime et Catherine, elle prend place en silence sur les strapontins raides.

La peur vomit ses souvenirs. De petits flashs qui la renvoient des années plus tôt, dans la salle d'attente de l'hôpital, lors de l'accident de François. De petits pics de nervosité l'agitent. La même tension tenaille l'atmosphère. Ses veines enflent maintenant au rythme fou de ses pulsations. Il faut pourtant se calmer, ne paraître ni trop nerveuse ni trop agressive, sans quoi les gendarmes réagiront avec la même indifférence que ses deux filles.

Au bout de quelques minutes, une jeune femme rondouillarde apparaît. Elle porte une petite queue-de-cheval brune et l'uniforme classique. Sa forte poitrine semble coincée dans son polo bleu clair. Son ventre dépasse grossièrement d'un treillis foncé trop juste pour elle. Elle a l'air excédée.

— Messieurs dames, c'est pour quoi ?

— Euh..., hésite sa bru.

— C'est pour signaler une disparition, coupe sèchement Michelle.

La gendarme se redresse comme en alerte, puis s'éclipse derrière une baie vitrée où trois hommes en uniforme sont penchés sur leurs ordinateurs. Elle en choisit un, brun, la quarantaine, qui se retourne pour les dévisager. La grand-mère bout intérieurement. Son petit fils est livide, l'air absent ; elle n'ose pas regarder Catherine.

— Mesdames... Jeune homme... Je suis l'officier Barrier, vous me suivez, je vous prie ?

Son ton est autoritaire, son visage, sans expression. Michelle sent que ses yeux rapprochés analysent déjà les comportements de chacun. Elle attrape la main de Maxime et suit de près l'officier qui les entraîne vers son bureau. Il se saisit d'une chaise supplémentaire au dossier bleu roi pour que tout le monde soit assis bien face à lui.

— Vous souhaitez signaler une disparition. De qui s'agit-il ?

— De mon fils... mon mari, répondent ensemble la belle-mère et l'épouse.

Le gendarme fronce ses sourcils broussailleux en pensant sans doute qu'il va falloir les discipliner un peu. Il tourne le regard vers Catherine qui semble prête à parler.

— Mon mari, François Renon, a quitté le domicile sans doute le week-end du 26 novembre. Et...

— Comment ça « sans doute » ?

— Eh bien, nous étions partis avec mes trois enfants en région parisienne rendre visite à ma sœur. Lorsque nous sommes revenus le 28 au soir, la maison était vide, et ses affaires n'étaient plus là.

L'officier prend note sur un cahier, puis il relève la tête vers Catherine.

— Quelles affaires n'étaient plus là ?

— Ses vêtements… En fait il a pris toutes ses affaires dans la commode de notre chambre, et le plus grand de nos sacs de voyage.

— Il a pris sa voiture ?

— Oui.

La femme de François est mal à l'aise. L'entretien a mal commencé, elle sent le regard inquisiteur du gendarme sur elle.

— Bien. (Il écrit.) Et donc, vous êtes sans nouvelles de lui depuis le 25 novembre ?

— Oui… C'est exact.

Elle hésite.

— Il ne vous a pas appelée depuis cette date ?

— Non.

— Et vous, avez-vous cherché à le joindre ?

Catherine se tord les mains. L'officier a remarqué sa gêne.

— Non. Je n'ai pas cherché à le joindre.

— Pourquoi ?

— Parce que je n'en avais pas envie.

Elle a relevé le menton d'un air hautain. L'officier se redresse dans son fauteuil, croise les bras et étudie froidement l'épouse. Michelle est soulagée par sa réaction.

— Il s'est passé quoi exactement avec votre mari, madame Renon ?

— Des petites tensions, rien de grave…

— Non, non… (Il remue la tête, agacé.) Ça fait onze jours que votre mari vous laisse seule avec trois gamins, et vous, vous boudez dans votre coin, sans chercher à savoir où il est passé ?

Catherine baisse la tête. Malgré la tension, Michelle se décontracte doucement. Barrier examine toujours Catherine.

— Est-ce qu'au moins vous avez une idée de l'endroit où il se trouve ?

— Aucune.

— Bien.

L'officier fait rouler son fauteuil pour le positionner face à l'ordinateur. D'un air sévère, il commence à écrire. La mère de François, qui n'osait pas intervenir, finit par se lancer :

— Je voulais ajouter que… moi, j'ai cherché à l'appeler plusieurs fois depuis le 24 novembre… (Il lève lentement les yeux vers elle.) Au début la tonalité était normale, ensuite occupée, et maintenant, j'ai l'impression que la ligne est coupée. (Michelle serre son sac à main contre elle. Barrier prend de nouveau note sans répondre.) D'ailleurs, il a cherché à me joindre le 29 novembre dans la soirée. (Il semble soudain intéressé.) Il devait venir chez moi réparer la toiture. Je l'ai attendu plusieurs heures. Il a fini par m'appeler, mais il n'a pas parlé. En fait, c'était comme s'il n'y avait personne au bout du fil… J'ai aussitôt cherché à le rappeler et là, ça a sonné occupé.

La vieille femme a les sourcils relevés, comme si elle ne comprenait pas grand-chose à son propre récit.

— Quelle est la profession de votre fils, madame Renon ?

— Il est entrepreneur du bâtiment. Les affaires marchaient bien jusqu'à il y a peu…

Catherine lance un regard mauvais à sa belle-mère. Une fois encore, l'officier interrompt son écriture et croise les bras.

— Vous pensez qu'il avait des soucis ces derniers temps ?

— Oui, je crois. Et je pense que dans son couple ça ne va pas non plus.

L'épouse est outrée. Le gendarme se tourne vers elle avec une mine antipathique.

— Vous confirmez pour l'entreprise et votre vie commune ?

Catherine l'ignore. Pendant de longues secondes, aucun des protagonistes n'ouvre la bouche. Finalement, Maxime rompt le silence.

— Depuis longtemps, papa n'est pas heureux à la maison. (Il regarde sa mère méchamment.) Il a eu une grosse dispute avec ma mère il y a quelques jours… En tout cas, il ne serait jamais parti sans m'avertir. On est très proches et on avait un truc à faire ensemble le week-end dernier.

— Qu'est-ce que tu devais faire avec ton père ? interroge l'officier, plus clément.

— On devait retaper la Jeep qu'il m'a offerte pour mon anniversaire, il m'aurait jamais planté. (Il se redresse doucement.) C'est sûr.

— Est-ce que la disparition de ton père t'inquiète ? Tu penses qu'il a pu lui arriver quelque chose de grave ?

— Oui. Ça m'inquiète, je voudrais qu'on le cherche.

Naturellement, le gendarme se tourne vers Michelle qui acquiesce.

— Oui. Mon petit-fils et moi, nous sommes vraiment très inquiets. Il se passe quelque chose d'anormal.

De petits tremblements la secouent. Sans même un regard pour l'épouse, Barrier s'accoude sur son bureau et s'adresse à elle et Maxime.

— Nous allons ouvrir une enquête pour disparition inquiétante. Compte tenu du fait que l'on ignore quand il est parti, où, et éventuellement avec qui, je vais avoir besoin de votre aide pour remonter son emploi du temps. On va faire une recherche avec son portable, et voir si on trouve une trace de sa voiture. On va vérifier s'il a eu un accident de la route… S'il a été admis aux urgences… Quoi qu'il en soit, à partir de maintenant, une procédure judiciaire est ouverte. Je vais vous demander de vous rendre disponibles pour répondre à toutes nos questions. Si, de votre côté, vous obtenez le moindre signe de vie, le moindre élément qui concerne François Renon, vous nous tenez au courant. (Il lève le menton d'un air entendu.) Je vous raccompagne, conclut-il aussitôt en se levant.

Michelle, Maxime et Catherine l'imitent de concert. D'un doigt, le gendarme ordonne à Catherine de se rasseoir.

— On n'a pas fini de discuter.

Un brasier se consume dans le cerveau de Michelle. Un vertige puissant l'attire vers le sol, mais son petit-fils la retient par le bras.

— C'est bon, mamie, ça va aller, ils vont le retrouver.

Elle n'ose pas regarder le jeune garçon de peur de fondre en larmes.

5 décembre 2000, 12 heures 30, Romagnat

Catherine se retrouve seule un instant devant le bureau du gendarme. Dans la pièce, deux autres officiers travaillent en silence. Sans y prêter attention, elle se met à se ronger les ongles. À travers la vitre, elle aperçoit Barrier qui salue Michelle et Maxime. Sa belle-mère esquisse un geste vers lui, une moue suppliante allonge sa petite figure. Catherine se crispe davantage en tentant de lire sur ses lèvres. Elle éprouve à cet instant une haine féroce pour la vieille femme. Son numéro de mère aimante et inquiète l'a exaspérée. Elle qui a toujours été si absente de l'existence de François… Comment peut-elle oser ? Toujours est-il que si elle se trouve ici, c'est par sa faute, et si ce gendarme a l'air si suspicieux, c'est évidemment à cause d'elle.

Bientôt, l'annonce de la présence des Renon à la caserne se répandra comme un poison dans les petits villages avoisinants. Il y aura des rumeurs, des regards en biais. L'atmosphère deviendra vite irrespirable. La femme de François pensait pourtant être enfin tranquille…

L'officier Barrier s'est rassis sans dire un mot, il écrit en faisant courir ses longs doigts sur le clavier. Catherine l'observe avec une impatience hostile en se demandant ce qui peut bien justifier tout ce zèle.

— Alors, madame Renon, je suis sûr que vous avez des choses à ajouter. Je vous écoute.

Elle hausse les épaules en remuant la tête d'un air nonchalant. Il l'étudie avec sévérité.

— Écoutez... J'ai face à moi une grand-mère et son petit-fils morts d'inquiétude et une épouse qui se moque éperdument de savoir ce qu'est devenu son époux. Avouez que ce n'est pas banal comme situation ?

— Vous supposez que je m'en moque, mais ce n'est pas le cas.

— Pourquoi vous n'avez pas cherché à le joindre, alors ? Pourquoi, lorsque votre belle-sœur est passée vous voir il y a une semaine, vous avez promis de venir ici signaler sa disparition, et vous n'avez rien fait ?

La remarque lui fait l'effet d'un uppercut. Cette hyène de Michelle a raconté cet épisode au gendarme. Elle se sent prise au piège. Il lui faut quelques instants pour rassembler ses pensées et chasser de son esprit l'idée que sa belle-mère cherche à l'enfoncer.

— Mon mari boit, il a de nombreuses maîtresses. Je ne les connais pas. Récemment, j'ai découvert la photo de l'une d'entre elles que je vous apporterai.

L'officier la regarde de biais.

— C'est parce que vous lui en vouliez que vous n'avez pas cherché à le retrouver ?

— Oui, je pense que oui.

— Comment allez-vous faire avec l'entreprise ?

— Je suis en train de la reprendre en main.

— Déjà ? s'étonne-t-il en l'étudiant avec circonspection.

Elle en a assez de ce ton accusateur. Elle se sent comme une biche poursuivie par un chasseur alors qu'au fond, c'est elle qui pâtit le plus du départ de François. L'épouse partagerait bien cette réflexion avec le gendarme, mais se ravise. Il l'a dans le collimateur, c'est évident. Il attendait sans doute qu'elle déballe sa vie privée sans pudeur ni retenue. Tout ceci lui est particulièrement pénible. Au bout d'un instant, elle sent la pression monter si haut qu'elle demande, presque agressive :

— C'est bon ? Je peux m'en aller maintenant ?

Barrier réfléchit en la fixant :

— Vous avez le droit de vous en aller, oui.

Elle se rue aussitôt à l'extérieur, propulsée par une rogne colossale. Une fois sur le parking, son cœur bat si vite qu'elle a besoin de se retenir à sa voiture. Le paysage, comme un manège fou, accélère sa course autour d'elle. Prise de nausée, chancelante, elle s'affale sur un bloc de béton en laissant de chaudes larmes tremper ses joues rouges. Elle doit se ressaisir. Rentrer se préparer pour son rendez-vous avec João. Mais tout lui semble dérisoire désormais, elle n'a plus envie de se battre pour l'entreprise.

L'attitude de son fils l'a profondément blessée, il l'a presque accusée tout à l'heure. Elle a pourtant expliqué la situation à ses trois enfants la veille au soir. Avec son air triste et résigné, Maxime semblait avoir compris. Il faut croire qu'elle n'est pas parvenue à le convaincre lui non plus. Mais que lui reprochent-ils tous au juste ? Elle ne fait que tenter de sauver ses enfants de l'incendie qui se propage. Personne n'a l'air de s'en rendre compte, tous occupés qu'ils sont à chercher vainement François. Une ombre plane sur ses traits. Après tout, Catherine a enclenché un mouvement qu'elle n'a pas l'intention d'arrêter. Quitte à s'attirer des ennuis.

5 décembre 2000, 14 heures, route d'Issoire

La vallée rocheuse défile à toute allure. La chaussée, comme une langue noire et luisante, dessine ses courbes anarchiques au pied d'une paroi escarpée où la brume accroche de petits cocons duveteux. Sevran enfonce la pédale d'accélérateur bien que chaque virage dans cette gorge lui fasse craindre de s'écraser contre la roche. Depuis quelques minutes, Biolet a machinalement accroché sa main droite à la poignée de plafond de la Clio de service. Le trafic est particulièrement dense sur la voie rapide cet après-midi.

Dans la matinée, après plusieurs appels sans réponse, ils se sont rendus au domicile d'un des patients du CHU, à Durtol. Une voisine aux cheveux et aux pommettes rouges les a informés qu'elle gardait son chien pendant son voyage de trois semaines en Australie et leur a communiqué une adresse mail. Navard a la charge de le joindre au plus vite. Ne restent donc plus que deux hommes sur la liste du Pr Bonel. Le prochain s'appelle Max Penhart, 45 ans, il habite Gevillat, un petit village près d'Issoire. L'inconnu du col des Goules portera peut-être son nom…

Biolet tient une carte de la région dépliée sur ses genoux et conseille à sa collègue de tourner à droite à 200 mètres.

La capitaine s'exécute et s'engage sur une bretelle où elle desserre enfin un peu la mâchoire. Un morne décor industriel fait son apparition. Une usine aux immenses cheminées métalliques s'étend dans le paysage comme une maladie en crachant sa fumée blanche dans le ciel lourd. Puis de nouveau, une campagne sans attrait se dévoile.

La voiture freine enfin devant une bâtisse à l'apparence très modeste. Les policiers échangent un regard. La maison à un étage en crépi beige et aux volets bordeaux a l'air ancienne et mal entretenue. Sevran sort aussitôt et se met à observer sombrement ce lieu sinistre. À l'entrée, un portail métallique rouillé tient grâce à deux étroits piliers en béton qui penchent. La construction est encerclée par un vieux grillage tordu et troué. Une camionnette grise cabossée est garée devant un garage dont la porte est fermée. Il semble que l'entrée se fasse par là, la policière ne remarque pas d'autre issue. Au milieu du triste jardin, une girouette rouillée surmontée d'un coq ne tourne plus au vent. Sevran jette un œil à Biolet qui semble, lui aussi, surpris par l'état du lieu. Elle ouvre le portail qui se met à couiner comme un vieillard qu'on chahute en plein sommeil. Elle hésite, espère voir apparaître le propriétaire, mais personne ne se présente. En se dirigeant vers le garage, elle marque une pause devant la vitre avant du véhicule. Le tableau de bord est envahi de papiers et de poussière. Les fauteuils sont éventrés et tachés. Des gobelets vides et des sacs plastique sont répandus au sol.

— Bienvenue chez les Crados ! entonne son équipier avec une mine dégoûtée.

L'enquêtrice tire sur la poignée d'une porte étroite du garage à vantaux. Lentement, elle pénètre à l'intérieur et lance :

— Monsieur Penhart, vous êtes là ?

Un silence lourd lui répond. Le garage est un fourbi. Plusieurs vieux vélos sont retenus par un tracteur sans âge, il y a des cartons en masse. Un moteur désossé se trouve au milieu du passage, et plusieurs bidons métalliques ont répandu au sol un liquide brillant et épais. Des dizaines de paquets de journaux ficelés atteignent les poutres du plafond. La maison a l'air abandonnée. Elle se tourne vers son collègue :

— T'es sûr de l'adresse ? demande-t-elle, incrédule.

— Affirmatif.

Une lumière pâle pénètre par une petite fenêtre dont la vitre est recouverte d'une coupure de presse jaunie. La policière se fraie un chemin avec précaution dans ce fatras et répète en forçant la voix :

— Monsieur Penhart ? Nous sommes de la police de Clermont, vous êtes là ?

Soudain, un objet métallique chute au sol comme un coup d'épée qui déchire l'atmosphère pesante. Le bruit provient de l'intérieur de la maison. Immédiatement, elle pose sa main droite sur son arme de service placée à sa taille et se retourne vers Biolet qui fait de même. Ils se figent en silence quelques secondes. Sevran sent les pulsations de son cœur dans ses tempes. Ils s'engagent jusqu'à une porte ouverte qui semble donner sur une cuisine. Une forte odeur de pourriture se dégage au fur et à mesure de leur avancée. Du coude gauche, elle pousse la porte, en retenant son souffle. Son SIG fermement vissé à la main droite, elle pénètre à pas feutrés dans un petit couloir au carrelage orange. Après un coup d'œil rapide au fond, elle se dirige vers la porte d'en face où elle aperçoit le bout d'une cuisinière par l'entrebâillement de la porte. Son équipier, qui vient se positionner à droite de l'entrée, lui fait signe qu'il la couvre. Lorsqu'elle donne un vif coup de pied dans la porte, de la vaisselle tombe avec fracas. Puis une dizaine de chats se mettent à miauler et se ruent vers la porte. L'odeur d'urine et d'excréments est épouvantable. La capitaine est aussitôt prise de nausée. La cuisine est répugnante mais il n'y a personne. Elle fait signe à Biolet de poursuivre leur reconnaissance des lieux en silence.

Pour éviter les tremblements, les muscles de sa main se contractent sur la crosse de son pistolet. Chaque pas semble l'enraciner dans le sol de ce long couloir sale maculé de déjections félines. Un étroit escalier en bois monte sur la gauche, tandis que le couloir se poursuit vers un salon sombre sur la droite. Elle fait signe à son collègue de continuer en bas. La salle à manger est encombrée de meubles recouverts de piles de journaux ficelés les uns aux autres. Ici aussi, les deux fenêtres ont été occultées avec du papier. L'odeur est toujours aussi nauséabonde. Le vieux plancher collant est recouvert d'une pellicule de gras. Des papiers, des emballages vides jonchent le sol. Il y a des chats sur les chaises, les tables et les fauteuils, il y en a tant qu'elle ne parvient pas à les compter. Leurs petits yeux perçants les dévisagent.

Biolet lui fait signe du doigt de monter. Ses traits sont soudain marqués, ses pupilles anormalement dilatées. Sevran, le souffle court, rejoint le couloir puis emprunte l'escalier, dos au mur, en tenant toujours son arme à bout de bras. Sur les marches affaissées, ses jambes manquent de stabilité ; l'appréhension de chuter s'ajoute à la tension qui l'étreint.

En haut, l'odeur est encore plus épouvantable. Saisie d'un nouveau haut-le-cœur, elle attrape le bas de son pull de la main gauche et le pose sur son nez en avançant avec précaution. Une tapisserie à fleurs déchirée et tachée recouvre les murs du couloir. De nombreuses mouches semblent agitées par sa présence. Au bout de ce tunnel sombre, un rayon de lumière s'échappe du bas d'une porte. Elle s'en approche, suivie de près par son équipier. Lorsqu'elle se trouve devant, elle perçoit un bourdonnement. Après une profonde inspiration, elle pousse prudemment la porte crasseuse du pied gauche.

Son corps est aussitôt agité de secousses. Son arme lui échappe des mains, elle est prise d'une subite suée, sa vue se brouille. Elle manque de chavirer.

Biolet découvre à son tour la scène d'horreur et vomit aussitôt, pris de fortes convulsions. La salle de bains grouille d'insectes et de larves. L'odeur est maintenant insoutenable. Dans la baignoire, un cadavre en décomposition. Les jambes flageolantes, Sevran s'approche du corps en tenant plus fermement son pull sur sa bouche et son nez. Le macchabée qui gît à ses pieds n'a plus rien d'humain.

Un hurlement strident se met à déchirer le silence, une créature bondit sur elle et s'enfuit entre ses jambes. Un cri de peur et de nervosité s'échappe de la gorge de la capitaine qui devient blême et méconnaissable. Un chat avait dû se nicher au plus près de son maître. La tête enfoncée dans les épaules, elle a l'air soudain minuscule. Le sol en carrelage est un cimetière de mouches et de larves dont elle écrase les petites carcasses à chaque pas. Ce broiement excite encore davantage les insectes en plein travail. Elle s'approche pour examiner plus en détail le corps allongé devant elle. Il y a du sang noir sur les parois et au fond de la cuve. La tête est sans visage, pourtant une bouche ouverte semble se distinguer encore. Biolet est livide. Il tient à peine debout contre le mur. Elle lui fait signe de quitter les lieux. Ils dévalent les escaliers, terrorisés.

Une fois dehors, elle lâche son pull et gonfle ses poumons d'oxygène, tandis que son équipier tombe à genoux sur le sol. Il leur faut quelques minutes pour reprendre leurs esprits. Jamais Sevran n'a assisté à un aussi terrible spectacle. Elle a besoin de s'éloigner de cet endroit abominable. Une fois arrivée à la voiture, elle s'assoit sur le capot, sa respiration est saccadée. Elle palpe machinalement sa carotide du doigt, son pouls s'est emballé. Elle s'allonge, la tête posée contre le pare-brise.

Après quelques minutes, elle se sent prête à appeler des renforts. Elle se redresse et s'efforce de faire émerger un son de ses cordes vocales étranglées. Au bout du fil, on l'assure de l'arrivée de collègues dans la demi-heure. Une fois qu'elle a raccroché, elle observe le paysage vallonné autour d'elle. Tout a l'air si calme dans le froid qui paralyse tout. Elle a la chair de poule, de petits tremblements la parcourent.

Elle pense au tronc du col des Goules, à son identité mystérieuse, pour quelques heures, quelques jours encore.

— J'ai… j'ai jamais vu… une chose pareille.

Biolet, les yeux exorbités, s'assoit à ses côtés avec la tête de quelqu'un qui a vu un fantôme. Sevran jette un œil inquiet au garage à vantaux qui renferme la désolation et l'horreur. Un spasme la traverse tandis qu'elle pense qu'elle vient de visiter l'enfer.

5 décembre 2000, 14 heures 30, Vichy

Une épaisse enveloppe de brouillard s'est installée dans l'esprit de Maxime lorsque la Renault 5 blanche pénètre dans le garage sombre. Les yeux ronds de sa mère, pleins d'incompréhension et de colère, ont laissé en lui deux marques profondes. Pour s'éloigner d'elle, il a demandé à sa grand-mère s'il pouvait passer quelques jours à Vichy. Michelle a semblé surprise et décontenancée, mais elle a accepté. En analysant le grand jardin boisé de la propriété, le garçon se sent soudain comme étranger au monde. Il réalise qu'il connaît peu la vieille femme. Elle lui a toujours semblé froide et distante. Son sac à dos noir serré contre lui, il sort timidement de la voiture.

Une maison à colombages aux volets gris se dresse devant lui. Ses yeux méfiants étudient l'édifice : deux grandes fenêtres au rez-de-chaussée donnent sur le salon qu'il se souvient d'avoir visité quelques fois, et une troisième semble éclairer la cuisine. D'imposants piliers de brique et de pierre les encadrent avec élégance. À l'étage, une large fenêtre centrale donne sur un balcon fleuri. De part et d'autre, deux ouvertures plus petites se joignent à elle. Il imagine qu'il s'agit des chambres.

Il n'a pas de souvenir lié à cet endroit. Il sait seulement que son père déteste cette maison. Il se sent nerveux, ses entrailles sont nouées. Il voudrait qu'il soit là, avec lui. Il lève un visage grave vers le ciel où de volumineux nuages gris semblent pris dans des filets tendus sur la ville. L'adolescent regrette déjà d'être venu ici. Ses jambes frêles s'engluent dans l'épais gravier rouge en rejoignant l'entrée.

Quand il remarque de nouveau la présence de sa grand-mère, elle lui semble soudainement âgée et fragile. En la suivant jusque dans la cuisine, il l'entend lui proposer un chocolat, mais il ne lui répond pas. Il est trop occupé à examiner cette pièce qu'il n'est pas certain de reconnaître. Tout ici paraît si propre et bien rangé. Des poêles et casseroles en cuivre rutilant sont accrochées au-dessus d'une cheminée, un carrelage blanc recouvre les murs jusqu'à mi-hauteur. Quelques plantes adoucissent un peu cet espace sans chaleur.

Michelle se tient à l'angle d'une large table noire posée au centre. Elle lui adresse un sourire hésitant. Il pense qu'elle a l'air presque douce à cet instant. Pourtant, il se souvient qu'un jour son père lui a confié qu'elle avait été une mère terrible. À la maison, elle les terrorisait tous, a-t-il raconté. Au fond des poches de son jean trop large, le garçon serre ses mains moites. Il se méfie de ce petit visage pâle, zébré de rides, qui se penche sur lui en ce moment même.

Une lumière blanche et vive comme un flash jaillit soudain, suivie d'une détonation sèche et puissante. Un orage éclate. Sous l'effet de la surprise, Maxime a senti ses talons faire un bond. Il veut se retrouver seul au plus vite. Il marmonne qu'il se sent épuisé. Sa grand-mère lui propose de lui montrer sa chambre à l'étage. Il la suit dans le vestibule puis dans le grand escalier tournant. Il la regarde monter lentement comme un cloporte maladroit. Sa main aux veines bleues apparentes la retient prudemment à la rampe en fer forgé.

Des portraits au mur attirent son attention. Trois hommes, en redingote bleue et queue-de-pie noire, le dévisagent avec hostilité. Ils ont le regard clair et le menton fier, leur chair si pâle détonne sur le fond sombre des tableaux. L'adolescent est surpris par ce choix décoratif chargé et prétentieux. Il sait bien qu'aucun de ces visages n'appartient à l'un de ses ancêtres. Il se demande pourquoi la vieille femme s'obstine à s'inventer une lignée.

Arrivée à l'étage, Michelle se retourne vers lui avec de petites pupilles sans fond. Maxime pénètre dans une pièce claire qui l'impressionne un peu. Il n'ose pas poser son sac à dos sur un des fauteuils recouverts de tissu. Le plancher craque sous ses baskets aux semelles éventrées. Un large lit recouvert d'une courtepointe gris perle trône au milieu de la chambre. Une vue de l'arrière de la maison se dévoile par une grande fenêtre entourée de rideaux blancs. Dehors, un magnolia se dresse au bord d'une pelouse rase. Sa grand-mère lui propose de se reposer quelques instants avant de refermer la porte derrière elle.

À peine a-t-elle disparu que le soulagement envahit l'adolescent. Il jette enfin son sac sur une table ronde en bois sombre. Une toile de Jouy grise est tendue sur tous les murs. Une jeune servante a l'air de s'y acoquiner avec un garçon de ferme, sous le regard d'un coq ou peut-être d'une poule. Maxime pouffe, la mine dédaigneuse.

Il s'allonge sur le lit moelleux et serre ses mains sous sa nuque. Il pense à sa mère qu'il ne souhaite pas revoir pendant au moins quelques jours. Il réfléchit à son comportement. Elle a changé sa manière de s'habiller, de se coiffer… Elle a vendu le sofa vert pour en acheter un beige… Il fronce ses sourcils noirs. Comment expliquer tous ces changements alors que son père est parti ?

Il se redresse sur ses coudes. L'image du contremaître apparaît dans son esprit. *João… Bien sûr ! Espèce de salaud !*

La tête rejetée en arrière, il peste intérieurement contre son entourage qui l'exaspère. À cet instant, même son père le met en colère. *Pourquoi tu me laisses seul comme un con avec eux ?* Il se recroqueville en serrant ses genoux dans ses bras. Une lourde larme se met à glisser sur sa pommette, qu'il sèche d'un coup vif de la manche. Il ne voit pas d'autre solution que de le retrouver. Depuis Vichy, il pense pouvoir prendre un bus qui l'amènera chez un de ses amis. Daniel habite Gannat, il a forcément des nouvelles de lui. Ce soir, quand sa grand-mère dormira, il cherchera son nom dans l'annuaire, et demain il ira le voir. Cette idée le séduit, ses lèvres ébauchent un timide sourire en fixant de longues minutes le plafond.

Quelques instants plus tard, des voix traversent les murs, en provenance du bas. Michelle semble parler vivement à une femme. Maxime se redresse sur son lit et se dirige à pas de velours vers la porte qu'il entrouvre. Il reconnaît la voix de sa tante Jeanne. Même s'il ne l'a pas vue souvent, il l'a toujours appréciée. Il aime sa simplicité et son regard doux ; son amour pour les chevaux, et son copain Victor. Selon lui, Jeanne est celle qui a le mieux réussi dans la famille. Elle possède un petit haras dans la campagne, où elle donne des cours d'équitation aux gosses aisés du coin. Victor est vétérinaire, c'est un type sympathique et drôle. Ils lui donnent l'impression d'être simplement heureux. L'adolescent voudrait bien descendre voir sa tante, mais la conversation semble très animée avec sa grand-mère. À quatre pattes, il rejoint sans faire de bruit le haut de l'escalier, pour mieux les écouter. La voix de Jeanne est anormalement aiguë.

— Pourquoi tu ne lui fiches pas la paix ? Tu fais toute une montagne de cette histoire !

— Si tu disparaissais du jour au lendemain, je ferais pareil.

— Ah non ! Je ne crois pas, non !

— Arrête un peu, je te prie. Tu sais très bien que j'en ferais autant.

— Ni Marie ni moi n'aurions droit au même traitement et tu le sais.

— Pas du tout.

Le garçon imagine le regard glacial de la vieille femme.

— Quand nous étions enfants déjà, tu avais marqué tes préférences, il n'y en a jamais eu que pour lui !...

Jeanne s'est mise à crier. Un silence lourd s'installe soudain.

— Allez, vas-y, dis ce que tu as à me dire, vas-y ! Je t'écoute ! Allez ! Crache ! la défie Michelle sur un ton acrimonieux.

— Non. Je ne préfère pas.

— Si ! Je t'en prie, vas-y, tu en meurs d'envie.

Sa grand-mère est devenue agressive. Sa fille marque un temps d'arrêt, puis reprend, cette fois tout à fait en colère.

— Tu te doutes bien que François est quelque part en train de cuver dans un bordel en Espagne ou ailleurs, non ? Alors pourquoi tu fais tout ce foin, bon Dieu ? Laisse Catherine et les enfants tranquilles, c'est ce que tu as de mieux à faire !

— Je sais qu'il s'est passé quelque chose de grave. Je le sens. Une mère sent ces choses-là, mais comment pourrais-tu le savoir toi, hein ?

— Une mère, toi ?... Tu me dis ça parce que je n'ai pas eu d'enfants, c'est ça ? Mais je n'en veux pas ! À quoi bon avoir des enfants pour les maltraiter ? Si c'est pour leur faire vivre ce que tu nous as fait subir à Marie et à moi !... (Jeanne est en pleurs.) Tu as été un monstre avec nous ! Un monstre !

Maxime entend les pas de sa tante s'éloigner brusquement, puis la porte d'entrée claquer avec fracas. Toujours caché à l'étage, il reste interdit. Il ignorait tout des relations détestables de cette partie de la famille. Il n'ose pas bouger de peur que sa grand-mère l'entende.

Au bout de deux minutes d'un silence pesant, il regagne sa chambre. Les paroles de Jeanne l'ont blessé, elles tournent en boucle dans son esprit. Maxime, qui n'a personne vers qui se tourner, se sent aussi impuissant et fragile qu'une poussière malmenée par les vents. De rage, il donne un coup de pied dans une chaise, puis décide de rester confiné dans cette chambre, pendant des heures. Lorsque la nuit tombe, il trouve Michelle seule, assise dans l'obscurité du salon. Elle a les mains jointes et la tête penchée, comme si elle priait.

— Ce qu'a dit Jeanne tout à l'heure à propos de papa, c'est possible, tu crois ?

Il a pris une voix douce pour ne pas l'effrayer, mais la vieille femme sursaute. Elle met quelques secondes avant de comprendre le sens de la question de son petit-fils.

— Bien sûr que non, Maxime, enfin ! (Elle se lève avec difficulté et se dirige vers la cuisine.) Allez, viens manger ! Les gendarmes vont vite le retrouver, conclut-elle sans conviction.

L'adolescent prend place à la longue table de la cuisine. Le luminaire au-dessus de sa tête l'indispose. Cet éclairage criard lui donne le sentiment d'être une cellule observée au microscope. Sa grand-mère commence à préparer le dîner en lui tournant le dos. Il hésite un instant, puis se lance comme du haut d'un précipice.

— C'est vrai ce que dit Jeanne, que tu as été une mauvaise mère ?

Michelle interrompt immédiatement ses gestes. Il remarque son dos se raidir. Elle baisse la tête. Une bouilloire se met à siffler, qu'elle arrête d'un coup bref, presque violent. Une tension s'infiltre dans la pièce. Le garçon attend une réponse, il ne la lâche pas des yeux, comme s'il tenait un animal dans son filet. Il voudrait qu'elle sente la brûlure de son regard.

— Eh bien, je pense que j'ai commis des erreurs, oui... Mais qui n'en fait pas ? avoue-t-elle en continuant à découper ses tomates en rondelles.

Maxime est sidéré. Sans connaître les détails de l'enfance de son père et de ses tantes, il voit bien que sa grand-mère se dérobe et tente de se dédouaner. Le poids de tous ces non-dits commence à peser lourd sur ses maigres épaules. Sa salive distille dans sa bouche un goût écœurant. Il se lève subitement en prétextant ne plus avoir faim. Alors qu'il quitte à grands pas la cuisine, il prend soin d'emprunter l'annuaire et le téléphone sans fil sur la commode du vestibule. Il grimpe les escaliers en courant et s'enferme dans sa chambre. Frénétiquement, il se met à chercher les coordonnées de Daniel Ambert à Gannat. Il compose aussitôt le numéro et tombe sur l'ami de son père.

5 décembre, 19 heures, Vichy

Dans la petite rue calme où s'est garée Jeanne, les fenêtres s'éclairent au compte-gouttes. Il est encore trop tôt pour que Marie et son mari Raphaël soient revenus de leur travail, d'ailleurs leur maison est toujours plongée dans l'obscurité.

Dans la voiture, les odeurs d'herbe coupée et de terre semblent plus fortes depuis que le froid humide a pénétré par les portes mal isolées. La jeune femme remonte son col roulé noir jusqu'aux oreilles en grelottant. À l'intérieur pourtant, elle bouillonne. Elle revoit mentalement le visage sec de sa mère. Ses petits sourcils étriqués, ses yeux comme des pointes affûtées et ses cris insupportables qui percent encore ses tympans… Ne pourra-t-elle jamais se défaire de ces images et tirer un trait définitif sur son passé ? Une pression inconnue s'exerce sur sa poitrine. *Maman… Tu paieras pour tes crimes*, lui souffle une voix. Elle se redresse aussitôt sur son siège, embarrassée par ce qu'elle perçoit comme une prémonition.

À quelques mètres d'elle, un claquement de porte de voiture la propulse soudain hors de ses réflexions tourmentées. Depuis le rétroviseur, elle aperçoit la silhouette d'un homme qui porte un attaché-case et se dirige vers un pavillon. Il pose sa main droite sur la poignée, puis marque un arrêt. Il baisse la tête, arrondit tristement ses épaules. Pendant quelques secondes, il hésite à franchir le seuil de son jardin. Son visage se tourne vers sa voiture, comme s'il était prêt à fuir. Jeanne scrute en détail l'inconnu dans le noir. Il lui fait penser à son père. Lui aussi devait longuement hésiter avant de rentrer à la maison...

Peu avant sa mort, Georges lui a fait promettre de s'occuper de sa mère. Avec son air de vieux patriarche, il lui a rappelé son devoir : celui de toutes les filles aimantes et reconnaissantes envers leurs parents. Jeanne croise son propre regard dans le rétroviseur et y décèle une lueur mystérieuse qui la surprend et l'inquiète. Derrière elle, l'homme se résout enfin à rentrer chez lui. Cet engagement que son père l'a forcée à tenir lui paraît maintenant insurmontable. *Comment est-ce qu'il a pu me demander une chose pareille ? Et moi, pourquoi ai-je accepté ? Après tout, je pourrais la laisser tomber. Qui me jugerait ?* Elle se mord la lèvre si fort qu'une perle de sang brillante se forme sur sa peau.

Au loin dans la rue, deux points lumineux sont à l'approche. Jeanne reconnaît la voiture rouge de Marie. Elle sort sur la chaussée, et fait un signe de la main dans sa direction. Marie ralentit et se gare juste devant elle. Les deux sœurs s'embrassent chaleureusement. Aucun son ne parvient à quitter la gorge de la jeune femme, trop émue pour expliquer la raison de sa présence. Marie pose un bras sur ses épaules, puis elles s'engouffrent ensemble dans le pavillon.

Dans le salon, Jeanne s'assoit sur le premier fauteuil qui se présente à elle. Pendant ce temps, sa sœur allume les nombreuses lampes de la pièce chaleureuse, tout en retirant son manteau et son écharpe sans la quitter des yeux. Jeanne est sans voix. Raconter l'épisode de tout à l'heure, c'est prendre le risque de donner plus de gravité à la réalité. Elle hésite. Jeanne est pourtant capable de garder cette blessure au fond d'elle, elle en a l'habitude, mais elle n'en a pas envie. Pas cette fois.

Pendant que sa sœur s'éclipse un bref instant, elle profite de ce répit pour recoller les morceaux de son récit. Il ne faudrait pas embraser la mèche, Marie est tellement moins calme et posée qu'elle. Son regard distrait se promène sur la décoration élégante et simple de la maison.

Jeanne reconnaît que sa sœur a un chic naturel qu'elle ne possède pas. Marie est aussi plus forte. Enfant, elle était capable de tenir tête à leur mère, même sous la menace des coups. Pleine de morgue et de courage, elle résistait. Jeanne en revanche, finissait toujours en pleurs et à genoux. Elle s'enfonce dans le canapé moelleux, la nuque calée contre le confortable dossier. Son visage s'incline vers une collection de masques africains qui l'ont toujours fascinée. Il y en a un, rouge et blanc, qui semble la fixer ce soir. Avec sa bouche entrouverte, on dirait qu'il lui parle. *Je suis perdue, qu'est-ce que je dois faire ?* Elle l'imagine prendre des traits humains et lui sourire. L'aînée est revenue dans le salon deux verres à la main. Elle lui adresse un clin d'œil pour l'encourager à parler enfin. Jeanne avale l'alcool fort d'un trait.

— C'est maman… Je me suis prise de bec avec elle à cause de François. (Une mèche cuivrée vient de tomber devant les yeux verts de Marie.) Elle a plus ou moins forcé Catherine à aller voir les gendarmes. Apparemment, ça ne s'est pas très bien passé. Maxime était là, il a accusé sa mère de ne pas chercher son père… Je suis très mal à l'aise avec cette histoire… Maman m'a raconté ça comme une victoire remportée sur Catherine et… j'ai explosé, confesse la cadette, visiblement émue.

— Comment ça, tu as explosé ?

— Je lui ai dit que si nous venions à disparaître, elle n'en ferait pas autant pour nous… Que nous n'avons jamais eu droit au même traitement que lui…

Jeanne fait un geste nonchalant de la main. Marie se tait, ses traits se sont durcis.

— Je voudrais qu'il réapparaisse, qu'on en finisse avec cette histoire. J'ai peur que… tout soit bouleversé !

Tremblante, elle évite le regard de son aînée.

— Alors tant pis. (Marie est devenue grave.) Il faut que ça sorte maintenant. Ça suffit.

— Qu'est-ce que tu veux dire ?

La jeune femme, inquiète, se redresse en clignant des yeux.

— Je ne supporte plus ce silence. Je vis depuis vingt-cinq ans avec une colère qui me ronge. Nous avons toujours été transparentes. Depuis que François est parti, c'est encore pire. (Elle marque un silence.) D'ailleurs, j'ai décidé de rencontrer nos deux frères.

— Quoi ? (Une lueur de terreur apparaît dans les yeux de Jeanne.) Pourquoi tu veux faire ça ? Pourquoi maintenant ?

— Parce qu'on est en train de remuer beaucoup de choses. Il faut aller jusqu'au bout, s'entête Marie.

— Oh non ! Papa ne voudrait pas qu'on fasse ça ! s'exclame sa cadette d'une voix enfantine.

— Papa, je l'emmerde. (Son regard est devenu glacial.) Il l'a autorisée à passer ses nerfs sur nous pour pouvoir s'amuser sans le moindre remords ! Il n'a fait que semer la douleur derrière lui ! Nous avons des frères et j'ai besoin de les connaître. On vit à deux pas ! Ça ne te gêne pas, ce silence insupportable ? Je ne veux plus les ignorer, je ne peux plus !

La cadette est bouleversée. D'innombrables pensées fusent dans son esprit. Elle se sent noyée. Pourquoi a-t-elle éprouvé ce besoin si fort de parler, cette fois ? Est-ce qu'elle n'aurait pas pu simplement se taire et encaisser seule, comme elle l'a toujours fait ? Il faut la dissuader, éviter la catastrophe à tout prix.

Elle observe le regard déterminé et froid de sa sœur. Sur ses bras, ses poils se dressent par milliers. Un temps mort s'installe et s'étire comme un élastique prêt à rompre. En silence, Jeanne se lève et s'approche des masques africains. Le corps d'une des sculptures en ébène est couvert de clous. Ses lèvres lippues dessinent une moue douloureuse, ses yeux semblent sortir de leurs orbites. Cette vision lui fait penser à sa mère que la culpabilité et la peur consument à petit feu. Lorsqu'elle se retourne vers Marie, elle tient son poing fermé sur sa bouche. Elle perçoit dans ses rétines cette même lueur mystérieuse qu'elle a remarquée dans les siennes tout à l'heure. Un courant glacé traverse son dos.

6 décembre 2000, 9 heures, Clermont-Ferrand

Dans de petits soubresauts accompagnés d'un bruit grave, la machine à café du hall de l'hôpital vomit un jus marron à l'odeur de caoutchouc brûlé. Sevran tire une grimace de dégoût. Elle n'a pas l'intention de plonger ses lèvres dans la mixture suspecte, ni de se rendre en salle d'autopsie sans avoir bu son indispensable breuvage. Elle regarde autour d'elle, désemparée. Elle s'approche de l'accueil et demande à la standardiste où l'on peut se procurer un vrai café. Une femme aux longs cheveux blonds à mèches mauves et au maquillage grossier fait un signe de la tête en direction de la vieille machine.

— C'est tout ce qu'on a, vous vous rendez compte ? Ça fait des mois qu'on demande à en changer !

L'hôtesse d'accueil hausse les épaules d'un air pincé, et se replonge dans la lecture d'un magazine.

La capitaine lâche discrètement une série de jurons que seule l'apparition de Biolet dans le tourniquet de la porte principale interrompt. Il affiche une petite mine et lui tend un gobelet fumant.

— Ah ! tu me sauves !

Elle plonge ses lèvres dans le jus amer qui lui donne l'impression d'assister au réveil de tous ses neurones.

— Il paraît que Brun n'a pas eu le temps de faire l'autopsie de notre cadavre hier, elle est en train de la finir maintenant, annonce-t-il sur un ton las.

Avec des pieds de plomb, la policière ouvre la voie vers le service médico-légal. Des images du corps découvert la veille défilent devant ses yeux. Elle inspire profondément avant d'ouvrir la porte battante à l'entrée du service. L'odeur de détergent lui retourne déjà l'estomac.

Au fond du couloir, elle aperçoit le légiste Claude Jarry, assis sur un brancard, un biscuit à la main. Son corps potelé est courbé, il a l'air absent.

— Bonjour, docteur, comment ça va ? le salue-t-elle en lui tendant une main amicale.

— Oh… On a eu des jours meilleurs, capitaine… (Pudiquement, il baisse les yeux.) Je vous offre un gâteau ? (Il leur tend un assortiment de biscuits.) Ce sont mes petites douceurs… Elles m'aident à surmonter les moments difficiles !

— Vous avez eu un cas compliqué, ce matin ? interroge-t-elle avec discrétion.

— Il y en a tant ici ! soupire-t-il, l'air affecté. Mais ce matin, oui… C'était un enfant battu, murmure-t-il, l'œil mouillé.

Alors que son équipier le gratifie d'une tape amicale sur l'épaule, Jarry se ressaisit aussitôt.

— La patronne vous attend en salle 2. Faites gaffe… Elle est de très mauvais poil ! leur signale-t-il, en se raclant la gorge.

Sevran et Biolet échangent un regard entendu. La capitaine voudrait réconforter le légiste, mais peine à trouver quoi que ce soit qui puisse amoindrir ses tourments. Dans un automatisme un peu maladroit, elle lui serre l'avant-bras en lui adressant un regard compatissant, puis s'engage en silence avec son collègue au fond du couloir jusqu'à la salle 2.

Le faux plafond gris granuleux pèse sur leurs têtes. Devant la salle d'autopsie, chacun prend une dernière bouffée d'oxygène. Biolet passe devant. Ils pénètrent presque timidement, de peur de provoquer les foudres de la légiste. Sophie Brun est penchée sur le corps, ses cheveux blonds éclairés par le scialytique au plafond ont l'air en flammes.

Elle porte de grandes lunettes en plastique pour protéger ses yeux d'éventuelles projections. Elle lève le regard vers eux et leur adresse un signe de tête en guise de salutations. La capitaine observe la masse sombre allongée sur la table d'examen. L'odeur réveille aussitôt les sensations de la veille. Elle s'approche pendant que la professeure poursuit son minutieux examen du cadavre.

— Comment allez-vous tous les deux ? demande Brun sans les regarder, tout en se dirigeant vers des lames affûtées alignées sur une paillasse.

— On va bien, merci..., répond Biolet, qui a posé un mouchoir sur son nez.

Sevran acquiesce, absorbée par la vision du corps qui fait naître en elle un sentiment d'impuissance. Elle repense à la maison sale et lugubre, à la vie solitaire et désespérée de Max Penhart occupé à accumuler les journaux et les détritus au milieu de ses chats voraces. Une vive émotion la pique.

— Une idée de la date de la mort ? interroge-t-elle pour combler le vide.

— Au vu des larves et de l'état général... je dirais un mois environ.

L'enquêtrice se concentre sur les gestes de la légiste pour éviter de donner le champ libre à ses pensées. Elle note que son visage est marqué ce matin. La professeure pose sa lame à la base du cou et trace une ligne droite le long de l'abdomen. Soudain, une odeur de viande pourrie et d'excrément insoutenable s'échappe des fentes ouvertes du cadavre. Sevran est prise d'un haut-le-cœur. Elle se penche en avant dans un mouvement automatique et tente de retenir une contraction de son estomac. De l'autre côté de la table d'examen, Sophie Brun explose de colère :

— Putain de bordel de métier à la con !

Elle s'est éloignée de quelques pas, ses mains gantées de latex dressées en l'air. Deux cernes sombres se sont creusés sous ses yeux. Elle semble excédée. Un silence insupportable s'invite dans la salle. Biolet s'est sensiblement rapproché de la paillasse pour s'y retenir.

— Ça va ? hasarde Sevran au bout d'un moment.

La professeure ne répond pas immédiatement, ferme les yeux quelques secondes puis rejoint le corps.

— Vois-tu, Virginie, ce putain de macchabée me donne la nausée. Et tout ça pour un foutu suicide à la con en plus !

Sa voix autoritaire claque comme un éclat de verre dans la salle. La capitaine jette un œil à son équipier qui lui rend son regard. Pour un peu, ils se sentiraient presque coupables d'avoir découvert le corps. Brun finit par se redresser en quittant ses gants d'un air hautain.

— Il s'est fait bouffer par ses chats, observe-t-elle, glaciale.

Sevran remarque du coin de l'œil que son collègue a le visage tendu vers le plafond, son mouchoir fixé sur le nez. Il est redevenu aussi blême que la veille. Elle s'approche de lui comme pour chercher à prévenir sa chute. Il remue la tête en signe de malaise et fonce dehors. La porte se met à grincer dans un bruit strident. Pendant ce temps qui s'étire pesamment, elle examine une dernière fois le corps en putréfaction.

La légiste retrouve peu à peu ses forces et sa distance habituelle.

— Vaut mieux avoir le cœur bien accroché par ici ! Ou pas de cœur du tout !

La remarque fait sourire l'enquêtrice qui reconnaît l'esprit si particulier de la légiste.

Elles se saluent en se promettant de courir de nouveau ensemble dans la semaine. L'échange incongru se fait au-dessus des côtes ouvertes du cadavre.

En regagnant le couloir, Sevran aperçoit Biolet et Jarry penchés contre le mur, côte à côte. Chacun a les bras croisés sur la poitrine, le regard vague. Le son de ses talons qui claquent sur les dalles cirées les sort de leur torpeur.

— Qu'est-ce que je vais faire de vous deux ?

Ils se redressent et l'observent avec lassitude. Elle découvre son équipier marqué et voûté. L'image l'attriste d'autant plus que Biolet est un collègue auquel elle s'est déjà attachée. Elle le revoit la veille, en train de la couvrir avec son arme, pendant leur reconnaissance de la maison. Une confiance mutuelle les lie désormais, si bien que Sevran se sent une forme de responsabilité vis-à-vis de lui. L'heure du déjeuner approche, elle a l'intention de lui proposer de se poser dans un endroit tranquille, et de lui offrir l'écoute attentive dont il a besoin.

Une fois dans le hall, elle aperçoit au loin le chef du service de gastro-entérologie qu'elle a rencontré deux jours plus tôt. Il ne l'a pas vue, elle en profite alors pour l'examiner, déjà séduite.

— Il est plutôt beau gars, hein ? Intelligent, élégant… Tout à fait ton genre, quoi…

Son équipier est lui aussi en pleine observation du médecin. Sevran se sent rougir.

— Oh… Sans plus…, répond-elle gênée.

Surpris par tant de mauvaise foi, il éclate de rire.

— Allez, viens, je t'offre un bon petit déjeuner place de Jaude. Ça va nous changer un peu les idées ! lui propose-t-elle en adoptant un ton presque maternel.

Biolet choisit une brasserie au centre de l'esplanade. Ils s'installent près d'une large baie vitrée et commandent deux cafés crème et quatre croissants. Ils restent un moment en silence à regarder le monde autour d'eux. Le barman, tout de noir vêtu, vide le marc du percolateur et lance deux nouvelles tasses. L'injection d'eau sous pression inonde la mouture dans un bruit qui étouffe les conversations des clients pendant quelques secondes.

À leur droite, un homme d'une soixantaine d'années discute avec une jeune femme. Il cache une calvitie naissante sous une perruque et porte un pantalon en cuir noir. Le visage de la fille, très fardé, est encadré par deux longues mèches brunes qui tombent comme des rideaux informes. Elle a l'air de s'ennuyer, tandis qu'il monopolise la conversation. Sevran tend l'oreille pour saisir des bribes de son monologue. Il est question de musique et de tournées d'été. Il est sûrement agent d'artistes ou prétend l'être. Il promet monts et merveilles à la fille à l'œil bovin.

Le serveur dépose enfin cafés et croissants en prenant soin de placer l'addition sous le nez de Biolet. La capitaine, que ce réflexe de galanterie dépassée agace, soupire en ramenant le ticket à elle. Son équipier fait courir nerveusement ses doigts sur son portable dans un mouvement sec de va-et-vient. Il n'est pas vraiment là. Ses yeux sont absorbés par l'écran qui déroule une discussion animée. Sevran, dont le cerveau n'a pas encore totalement digéré les images, les sons et les émotions de la matinée, choisit de se faire discrète. Elle voudrait d'ailleurs pouvoir s'isoler un quart d'heure pour tout mettre en ordre dans son esprit. Son café crème ne lui donne pas le coup de fouet espéré. Le sommeil la gagne peu à peu d'autant que le monologue de son voisin ressemble au ronronnement d'un vieux chat. Elle voudrait qu'il se taise, mais il semble apprécier sa propre conversation. Elle se sent engourdie, somnole presque. Elle fait un geste au barman et commande deux autres cafés bien serrés. Biolet pose violemment son téléphone sur la table ronde.

— Ça ne va pas à la maison ? demande-t-elle doucement.

— Non… Elle me pousse à bout. C'est épuisant.

Il a l'air de glisser sur sa chaise.

— Tu es sûr de ne pas noircir le tableau ?

— Oh non, malheureusement. (Son visage se ferme, il réfléchit en silence un instant.) En l'espace de quelques jours, on a vu des choses terribles… On ne peut en parler à personne autour de nous. Personne n'a envie de savoir ça… Jarry me disait ce matin que son « mari » le trouve déprimant en ce moment ! Tu te rends compte ?

Elle sourit tristement.

— On ramène des boulets à la maison, et personne n'a envie de se prendre les pieds dedans… Les collègues sont là pour en parler. Je suis là pour ça.

— Hum… (Il joue avec son téléphone du bout des doigts.) Elle, elle me parle de ses journées avec ses élèves… Je connais le nom de chacun… (Il passe la main sur son visage en soufflant.) Je fais semblant de m'intéresser à tout ça depuis trop longtemps.

La policière ingurgite son espresso qui provoque enfin l'éclosion de ses neurones dans son cerveau. Son téléphone se met à vibrer dans la poche de son jean.

— Capitaine ? C'est Ghemzi.

— Salut, Ghemzi, quoi de neuf ?

— On a peut-être du nouveau du côté des disparitions… Un homme de 47 ans habitant Ceyrat. Apparemment, personne de son entourage ne l'a vu depuis douze jours.

— OK, on arrive tout de suite. Merci.

La nouvelle provoque chez elle une excitation juvénile. Biolet est aux aguets.

— On va peut-être enfin identifier notre tronc.

Elle cherche un billet au fond de son sac et le dépose négligemment sur la table en quittant le café au pas de course.

6 décembre 2000, 10 heures 30, Royat

— Quand est-ce qu'on va être payés ?

Les deux hommes qui se dressent devant João sont robustes. Le visage buriné, l'ourlet des cils noirs, ils semblent sortir tout droit d'une mine. L'un d'eux soulève son bob Heineken du doigt pour se gratter le crâne. L'autre tire sur sa cigarette parvenue au filtre. Ils portent des pulls informes élimés et tachés de peinture. Bien qu'ils aient une tête de moins que lui, leurs épaules sont larges, et leurs jambes arquées, musclées.

— Je vous garantis que vous serez payés, OK ? Maintenant, allez bosser !

Le contremaître a ses puissants bras croisés sur la poitrine, les pieds enfoncés dans le sol comme un colosse. Il n'a pas envie d'avoir cette conversation avec les ouvriers. Il voudrait simplement qu'ils se remettent au travail sans protester.

— Avec Renon, on n'est jamais sûrs de rien. Moi je bosse pas si j'ai pas mon fric aujourd'hui ! renchérit l'homme au bob.

Il a un regard teigneux, et le volume de sa voix est monté d'un cran.

— Renon s'est barré. C'est sa femme qui a repris les affaires. Avec elle, ça va marcher droit. Allez bosser, putain !

— Sa gonzesse ? C'est une blague ? Tu te fous de nous ou quoi ? demande l'autre, estomaqué.

João sent sa patience l'abandonner peu à peu. Il fléchit légèrement les genoux puis se penche vers eux de toute sa hauteur.

— Parlez pas comme ça de la patronne ! Allez, au boulot et vite, sinon je vous dégage d'ici à coups de pelle dans le cul ! C'est compris, oui ou non ?

Une voix profonde a jailli de son ventre. Face à lui, les deux travailleurs maugréent en tournant les talons.

Pendant un instant, il a cru devoir donner du poing pour se faire comprendre. Ce n'est pas qu'il rechigne à se battre, quelques bonnes bagarres ont parfois le mérite de calmer ses nerfs. Mais cette fois, il n'a pas eu envie de tenter le diable pour un motif aussi futile. Après tout, il ne se sent pas encore très investi dans l'entreprise. Pas question de prendre des coups pour les Renon, pas plus pour elle que pour lui. Une neige fine commence à tomber sur le chantier. Lorsque le contremaître s'en aperçoit, une armée de flocons constelle déjà ses épaules et ses cheveux. Il monte dans son pick-up pour attraper son blouson. Quand, deux secondes plus tard, il saute dans la glaise, il est surpris par la paire d'yeux bleu marine qui l'analysent. Catherine Renon est là, les mains enfoncées dans les poches de sa doudoune kaki. La neige s'évanouit dans ses cheveux clairs. Il ne parvient pas à décrypter l'expression de son visage. Elle adopte un air énigmatique en s'avançant lentement vers lui.

— J'ai eu le patron de l'entreprise de béton que nous sommes allés voir hier soir, au téléphone. Il consent à réduire ses prix de 5 %, c'est toujours ça.

Elle est calme, son attitude semble détachée.

— OK… Tant mieux.

L'employé est sur la défensive. Le comportement de sa patronne l'intrigue, ce matin. Hier, elle est arrivée très nerveuse au rendez-vous. Après quelques échanges un peu vifs avec l'entrepreneur, il a eu l'impression qu'elle avait fini par s'imposer et se calmer. À l'issue de l'entretien, elle lui a offert un verre pour fêter leur première collaboration. Il a apprécié qu'elle le remercie chaleureusement pour sa présence, même s'il ne s'est pas senti très utile. Aujourd'hui, Catherine Renon semble distante. Décidément, João ne comprendra jamais les femmes et leurs humeurs fluctuantes. Moins il la verra, mieux il se portera.

— On en est où ici ? demande-t-elle avec un sourire forcé.

— On va attaquer le ravalement de la façade est de l'hôtel, comme prévu.

Il fait un geste de la main vers les échafaudages.

— Comment ça marche exactement ? Expliquez-moi en détail, je vous prie.

João râle intérieurement de devoir donner un cours de maçonnerie à Catherine Renon.

— Sur un mur en moellons comme celui-ci, on doit commencer par retirer l'enduit qui est foutu... Enfin... détérioré, pour le mettre à nu tout en creusant un peu les joints. On appelle ça le piquetage de l'enduit.

Il prend soin de choisir ses mots pour se faire comprendre.

— Ça prend du temps ?

— Pfff... Deux semaines à peu près.

Les questions de délais le rendent toujours nerveux.

— Bien. Je vais aller rencontrer les ouvriers.

Elle a un comportement de maîtresse d'école, ce matin. Son employé voudrait le lui déconseiller, mais il n'a pas envie d'argumenter et de perdre son temps. Elle s'éloigne déjà en enjambant le matériel accumulé à l'entrée du chantier. Il la regarde faire en réalisant que sa présence le stresse, elle lui rappelle celle des matons. Lorsqu'il travaillait dans l'atelier de la centrale, il y en avait toujours un qui rôdait autour de lui, à la recherche d'un faux pas, le reproche au bout de la langue.

De ses bras vigoureux, il attrape un compresseur à air qui montre des signes de fatigue et se concentre sur la machine pour oublier la tension qui l'entoure. À l'aide d'un tournevis, il démonte minutieusement le tube en aluminium. De son doigt plat, il appuie sur le clapet en poussant sur le ressort. Comme l'air en sort faiblement, il vérifie le niveau d'huile qui semble bon. Il lève la tête vers les échafaudages et aperçoit la patronne en pleine discussion avec l'ouvrier au bob Heineken. Il semble beaucoup moins véhément avec elle.

Après tout, sa présence sur les chantiers aura peut-être un effet inattendu. Une fois rassurés, qui sait, les ouvriers mettront peut-être les bouchées doubles ?

João donne trois tours de tournevis et jette de nouveau un coup d'œil vers elle, mais il ne la voit plus. Il rejoint son pick-up à la recherche d'un outil qui lui fait défaut et fouille dans sa boîte de bricolage posée sur le fauteuil passager. Lorsqu'il redescend, il sursaute en la découvrant derrière la portière. Décidément, il déteste cette sensation de surprise. La dernière fois qu'un type lui a fait ça, c'était dans les vestiaires de la prison. Un détenu l'attendait caché pour lui voler le portable qu'il avait réussi à obtenir en secret. Il se souvient lui avoir fracassé le nez sur la porte métallique de l'armoire. Il s'en était fallu de peu qu'il lui défonce le crâne. Les autres prisonniers avaient réussi à les séparer à temps. Une pulsion de violence le saisit. Il retourne à son compresseur posé dans la glaise en soufflant lentement pour lâcher du lest.

— Vous avez parfois l'air d'une bête traquée, vous savez ?

Elle prend un air intrigué.

— J'aime travailler en paix.

— Ne vous inquiétez pas, je ne serai pas dans vos pattes tous les jours, le rassure-t-elle en se tournant vers le chantier.

— Ne le prenez pas mal, madame Renon, mais votre présence risque de nous ralentir, et…

— Oui, c'est bon, j'ai compris. Mais ma présence a été utile aujourd'hui. (Elle porte la main à son nez qui semble se mettre à couler.) Vous auriez un mouchoir ?

— Dans la boîte à gants, servez-vous, lui dit-il avec un air renfrogné.

Il l'observe ouvrir la porte passager puis se pencher. Il se concentre de nouveau sur sa réparation en changeant le clapet.

Des secondes passent sans qu'elle n'esquisse le moindre geste. Le contremaître se déplace de quelques degrés pour mieux l'observer. Elle tient une photo dans les mains. Il fulmine intérieurement, mais n'ose rien dire. Sa patronne finit par refermer sèchement la boîte à gants. Lorsqu'il relève les yeux sur elle, son visage est inquiet.

— João, je vous laisse, je vous appelle demain. Travaillez bien.

Il n'a pas le temps de lui répondre qu'elle disparaît de sa vue. Il se sent gagné par une nervosité soudaine. Il a cette photo d'Irène dans ses papiers de voiture depuis des années. Il l'avait presque oubliée. La réaction de Catherine Renon en voyant le visage de la jeune fille le plonge en plein désarroi. *Pourquoi elle a réagi comme ça ? Est-ce qu'elle la connaît ? Est-ce qu'Irène est revenue ?* Un vertige le fait brutalement basculer en arrière dans la terre boueuse.

6 décembre 2000, 11 heures, route de Royat

Comme deux boules de flipper, les pupilles sombres de Catherine Renon roulent en effectuant de petits mouvements saccadés, tapent dans les coins, reviennent au centre, encore et encore. Une ride du lion s'est creusée entre ses sourcils. Elle s'est garée sur le bas-côté pour réfléchir, mais elle a le sentiment que son esprit ne parvient plus à suivre le fil des événements. Tout lui échappe de nouveau. Elle repense au visage sur la photo de João : la même fille que sur le cliché retrouvé dans le bureau de François quelques jours plus tôt. La même, mais… plus jeune, peut-être. Qui est-elle et comment peuvent-ils la connaître tous les deux ?

Une tachycardie commence à emballer son cœur qui peine à trouver son rythme. Elle s'agrippe au volant, la bouche ouverte à la recherche d'oxygène, mais elle ne parvient pas à respirer. Comme une souris sur le point d'être aspirée par un serpent, elle se met à s'agiter. Des cris aigus s'échappent de sa gorge. De lourds sanglots la secouent et les larmes inondent son visage. Elle est à bout de nerfs, désespérée.

Lorsque enfin un faible filet d'air pénètre de nouveau dans ses narines, elle se fige, livide. *Je n'aurais pas dû parler d'elle aux gendarmes. Ils vont se mettre à la chercher. Merde !* Elle tape violemment du poing sur le volant. Le sel de ses larmes a tracé de profonds sillons pâles sur ses joues échauffées.

Elle espère que l'enquête des gendarmes ne va pas tout bouleverser. Elle qui vient à peine de poser les bases de sa nouvelle existence ! Le visage antipathique du gendarme Barrier et son air suspicieux lui reviennent en mémoire ; il n'a pas cessé de l'analyser, comme un prédateur. *Ils ne vont pas le trouver de toute façon… Ça va aller.* Une forme de détermination s'installe de nouveau sur ses traits. Pourtant, après cette crise, elle ne se sent pas apaisée. Dans les abysses, l'angoisse stagne. D'autant que les yeux pleins de reproche de Maxime continuent de la fixer dans ses pensées. Elle est affligée par son départ. Elle aurait voulu le retenir, elle aurait dû sans doute…

Catherine sait très précisément quand elle a perdu l'affection de son fils. Le matin où, après sa violente dispute avec son père, elle lui a interdit d'aller le voir dans leur chambre. Quelque chose entre eux s'est brisé à ce moment-là. À cet instant, son existence a brutalement dévié sans qu'elle puisse y changer quoi que ce soit.

Elle réalise maintenant qu'il a dû la trouver cruelle. Mais François l'avait mise hors d'elle. Ils s'étaient battus violemment. Il avait pris le dessus en la maintenant sur le sol glacé de la salle de bains. Elle avait senti sa large main lui écraser la nuque. Elle n'avait jamais eu aussi peur. Au bout d'un instant, elle avait retrouvé ses forces et lui avait donné un violent coup de pied dans l'entrejambe. Il avait fini recroquevillé contre la baignoire, rouge de douleur. Enragée, elle avait attrapé une touffe de ses cheveux.

— Ne refais plus jamais une chose pareille ou tu le paieras cher !

Le chuchotement haineux s'était échappé de sa gorge. Elle avait ensuite dévalé les escaliers en se rhabillant. Son aîné était sur le point de monter pour secourir son père, comme toujours. Elle lui avait fermement ordonné de retourner dans la cuisine. Comme un éclair, un air qu'elle avait pris pour du mépris était apparu sur le visage de l'adolescent. Un nouvel élan de violence l'avait alors saisie : elle avait presque eu envie de le frapper. Mais son regard terrorisé l'avait retenue.

Elle ne comprend pas comment elle a pu ressentir une telle pulsion contre lui. Ce souvenir l'indispose tant qu'elle veut l'éloigner d'elle au plus vite. *Pourquoi est-il allé chez sa grand-mère ? C'est une étrangère pour lui. Il aurait pu passer quelques jours chez Annie plutôt… Il veut me faire payer…* Sa mâchoire se serre comme une pince.

Sa belle-mère ne l'a jamais aimée. Dès leur première rencontre, elle l'avait sentie hostile. Michelle espérait sans doute mieux pour son fils. Lorsque Catherine s'était installée en Auvergne, la vieille femme lui avait prédit que ça ne tiendrait pas. En évoquant ce souvenir, elle émet un rire aigre. Cette vieille pie doit être satisfaite de la situation actuelle, quelque part. Elle va sans doute chercher à monter Maxime contre elle… Son iris s'assombrit. *Ne va pas raconter n'importe quoi à ta grand-mère, Max ou…* Sa pensée s'arrête net, elle est embarrassée.

Elle lève les yeux et observe le paysage rude et morne à travers le pare-brise sale. Chaque voiture qui la dépasse provoque un roulis aussi brutal qu'une gifle. Elle rallume le moteur et quitte rapidement le bas-côté sans prendre garde aux automobilistes engagés sur la route. Un crissement de pneu suivi d'un coup de klaxon bruyant retentit. Elle n'y prend pas garde et accélère nerveusement pour disparaître dans les flancs de la montagne blanche.

Des plaques de verglas se sont formées sur les abords de la chaussée. Chaque tournant est glissant et dangereux. Elle manque plusieurs fois de perdre le contrôle de son véhicule. L'idée de finir dans un ravin lui traverse l'esprit. Ce serait la fin des ennuis… À plusieurs reprises, elle franchit la ligne blanche, attirée par le précipice. Chaque à-coup est comme une pointe acérée qui l'aiguillonne. Elle se sent dopée par la peur. Au bout d'un instant, elle se reprend. *Maxime, Clémence et Eliott n'ont plus que moi…*

Cette pensée lui fait l'effet d'une douche glacée si bien qu'elle retrouve sa prudence ordinaire. Sans en avoir conscience, elle a pris le chemin de la maison de Martine. Elle a besoin d'un peu de chaleur et de soutien, et c'est auprès de son amie qu'elle pense trouver ce réconfort nécessaire. Martine est une amie de vingt ans qui l'a accompagnée dans la vie dès son arrivée à Clermont-Ferrand. Sa simplicité, son humour et son bon sens en ont fait une proche de Catherine. Arrivée dans sa rue, elle avance au ralenti jusqu'à son portail rouge. Elle hésite un instant en regardant sa montre. Elle décide finalement de franchir le portillon puis emprunte un petit chemin pierré sur la pelouse enneigée. Elle n'avait jamais remarqué à quel point la maison était petite. Trois fenêtres en rez-de-chaussée donnent sur une terrasse étroite carrelée en ardoise. Les murs et les volets sont blancs, seule la porte est peinte en noir dans un léger renfoncement de la façade, comme une gueule ouverte. Catherine se tend sans parvenir à en comprendre la raison.

Ses yeux tombent sur la silhouette allongée de Martine qui l'épie derrière un rideau. Ses cheveux sont relevés en queue-de-cheval, elle est habillée d'un jean et d'un haut noir, sans plus de fioritures.

Les rires et les joies des moments passés dans ce lieu lui semblent soudain profondément enterrés. La jeune femme lui fait signe, mais son amie reste immobile, l'air sévère. Elle s'étonne de sa réaction et songe à rebrousser chemin. Après tout, elle ne l'a pas prévenue de son arrivée, peut-être tombe-t-elle à un mauvais moment ? La porte noire s'ouvre, Martine apparaît, le regard défiant.

— Qu'est-ce qui t'arrive ?

Elle n'a jamais été aussi froide.

— Je voulais passer un moment avec toi si tu as un peu de temps... ?

Catherine est déconcertée. Elle regrette déjà cet échange qui ne prend pas la tournure espérée.

— On dit que François a disparu depuis des jours, et toi... Tu me mens, tu me racontes qu'il est malade... Tu te moques de moi !?

L'épouse de l'entrepreneur soupire :

— Je n'avais pas envie d'en parler, c'est tout. Je ne sais pas où il est..., avoue-t-elle avec un geste d'impuissance.

Elle remarque que son amie étudie sa nouvelle coupe de cheveux, ses vêtements, puis son visage. Une boule effervescente grandit dans son ventre.

— Est-ce que je peux entrer au moins pour t'expliquer ce qui se passe ?

Visiblement à contrecœur, Martine élargit l'ouverture de la porte puis se dirige, muette, vers la cuisine où elle s'assoit à la table familiale. La jeune femme se tient debout au milieu de la pièce, les mains serrées.

— François n'a pas mystérieusement disparu, il est parti avec une fille dont j'ai retrouvé la photo. Je ne sais pas qui c'est... Ma belle-mère m'a forcée à aller voir les gendarmes, mais tout ça est ridicule.

— Il n'est pas du genre à se séparer de ses enfants comme ça..., commente Martine avec un air pincé.

— C'est pourtant le cas ! s'exclame-t-elle.

— Il paraît aussi que tu te présentes comme la gérante de la société Renon... Toi qui n'as jamais eu le moindre intérêt pour les affaires de François, qui es même incapable de remplir une fiche d'impôts... Excuse-moi... Mais je trouve ça... bizarre.

Son amie s'assoit de biais en croisant les bras.

— Quoi ? Tu vas t'y mettre toi aussi, comme ma belle-famille ? s'énerve-t-elle. Il faudrait que je reste à pleurer sans rien faire ? J'ai des enfants à nourrir, moi ! Je ne peux pas rester le cul sur une chaise ! Je dois me bouger ! Aller de l'avant ! S'il ne veut plus de nous, on ne va pas le forcer à revenir !

Catherine regrette aussitôt de s'être emportée. Ses paroles ont dépassé sa pensée.

— Finalement, cette situation étrange te convient très bien…

Martine parle lentement en cherchant à la sonder.

— Écoute… (L'épouse de François rapatrie ses forces pour tenter de se calmer.) Quand j'ai vu la photo de cette fille, j'ai tout compris. Ensuite j'ai trouvé des factures d'hôtels, de bijoux… (Elle peine à évoquer ses découvertes qu'elle souhaitait garder secrètes et se sent humiliée de raconter tous les détails peu reluisants de sa vie de couple.) On n'arrivait pas à joindre les deux bouts, et lui, il menait grand train avec cette…

Elle souffle bruyamment et sanglote. Face à elle, son amie ne réagit pas comme elle s'y attendait.

— Tu te fiches complètement de savoir comment il va… Ton propre mari ! Et les enfants, ils doivent bien le réclamer, non ?

— Mais il va bien ! Tu ne comprends pas, ou quoi ?

— C'est toi, que je ne comprends pas, Catherine. Je ne comprends aucune des décisions que tu prends depuis quelques jours. Je ne te reconnais plus. Ton mari a toujours été tout pour toi, tu me l'as répété tant de fois ! Soudain il disparaît, et au lieu de le chercher, tu vas chez le coiffeur. Avoue que c'est un peu déconcertant, non ?

Martine conserve son attitude raide et plisse les paupières, en quête d'un signe de faiblesse. L'épouse de François est sonnée. Elle pose des yeux hagards sur les meubles autour d'elle.

— En fait, je crois surtout que tu caches quelque chose, finit-elle par lâcher, le regard noir vissé aux rétines de la femme délaissée.

C'est la réflexion de trop. Apparemment, tout le monde a une opinion tranchée sur ce que devrait être son comportement compte tenu des circonstances. Catherine en a assez de se sentir constamment jugée. Elle a l'impression d'être prise dans une tempête, fouettée et ballottée en tous sens. À grandes enjambées, elle se dirige vers la porte qu'elle fait claquer derrière elle pour expulser un peu de sa colère. Une fois à l'extérieur, elle veut fuir au plus vite et hâte le pas mais son talon droit glisse sur un pavé gelé. Elle atterrit de tout son long dans la neige.

La surprise et le vertige l'étourdissent quelques secondes. Elle relève lentement sa tête et découvre les flocons qui scintillent devant ses yeux. Elle se sent soudain étrangement calme, enveloppée dans ce manteau blanc. Son corps fait doucement crisser les flocons gelés. Elle se redresse et observe son empreinte. Martine doit être en train de l'observer dans son dos, bien décidée à couper les ponts. Elle se relève puis, d'un geste vif, retire les plaques de neige sur ses manches et ses cuisses.

Elle reprend plus lentement sa marche vers sa voiture, et s'engouffre à l'intérieur pour s'y réfugier. Cette discussion l'a bouleversée. Il n'y a bien qu'Annie qui la comprenne. Un incendie a réduit en cendres l'espace entre ses tempes. Elle redémarre mollement pour rejoindre sa maison. Sur le trajet, elle pense de nouveau à Maxime qui doit, comme Martine, se demander pourquoi elle agit ainsi. *Mais qu'est-ce que je fais de si incompréhensible ?*

Elle décide de passer les prochaines heures dans un sommeil profond, loin du bruit du monde. Ensuite, seulement, elle se mettra à réfléchir à la prochaine étape.

6 décembre 2000, 11 heures, Clermont-Ferrand

Une pluie de clous glacés s'abat sur Sevran lorsqu'elle aperçoit le directeur Ospitalé au sommet des escaliers du commissariat. Il serre contre son costume marron une série de dossiers de couleur, et l'observe grimper les marches avec dédain. Il a l'air de mauvaise humeur. L'effet de la rencontre produit un pic de stress immédiat chez elle.

— Alors dites, vous patinez ou quoi ?

— Non, monsieur le directeur, ça avance. On partait justement faire une vérification sur une disparition signalée en gendarmerie avec Ghemzi.

— Mouais, votre type d'Issoire, là... C'était quoi son nom ? lui demande-t-il sur un ton excédé.

— Max Penhart, répond Biolet.

— Hum... C'était le fils d'un élu du canton. Ça fout un beau bordel, cette histoire !

— C'était un suicide, affirme Sevran un peu trop sèchement.

— Ben suicide ou pas, ça fait chier ! (Ospitalé prend soudain un air bêta.) Je vais avoir la famille sur le dos. Les journalistes veulent des détails scabreux : alors vous la bouclez.

— Ça va de soi, monsieur le directeur, rétorque-t-elle, agacée. C'est dommage que la famille s'émeuve de la situation aussi tard. Ça faisait un mois qu'il croupissait dans son jus, au milieu des chats, des insectes et des larves. (Elle a posé un pied sur une marche supérieure comme pour se dégager de la discussion.) Vous aurez notre rapport dans la soirée. On file retrouver Ghemzi !

Ospitalé l'observe s'éloigner en avançant son menton prognathe, puis lance de but en blanc à Biolet :

— Vous, vous avez une foutue sale gueule.

Puis la silhouette corpulente et boitillante disparaît dans le couloir. La bouche de la capitaine s'est entrouverte pour former un « O » net et muet. Elle jette un regard consterné à son équipier, qui ne semble pas affecté le moins du monde par la remarque du directeur.

À leur arrivée dans le bureau, Navard, les pectoraux saillants pourtant bien en vue, paraît se dégonfler. Aucun des patients du CHU ne correspond au tronc des Goules.

— Rien de ce côté-là, désolé...

Sa mine contrite soulage brièvement Sevran. Dorénavant, ils ne comptent plus que sur le disparu pour mettre rapidement un nom sur le cadavre.

— Comment vas-tu, Ghemzi ?

— Bien, capitaine, merci. Voilà le signalement de disparition des gendarmes.

Sa jeune collègue, qui était assise sur le bureau de la capitaine, se lève aussitôt, rougissante. On dirait une enfant avec son pull ras du cou gris, son jean bleu troué aux genoux et ses lourdes baskets. Elle tend une copie du document des gendarmes à Sevran et Biolet.

— Ça pourrait tout à fait coller, murmure Biolet, absorbé par sa lecture du PV.

En silence, Sevran s'assoit et acquiesce. Elle a posé son pied gauche sur son genou droit, perdue dans ses réflexions.

— On commence par les gendarmes, et on part interroger l'épouse, propose Biolet.

L'enquêtrice fait lentement basculer son siège de gauche à droite. Elle a posé un index plié sur sa bouche en regardant son équipier sans pour autant le voir.

— Non. L'épouse, on se la garde pour plus tard. Le rapport des gendarmes la montre franchement peu causante... On commence par aller rendre visite à nos chers militaires, et on enchaîne avec la mère. Elle habite Vichy, c'est loin d'ici ?

— Vous en avez pour une heure environ, répond Ghemzi sur le qui-vive.

— Hum... Qu'est-ce que vous en pensez ? interroge-t-elle en s'adressant à ses deux collègues.

— Tu as raison. En admettant que notre tronc soit ce type, de toute façon, on fera la comparaison ADN avec la mère, alors... Autant aller la rencontrer tout de suite.

— Oui, c'est ce qu'il y a de mieux à faire, je crois. Je peux appeler l'officier Barrier si vous voulez ? propose la jeune femme.

— Oh non !... Merci, on va lui rendre une petite visite de courtoisie. Il appréciera, j'en suis sûre. Je dois travailler mes relations avec les pandores.

Lorsque la policière rouvre ses paupières après une brève sieste, un faible soleil brille dans le ciel comme à travers une vitre sale. Elle dénoue lentement son écharpe en observant la fonte de la neige qui fait apparaître de petites taches vertes dans les champs.

— C'est toi qui ne dors pas la nuit, et c'est moi qu'on accuse d'avoir une sale gueule ! C'est injuste !

— Vous vous parlez souvent sur ce ton, Ospitalé et toi ? lui demande-t-elle en sortant lentement de sa torpeur.

— Oui, ça nous arrive... C'est une sorte de jeu... Ce n'est pas méchant. (Elle lui adresse une moue d'incompréhension.) Quoi ? Ça te choque ?

— Oh non… Moi, rien ne me choque plus depuis longtemps. Mais… je trouve son numéro de gros dur assez déplaisant.

— Donc, en admettant que notre type soit le bon, c'est un entrepreneur de 47 ans. Marié, père de trois enfants, réfléchit-il à haute voix.

— Si on n'a plus de nouvelles de moi un de ces jours, j'espère qu'on signalera ma disparition un peu plus tôt que la sienne.

Sevran se passe les mains sur le visage.

— Oui, bien sûr, je m'en chargerai personnellement.

Elle sort la première et examine la caserne d'un œil de cendre. La partie centrale en crépi rose, comme une vaine tentative de rendre l'endroit accueillant, la fait sourire. Les autres blocs beiges semblent réservés aux habitations des familles. Une fenêtre aux rideaux rouges à volants détonne dans cet ensemble à l'allure sévère. Elle imagine le quotidien derrière ces murs où l'on vit en vase clos, entre gendarmes. Aucune dispute, aucun fait ni geste ne doit échapper aux fines cloisons et à la curiosité des collègues. Ces cantonnements ont toujours été pour elle les antichambres de l'enfer.

Arrivée à l'accueil, elle fait les présentations et demande à rencontrer l'officier Barrier. Le jeune homme à qui elle s'adresse a des cheveux blonds si fraîchement taillés que son cou meurtri porte encore les marques rouges du passage de la tondeuse. Il ne cache pas sa surprise, puis file derrière une large vitre pour s'entretenir avec son supérieur. Depuis son bureau, un homme en uniforme les dévisage. Sevran l'examine à son tour en forçant un sourire auquel il ne répond pas.

— Adjudant Michel Barrier, que puis-je pour vous ?

Pour un peu, il ferait claquer ses talons.

— Bonjour, adjudant, nous sommes du SRPJ de Clermont. Je suis la capitaine Virginie Sevran et voici mon collègue le lieutenant Pierre Biolet. Nous enquêtons sur l'homicide du tronc des Goules dont vous avez sûrement entendu parler. (Il ne cille pas.) Une disparition a été signalée hier par Mme Renon et sa belle-fille. Nous souhaiterions en discuter avec vous, annonce-t-elle, le regard clair.

Sans expression, l'adjudant leur fait signe de le suivre à son bureau. Biolet lève les yeux au ciel, agacé par cette attitude austère. Les deux policiers s'installent côte à côte face au gendarme, dont le fauteuil est réglé quelques centimètres plus haut qu'eux. L'idée leur traverse l'esprit qu'à cet instant ils ont l'air de deux repris de justice. La capitaine espère qu'il leur proposera bientôt un café, histoire de donner un semblant de confraternité à la situation.

— Les Goules, c'est une zone gendarmerie, ça ?

Barrier les fixe froidement. La policière se crispe, son espoir de café et de bonne entente s'évanouit aussitôt.

— Vous savez, adjudant, on est un peu dans le même bateau. Un coup ça tangue de votre côté, un coup du nôtre. Le procureur est à la barre, nous, on exécute, pas vrai ? tente Biolet avec un sourire charmeur.

Leur interlocuteur ne bouge pas d'un pouce, il ne semble pas avoir l'intention de relâcher la pression.

— Donc ! Dans l'affaire qui nous occupe, nous recherchons l'identité de la victime. Il se pourrait que votre disparu corresponde à notre cadavre. Que pouvez-vous nous dire de la famille que vous avez rencontrée hier ? interroge Sevran, devenue un peu plus ferme.

— Qu'est-ce que vous voulez que je vous dise ?

L'adjudant recule sur son siège.

— Eh bien par exemple, ce qui d'après vous explique ce délai de onze jours entre la disparition de François Renon et cette déclaration en gendarmerie hier ?

Barrier hausse les épaules avec un air détaché. Face à l'hostilité du gendarme, les deux policiers opposent une réaction silencieuse et s'enfoncent dans leur siège, bien décidés à prendre leur temps.

De longues secondes passent. Sevran analyse les affiches de campagne de recrutement collées au mur. « La gendarmerie, une force humaine » l'amuse. Une femme en uniforme, un chapeau rond enfoncé sur la tête, invite le passant à s'engager avec le glamour d'une nonne proposant d'intégrer un couvent. Elle balaie du regard cet espace trop propre, trop bien rangé, où rien ne dépasse. Elle soupire en croisant le visage de son équipier qui feint la décontraction, tout en examinant de près les trophées du gendarme rangés dans un ordre strict sur son bureau. Barrier, qui affiche une mine contrariée, se sent finalement obligé de répondre :

— L'épouse est bien contente d'être débarrassée du mari. La mère et le petit-fils sont très inquiets. Je n'ai rien à ajouter, achève-t-il en retirant un bibelot des mains de Biolet.

— Qu'est-ce qui vous fait dire qu'elle est contente ?

La question embarrasse Barrier, qui cherche à coopérer le moins possible.

— Elle dit qu'il a une maîtresse, et que c'est pour cette raison qu'elle ne voit pas l'utilité de le chercher. (Il jette un regard de travers à Sevran.) Elle m'a paru arrogante.

— Et la mère ? demande Biolet, toujours occupé à manipuler les objets de décoration de leur interlocuteur.

— La mère est démoralisée. Elle a peur qu'il lui soit arrivé quelque chose.

La lèvre supérieure de Barrier se plisse avec aigreur.

— Bon ! Eh bien, cet entretien fut très utile ! conclut-elle en se levant avec un sourire satisfait.

— Absolument ! Un bel exemple de collaboration police-gendarmerie. On sait qu'on peut toujours compter sur vous.

Biolet tend une main à l'officier, qui répond par une grimace méprisante.

Au sortir de la caserne, Sevran se sent épuisée d'avoir consacré tant d'énergie à contenir son agacement.

— Au moins, ce fut court, tranche Biolet en prenant place derrière le volant.

— On file voir la mère Renon à Vichy. J'espère qu'elle sera plus causante, souffle-t-elle en scrutant le ciel.

À mi-chemin, son collègue quitte l'autoroute pour la départementale. Ils traversent de nombreuses petites villes sans animation jusqu'à un gros bourg où ils se garent devant un PMU à la vitrine douteuse. Au travers, l'enquêtrice aperçoit une salle mal éclairée au mobilier modeste. Au comptoir, la tenancière, d'une bonne soixantaine d'années, un torchon gris troué sur l'épaule, demande, impassible :

— Pour déjeuner ? Vous êtes deux ? On a de la truffade aujourd'hui !

En défaisant lentement son manteau, Sevran remarque que la patronne et elle sont les seules femmes de l'endroit. Une chaîne télévisée diffuse des courses hippiques que quatre habitués observent les paupières mi-closes au fond de la salle. Un chien de chasse fait des sauts désordonnés à la recherche de miettes sous les tables en bois sombre. Ses deux longues oreilles tachetées s'agitent sur sa tête en cachant parfois ses yeux. À une table d'elle, un vieil homme chauve, la peau couperosée, a le ventre qui s'échappe de son pantalon trop étroit à la taille. Un tricot de peau tire-bouchonné pend au-dessus d'un morceau de peau grise et tendue où courent d'épaisses veines bleues. Avec curiosité, elle observe sur sa figure les vaisseaux sanguins rouges des ailes de son nez et de ses pommettes, prêts à exploser. Il lit le journal local en tendant par-dessous la table un quignon de pain au chien. L'animal le dévore en faisant briller de sa salive visqueuse les doigts de son bienfaiteur.

Elle s'installe discrètement, l'œil aux aguets dans cet univers qui lui est totalement étranger.

Derrière l'épaule de Biolet, un petit vieux rabougri aux cheveux hirsutes d'un blanc immaculé est en train de l'épier. Il mâchouille un cure-dent, les mains posées sur les brides de sa salopette en bleu de travail, une pinte de bière à moitié vide posée devant lui. Elle déplace sa chaise de quelques centimètres pour que la tête de son équipier éclipse celle du vieil homme. Au bout de cinq minutes à peine, la tenancière dépose sans ménagement deux énormes plats dégoulinant de fromage devant eux.

— Allez, deux truffades, et bon appétit !

— Oh mon Dieu… !

Sevran n'a jamais vu une assiette si fournie. Derrière son équipier réapparaît la figure curieuse de l'homme au cure-dent.

— C'est la meilleure à des kilomètres à la ronde. Elle est inoubliable, tu vas voir.

Son collègue plante aussitôt sa fourchette dans une pomme de terre. Elle l'imite en jouant avec le cantal fondant qui nappe la poitrine fumée. La salive envahit immédiatement son palais. La première bouchée, pourtant brûlante, lui donne l'impression d'une infinie douceur. Elle adresse un sourire au vieil homme qui, satisfait par sa réaction, lui lance un clin d'œil mutin. Elle soupire de gourmandise, les yeux mi-clos. À la moitié de son assiette, Biolet intervient en mâchouillant :

— Qui croirait que dans un trou pareil, on cuisine un tel délice ? s'étonne-t-il en contemplant son plat encore abondant.

— Hum… (Sevran déguste avec lenteur.) En effet ! Je n'aurais jamais imaginé ! dit-elle en jubilant presque.

Biolet, fier de sa trouvaille, semble pourtant lentement rattrapé par ses préoccupations.

— Ça va pas être facile cet après-midi…, dit-il, tout à coup assombri.

— Avec Mme Renon, tu veux dire ? (Elle pose son couvert en équilibre au bord de son assiette.) Oui, il va nous falloir du doigté… Mais on est encore sûrs de rien.

— Notre visite revient à lui annoncer que son fils est mort.

Une tension grave tire ses traits. La capitaine n'a plus faim. Elle repousse doucement son assiette encore garnie. Une légère inquiétude point dans son ventre. Annoncer les mauvaises nouvelles est un aspect du métier qu'elle déteste. L'appréhension contagieuse de Biolet vient de l'atteindre.

— Écoute, n'anticipons pas les choses. On va commencer par la faire parler, ensuite on lui annoncera qu'on a besoin d'ôter un doute sur l'identité d'une victime. Pas besoin d'entrer dans les détails à ce niveau. On va faire ça bien, toi et moi. J'ai confiance.

Sevran se veut rassurante. Biolet scrute l'arrière-cour où deux chiens tenus par une chaîne somnolent tristement.

— D'accord… Cet endroit n'est pas franchement gai. On s'en va ?

Lourdement lestés, ils reprennent leur trajet monotone. Son équipier assoupi, l'esprit de l'enquêtrice vagabonde. Le visage de Paul lui apparaît. Elle réalise que bientôt, un simple rendez-vous chez le juge marquera la fin de leur histoire commune. Une signature, et chacun poursuivra son chemin sans se soucier de l'autre. L'idée lui provoque un léger vertige. Sa vie solitaire coupée de ses attaches lui apparaît soudain pathétique. L'image de Max Penhart gisant dans sa baignoire la trouble pendant de longues minutes. Une angoisse, jusque-là inconnue, creuse un nouveau sillon dans son esprit. Elle se demande si le choix de quitter Paris, ses amis, ses parents était si judicieux. Pense que si elle venait à disparaître, Biolet serait le premier à s'alarmer. Il ne connaît pratiquement rien d'elle, et elle, peu de lui. Elle se sent soudain vulnérable et isolée. La raison de son éloignement lui échappe désormais. Une pelote de feu s'installe dans sa poitrine, sa vue flotte un instant. Mais pourquoi s'est-elle tant éloignée de ses bases ?

Un panneau indiquant Vichy à 19 kilomètres émerge du paysage comme un rappel à l'ordre. *Ne pas céder aux idées noires. Faire face en bon petit soldat et avancer.* Elle se redresse en clignant des yeux et convoque à nouveau les souvenirs du tronc pour mettre un terme définitif à ses divagations intimes.

La carcasse de chair et de sang.

Jetée d'un camion comme une ordure.

La disparition d'un homme.

Sa famille, tardivement émue…

François Renon pourrait bien être le cadavre des Goules. Confirmer cette hypothèse est la priorité absolue. Elle opine machinalement du chef d'un air déterminé, même si dans les profondeurs de son ventre ondule mollement une anguille d'anxiété depuis sa conversation avec Biolet.

6 décembre 2000, 15 heures 30, route de Gannat

Maxime serre son sac à dos contre lui comme un trésor. Il s'est installé au fond du bus pour s'assurer un peu de tranquillité, sa capuche remontée sur la tête pour se couper du monde. Il appréhende sa visite chez Daniel, l'ami de son père, qu'il ne connaît pour ainsi dire pas. Hier au téléphone, il n'a pas voulu entrer dans les détails. Daniel lui a semblé prêt à l'accueillir. Il lui expliquera la situation sur place. Peut-être même que son père sera là, quelque part dans la maison, en train de se reposer après une nuit agitée. Cette possibilité rassure l'adolescent autant qu'elle l'inquiète. Sa mâchoire est si crispée que ses muscles saillants forment deux angles aigus sur sa peau lisse. Son genou droit rebondit nerveusement contre le fauteuil en tissu bleu. Il aimerait s'extraire du monde, juste un instant. Quelques épaisses volutes de fumée de cannabis seraient les bienvenues. Malheureusement, il ne connaît personne qui pourrait l'approvisionner à Gannat. L'alcool pourrait sans doute être une option, mais il n'est pas très à l'aise avec ses effets. Il suffit de voir son père : titubant et suant en peignoir dans la maison, faisant valdinguer brutalement tous les obstacles sur son passage. *L'alcool, ça soumet et ça rend con.*

Maxime se souvient qu'il attendait toujours patiemment que les effets du whisky, que son père s'envoyait par litres, se dissipent. Parfois deux heures, parfois une matinée entière. Lorsque enfin il redevenait sobre, la vie pouvait reprendre son cours. Le week-end, ils partaient en balade tous les deux en montagne à bord de ce vieux tacot retapé par leurs soins. Même en plein hiver, ils pique-niquaient dans la voiture, les jambes recouvertes d'une épaisse couverture en laine, écoutant du hard rock à en faire trembler la carrosserie.

Ces souvenirs lui pèsent désormais. Le nez écrasé contre la vitre du bus, son haleine y forme un rond de buée. Il dessine un point sur le disque opaque, puis un second. Un personnage muet naît sous ses doigts. Il l'examine tristement. Le garçon a conscience des défaillances de son père, mais il les lui pardonne. Il est, pense-t-il, exactement taillé dans le même bois que lui. D'ailleurs, l'attitude actuelle de sa mère ne fait que le confirmer : il est la copie de son père et elle ne veut plus de lui.

Le bus s'arrête en crachant la pression. L'adolescent sursaute, traverse en courant l'étroit couloir et saute sur le trottoir de la place du centre-ville de Gannat. Il traîne son sac au bout de son long bras fin et va se poser sur un banc en scrutant les visages autour de lui.

Une Peugeot 205 rouge se met à rugir du fond de la petite place. Elle fonce en direction de l'arrêt de bus. Son conducteur accélère au tournant puis vient freiner net en faisant crisser le goudron juste à ses pieds. Le visage rougeaud et hilare de Daniel Ambert pointe derrière la vitre. Maxime contourne la voiture en mimant une démarche de lascar et vient s'installer à ses côtés. L'ami de son père redémarre en trombe. Le jeune l'étudie, un peu surpris. Ses cheveux sont dégarnis sur le haut du crâne mais gominés sur les côtés. Il porte une large gourmette en argent au poignet droit avec son prénom gravé en larges lettres empâtées au centre. Le col de sa chemise suffisamment ouvert fait apparaître une toison brune qui doit faire sa fierté. Il mâche bruyamment un chewing-gum, bouche ouverte et se tourne vers lui :

— Alors ? Tu fais une fugue ou quoi ? lui demande-t-il, tout sourire.

— Je cherche mon père, est-ce que tu sais où il est ?

— Boh, j'ai bien une petite idée… Mais bon…

Son rire profond et gras fait rougir son visage.

— C'est sérieux… Les gendarmes sont à sa recherche, rectifie l'adolescent comme pour chercher à le refroidir.

— Je vais appeler ses *petites caillettes*, on va bien voir ! Mais d'abord, je t'amène à la maison, OK ? fait-il en accélérant brutalement.

Jamais son père n'a évoqué les « caillettes » avec lui. Il n'aime pas le ton de Daniel, son côté désinvolte et bêta l'agace déjà. Maxime se demande qui sont les femmes qu'il compte appeler. Combien il y en a, où elles vivent, et surtout comment cet aspect de l'existence de son père a pu lui échapper ?

Sur une ligne droite, l'homme fait rugir la Peugeot en lui faisant atteindre les 120 kilomètres-heure en rase campagne.

— Elle en a sous le capot, hein ?

Il poursuit sa parade médiocre. Le garçon ne trouve rien à lui répondre, d'autant qu'en connaisseur, il n'est pas rassuré par l'état de la voiture aux pneus lisses et aux amortisseurs fatigués.

À l'approche d'un carrefour, il note que l'ami de son père accroche fermement ses doigts épais au volant. Il le soupçonne de vouloir tenter un virage serré. Maxime se retient à l'accoudoir de la porte tandis que la voiture effectue un tournant à droite d'une violence telle que l'arrière se met à chasser. Intérieurement, il est consterné. Non seulement il n'a pas envie de partager les prochaines heures avec cet abruti, mais par-dessus tout, il ne comprend pas ce qui a piqué son père de s'intéresser à lui. À toute vitesse, la voiture s'engage dans la cour d'une ferme. Le conducteur entame un dernier virage de la main gauche et serre le frein à main de la droite, les roues arrière dérapent en dessinant un cercle. Le sol poussiéreux se soulève dans un nuage tandis qu'une dame d'une soixantaine d'années en tablier bleu arrive à grands pas, les bras levés.

— Mais t'es cinglé ou quoi ? hurle-t-elle avec un fort accent auvergnat.

— Oh ça va ! Regarde qui est là ! C'est le fils de François !

Ambert sort tout fier de sa voiture en montrant Maxime de la main. La petite dame aux cheveux gris coupés au bol plisse les yeux puis esquisse un sourire édenté.

— C'est le fils de mon petit François ? (Elle approche du garçon qui est décontenancé.) Mais t'as sacrément grandi, dis donc ! Je t'ai connu minuscule ! s'exclame-t-elle, enthousiaste.

— Euh… Bonjour, madame.

L'adolescent est pourtant certain de voir cette dame pour la première fois. Daniel et sa mère partent d'un rire sonore qui le désarçonne encore davantage.

— Comment va ton père ? demande-t-elle.

Il se sent trembler, sa bouche se tord nerveusement. Du regard, il implore l'ami de son père d'inventer une réponse.

— Il le cherche. Je vais l'aider à le trouver, j'ai quelques idées d'endroits où il peut être… (Il se retourne vers Maxime.) Allez, viens, mon gars, suis-moi.

La vieille reste interdite, bouche bée. Maxime se sent observé pendant toute la traversée de la cour jusqu'à ce qu'il quitte enfin sa vue. Il pénètre dans une vaste cuisine de ferme un peu sombre, puis suit Ambert dans d'étroits escaliers qui le conduisent dans un appartement mansardé.

— Et voilà. Bienvenue chez moi. Installe-toi, je vais chercher le téléphone.

L'adolescent s'assoit sur le bord d'un convertible rouge en observant une kitchenette devant lui. Un amoncellement de canettes de bière sur une étagère au-dessus d'une plaque chauffante tient lieu de bibliothèque. Une télévision à l'écran imposant mange la partie inférieure du mur sur sa gauche, tandis qu'une pile de DVD atteint le plafond. Le garçon parcourt du regard quelques titres. Il y a là une collection de films de guerre, de westerns et de pornos. Il détourne le regard, un peu confus. À sa droite, une fenêtre ovale donne sur la cour. Maxime scrute la mère de Daniel qui se dandine en transportant deux lourds seaux pleins de foin. Puis l'ami de son père revient les mains chargées de deux verres d'alcool, un téléphone coincé sous son aisselle. Il lui en tend un et s'installe à côté de l'adolescent gêné. Il a bien bu quelques bières avec son père, mais n'a pas encore vraiment goûté aux alcools corsés. En chantonnant, Ambert consulte un répertoire et pose un doigt à l'ongle sale sous le prénom « Nathalie ».

— Ouais !… Nath ? C'est Daniel, tu vas bien ? demande-t-il avec une voix enjouée.

Maxime entend distinctement la voix de la femme qui semble assez jeune.

— T'aurais pas vu François, dis ? Son fils le cherche partout !

— Je l'ai pas vu depuis le week-end où on est sortis à Clermont. Il a dormi chez moi… Et depuis, j'ai plus de nouvelles…

La femme a une voix nasillarde qui cache mal son ton amer.

— Oh allez… fais pas la tête ! Tu sais comment il est ?

Il adresse un clin d'œil entendu à son invité.

— Oui, mais avant on s'amusait au moins… Si tu le vois, dis-lui qu'il ne compte plus sur moi. J'en ai marre de ses conneries.

Elle raccroche sèchement. Le jeune baisse la tête. Daniel se met à la recherche d'un autre numéro, sans se formaliser de son échec.

— T'inquiète pas, mon gars ! Y en a d'autres !

Il se remet à fredonner un tube de discothèque. Le garçon explose de colère :

— Comment ça ? Y en a combien de bonnes femmes ? Qu'est-ce qu'il fout avec elles ?

L'ami de son père se remet à rire grassement.

— Tu veux que je te fasse un dessin ?

Maxime se sent soulevé par une rogne magistrale. Il se demande s'il doit partir ou rester. Ambert lui tend le verre d'alcool :

— Allez, bois ça ! Ça va passer.

Navré, il se ramollit d'un coup. La boisson lui tord le gosier, il se met à tousser pendant que l'ami de son père le retient de sa grosse main par l'épaule. Un incendie se déclenche au fond de son palais, puis le liquide sec s'engouffre dans son estomac. Ses muscles se détendent, comme des élastiques en tension qui lâchent enfin. Il se sent toujours furieux, mais complètement décontracté. Son hôte l'observe en silence, l'air soudain sérieux. Il joue avec le téléphone qu'il tient toujours dans ses mains.

— Est-ce que tu sais qui est ton père ?… Ce qu'il fait de ses nuits, de ses sorties… ?

— Non… (Maxime tousse et s'éclaircit la voix.) Non, pas vraiment…, avoue-t-il avec de petits yeux tristes.

— Ton père aime la fête. (Il fait un geste embarrassé.) Il aime déconner, s'amuser quoi !… (Le jeune le regarde avec un regain d'intérêt.) Dernièrement, il a rencontré une petite qui lui a fait plus d'effet que les autres… (Ambert prend le temps d'observer comment l'adolescent digère les informations.) Mais d'après ce que j'ai compris, elle était pas libre.

— Quoi ? Il était amoureux ?

Daniel pouffe involontairement.

— Ah, ça… amoureux, je sais pas ! Mais il passait ses nuits chez elle, en tout cas.

Le garçon en a assez. Il ne veut pas en apprendre davantage.

— Où est-ce que vous allez quand vous sortez ?

— Quoi, tu veux aller le chercher tout seul, c'est ça ?

— C'est ça.

— T'énerve pas, mon gars ! (Il marque une pause.) Il y a un club à Riom où on peut le trouver. On y va ce soir, si tu veux.

À la faveur d'un sourire narquois, Ambert découvre une série de dents jaunes de fumeur.

L'adolescent se résout à passer encore quelques heures avec lui. Il soupire d'impatience et se recroqueville sur le canapé. Derrière lui, l'ami de son père poursuit ses appels aux « caillettes » apparemment nombreuses. Maxime n'écoute plus les conversations. L'homme dont on parle dans son dos ne peut pas être son père. C'est impossible.

6 décembre 2000, 16 heures, Vichy

Comme de vieilles aristocrates défraîchies, alourdies d'imposantes moulures et de balcons pompeux, les demeures de l'avenue Walter-Stucki s'alignent avec un air de vieille France fière et compassée. Derrière un épais feuillage sombre, Sevran aperçoit les contours de la maison de Michelle Renon. Biolet siffle, visiblement envieux.

Elle sonne deux coups secs en se penchant contre la vitre dépolie de l'entrée, où elle devine un sol en damier noir et blanc et un immense miroir à riches dorures. La silhouette ratatinée d'une vieille femme apparaît comme une tache d'aquarelle rouge et noire. Michelle Renon ouvre la porte en s'y agrippant. Ses sourcils blonds forment deux petits traits secs sur son visage anxieux. Ses lèvres fines marquent une légère courbe qui décline. Elle est habillée d'une jupe droite sombre et d'un haut à col évasé rouge corail. La capitaine se présente sommairement. Michelle Renon ne marque aucune surprise et les conduit au salon en silence. L'ambiance de ce lieu a sur l'enquêtrice un effet désagréable. Inconsciemment, elle a redressé son cou et pointé son menton pour ne pas se laisser écraser par ces murs lourds. Elle observe du coin de l'œil son collègue qui examine en détail le mobilier bourgeois. La vieille dame marche à petits pas, légèrement courbée, comme si une douleur dans le dos l'empêchait de se redresser. Ses yeux ressemblent à deux têtes d'épingle. Elle s'assoit péniblement sur un canapé clair, tandis que la policière s'installe à ses côtés sur un fauteuil en tissu jaune. Son équipier les rejoint tout en poursuivant son examen méticuleux de la pièce. La propriétaire des lieux réajuste une lourde boucle de cheveux sur le haut de sa tête et les interroge du regard. Sevran ne cherche pas à adoucir sa voix, elle parle sans émotion.

— Madame Renon, vous avez déclaré aux gendarmes que vous étiez sans nouvelles de votre fils depuis maintenant douze jours, est-ce exact ?

— Oui, absolument…

La mère de François Renon a le regard et le ton des gens bien nés, remarque la capitaine.

— Comment avez-vous appris la disparition de votre fils ?

— Par ma belle-fille Catherine. Elle me l'a annoncée, un peu malgré elle… Je l'appelais pour prendre des nouvelles de mon fils qui ne répondait pas au téléphone. Nous avions rendez-vous ici pour une réparation de la toiture.

— Il est entrepreneur, c'est exact ?

— Oui, c'est ça. Il a repris les affaires de mon mari Georges.

Elle a une petite voix lasse et les observe tous les deux avec une mine de plus en plus triste.

— Vous avez de mauvaises nouvelles, n'est-ce pas ?

Sevran se tend. Elle aurait souhaité poursuivre le fil de son interrogatoire, mais se sent contrainte de lui répondre avec franchise.

— Pierre Biolet et moi-même enquêtons sur un homicide dont la victime n'a pas pu être identifiée. (Elle remarque le visage sans réaction de la vieille dame.) Nous sommes en train d'étudier plusieurs possibilités et nous faisons des vérifications auprès des familles de personnes disparues récemment…

— Très bien, répond la dame âgée avec raideur.

— Nous avons un certain nombre de points à éclaircir avant d'aller plus avant dans les recherches, vous comprenez ?

La capitaine a plongé ses yeux noirs dans ceux de son interlocutrice qui acquiesce en hochant sa petite tête.

— Avez-vous des raisons de penser que la disparition de votre fils est inquiétante, madame Renon ? demande Biolet.

— Oui. D'abord mon fils est un père de famille attentionné qui n'aurait jamais quitté son domicile sans prévenir personne. Je suis très proche de lui, il m'aurait mise dans la confidence, c'est certain. Il m'aurait dit où il allait... (Elle réfléchit.) Ensuite, il y a son téléphone..., précise-t-elle avec un geste las.

— Oui, nous sommes au courant de ces faits que vous avez signalés aux gendarmes, confirme le policier.

— Ça sonnait bizarrement... Enfin... (Ses traits se durcissent.) Ma belle-fille a une attitude que je trouve étrange. Ce qui m'inquiète, c'est qu'elle ne cherche pas du tout François. Elle a l'air satisfaite d'en être débarrassée en quelque sorte. Elle est pourtant femme au foyer, elle n'a aucune ressource ! (Elle baisse les yeux et serre ses mains avec force.) Elle a toujours plutôt eu un style... négligé je dirais, et du jour au lendemain, elle se met à se pomponner, se couper les cheveux, s'apprêter... Je ne comprends pas.

La vieille dame fixe le tapis à ses pieds, les sourcils froncés. Les dernières remarques acerbes de la mère à l'encontre de sa belle-fille font tiquer Sevran.

— Comment décririez-vous vos relations avec votre belle-fille, madame Renon ?

— Je n'ai aucune relation avec ma belle-fille.

— Vous ne vous entendez pas ? Vous ne vous voyez pas souvent ? insiste-t-elle.

— Mon fils n'a jamais eu l'intention de faire sa vie avec Catherine. Elle était étudiante à Paris et a flairé le bon parti.

Elle a très vite voulu s'installer ici, avoir des enfants, se marier… Lui mettre le grappin dessus en quelque sorte…

Elle adresse un regard à Biolet en quête de compréhension masculine.

— François est votre fils unique ? demande-t-il.

— Oui.

— Vous n'avez pas d'autres enfants ? cherche à préciser l'enquêtrice.

— Non. (Elle se reprend aussitôt, gênée.) Oh, pardon, je vous avais mal comprise. J'ai deux filles…, rectifie-t-elle en dressant involontairement un sourcil.

— Et vos filles s'inquiètent aussi de la disparition de leur frère ?

— Non, pas vraiment. (Elle prend un air pincé.) Avec mon petit-fils Maxime, nous sommes bien les seuls à nous faire du souci pour François, affirme-t-elle avec une moue amère.

Cette dernière remarque rend la capitaine curieuse de la réaction de son collègue, qui la regarde à son tour.

— Auriez-vous par hasard une photographie de votre fils ?

— Oui… Quelque part dans ce meuble.

Michelle Renon se dirige en boitillant jusqu'à une commode.

— Elle n'est pas très récente malheureusement… Il doit avoir 23 ou 24 ans sur celle-ci.

— Vous n'en avez pas une autre par hasard ? demande Sevran, que le cliché jauni plonge dans la perplexité.

— Non, je… j'ai bien peur que non, avoue la vieille femme avec une mine contrite.

— Bien… Nous nous contenterons de ce portrait. Nous aurions aussi besoin des numéros de téléphone et adresses de vos filles. Nous allons devoir leur rendre également visite.

La dame âgée se redresse, un peu nerveuse. Elle quitte le salon un instant. En l'attendant, la policière remarque la photo du patriarche. Elle a l'intuition que ce Renon-là était un jouisseur mondain. Le genre d'homme dont la compagnie l'irrite. Lorsque la dame revient au salon, elle semble préoccupée.

— Vous savez, mes filles sont très critiques vis-à-vis de leur frère… Il y a toujours eu beaucoup de jalousie entre eux. Ne croyez pas tout ce qu'elles vous diront.

La remarque aigre surprend Sevran, qui fait pourtant mine de ne pas y accorder d'importance. Après une discrète inspiration, elle ajoute :

— Nous allons demander à un membre de votre famille, vous-même ou l'une de vos filles, de se soumettre à une analyse de sang. Les résultats nous permettront de confirmer ou d'infirmer l'identité de la victime…

— Oui, bien sûr. Demandez à l'une de mes filles, s'il vous plaît. Je ne m'en sens pas capable.

Une fois dehors, les deux enquêteurs traversent le jardin en évitant de s'enfoncer dans le gravier qui leur semble gluant. Ce n'est qu'une fois le portail franchi qu'ils se regardent, interdits.

— Drôle de bonne femme, non ?

— Oui… Étrange… (Sevran prend un air soucieux.) Je ne crois pas qu'elle était aussi proche de son fils qu'elle veut bien nous le faire croire.

Elle regarde froidement la photo de François Renon, tout sourire, en polo rouge, au bord d'une piscine.

— Hum… Elle n'est pas tendre avec les femmes de son entourage.

Biolet considère à son tour le cliché du jeune homme jovial.

— Il faut vite que l'on rende visite à l'une des deux filles.

— Il y en a une qui est médecin ici même, son cabinet ne doit pas être loin.

À peine un quart d'heure plus tard, Sevran et Biolet se retrouvent devant un immeuble des années 1970 où est apposée la plaque professionnelle du Dr Marie Combo-Renon, neurologue. Lorsqu'ils pénètrent dans son cabinet, une jeune et souriante secrétaire les accueille. Sevran n'a pas le temps de se présenter que Marie Renon apparaît en blouse blanche dans l'entrebâillement de la porte. Elle a le port de tête altier. L'enquêtrice note un air de famille avec sa mère, mais le médecin lui fait immédiatement meilleure impression. Une ombre trouble son visage pâle lorsqu'ils prennent place dans son bureau.

Une douce odeur d'orange plane dans la pièce. Sur de larges étagères en bois sombre, elle remarque des livres médicaux, des masques africains et des plantes. Une lampe au design italien trône sur une table aux lignes simples et élégantes. Marie Renon prend place face à eux, le visage blanchi par un halo lumineux. Ses cheveux cuivrés sont relâchés, une mèche cache en partie ses yeux verts. Elle la réajuste d'un geste machinal, la capitaine découvre alors deux pointes vives.

— Nous enquêtons sur l'homicide d'une victime anonyme. Nous effectuons des recherches sur les personnes disparues récemment afin de pouvoir déterminer son identité, résume-t-elle simplement.

Face à eux la neurologue a l'air tendue et soucieuse.

— Nous venons de rendre visite à votre mère, et nous souhaitons vous poser quelques questions sur votre frère François, enchaîne Biolet.

La femme se redresse en silence et pose ses coudes sur le bureau tout en réfléchissant. Sevran s'interroge sur les raisons de son attitude.

— Vous enquêtez sur le cadavre des Goules, n'est-ce pas ?

— Comment avez-vous entendu parler de cette enquête ? lui demande la policière qu'une pointe de nervosité vient titiller.

— J'ai vu l'article dans la presse, le journal était chez ma mère l'autre jour. Vous dites que vous ne connaissez pas l'identité de votre victime… J'ai fait la relation avec François, dit-elle en se tournant vers Sevran, sans expression.

— Dans ce cas, pourquoi ne pas être entrée en contact avec la police ?

— Je ne sais pas. Je pense que j'ai essayé de mettre de la distance entre cette histoire atroce et nous. J'ai espéré qu'elle ne nous toucherait pas…

L'enquêtrice réfléchit à toute allure.

— Acceptez-vous de faire des analyses pour écarter cette possibilité ?

— Je ferai ce qu'il faut.

Marie Renon baisse la tête, l'air fatiguée.

— Votre mère nous a dit que vous n'étiez pas inquiète de la disparition de votre frère, pas plus que votre sœur ou votre belle-sœur. Pour quelles raisons ? interroge son équipier.

La neurologue laisse échapper un rire froid, puis hoche la tête.

— Ma mère s'agite depuis douze jours en cherchant à faire croire qu'elle est une mère remarquable qui s'inquiète pour son fils. La vérité, c'est que François avait coupé les ponts avec elle depuis bien longtemps. Ce que ma sœur Jeanne et moi-même n'avons jamais été capables de faire, et pourtant…

Elle s'enfonce de biais dans son siège, semble hésiter un instant.

— Ma mère nous a maltraitées ma sœur et moi. Je pense que François en a souffert aussi, indirectement, vu qu'il assistait à ces déferlements d'injures et de coups. Nous avons tous les trois cherché à vivre avec ça, chacun à notre façon… François a choisi l'alcool et les femmes. Disparaître douze jours, quand vous avez le mode de vie de mon frère, ça n'a rien d'exceptionnel ou de bizarre.

— Alors pourquoi pensez-vous au cadavre du col des Goules ?

— Parce que j'ai toujours su que François finirait mal…

Elle a planté ses deux iris perçants dans ceux de la policière, un peu mal à l'aise.

— Je dois vous paraître dure, n'est-ce pas ? (Elle a un sourire las.) J'ai rompu toute relation avec lui il y a des années. Il multipliait les provocations… Vous devriez rencontrer Catherine, sa femme.

— Oui, nous en avons l'intention. Avant de poursuivre, il est absolument nécessaire que vous fassiez une prise de sang… Et… avez-vous maintenu des relations avec votre belle-sœur ? ajoute Sevran.

— Non, pourquoi ?

— Nous souhaitons l'informer directement des avancées de cette enquête. Nos différents échanges avec les membres de la famille doivent rester confidentiels. (De nombreux rouages semblent soudain s'activer dans l'esprit de la médecin qui reste pourtant silencieuse.) Nous reviendrons vers vous dès que les résultats des analyses seront connus.

Marie Renon leur tend une main crispée, avec une expression pensive. La capitaine s'attend à ce qu'elle ajoute quelque chose, mais elle reste étrangement muette.

Biolet quitte le cabinet le premier, descend nonchalamment les escaliers comme en proie à d'intenses réflexions, puis se retourne vers sa collègue :

— Quelle famille étrange ! Tu ne trouves pas ? La sœur imagine que son frère est peut-être le cadavre des Goules et elle garde un sang-froid… surprenant…

Sevran lui répond par un silence. Catherine Renon est au centre de ses réflexions. Le comportement de cette femme modèle pourtant délaissée l'intrigue. Une question la taraude : quelle est la capacité d'une épouse, même aimante et soucieuse du bien-être de ses enfants, à encaisser les humiliations répétées ?

6 décembre 2000, 21 heures, Riom

Ambert coupe le moteur dans une petite rue déserte du centre de Riom. Un œil dans le miroir de courtoisie, il se saisit d'un vaporisateur et s'asperge plusieurs fois. Une entêtante odeur de musc contamine aussitôt l'habitacle. Maxime, tassé et nauséeux dans son siège, examine l'ami de son père. Sa chemise en viscose à imprimé léopard épouse les nombreux bourrelets de son ventre. Une lueur d'excitation s'est réveillée comme un incendie dans ses yeux.

— Si on te demande, tu dis que t'as 18 ans.

Le jeune acquiesce, observant avec un regard perdu les voitures constellées de gouttes de pluie qui brillent comme de petits diamants sous la lumière blanche de la pleine lune. Daniel lui tend un blazer noir. L'adolescent quitte à contrecœur son sweat et enfile sans se presser le vêtement trop large aux épaules, qui lui donne l'air d'un épouvantail. Transi de froid, tête baissée, il suit l'ami de son père qui file devant, frétillant. Puis celui-ci marque un arrêt :

— Écoute. C'est pas un endroit ordinaire, OK ? Je pense pas que t'aies jamais vu un truc pareil ! T'as un sacré bol d'entrer là, je peux te le dire !

Ils poursuivent leur marche en longeant les lampadaires dressés comme des allumettes dans le noir. L'adolescent passe la main dans ses cheveux raides, réajuste un peu sa veste, tente de bomber le torse : le tout, sans conviction. Une immense lassitude l'envahit. Depuis quelques heures, il se sent secoué de petits séismes qui font trembler son monde. L'homme dont Daniel lui a parlé lui semble à des années-lumière de son père…

Ils approchent enfin d'une maison aux murs et volets peints en noir. Un panneau indique « L'Entre-deux ». L'ami de son père appuie sur une sonnette qui allume une lumière blanche. Pendant un instant, ils restent là à attendre dans le froid. Le sourire accroché à la figure d'Ambert s'illumine lorsqu'un petit point vert déclenche l'ouverture de la lourde porte de l'établissement. L'adolescent se sent nerveux. Daniel reconnaît le patron qui lui tape dans le dos. Les deux hommes parlent et rient grassement jusqu'au moment où, dévisageant le garçon, ils se mettent à chuchoter. Le patron, un chauve en costume noir pailleté, l'observe, méfiant. Avec une grimace, il finit par ouvrir une nouvelle porte qui donne sur un petit espace confiné aux murs et plafond rouges. Deux entrées se présentent à eux, l'une indique le « Jacuzzi », l'autre, le « club ». Maxime, indécis, observe Daniel qui défait sa ceinture.

— Bon, écoute, mon gars, je vais le chercher au Jacuzzi. Je te sens pas prêt à te foutre à poil… J'y vais tout seul. Passe au club, et vois si tu le trouves. J'arrive dans… trente minutes ?

Il n'a pas le temps de répondre. L'ami de son père a déjà filé derrière la porte.

Au seuil du club, deux enceintes crachent une musique électronique qui le surprend et l'incommode. Le rythme pulsatile, presque organique, lui donne l'impression de pénétrer dans le ventre d'une bête. Ses yeux ne perçoivent d'abord rien de l'espace dans lequel il se trouve. Des taches de lumière rouge éclairent par intermittence des coins où il perçoit indistinctement des silhouettes.

Trois alcôves, sur le mur de gauche, rideaux rouges entrouverts, laissent s'échapper des jambes nues qui s'agitent. Les ébats provoquent de bruyants soupirs. Maxime parvient à distinguer un homme, les traits tirés, le regard vide, qui n'est pas son père. D'autres corps, de dos, donnent à voir leurs muscles, mais aucun visage. À sa droite, de larges coussins posés à même le sol sont occupés par deux couples qui s'embrassent en se déshabillant, tandis qu'une femme d'une soixantaine d'années, jupe moulante, danse seins nus devant un homme impassible. Au centre de la salle, un trio d'hommes se caressent lascivement sous une vive lumière écarlate. Le jeune est interdit. Il n'ose pas bouger de peur d'être repéré. Ses yeux traquent les clients, mais il ne voit que des pans d'anatomie qui se tordent et s'entremêlent bruyamment. Il s'étonne du mélange des chairs flasques et fripées avec des peaux fraîches et tendues. Il se demande ce qui peut bien provoquer ces râles d'excitation et de jubilation qui couvrent parfois la musique. Il a soudain terriblement chaud. Il est un intrus ici.

De grosses gouttes se mettent à perler sur son front et sous ses bras. Une immense déception vient de s'abattre sur lui comme un bloc de béton. Il fait un effort pour rester concentré. Avec discrétion et précaution, il retire sa veste et se dirige vers un renfoncement pour poursuivre son examen. Plusieurs hommes de l'âge de son père passent devant lui, la fesse molle, le sexe tendu dans la main à la recherche d'une proie facile. Maxime croit un instant repérer, dans le fond, ses yeux ronds et sombres sur une figure grimaçante occupée à lécher une créature brune au corps tordu de plaisir. Mais c'est seulement son esprit fatigué qui lui joue un tour. *Comment est-ce qu'il peut venir ici, putain ?* Il espère si fort que son père est au Jacuzzi qu'il finit par se persuader que leurs retrouvailles sont proches. Il n'y aura pas d'accolade virile ni de sourires, il n'a pas l'intention de faire comme si de rien n'était. Après tout, son père se conduit comme un minable. Les infidélités et l'alcool, passe encore, mais ça… Ça, c'est trop. Il faut sans doute être fou pour se retrouver ici à prendre n'importe qui, n'importe où, n'importe comment.

L'adolescent nage en plein désarroi quand une femme blond platine, cheveux mi-longs et rides profondes, s'approche de lui.

— T'as l'air d'un poussin tombé du nid, toi… Tu veux t'amuser un peu ?

Sa tête est légèrement penchée sur le côté, ses yeux mutins et sa bouche ronde.

— Non. Je cherche quelqu'un.

— Ah ? Qui ça ?

— François Renon.

— Ahhhhh ! François ! Ah oui, ça c'est un homme qui sait y faire ! J'aimerais bien qu'il soit là, moi aussi ! (Elle émet un rire sonore.) Allez, va te coucher, mon chou, t'as école demain !

La femme en robe de dentelle noire s'éloigne en forçant sa cambrure, et disparaît dans l'obscurité.

Le garçon se sent déchiré. Tout lui semble si puant et sordide… Enfin, il aperçoit Daniel dont le visage vient de s'éclairer au bout de la pièce. Il fonce vers lui.

— Tu l'as vu ? Il est là ?

— Non, mon gars. Désolé. Pas vu ton père en bas. Et ici ?

— Pfff… Comment veux-tu y voir quelque chose, putain ? grogne-t-il, à bout de nerfs.

— Sors. Je vais jeter un œil, on se retrouve dehors, lui ordonne Ambert en prenant une mine grave.

Le jeune quitte le club à la hâte, haletant et suant. Un froid glacial le saisit et s'engouffre par tous les pores de sa peau. Il déambule, hagard, dans les ruelles. Quel genre d'homme est son père ? Mener une double vie n'est déjà pas glorieux, mais une vie comme celle-là, c'est si glauque. Il s'affale de tout son poids contre la roue mouillée d'une voiture. Les possibilités que son paternel soit en ce moment même avec l'une de ses « caillettes » sont si grandes qu'il pense jeter l'éponge. Il ne l'a pas seulement déçu, il l'a aussi trahi. Maxime ne pense plus qu'à une chose maintenant : fuir et disparaître à son tour.

6 décembre 2000, 22 heures, Clermont-Ferrand

Avachie sur une des chaises hautes de sa kitchenette, Sevran observe distraitement les contours de la pièce en avalant une soupe de nouilles chinoises tiède avec morosité. Elle porte un pyjama d'homme et d'épaisses chaussettes. Ses cheveux sont relevés et forment un chignon haut sur sa tête. Non seulement ce repas solitaire ne lui procure aucun plaisir, mais il la déprime.

L'air décidée, elle pose sa fourchette et se dirige vers un placard où elle fouille dans des sacs en plastique à la recherche d'un marteau et de quelques clous. Enfin équipée, elle monte sur le canapé récemment recouvert d'un tissu bleu, pose un pied sur le dossier et, à bout de bras, enfonce un clou dans la cloison au plâtre friable. Suivent le mur de l'entrée, puis celui de sa chambre, où elle martèle trois tiges rouillées sur lesquelles elle accroche des marines.

Un besoin frénétique de changement la propulse aux quatre coins de son studio, elle ressent la nécessité de combler le vide au plus vite. En un quart d'heure à peine, les tableaux commandés par correspondance habillent les murs. Une fois l'opération terminée, elle analyse ce nouveau décor, incapable d'y voir l'amélioration espérée. De fins cheveux voilent ses yeux qu'elle repousse d'un souffle. Debout au milieu de la pièce, les bras ballants, elle examine les photos, les couleurs, et les trous béants qu'il reste encore à remplir. Une légère angoisse s'est installée il y a plusieurs heures et ne la lâche plus, comme une sangsue occupée à l'aspirer. Elle cherche à tromper son esprit en imaginant de nouveaux aménagements, en prévoyant l'achat d'une lampe, de quelques plantes et d'un pot de peinture. Elle se rassure en pensant qu'il ne reste plus qu'un pas avant de se sentir vraiment à son aise dans cet espace. Pourtant, elle a le sentiment qu'un trouble demeure. Ses yeux se mettent à briller tristement. La solitude l'étouffe.

Depuis une fenêtre qui donne sur la rue, la policière observe l'immeuble d'en face en quête de distraction. Un couple est attablé dans une petite cuisine simple. Elle aperçoit le dos large d'une femme blonde qui fait de grands gestes tandis que l'homme, devant elle, demeure immobile et absent. Il a le teint terne, la peau zébrée de rides et des cheveux gris qui se prolongent en barbe touffue. Elle imagine un instant Biolet à la place de cet inconnu à la mine morose. La femme se lève soudain en jetant une serviette sur la table. Lui se passe une main sur les yeux, l'air abattu. Aucune scène de ce genre n'a émaillé son union avec Paul. Elle imagine presque qu'une cohabitation tranquille aurait pu les maintenir ensemble quelques années encore. Sans scène de ménage peut-être, mais sans amour non plus.

Finalement incommodée d'espionner le couple, elle reporte son attention un étage plus bas.

Une adolescente danse dans sa chambre aux murs violets et roses, un micro invisible à la main. La jeune fille mime le déhanchement d'une chanteuse en faisant voltiger ses longs cheveux bruns tout en forçant sa cambrure. *Toutes les nuances de la solitude réunies en un pâté de maisons*, pense-t-elle en retournant à sa soupe froide.

La vibration de son téléphone dans son sac la fait se dresser. Malgré l'heure tardive, c'est Brun qui l'appelle. Sa voix autoritaire et enjouée débarrasse la capitaine de sa brève maussaderie. Elle se réjouit que la légiste lui propose de courir le lendemain, même heure, même lieu que la dernière fois. Brun est un personnage qui la surprend et éveille sa curiosité. Elle est aussi un puits d'informations utiles pour éviter les faux pas dans le milieu clermontois qu'elle commence à peine à appréhender.

Lorsqu'elle raccroche, elle se jette de tout son long sur son lit en repensant aux yeux sombres de l'adjudant Barrier, à la mine hautaine de Michelle Renon et à l'attitude froide de sa fille Marie. Les visages se superposent comme de fines couches de films transparents, puis l'image du cadavre mutilé apparaît encore. Nette, crue, effrayante. Sevran tressaille et ferme un instant les yeux. Elle réalise qu'elle ne se souvient plus du nombre de morts qui ont pavé son chemin. Une quinzaine, peut-être vingt. Des hommes, des femmes, des anonymes. Des gens ordinaires vivant dans des appartements semblables au sien. Elle repense à ces vies brutalement interrompues, et à la sienne qui peine à avancer dans ce brouillard opaque. Une noirceur l'envahit, bien qu'elle feigne de l'ignorer ; elle se sent sans défense ce soir. La tête enfoncée dans son oreiller, elle cherche le sommeil pendant de longues minutes sans parvenir à se détendre. Finalement, elle décide d'enfiler sa tenue de sport et d'aller courir jusqu'à l'épuisement.

Ses premières foulées dans l'humidité glacée sont raides. L'impact de ses pas sur l'asphalte produit un son abrupt. Elle quitte la rue Saint-Esprit, passe devant la préfecture et se dirige vers la place de Jaude quasiment déserte. Chemin faisant, elle parvient à allonger son souffle, amplifier ses enjambées et détendre enfin les muscles de ses épaules. Des silhouettes sans visage marmonnent vaguement quelques avances à la sortie des bars. Elle s'en éloigne en accélérant sa cadence. L'oxygène frais qui pénètre par ses narines l'euphorise presque. L'angoisse se dissout dans ses entrailles. Lorsqu'elle se sent enfin mieux, elle se trouve à l'autre bout de la ville, la tour blanche du CHU est à deux pas. La capitaine rebrousse chemin à petites foulées, l'esprit concentré sur la journée du lendemain. La pleine lune illumine le ciel couleur de linge sale qui hésite à larguer une pluie glacée. Quand elle rejoint son lit après une douche brûlante, elle se laisse enfin aller jusqu'à s'enfoncer dans un sommeil sans rêves.

À 6 heures du matin, Sevran retrouve Brun au jardin Lecoq. Elle a les jambes lourdes et se sent aussi courbaturée que si elle avait passé la nuit à combattre des ombres. La professeure s'échauffe avec entrain, un bonnet sur la tête.

— Tu n'as pas l'air dans ton assiette !

— J'ai passé une mauvaise nuit…

— Tes morts t'empêchent de dormir ? lui lance la légiste avec un regard entendu.

— Oh, ça nous arrive à tous de temps en temps…

La capitaine s'attend à se faire sermonner.

— Rassure-moi, tu as l'intention de prendre rendez-vous avec le psychologue de la brigade ? En une semaine, tu as vu autant d'horreurs que la moyenne des flics en une carrière !

Elle la scrute avec une curiosité autoritaire.

— Non. Ça va, je gère.

— Je suis curieuse de savoir comment.

Brun continue à la toiser. Le ton de sa voix est monté. Sevran continue ses foulées en silence, tête baissée et poings serrés, sans répondre.

— Je sais que tu divorces. Tu es seule. Tu ne connais personne ici. Tu es donc particulièrement vulnérable. (Elle marque une pause en soufflant.) Alors épargne-moi tes conneries de bonne femme forte, bordel ! Je ne suis pas ce connard d'Ospitalé, moi !

L'enquêtrice laisse un instant sa partenaire à son monologue. Elle peine à trouver la force de grimper une côte. Malgré son souffle coupé, la curiosité la pousse à demander :

— Au fait, comment sais-tu que je divorce ?

Brun éclate d'un rire sonore.

— Tu as l'annulaire gauche aminci à la base. Tu as longtemps porté une alliance à ce doigt, mais il n'y en a plus. Donc tu as été mariée quelques années, et c'est fini.

L'analyse sonne comme une évidence.

— D'accord. (Sevran est étonnée, mais pas encore convaincue.) Mais comment sais-tu que je divorce en ce moment ?

— Simple observation. C'est ton regard qui te trahit. (La professeure jette un rapide coup d'œil à l'enquêtrice.) Enfin, bref. Tu as demandé ta mutation ici pour changer de vie. C'est un drôle de choix, mais autant l'assumer, non ? Alors vas-y et commence par sortir de ton foutu commissariat !

— Cette affaire m'occupe à 100 %... Je ne suis pas disponible pour autre chose.

Sevran sent de petits picotements le long de son échine.

— Oui, bien sûr, tu attends sans doute ta retraite pour commencer à vivre ? C'est vrai que c'est une excellente idée !

La capitaine lève les yeux au ciel, agacée mais souriante. Elle reste pourtant insensible à l'électrochoc que la légiste cherche à lui administrer. Avec un sourire en coin, elle la jauge du regard et finit par lui tailler un costard à son tour.

— Parlons un peu de toi. Tu es... célibataire, avec un ou deux amants réguliers, et peut-être un troisième occasionnel. Tu aimes dominer, et séduire. J'ai vu tes œillades à Biolet ! J'ai tout juste, n'est-ce pas ?

Sevran s'arrête de courir, épuisée. La professeure gambade encore quelques mètres, puis se retourne d'un air victorieux :

— Je suis mariée depuis vingt-cinq ans, et j'ai deux fils de 22 et 17 ans. Quant à Biolet, je le trouve mignon, c'est vrai, mais c'est tout ! J'espère que tu es plus perspicace dans tes enquêtes, ma chère !

— Mais… (Elle inspire longuement pour poursuivre la discussion.) Tu es une séductrice redoutable en tout cas ! Ne dis pas le contraire !

L'enquêtrice, penchée en avant, relève ses yeux rieurs pour observer la réaction de sa camarade.

— Là, oui, tu as raison. Bertrand et moi, nous cultivons nos jardins secrets, avoue Sophie Brun en étirant sa longue silhouette.

— Donc, je n'avais pas tout faux… Mon flair n'est pas complètement à balancer à la poubelle ! se satisfait Sevran.

— Oui… En effet, concède la légiste en exhibant ses dents acérées.

Elles quittent le jardin fourbues, puis s'arrêtent un instant dans une brasserie qui ouvre tout juste ses portes pour commander un café.

— J'ai l'intention d'organiser un dîner un de ces jours. Tu rencontreras du monde et ça te fera du bien ! (Elle reprend aussitôt sa course, son café à la main, et s'éloigne.) À très bientôt, Virginie !

La policière reste un moment interdite, son gobelet à bout de bras. Elle aurait voulu dire à la professeure qu'elle n'a pas envie d'être chaperonnée, mais celle-ci disparaît déjà à l'angle de la rue. La légiste l'a percée à jour avec une facilité déconcertante. En regagnant son appartement à pied, Sevran se sent presque honteuse d'être si aisée à cerner. Une colère dirigée contre elle-même se réveille et lui donne enfin l'énergie qui lui manquait.

7 décembre 2000, 8 heures 30, Volvic

João avale sans envie un café noir et un morceau de pain beurré. Sous la table, ses pieds s'agitent nerveusement sans qu'il en ait conscience. Au fond de son être, il sent que quelque chose ne tourne plus rond. Depuis l'étroite table en Formica collée contre le mur, il aperçoit le ciel noir à travers la dentelle de ses rideaux blancs. Le son strident de la radio a réveillé une migraine vive. Ce bruit le hérisse. Sa compagne Martha pénètre dans la cuisine en faisant patiner ses savates avec nonchalance. Elle est vêtue d'un T-shirt gris trop grand et d'une simple culotte du même ton. De son œil noir, João l'observe fouiller dans le réfrigérateur. Il n'aime pas la voir avec cette tête terne envahie de cheveux longs en pagaille. Il déteste assister à l'épaississement et au tassement de son corps. Il hoche la tête en silence, comme pour répondre à un dialogue intérieur. Il a envie d'être seul pour petit-déjeuner, mais Martha s'attable à côté de lui, face au mur, sans un regard. Elle se frotte les yeux et se gratte la tête en trempant son pain dans un bol de lait. La radio crache une musique criarde qui le stresse. Le contremaître se lève et éteint de sa main large l'interrupteur du poste posé à côté d'un évier rempli de vaisselle sale. Sa compagne lève vers lui deux yeux de panda sombres. Elle le dévisage avec une moue déplaisante.

— Qu'est-ce que tu fous ?

Dans les tripes de João, un taureau prêt à charger se réveille. Il éprouve le besoin impérieux de libérer ses nerfs. Il explose soudain de rage et enfonce son poing dans le vaisselier en pin qui meuble l'angle de la minuscule cuisine. L'impact crée du vacarme et un trou profond. Martha se met à jurer de sa voix grave de fumeuse. Elle s'agite devant lui en faisant de grands gestes menaçants. Il la pousse vivement contre un meuble qui valdingue, et quitte la pièce.

Sur la table de chevet de sa chambre, il attrape ses papiers, ses clés et son paquet de cigarettes. Il marque un arrêt devant sa silhouette qui envahit le miroir étroit collé au mur. Son jean et son blouson de cuir sont fatigués. Derrière lui, le lit défait a l'air crasseux, de nombreux habits jonchent le sol. Tout lui paraît étriqué, piteux. Des coups sourds se mettent à cogner au plafond. Le voisin du haut proteste contre le bruit.

De nouveau, il se sent soulevé par un élan de rogne. Ses yeux sont comme des cornes prêtes à blesser. Sa barbe naissante recouvre la moitié de sa figure et se fond avec ses cheveux noirs. Cette tête-là ne lui dit rien de bon. Sa compagne pénètre en colère dans la chambre. Son allure négligée le dégoûte tant qu'il se sent capable de la frapper. Il doit fuir, quitter cet appartement qui lui colle la nausée. La cage d'escalier sombre dégage une odeur de renfermé qui l'écœure davantage, si bien qu'il descend à toute vitesse en sautant les marches jusqu'au parking en bas du petit immeuble en pierre noire. *Irène*, *Irène*, *Irène*, se répète-t-il en boucle.

Il fouille dans la boîte à gants de son pick-up pour y trouver sa photo. Son visage provoque un nouveau bouleversement. Il explose d'une fureur sèche en cognant son tableau de bord qui en a vu d'autres. Haletant, il démarre et part en direction de Ceyrat. Un étourdissement le saisit. *Si Irène est là, je dois la trouver.*

Un trouble s'immisce. Il était pourtant persuadé d'en avoir fini avec elle et son passé. Il roule vite à travers la campagne qui déroule son tapis blanc comme une vieille rengaine.

Arrivé chez les Renon, il freine vigoureusement dans le gravier en creusant un trou profond sous ses pneus. Sa patronne apparaît dans la porte d'entrée, le visage inquiet.

— Qu'est-ce qui se passe ?

— Il faut que je vous parle.

— Il y a un problème à l'hôtel ? Le ravalement ne se passe pas comme prévu ?

— Non. Ça n'a rien à voir avec ça.

Catherine recule d'un pas pour éviter João qui semble décidé à entrer de force chez elle. Une fois dans le vestibule, il tourne sur lui-même puis part dans le salon s'affaler sur un fauteuil. Il se sent étourdi et irrité. Elle l'observe, intriguée. Le contremaître réalise qu'il ne sait pas comment aborder les choses.

— La fille que vous avez vue sur la photo dans ma voiture, vous la connaissez, c'est ça ?

L'épouse Renon ressent le besoin de s'asseoir elle aussi. João remarque sa confusion. Il a une terrible envie de la secouer pour qu'elle parle. Mais il voit ses yeux affolés et se refrène.

— Je... je ne sais pas qui c'est... J'ai trouvé une photo d'elle dans le bureau de mon mari il y a quelques jours. J'imagine que c'est sa maîtresse.

L'ex-taulard a la sensation de recevoir un violent uppercut en pleine figure. Il a besoin de quelques instants pour réaliser. *Ce connard de Renon ? Non... non, c'est pas possible. Pas possible !* Il passe ses mains massives sur son visage, éprouve le besoin de sortir au grand air. Il s'approche de la baie vitrée où il trépigne comme un boxeur sur le ring. Son esprit saturé de pensées et de peur l'empêche de réfléchir. Lorsqu'il se retourne vers sa patronne, il la découvre terrorisée, les yeux exorbités.

— Vous savez où elle habite ? demande-t-il brutalement.

— Non… Je n'en ai aucune idée…, gémit-elle.

— Merde !

Il perçoit ses tremblements à distance. D'un geste vif de la main, il ouvre la baie vitrée et fonce à l'extérieur. Sur la terrasse, l'odeur du bois humide et d'un feu de cheminée au loin le calme un peu. Il s'accoude à une balustrade, les mains dans ses cheveux, le visage balafré de tourments. Cette situation risque de paralyser sa vie pendant un moment. À moins que ce ne soit plus grave. D'ailleurs, pourquoi est-il à ce point bouleversé ? Toute cette histoire remonte à tant d'années, cette blessure ne devrait plus le faire autant souffrir.

— João, qui est cette fille ?

La voix éteinte de sa patronne, arrivée près de lui sans un bruit, le fait sursauter. Entre les palpitations de son cœur tapageur, il réfléchit : Irène… Celle qui a déchiqueté sa vie en lambeaux ? ou son seul véritable amour ?

— Je veux savoir qui est cette fille ! Dites-le-moi ! insiste-t-elle en élevant la voix.

— Une vieille connaissance…, marmonne-t-il.

Désormais, l'organe tyrannique dans sa poitrine a pris le contrôle de tout son être. Il ne ressent que ses battements acérés et brefs.

— Dites-m'en plus, je vous en prie !

— Elle s'appelle Irène, elle m'a rendu fou ! Vous comprenez ? J'ai fait les pires conneries pour elle !

Les sons qui sortent de sa gorge sont des cris écorchés. Il dégage une force sauvage qui fait reculer l'épouse Renon. En le voyant comme un lion blessé, elle s'éloigne.

L'employé se laisse glisser contre la rambarde, le front posé sur un pilier de métal glacé. Sa migraine se fait plus aiguë, de chaudes larmes coulent sur sa peau tannée et l'apaisent un peu. Il se redresse lentement en s'éclaircissant la voix. Catherine Renon est assise sur une chaise longue en bois. Le regard dans le vague.

— Qu'est-ce que vous allez faire ? Vous voulez la retrouver ?

— Je ne sais pas, je n'en sais rien.

Une nouvelle perturbation affleure son esprit. Irène est donc revenue rôder dans ces montagnes comme un esprit frappeur décidé à le hanter et le pousser à bout. Finalement oui, João a bien l'intention de la retrouver, et cette fois-ci, il jure qu'elle ne lui échappera pas.

7 décembre 2000, 11 heures 30, Vichy

Un jet de sang visqueux jaillit puis tapisse l'intérieur du tube en verre d'un voile rouge en le remplissant. Le poing serré sur l'accoudoir en Skaï de la salle blanche, Marie lorgne les échantillons de sang, qu'elle imagine en train de tisser un lien invisible avec son frère. Un sentiment étrange de colère et de sérénité mêlées forme un paquet noueux dans son esprit. Elle quitte le laboratoire en frottant son bras engourdi. Ses pas la conduisent dans la rue où elle déambule sans but, un long moment. Autour d'elle, les passants filent tête baissée comme des meutes guerrières. Un vent sec et glacial gifle les pages d'un journal oublié sur le trottoir, tandis que les feux de circulation alternent leurs couleurs à un rythme anormalement soutenu. La sœur de François se sent prise d'un léger vertige. Elle décide d'appeler son cabinet pour annuler tous les rendez-vous de la journée. À sa secrétaire décontenancée, la neurologue explique qu'elle a un « grave problème familial à régler ». Ainsi libérée, elle fait quelques pas en fixant le trottoir sale, puis l'idée lui vient soudain que ce mensonge pourrait, après tout, ne pas en être un. Le trouble et l'égarement des minutes passées laissent place à une détermination farouche.

Elle longe à présent la rue Salignat. Ses souliers claquent fermement sur le goudron puis ses pas ralentissent devant une droguerie à l'apparence vieillotte. L'encadrement en bois sombre porte l'enseigne dorée « Droguerie Chassaing et Fils ». Une pointe perce vivement ses entrailles au moment où elle pose sa main sur la poignée en laiton.

La porte se met à grincer, et, dans l'obscurité au fond du magasin, depuis son comptoir, une dame âgée lève les yeux vers elle. Marie la salue et se dirige avec un semblant d'assurance vers une étagère de produits contre les nuisibles. Elle sent une poussée de transpiration envahir son cou. Ses vêtements semblent soudain rétrécir sur son corps. Elle se demande intérieurement ce qu'elle est en train de faire. Ce n'est pas vraiment elle qui a dirigé ses pas jusqu'ici. Elle a l'impression qu'une force l'y a poussée. Ses réflexions s'interrompent tandis que la patronne approche.

— Vous cherchez quelque chose peut-être ?

Elle a une voix désuète, haut perchée.

— Oui, je cherche un produit efficace contre les souris, improvise la neurologue.

La vieille dame part dans de longues explications techniques que Marie n'écoute pas. Elle observe les boucles de cheveux gris sur sa tête et son regard noisette. Elle est légèrement maquillée et porte une tenue sobre bleue. La vendeuse cesse enfin de parler et l'observe à son tour.

— Je... préférerais un appareil à ultrasons pour les repousser.

— Nous n'en n'avons pas, madame, répond la femme, une pointe de déception dans la voix.

— Vous pouvez peut-être m'en commander un ?

La quincaillière force un sourire puis hèle un de ses fils qui répond au prénom de Jacques. L'homme jette un œil depuis la réserve. Il s'approche avec un air qui lui semble familier.

La commerçante, apparemment désappointée, explique la demande. Marie les examine en silence. Il doit avoir à peu près son âge. Il est grand, brun et arbore le front large des hommes de la famille, pense-t-elle intérieurement.

— On va vous le commander, bien sûr. Votre nom, s'il vous plaît ? demande-t-il en souriant.

— Docteur Marie Renon, lâche-t-elle en le fixant avec des yeux vifs.

Plié sur le comptoir, prêt à écrire, il lève soudain la pointe de son stylo, se redresse et plante ses pupilles dans les siennes avec froideur. La patronne, bouche ouverte, se fige à côté de lui. Soudain, la clochette de l'entrée retentit. Sans détourner le regard, il déclare la boutique fermée pour inventaire. Le client bouche bée rebrousse chemin en maugréant. La sœur de François se sent tétanisée. Les nerfs autour de sa colonne vertébrale se mettent à l'élancer. Elle se rassure en pensant que le plus dur est sans doute fait. Elle n'ose pas ouvrir la bouche. *Par où commencer ?* La vieille dame, qui semble avoir perdu quelques centimètres, a la main posée sur sa poitrine. Ses sourcils sont froncés en forme de « V ». Marie finit par se décider à rompre ce silence irritant.

— Je me présente… Je suis la fille de Georges.

Elle tente d'esquisser un sourire, sans être certaine que son cerveau lui obéisse.

— On l'avait compris, répond sèchement le fils.

— Ça fait des années que je veux vous rencontrer et vous connaître, ajoute-t-elle, la voix mal assurée.

— Pour quoi faire ?

— Parce que nous avons le même sang…, s'entend-elle dire dans un murmure.

La quincaillière est d'une pâleur extrême, elle manque de s'évanouir. Son fils la retient par le bras, sans douceur. Il a les traits tirés d'un combattant qui a traversé un champ de mines.

La sensation de brûlure dans le dos de la médecin se fait de plus en plus précise.

— Est-ce que… vous avez connu notre père ? hasarde-t-elle avec une voix blanche.

— Je n'ai pas envie d'en parler. Je vais appeler mon frère David.

Il compose aussitôt un numéro au téléphone.

— Dans ce cas, je pourrais appeler ma sœur Jeanne. Qu'en pensez-vous ?

Tous les deux la regardent avec des yeux catastrophés. Une voix nasillarde et forte répond au bout du fil. Jacques approche le combiné de sa bouche :

— Viens vite, une de nos sœurs est ici.

Après avoir raccroché, il s'approche de l'entrée et baisse un lourd rideau roulant qui produit un bruit fracassant en atteignant le sol. Marie a de petites perles de sueur à la racine de ses cheveux légèrement dressés sur sa tête. Le magasin, soudain plongé dans le noir, l'angoisse. Son dos forme une carapace en feu. Un léger étourdissement l'atteint de nouveau en voyant les deux silhouettes sombres dressées devant elle. La sœur de François se retourne pour observer les étagères et leurs ustensiles de cuisine en inox qui brillent sans éclat dans l'obscurité. À ses côtés, un portant de semences dégage une odeur piquante. Elle remarque l'ombre de la vieille dame qui s'assoit sur une chaise. Ses yeux luisants comme ceux d'un chat ne cessent de la fixer.

— Pourquoi maintenant ? bredouille-t-elle, pleine d'anxiété.

La neurologue sent son cerveau faire des nœuds. Elle aurait mille raisons à donner, mais n'en trouve aucune qui justifie sa présence aujourd'hui. Dans son dos, elle sent le regard inquisiteur de son frère. Elle a l'impression d'être piégée dans une souricière. De longues minutes passent sans un bruit. Le malaise croît quand tout à coup Jacques remonte le rideau métallique qui laisse apparaître dernière la vitrine un autre visage aux joues creuses et au crâne dégarni.

Lorsque David pénètre à l'intérieur, Marie remarque la ressemblance avec son père Georges. Son cœur s'emballe d'un coup. Il se met à la dévisager avec un air hautain. Il doit être l'élément fort du trio, celui en tout cas qui décidera de l'issue de cette rencontre. Elle les examine tous dans l'attente de la prochaine salve.

— Pourquoi vous venez ici ?

Sa voix est aussi coupante qu'une lame.

— Eh bien, comme je l'ai déjà dit, je viens avec de bonnes intentions, pour vous rencontrer… On vit dans la même ville, sans se connaître !

Ses paroles sont aussi mal accueillies qu'un peu plus tôt. Elle ressent la froideur de cette famille dans ses veines.

— On connaît la famille Renon, merci. Tranche le nouvel arrivé.

— Vous avez peut-être connu Georges, mais c'est tout… Il vous manque ses trois enfants dont je fais partie, se défend-elle.

— Oh ! mais on connaît votre frère ! s'exclame-t-il avec mépris.

Marie est sonnée. Elle ne sait pas quoi dire. Cherche-t-il seulement à la bousculer ou dit-il la vérité ?

— Vous n'avez pas l'air d'être au courant ! lui lance-t-il abruptement.

Elle prend une petite inspiration discrète en les observant tous les trois.

— Non. En effet. Je suis très surprise d'apprendre ça.

Sa gorge s'étrangle presque.

— Il ne vous a pas raconté comment il s'y était pris pour nous empêcher de toucher la part d'héritage que Georges avait prévue pour nous ?

Ses traits exprimant le dégoût apparaissent dans un filet de lumière. La sœur de François pose la main sur sa bouche, honteuse. Tous les trois l'examinent en silence, attendant une réaction de sa part.

— Comment est-ce qu'il a pu ?... Jeanne et moi, nous ne sommes pas au courant. Je suis profondément désolée. Je... vais vous laisser... Mais je voudrais sincèrement que vous acceptiez de nous recevoir. Nous devons nous parler ! C'est absolument nécessaire !

La mère s'est ratatinée, hébétée sur sa chaise, tandis que les deux demi-frères se crispent un peu plus.

— S'il vous plaît ! les implore-t-elle d'une petite voix éraillée.

Ils finissent par hocher la tête sans émettre le moindre son. Marie recule vers l'entrée du magasin. Jacques relève le rideau d'un geste brutal et bruyant. Elle voit maintenant très nettement les trois visages blêmes et creusés devant elle. Elle esquisse un geste de la main pour les saluer puis disparaît derrière le volet métallique qui s'abat au sol comme une déflagration.

La neurologue se retrouve dans la rue, comme expulsée de la gueule d'une bête. Elle titube presque, accablée et furieuse. Elle ne souhaite qu'une chose maintenant, c'est partager ces révélations avec sa mère et sa sœur. Quitte à les bouleverser. Son œil se plisse. Elle saisit son portable et appelle Jeanne pour lui donner rendez-vous chez leur mère dans une heure.

La sœur de François poursuit son chemin dans le centre de Vichy. Elle glisse d'une rue à une place, puis atterrit par hasard dans un square. Un goût désagréable s'est répandu dans sa bouche comme une pourriture.

Elle se souvient du jour où, adolescente, un ami de son père lui avait annoncé qu'elle avait deux frères. Avec un sourire satisfait, il lui avait donné tous les détails. Leur nom, leur âge, l'adresse du magasin de la famille. Une fois, alors qu'elle n'avait que 20 ans, elle s'était plantée devant la vitrine sans oser entrer. Elle repense à la vieille femme et à son interrogation : « Pourquoi maintenant ? » Elle a le sentiment qu'un drame se prépare, mais elle ne cherche pas à l'éviter. Au contraire, elle souhaite presque y prendre part. Ses pas la conduisent sur les bords de l'Allier qui déborde des berges, comme une plaie purulente. Elle entend sourdement les badauds commenter l'inondation à venir.

7 décembre 2000, 12 heures, gare de Vichy

Maxime regarde les quais de la gare sans les voir. Il a faim, il est épuisé. Une pression dans sa tête lui comprime le crâne. Pour rester éveillé, ses yeux injectés de sang suivent les voies métalliques qui se croisent, s'entrelacent et s'éloignent sur le ballast noir. Au bout des lignes, perdu dans la brume, il pense qu'il y a peut-être son père. Mais il n'est plus certain de souhaiter le voir en ce moment. Ses récentes découvertes ne lui donnent plus envie de lutter contre sa mère, seulement de fuir. Il a appelé une fille du lycée, dont les parents sont en vacances aux États-Unis, qui pourra l'héberger en toute discrétion. Il a l'intention de passer quelques jours sans croiser un membre de la famille Renon. Il pense tristement à sa sœur et à son frère qui n'ont pas encore la chance de pouvoir s'extraire de ce clan toxique et étouffant.

Un train poussif entre enfin en gare. À peine a-t-il marqué son arrêt que l'adolescent saute dedans à la recherche d'une place isolée. Il jette son sac puis s'affale en allongeant ses pieds sur le fauteuil qui lui fait face. L'odeur de plastique vieilli des sièges remonte à ses narines. Une poussière noire et grasse est accrochée aux joints des vitres. Pendant que le flot des passagers se déverse dans le couloir étroit, le garçon ferme les yeux pour assurer sa tranquillité. Quand il sera enfin chez son amie, il disparaîtra des radars familiaux. *Comme papa...*

Inès est une fille gentille, plutôt jolie, sans doute un peu amoureuse de lui. Il se demande comment il va devoir se conduire avec elle. « Tu dois respecter les filles », l'avait un jour sermonné sa mère. À l'époque, la remarque l'avait fait rire, il n'avait pas vraiment compris ce qu'elle voulait lui dire. Désormais, c'est plus clair.

Toujours est-il que sa disparition risque de la mettre en difficulté. Après le mari, voilà que c'est au tour du fils de s'évanouir dans la nature. L'idée qu'elle soit obligée d'expliquer cette étrange loi des séries au gendarme Barrier l'amuse.

Absorbé par la contemplation d'un rail, Maxime réalise que le départ de son père est en train de bouleverser son existence. Il ne sera sans doute jamais plus le lycéen insouciant qu'il était. Comment pourrait-il le rester... Il voit le visage de sa grand-mère maltraitante, imagine celui de son père suant sous les lumières rouges des clubs. Son cerveau bourdonne. Il se lève brusquement et tire de toutes ses forces pour abaisser la fenêtre du wagon. Il lance un lourd crachat sur le ballast, puis se rassied, écœuré. Les passagers de l'autre côté du couloir le dévisagent, étonnés. « Quoi ! » s'énerve-t-il. Il se recroqueville contre un rideau imprégné d'une veille odeur de cigarette. Une première poussée pesante entraîne le wagon, puis une autre. Chaque mètre gagné lui procure un peu de soulagement. Il souhaite s'éloigner de Vichy, de ses allées proprettes, de ses immeubles prétentieux et de sa grand-mère mauvaise. Pendant que le train poussif se tortille, l'adolescent, écrasé de fatigue, s'endort d'un sommeil profond.

Le grincement criard des freins le réveille en sursaut en gare de Clermont-Ferrand. Il se dirige vers la sortie en pensant à Inès lorsqu'il l'aperçoit dans le hall. Il sent son corps s'échauffer en apercevant ses yeux de chiot qui l'enveloppent avec douceur.

Elle a de longs cheveux châtains qui dépassent d'un lourd manteau d'hiver noir qui lui donne l'air d'une petite boule. Deux fines jambes chaussées de lourdes baskets s'en échappent. Elle l'accueille d'un sourire en biais et ouvre la marche. Sa maison est à un kilomètre à peine. L'adolescent se sent las et nerveux à la fois.

En plein centre-ville, Inès pousse une porte vitrée et lui fait visiter les lieux. À l'étage, elle lui montre la chambre de son frère aîné qu'il pourra occuper quelque temps. Sans même attendre d'être seul, le lycéen plonge sur le lit, baskets aux pieds. Inès se tient contre l'encadrement de la porte et demande timidement :

— Tu fugues ?

— En quelque sorte...

— Qu'est-ce qui se passe chez toi ?

— Mon père est introuvable depuis plusieurs jours. Il est recherché... Et tout part en sucette à la maison.

— Tu peux rester là, je ne dirai rien au lycée, sourit-elle timidement en quittant la chambre.

Maxime se détend. La jeune fille ne semble pas avoir l'intention de l'envahir. Il expire longuement pour évacuer la fatigue.

La housse de couette sur laquelle il repose est un hommage rouge et bleu à la NBA. Il s'appuie sur ses coudes et se met à examiner la chambre. Il y a un ordinateur et un téléphone posés sur un bureau gris. Juste au-dessus, un poster d'*Eyes wide shut* de Kubrick lui arrache un rictus. Il se souvient d'avoir visionné le film avec des amis. D'ailleurs, l'ambiance et les fantasmes de Bill Harford lui font étrangement penser à son père. Les autres murs de la pièce sont consacrés aux héros du frère d'Inès, répartis en deux camps séparés par l'arrête d'un mur : stars du basket et rappeurs. Contre une cloison, il remarque une collection de chaussures de sport, toutes éventrées mais rangées en ordre. Il se sent bien dans ce décor qui lui ressemble. L'idée lui vient de profiter de la connexion Internet pour se distraire.

Il allume l'ordinateur qui émet un accueil sonore de trois notes. La machine se charge en ronronnant, puis il découvre enfin la page d'accueil d'un moteur de recherche. Instinctivement, il tape le nom de son père dans la barre. Avec patience, il lit les résultats sans trop d'espoir de trouver une information utile. Au bout d'une bonne heure de recherches infructueuses, il remarque que le nom de sa famille est cité dans le billet d'un blog intitulé *La Messe basse*. Intrigué, il clique sur le raccourci et atterrit sur un post : « Escrocs de père en fils. »

Georges Renon n'a jamais eu peur de flirter avec l'illégalité lorsqu'il s'agissait d'obtenir de juteux contrats. Soirées mondaines, cadeaux luxueux, et même recours à des dames de compagnie ont toujours fait partie des « méthodes » de cet homme d'affaires sans scrupule. Les élus de la région ont largement profité des faveurs de ce roitelet tout-puissant en Auvergne. Tout se passait donc ainsi jusqu'à ce jour du 2 mars 1985 où un associé de Georges Renon a été retrouvé mort, ligoté sur un des chantiers de l'entreprise. L'enquête de police n'est jamais parvenue à découvrir les auteurs de cet assassinat. Pourtant, Claude Revère (la victime) venait de découvrir un trou de 300 000 francs dans les caisses de la société. Après s'en être ému auprès de son associé, une violente dispute avait éclaté entre les deux hommes devant témoins. Georges Renon déclarant au cours de l'altercation : « Préviens ta femme qu'elle ne verra bientôt plus ta sale gueule. Je me charge de te faire faire un long voyage ! » Aujourd'hui, la famille Revère pleure toujours son mari et père, mais la lumière n'a pas encore été faite sur l'affaire. Georges Renon est décédé en 1995, et c'est aujourd'hui son fils qui tient les rênes de la société. Depuis que François Renon, 45 ans, est devenu chef de l'entreprise familiale, il n'a pas mis fin aux méthodes du père. C'est le moins que l'on puisse dire ! Il les développe, les modernise et les étend ! Ainsi, deux ans à peine après son accession à la tête de Renon Construction, il est sous le coup de deux affaires pour malfaçon et une dernière pour prise illégale d'intérêt. On le dit aussi acoquiné avec le milieu clermontois. Une lignée d'escrocs, en somme…

Maxime se met à cliquer fébrilement dans les bordures à la recherche d'informations sur *La Messe basse*. Rien. Quant à l'auteur de ce billet consternant publié deux ans plus tôt, il est anonyme. Un coup de pied de rage lui échappe. Est-ce que l'article est un tissu de mensonges ou est-ce qu'il dit vrai ? Son monde chavire. L'adolescent, qui avait une confiance sans bornes en son père et sa famille il y a deux semaines à peine, n'a plus foi en rien ni personne. Il décide de se lancer dans une nouvelle recherche avec le nom de Claude Revère.

Deux articles de *La Montagne* y font référence. Dans l'un d'eux, l'épouse Revère accuse son grand-père Georges du meurtre de son mari. Maxime hoche la tête, incrédule. Quant au deuxième, il présente son père comme un entrepreneur véreux. Pourtant, si son père avait été l'homme décrit dans ce billet, la famille roulerait sur l'or… Ce qui est loin d'être le cas. Une petite pointe de doute s'immisce cependant dans ses méninges, et agit comme un révélateur faisant lentement apparaître les détails d'une photo. Après tout, c'est peut-être l'histoire qu'on lui raconte depuis l'enfance qui n'est qu'un tissu de mensonges…

7 décembre 2000, 13 heures, Vichy

Jeanne se gare à quelques mètres de la maison de sa mère. Elle a fait aussi vite qu'elle a pu, si bien qu'elle porte encore ses bottes boueuses et son pantalon d'équitation. Elle n'a pas le souvenir de s'être trouvée en compagnie de Marie chez sa mère depuis des années. Sa sœur doit avoir une idée en tête ou une révélation à faire. Une bonne raison qui justifie cette réunion de famille en urgence. Depuis leur dernière discussion, Jeanne ne craint qu'une chose, que Marie soit allée rencontrer les quincailliers. Elle se refuse à les appeler par leur nom. Ces gens-là ne font pas partie de sa famille, elle veut les garder à distance. *Elle n'a pas pu oser prendre contact avec eux. Ce serait de la folie pure !* Quoi qu'il en soit, elle a l'intuition que les prochaines minutes vont être pénibles.

Quand la cavalière arrive dans le vestibule, comme à chaque visite, les réminiscences de l'enfance la saisissent jusqu'à la nausée. Le souvenir de la peur, des gifles et aussi des tresses dans les cheveux que sa mère voulait si parfaites qu'elle les tirait avec brutalité sur son crâne. Elle marque un arrêt en fixant le sol à damier, puis entre dans le salon. Jeanne s'excuse d'un regard contrit de poser ses pieds crottés sur le lourd tapis persan. Sa mère la regarde à peine, tandis que Marie a les yeux affûtés comme des lances, ce qui n'augure rien de bon. Jeanne prend place à ses côtés et sent que sa peau est soudain sensible aux plis de ses vêtements froissés. Cette étrange sensation lui est désagréable. Sa sœur prend enfin la parole, avec une étrange solennité.

— Je voulais que l'on se retrouve toutes les trois car la disparition de François est un bouleversement pour notre famille. Comme toi, maman, j'ai reçu la visite de deux policiers de Clermont-Ferrand… Nous devons attendre les résultats des analyses de sang que j'ai faites ce matin… C'est une période difficile pour nous.

Ces mots sont accueillis froidement par Michelle. Sa cadette ne se sent pas affectée pour le moment. Elle est certaine que les policiers de Clermont font fausse route. François doit se la « couler douce » quelque part. Elle examine sa sœur du coin de l'œil. Elle n'a pas quitté sa gabardine beige. Ses cheveux anormalement plats coulent sur sa tête. Face à elle, la vieille femme se tient raide, le cou caché par son foulard en soie, tandis qu'un fin collier de perles s'échappe d'un chemisier bleu. Tournée de trois quarts, elle fait mine d'étudier le feuillage derrière la grande fenêtre.

— Depuis longtemps, nous vivons dans les non-dits, et je n'en peux plus.

Le ton de Marie est étrangement ferme. La cavalière sent ses muscles tirer. Michelle fixe toujours la fenêtre, sans réaction.

— Tout d'abord, maman, non seulement je ne peux pas oublier le mal que tu nous as fait à Jeanne et à moi, mais je ne pourrai jamais te pardonner. Nous nous sommes toujours tues, et tu ne fais que raviver cette blessure depuis que tu cherches désespérément François.

Marie tente de croiser le regard de sa mère. Jeanne s'inquiète. Elle sent que la conversation va prendre une tournure tragique. Ses yeux cherchent à s'ancrer quelque part dans la pièce.

— Pfff ! n'importe quoi ! pouffe Michelle avec mépris.

Un nouveau silence se répand comme un liquide visqueux.

— J'ai voulu qu'on se réunisse à la suite d'une conversation que j'ai eue aujourd'hui même avec nos demi-frères Jacques et David Chassaing.

La neurologue a accéléré son débit comme pour chercher à secouer ses interlocutrices.

— Quoi !? Une voix puissante jaillit soudain des cordes vocales de la vieille femme.

Jeanne se sent trembler. Elle retrouve l'expression d'autrefois sur son visage ridé. Des vagues de plis ondulent sur son front. Ses yeux sont deux pics à glace prêts à les briser l'une et l'autre. Elle n'arrive pas à croire que sa sœur soit allée au bout de sa démarche.

— Tu es devenue folle ou quoi ? Pauvre imbécile !

Michelle se penche vers sa fille avec une énergie qu'elle ne lui connaissait plus.

— Laisse-moi finir, je te prie. Ensuite, tu pourras cracher tes insultes comme tu sais si bien le faire. (Marie est glaçante.) Ils m'ont appris que François les avait rencontrés.

Jeanne ouvre de grands yeux. Elle a la sensation d'avoir loupé une marche et de s'écraser violemment au sol.

— Qu'est-ce que tu dis ? coupe la mère avec autorité.

— La ferme ! hurle la fille aînée en se levant soudainement.

La vieille femme sursaute. La cadette se couvre un instant les yeux.

— Non seulement François les a rencontrés, mais il les a empêchés d'avoir la part d'héritage que papa avait prévue pour eux !

Un petit cri échappe à sa sœur, puis de grosses perles de larmes coulent sur ses joues. Elle regarde sa mère, dont le teint est devenu cireux. Marie est plantée devant elle, muette.

Jeanne a l'impression que l'oxygène de la pièce s'enfuit par les fenêtres. Elle sent la panique s'emparer d'elle. Ce silence l'asphyxie, elle est en train de bouillir :

— Mais tu vas parler, bon Dieu !

La vieille femme a les lèvres tremblantes. Sur son visage, la peau vient de se tendre comme un tambour, mais sa petite figure paraît inoffensive, maintenant. La peur s'est imprimée sur ses traits.

— Je… je ne voulais pas qu'ils aient leur part, mais je n'ai jamais rien demandé à François. Je ne savais pas qu'il était allé les voir. Je le jure.

— Je ne te crois pas, assène la neurologue d'une voix caverneuse.

— Je vous jure que c'est vrai. Je ne comprends pas pourquoi il a fait ça, geint-elle.

— Mais tu es idiote ou quoi ? Pour récupérer l'argent, bien sûr !

Marie domine sa mère qui n'ose pas relever sa tête.

— Je le déteste, marmonne-t-elle les poings fermés.

À ces mots, sa cadette est prise d'un profond malaise. Elle ressent la puissance d'une déflagration dans les entrailles. Les non-dits et les vieilles rancunes si longtemps ravalées viennent de faire exploser le peu qui restait de cette famille. N'existent plus que d'immenses cratères béants. Un champ de bataille, que Jeanne découvre, hébetée. Sa sœur, comme leur mère avant elle, a perdu l'esprit. Sa haine envers François est une menace qu'elle doit fuir. Elle se lève si brutalement que Michelle et Marie sursautent de surprise.

— Je ne veux plus jamais te revoir, dit-elle à sa mère avec assurance.

Sans un regard pour son aînée, elle s'apprête à partir, mais celle-ci la retient par la manche.

— Attends ! Ils acceptent de te rencontrer. On doit réparer tout ça ! À cause de François, ils nous haïssent ! On ne peut pas laisser les choses comme ça ! Pas maintenant !

Jeanne sent monter une colère rugissante du fond de sa poitrine. Elle dégage vivement son bras.

— Mais qu'est-ce que tu avais besoin de remuer tout ça, hein ? Pourquoi tu fais ça ? Qu'est-ce que tu cherches, bon sang ? Tout ce que tu veux, c'est planter un couteau dans le dos de François ! Mais c'est mon frère, et je veux attendre son retour pour lui parler ! Maintenant fiche-moi la paix !

La cavalière abandonne là sa mère et sa sœur, toutes les deux assommées par son coup de sang.

Gonflée d'une énergie mauvaise, elle rejoint sa voiture. Le poids qu'elle porte enfoui dans sa poitrine depuis l'enfance vient subitement de s'alléger. Comme une balance occupée à rétablir l'équilibre, elle ne parvient pas encore à apprécier la gravité de l'instant. Vient-elle vraiment de rompre avec sa mère ? Enfin ? Abasourdie par tant d'audace, Jeanne réalise que c'est le départ de son frère qui a tout enclenché. Sa disparition a mis en marche les rouages d'une machine invisible, prête à les écraser tous.

13 décembre 2000, 13 heures, Clermont-Ferrand

Les gobelets de café vides s'emboîtent sur le bureau de Sevran. Ses doigts tapent frénétiquement sur le clavier sale de son ordinateur. Ses jambes ne tiennent pas en place. Le chef du laboratoire d'analyses génétiques de Nantes lui doit une faveur. Il lui a promis de faire passer la comparaison ADN de son enquête en priorité, mais les résultats tardent à tomber.

La capitaine jette un coup d'œil à sa montre, puis à Biolet, lui aussi en pleine écriture. Elle se sent d'une humeur massacrante et observe d'un œil noir Navard qui se tient debout devant le fax. Un collègue, qu'elle ne connaît pas, passe la tête dans le bureau et s'adresse à lui.

— Elle était mignonne la petite blonde tout à l'heure, hein ? dit-il l'air vicelard.

— Bof, pas de seins. Aussi plate que Ghemzi. Zéro intérêt, lui répond Navard en gonflant ses pectoraux.

Ils partent d'un rire gras. Le collègue s'en va, puis l'officier rejoint son siège d'une démarche orgueilleuse.

— Navard ! (L'enquêtrice se dresse sur son bureau, en colère.) Ne t'avise plus jamais de faire ce genre de remarque ici, pigé ?

Elle a la voix coupante et la mâchoire serrée. Sous les regards incrédules de Navard, Ghemzi et Biolet, elle arrache d'un coup sec les publicités Aubade collées au mur.

— Et laisse tes fantasmes à deux balles à la maison, s'il te plaît. Je suis fatiguée de les avoir tous les jours sous le nez.

Elle fait tomber les deux photos devant lui. Une rougeur apparaît sur le haut de ses pommettes. Vexé, il baisse les yeux. Sevran, que cet accès de colère a fini par calmer, retourne à sa place dans un silence gêné. Elle réalise que sa jeune collègue n'avait même pas prêté attention à la remarque déplacée de son équipier. Elle peste intérieurement contre le manque de poigne de la jeune femme.

Soudain, le fax se met à geindre. Sevran fonce sur la machine qui fait apparaître les résultats au compte-gouttes. L'attente lui est insupportable. Elle tape du pied avec frénésie contre une plaque de lino qui se décolle du sol. Enfin, ses yeux tombent sur les conclusions. Elle tend la feuille à Biolet, qui reste interdit.

— C'est lui, c'est François Renon.

Son souffle est court.

— Pffff… (Biolet se jette dans son fauteuil et s'étire en levant les bras au ciel.) OK. Tu appelles le proc, et on part l'annoncer à la mère et à la sœur ? propose-t-il en se passant les mains sur le visage.

— Hum. Pour le moment on se contente d'observer l'épouse et on demande une mise sur écoute de toute la famille.

— Il va quand même falloir la prévenir, non ? demande-t-il, surpris.

— Faisons-la mariner un ou deux jours. Voyons ce qu'elle prépare, comment elle réagit… Et puis… On va peut-être découvrir un amant caché derrière tout ça, qui sait ? (La capitaine, pensive, attrape son manteau.) Ghemzi, tu préviens les gendarmes. Tu leur dis qu'on récupère le bébé !

Cette dernière s'exécute aussitôt.

— Navard ! (Il la dévisage avec mépris.) Fais-moi une recherche sur la famille Renon. Apparemment, le fils a repris l'entreprise familiale. Tout ce que tu pourras trouver dans nos fichiers ou même dans la presse sera bon à prendre. Au fait, le père s'appelait Georges…

L'enquêtrice se saisit du combiné du téléphone et appelle le parquet. Elle se sent excitée, elle voudrait vite filer voir Michelle Renon, mais l'assistante du procureur lui signale que Candal veut les voir. Elle raccroche, agacée. Son équipier l'interroge du regard.

— Le proc. Il veut qu'on passe au tribunal.

— Oh ! Meeeeerde !

Dopés à l'adrénaline, ils foncent dans les artères de Clermont jusqu'au palais de justice. Sevran, qui n'a jamais été particulièrement à son aise avec sa hiérarchie et les magistrats, appréhende la rencontre. Son collègue la précède dans les allées du tribunal. Ils pénètrent enfin dans le bureau du procureur Serge Candal, qui les accueille avec une mine sévère. Son élégant complet gris semble avoir contaminé son teint. Il tend une main molle et moite à Sevran qui imagine serrer celle de Gollum. Elle remarque sa robe d'audience rouge et noire qui pend sur un portemanteau, observe la décoration sommaire. Les piles de dossiers bleus sont rangées par ordre alphabétique sur des étagères foncées. Candal aime l'ordre.

— Alors capitaine, faites-moi le topo.

— La disparition de François Renon a été signalée par sa mère et son épouse le 4 décembre dernier à la gendarmerie de Romagnat. La corpulence et l'âge, 47 ans, correspondent au cadavre des Goules. Nous avons donc procédé à une comparaison ADN avec sa sœur Marie Renon qui est neurologue à Vichy. Une correspondance de l'ADN mitochondrial nous a été confirmée par le laboratoire de Nantes il y a trente minutes. Les déclarations de la mère, Michelle, ainsi que celles de l'adjudant Barrier qui a procédé à l'interrogatoire pour ouverture d'une enquête de disparition inquiétante, nous portent à croire que l'épouse n'est pas affectée par l'absence de son mari. Nous souhaitons donc procéder à des écoutes de la famille, annoncer son décès à sa mère et ses sœurs, mais ne pas en informer Catherine Renon pendant au moins quelques jours.

Son exposé terminé, elle respire enfin.

— Hum… (Le procureur prend un air pensif.) Qu'est-ce que vous savez de la victime ?

— Il s'agit d'un entrepreneur du bâtiment habitant à Ceyrat, père de trois enfants, marié depuis 1990 avec Catherine. D'après sa sœur Marie, il était porté sur l'alcool et avait semble-t-il des relations extraconjugales régulières.

— Classique…, lâche Candal en faisant courir ses doigts sur son bureau. Pourquoi ne pas annoncer sa mort à sa femme tout de suite ?

— Eh bien, jusqu'ici son comportement plutôt singulier a surpris tout le monde. C'est une femme assez isolée. Elle n'a plus aucune relation avec la famille de son mari, qui habite Vichy et ses environs. Tant qu'elle pense son mari disparu, elle s'occupe de ses enfants et de l'entreprise. Une fois qu'on lui annoncera la mort de François, elle risque de s'agiter dans tous les sens et éliminer d'éventuelles preuves de sa mort… Il n'est pas non plus exclu qu'elle ait également cultivé son jardin secret de son côté… C'est pourquoi nous voulons l'observer, l'écouter, en apprendre le plus possible pour l'interroger ensuite. C'est l'affaire d'une semaine ou deux, pas plus.

— Très bien, faisons ça…

Sevran s'apprête à se lever quand Candal la retient avec sa mine glaciale.

— L'affaire Penhart a fait les gros titres. La famille n'a pas apprécié.

Biolet adresse un regard incrédule à sa collègue qui sent ses nerfs jouer à l'élastique.

Pierre Biolet et moi-même avons évidemment tenu notre langue, monsieur le procureur. Un certain nombre de membres de la Criminelle et de la Scientifique se sont rendus sur les lieux de la découverte du corps, et beaucoup ont sans doute été affectés par ce qu'ils y ont vu. Ils se sont peut-être un peu épanchés auprès de journalistes, mais ce n'est pas notre cas. Quant à la famille, elle ne s'est pas souciée de son proche qui vivait dans l'insalubrité la plus totale depuis de nombreuses années… Vu qu'il s'agit d'un suicide, il n'y a rien de plus à ajouter, je crois.

Sevran note un mouvement imperceptible de la lèvre de Candal. Il est clair qu'il ne l'apprécie pas. Elle se lève de nouveau et lui tend sa main. Il reste assis et la dévisage.

— À très bientôt, capitaine, finit-il par lâcher.

Lorsqu'elle longe les murs du palais de justice, elle a l'impression d'avoir un caillou dans la chaussure.

— Toi, tu es en train de t'inquiéter inutilement. Laisse tomber. Personne ici n'aime avoir affaire à Candal, il est aussi froid qu'un serpent, temporise Biolet.

— Ils commencent à me taper sur les nerfs avec leur histoire de famille choquée par la mort de leur fils ! On était censés faire quoi ?

— Rien. Ses parents ne supportent pas qu'on ait vu la misère et le délabrement de leur enfant. C'est tout, laisse couler…

La remarque de son équipier la soulage aussitôt et lui fait réaliser que, soumise à la pression, elle perd parfois son bon sens. Sur le parking, elle trouve son équipier en meilleure forme.

— T'as bonne mine toi, dis donc ! Ça va mieux à la maison ?

— Oui, la tempête est passée… On rafistole la toiture, on repeint les murs… On se remet à vivre normalement, quoi…

— Je suis ravie pour toi. C'est une excellente nouvelle !

Ils s'éloignent du palais de justice et se dirigent vers les faubourgs. Elle promène son regard dans les rues de la ville, particulièrement chargées en cette fin de matinée.

— Je suis invitée chez Sophie Brun ce soir.

— Sans blague ? C'est devenu ta meilleure amie, ou quoi ? se moque-t-il gentiment.

— Je l'apprécie vraiment… Mais j'avoue que je m'attends à tout, avec elle !

13 décembre 2000, 13 heures, Fontainebleau

Un tapis de mousse moelleux couleur émeraude s'étend au sol. De grands chênes aux troncs puissants et noueux s'élèvent vers un ciel sans nuage tandis que la lumière chaude d'un soleil de printemps caresse la forêt. Ses rayons dansent à travers les branches. Un fin ruisseau coule paisiblement. Le clapotis de l'eau se mêle au bruissement d'un vent chaud dans les feuilles. Tout est paisible. Annie observe ses pieds nus et sa robe blanche aérienne. Ses enfants jouent sur des rochers ronds et moussus. Jean est là, quelque part. Elle tend son visage vers le ciel, une douce chaleur l'enveloppe. D'un pas léger elle s'approche d'une clairière baignée de lumière. Elle s'y agenouille puis se met à faire courir ses doigts dans l'herbe fraîche. Elle finit par s'allonger en humant l'air délicatement parfumé, tandis qu'un papillon vient chatouiller le pouce de son pied. Le ciel immense semble se coucher sur elle.

Au bout d'un long moment, la jeune femme cherche ses enfants du regard. Leurs rires se sont évanouis quelque part. Elle se dresse sur ses coudes, elle ne ressent plus non plus la présence rassurante de Jean. Elle se lève, tourne sur elle-même en observant la forêt. Rien. Ils ne sont plus là. L'incompréhension cède la place à l'inquiétude.

Elle s'engage de nouveau dans la forêt en marchant dans ses propres empreintes que la mousse a imprimées. Une biche surgit devant elle. Trois yeux gracieux formant un triangle sur sa tête la dévisagent. Elle est à la fois étrange et superbe. Annie est ahurie, intriguée. Elle la laisse l'approcher et chatouiller sa main de sa langue râpeuse. Puis l'animal apeuré détale comme une rafale. Elle est parcourue d'un tressaillement. *Où sont-ils passés ? Pourquoi me laissent-ils seule ici ?*

Un trou qui aspire tout grandit dans son ventre. La jeune femme marche vite maintenant. Les oiseaux sur leurs branches la scrutent de leurs yeux vitreux. Elle veut quitter cet endroit, mais ses pieds s'enfoncent jusqu'aux chevilles dans le manteau vert devenu mouvant. Des ronces noires jaillissent partout autour d'elle. Elle est encerclée par une masse sombre et ténébreuse. Les tiges piquantes se tordent et s'accrochent à sa robe blanche. Elles grimpent et envahissent son cou puis sa tête. Annie se débat, mais bientôt tout son corps est englouti. Elle ne perçoit plus la forêt, ni le ciel. Les ronces pénètrent jusque dans sa bouche. Elle est asphyxiée. Alors qu'un très faible filet d'air lui parvient encore, elle sent son corps propulsé à plusieurs dizaines de mètres de là, contre une pierre.

Le choc lui fait perdre conscience quelques instants. Lorsqu'elle reprend ses esprits, elle est couchée sur une terre humide et froide, plongée dans l'obscurité. Ses mains tâtent des parois rocheuses qui suintent. Elle est dans un tunnel. Sa peau semble avoir rétréci sur ses os. Elle tâtonne en frissonnant, courbée dans le noir, puis elle perçoit une faible lueur qui lèche les parois luisantes au loin. Elle avance, craintive.

Elle reconnaît cette lumière jaune, c'est celle de la petite lampe de sa cave avec son filament qui scintille faiblement.

Elle est transie de froid, tremblante de peur. Elle hasarde encore quelques pas et bute contre un obstacle.

Soudain, ses doigts palpent un corps. Deux bras puissants l'enserrent avec force. Un parfum qu'elle reconnaît s'engouffre dans ses narines. Elle est submergée par la peur et la rage. Elle se débat violemment. Parvient à lui échapper. Hors d'elle, elle atteint la lumière en courant de toutes ses forces et se cache derrière des vélos, en pleurs. Annie cherche son souffle. Le tunnel reste vide et noir pendant de longues secondes. Puis la silhouette d'un homme surgit. Sa chair a disparu. Sur ses muscles à vif glissent de lourdes gouttes de sang qu'il sème partout sur son passage dans un bruit de serpent qui siffle. Ses os aussi sont apparents. La jeune femme ne respire plus. Elle est terrorisée. Son regard dissèque les fibres entrelacées et tendues qui remontent jusqu'à son cou. Comme un ver, une artère court jusqu'à une oreille. La créature d'épouvante dirige ses globes oculaires vers elle. C'est François Renon. Le vertige qui la saisit alors est aussi effrayant qu'une chute vertigineuse. Elle est comme une pelote de chiffon dans laquelle une force invisible vient de donner un violent coup de pied.

Un tremblement de paupières. De petits clignements d'yeux. La chambre calme et lumineuse apparaît. Derrière ses longs cils fins, Annie aperçoit ses bras allongés dans le lit. Ses paupières gonflées s'écartent avec difficulté. De petites respirations saccadées soulèvent les plis de ses draps blancs. Elle est étonnée d'être encore en vie. Son corps ne la fait pas souffrir. Elle pense que la morphine agit enfin, et qu'elle produit chez elle ces cauchemars et ces hallucinations étranges. Jean a dû augmenter les doses comme elle le lui a demandé hier. Elle est encore troublée par l'image de François Renon. Un spasme contracte violemment son estomac, puis la nausée se dissipe aussi vite.

Elle fait glisser son corps en s'aidant de ses coudes, constate avec amertume que son beau-frère est plus présent que jamais dans son esprit. Elle regarde le réveil sur sa table de chevet. Onze heures. Jean est parti travailler, l'infirmière va bientôt passer. Annie fait lentement glisser sa jambe droite qui apparaît blanche et cireuse, ses ongles bleutés. Cette vision la fait douter un instant d'être encore vivante.

Elle pose lentement un pied sur la moquette. Ses coussinets de chair accueillent l'impact avec une sensation de lourdeur étrange. Elle hasarde le second puis se retrouve assise sur le bord de son lit.

Dans une semaine, peut-être deux, elle sera enterrée dans le caveau familial. Sa tête reposera sur un oreiller de satin blanc. Ses doigts fins se croiseront sur sa poitrine. Le bois craquera sûrement à intervalles irréguliers sous le poids de la terre qui comprimera le cercueil. Elle sera seule. Il fera froid. La jeune femme prend une petite inspiration sèche et douloureuse. Ses pensées ont beau être morbides, elles sont sans effet sur elle.

Elle a fait mettre de côté la robe qui l'habillera. Un vêtement simple, rose pâle avec de petits points blancs, qui recouvrira le haut de ses bras et de sa poitrine. Elle imagine mal porter un décolleté dans ces circonstances. Elle pose sa main sous sa gorge et tâte ses côtes saillantes. Elle veut croire qu'elle a tout organisé. Elle a précisé à Jean qu'elle ne voulait pas garder son alliance en or afin de la transmettre à leur fille Garance. Elle a également fait savoir qu'elle voulait que les pompes funèbres lui fassent un maquillage discret. Un peu de blush sur ses joues, un baume à lèvres rose pâle légèrement nacré. Quelque chose de simple.

Lorsqu'elle a donné ses consignes à son mari, elle a vu ses yeux fondre comme deux glaçons au soleil. Il n'a pas eu le cran de répondre. Annie regrette qu'il ne parvienne pas à se faire à l'idée de sa mort prochaine. Elle repense en souriant que lorsqu'elle était enceinte, il ne parvenait pas non plus à s'imaginer père. Jean se fera à l'idée devant le fait accompli, comme toujours. Toutes ces années passées ensemble ont entremêlé leurs existences. Elle se demande si, là où elle va, il lui manquera. En tout cas, à un détail près, elle se sent prête pour ce long voyage.

Ses orbites noires et profondes semblent tournées vers l'intérieur. Annie n'est pourtant pas rassurée. L'essentiel n'est pas encore prêt. Son feu intérieur crépite. *Est-ce que je dois leur dire ce que François Renon m'a fait ? Est-ce qu'ils comprendront mon silence ? Est-ce qu'ils m'en voudront ? N'ont-ils pas le droit de savoir, tout de même ?*

Depuis quelques jours, son secret la tourmente et lui échappe. Comme si le piège qui s'était rabattu sur elle relâchait son emprise. Elle ne se sent plus la force de le contenir. *Comment faire pour les blesser le moins possible ?*

Elle attrape un déambulateur, se laisse glisser doucement jusqu'au salon. Sa démarche maladroite la conduit dans la pièce éclairée d'une lumière pâle. Elle constate que les enfants ont laissé les vestiges de leur petit déjeuner sur la table, et leurs pyjamas roulés en boule sur les canapés gris. Elle s'en approche et enfonce son visage dans leurs plis pour humer leur odeur. Le geste déclenche une émotion vive. Être séparée d'eux est ce qu'il y a de plus douloureux. Pourtant, en observant le salon plein de leurs vies, elle pense qu'il est temps qu'ils soient tous libérés de la sienne. Annie souhaite que son mari reprenne son existence en main, sa carrière et ses entraînements de foot. Elle voudrait que les enfants ne culpabilisent plus à l'idée d'aller dormir dehors. Son agonie a trop duré, réfléchit-elle, les lèvres tremblantes. Une pensée fugace pour Catherine lui procure un peu de soulagement. Sa renaissance depuis la disparition de François la rassure.

Elle a beau se sentir épuisée, elle a besoin d'entendre sa sœur au téléphone. Elle attrape péniblement le combiné sur une petite table près d'elle.

— Allô, Catherine ? Comment vas-tu, ma chérie ?

Elle regrette aussitôt le ton morne de sa voix.

— Oh… Ça ne va pas trop…

— Tu pleures ? Qu'est-ce qui se passe ?

— Tout est en train de m'échapper… Je crois que si ça continue je vais devenir folle !

Un lourd sanglot lui échappe.

— Dis-moi ce qui se passe…

Un voile opaque recouvre le visage de la malade.

— Il y a quelques jours déjà… ma belle-mère m'a forcée à aller voir les gendarmes, et… Maxime a voulu venir. (Un gémissement l'interrompt.) Il a dit au gendarme que j'étais bien contente que François soit parti, que je ne le cherchais pas… Ensuite, il est parti à Vichy chez sa grand-mère… Il veut rester chez elle quelque temps. Il me déteste.

— Non… Bien sûr que non… Il est attaché à son père, c'est tout… Pourquoi tu ne m'as pas parlé de ça plus tôt ?

La tête d'Annie est douloureuse.

— Je… ne voulais pas te perturber avec ça… Maxime pense que j'ai fait du mal à son père, tu te rends compte ? s'insurge-t-elle avec une voix aiguë.

— Non ! Enfin, Catherine ! Il ne le pense pas, moi non plus, personne ne le pense ! Il est paumé, c'est un adolescent…

— Mais… tu sais, le week-end où on est venus chez toi… Le matin… François et moi, nous avons eu une grave dispute. Il était ivre… Il m'a violemment plaquée au sol en me tordant le bras, et… il s'est allongé de tout son poids sur moi… J'ai eu peur ! Oh mon Dieu j'ai eu si peur ! (Ses sanglots redoublent.) J'ai réussi à lui donner un coup de pied et à me libérer…

Sa sœur semble affolée.

— Oh, mon Dieu, Catherine… C'est terrible.

Annie a posé sa main frêle sur sa bouche.

— J'ai eu envie… de le tuer ! (Un cri lui échappe, puis elle marque un silence.) Ensuite, je suis descendue et j'ai croisé Maxime dans l'escalier… Je ne sais pas ce qui m'a pris… J'ai eu envie de lui faire du mal à lui aussi… Il a compris, il a senti.

— Quoi ? Qu'est-ce que tu veux dire ?

— Que j'en suis capable ! J'ai peur d'être un monstre ! hurle-t-elle, bouleversée.

— Tu as eu peur, tu t'es défendue. C'est tout.

— Mais… Tout le monde me reproche mon attitude. Je le vois dans leurs yeux ! Ils pensent tous que j'ai quelque chose à voir avec sa disparition !

— Non. Tu te fais des idées, tu es fatiguée. Tu n'as rien à voir avec sa disparition, tu m'entends ? Il ne reviendra jamais. N'aie pas peur. Les choses vont s'arranger, ne t'inquiète pas. Et Maxime va bientôt rentrer.

La malade rapatrie toutes ses forces pour que sa sœur entende raison.

— Je ne sais pas… Je ne sais même pas s'il va bien. Je refuse de demander des nouvelles de mon fils à Michelle ! (Elle renifle longuement.) Et puis, il y a autre chose. Je me demande si François et son contremaître n'avaient pas la même maîtresse…

— C'est tout à fait possible…

Annie se masse les tempes, les traits déformés par l'abattement.

— Mais… le contremaître est devenu fou quand il a compris que je connaissais le visage de la fille… C'est bizarre… C'est vraiment bizarre…

Catherine semble lointaine, tout à coup. Annie cherche quelque chose à dire pour la rassurer, mais elle se sent trop écrasée.

— Je suis désolée de craquer comme ça ! Mais j'ai si peur. Je me sens si seule… (Elle ne l'entend plus pendant quelques secondes.) Et toi ? demande Catherine qui tente de retrouver une contenance.

— Ça va… J'entends du bruit, l'infirmière vient d'arriver, je te rappelle bientôt ! Je t'aime, sois forte !

La jeune femme est essoufflée, vidée. Le téléphone lui échappe des mains, sa nuque s'écrase contre le dossier du canapé. Elle qui avait toujours espéré que François ne s'en prendrait jamais à sa sœur est bouleversée. Jamais elle n'avait imaginé que les choses tourneraient si mal. Désormais, elle craint qu'elle perde pied. Ses propos étaient si décousus… Elle ne peut pas la laisser seule. Pas maintenant. Il faut qu'elle s'accroche à ses derniers lambeaux d'existence pour la soutenir.

Annie ferme les yeux. François Renon la fixe, narquois. Elle serre ses poings de rage. Catherine n'y arrivera pas seule. Tandis que ses méninges s'activent, le visage souriant de l'infirmière apparaît derrière la porte vitrée du salon.

— Bonjour, Nathalie, je vous attendais…

— Annie, enfin ! Vous n'auriez pas dû bouger, vous pourriez tomber ! s'exclame la soignante en approchant.

— Et après ? Écoutez, j'ai un service à vous demander… pour… quand je ne serai plus là, annonce-t-elle solennellement.

13 décembre 2000, 13 heures 30, Ceyrat

Catherine tient le combiné du téléphone si fermement que ses doigts blanchissent. Sa sœur vient de raccrocher, l'abandonnant comme une enfant au milieu d'une foule compacte. Bientôt, Jean l'appellera pour lui annoncer sa mort. Elle ne s'est pas préparée à cette épreuve. Son front se plisse d'anxiété. L'idée d'en finir et de l'accompagner est si tentante parfois… Ses vêtements irritent sa peau. Elle se sent fiévreuse et sans force. *Et Maxime ? Quand va-t-il enfin revenir ?… Avant tout ça, j'étais une bonne mère… C'est François qui m'a changée.* Ses dents grincent sans qu'elle en ait conscience, son dos appuyé contre l'encadrement de porte lui provoque un élancement douloureux. L'épouse esseulée, en sursis, ne tient plus qu'à un fil.

Il y a un mois à peine, François vivait dans cette maison comme une ombre. Il déambulait, hagard, la mine marquée, l'odeur de l'alcool imprégnait tout sur son passage. Tant qu'il était inoffensif, son mari était transparent pour elle. Catherine se contentait de préparer son repas, de laver son linge, de charger les sacs de courses de bouteilles de gin, de whisky… L'alcool anesthésiait leurs relations. La nuit, elle partageait sa couche par habitude, sans plus se soucier de ce corps lourd qui, ainsi, ne la touchait pas. Cette vie ne lui procurait ni dégoût ni plaisir. Sa famille était unie et Annie semblait surmonter la maladie. Ses yeux forment deux roses noires à l'évocation de ces souvenirs. Cette vie-là n'était peut-être pas idéale, mais elle l'assumait sans faire d'histoires.

En montant à l'étage pour se préparer, Catherine passe une tête distraite dans la chambre d'Eliott. Elle soupire en voyant le lit défait rempli de peluches et de livres. Quand elle se penche pour les ramasser un à un, elle remarque une photo qui dépasse de sous l'oreiller. Elle s'en saisit et découvre, étonnée, un cliché d'elle et de François qu'Eliott a caché comme un secret. Il date d'il y a une dizaine d'années, ils sont enlacés et souriants, en vacances en Islande.

Après une longue journée passée à randonner sous un soleil de plomb, le soir venu, alors que le jour ne baissait pas, ils avaient dîné dans une piscine naturelle face à des montagnes enneigées. François avait été prévenant et tendre pendant ce périple… L'éloignement avait cette vertu chez lui, sans qu'elle n'ait jamais compris pourquoi. Le cliché ravive tous les détails. Cette nuit-là, il avait glissé une bague sertie d'une émeraude et de diamants dans sa coupe de champagne. Elle avait d'ailleurs bien failli s'étouffer en la buvant. Les images de ce moment délicieux se superposent dans sa mémoire dans un enchaînement un peu confus. Elle examine avec attention le bijou magnifique à son doigt en réalisant qu'elle ne l'a pas porté depuis bien longtemps.

Elle jette un dernier regard froid à son mari puis cache l'image sous l'oreiller d'Eliott avec une pensée triste pour ses enfants. Avec le temps, ils finiront par oublier les contours de son visage, la tonalité de sa voix, l'être qu'il était… La mère de famille a hâte que son souvenir ne les encombre plus. En se rendant dans sa chambre, une émotion légère comme un flocon de neige plane encore dans son esprit.

Elle a soudain envie de porter cette bague au doigt. Sa main fouille d'abord le tiroir de la table de nuit, puis c'est au tour de la commode, où elle espère trouver l'écrin en soulevant quelques-uns de ses dessous. Rien. Nerveusement, elle atteint une étagère du placard. Dans une vieille boîte en bois recouverte de tissu, elle tâte, palpe, farfouille au milieu d'un enchevêtrement de pacotilles en plastique. Elle finit par s'asseoir sur le bord du lit, mi-égarée, mi-incrédule. *Il n'a pas pu l'offrir à une autre, tout de même…*

Pendant de longues minutes, la consternation produit ses pensées déprimantes jusqu'à ce qu'une idée subite la traverse. Avec énergie, elle descend les escaliers pour se rendre dans le bureau et y trouver la photo cachée de la maîtresse de François. Là, à la lumière d'une fenêtre, elle examine la jeune femme. Ses yeux fixent ses mains. L'image est trouble. Elle se met à la recherche d'une loupe dans le tiroir. Lorsqu'elle s'en saisit, le souffle court, elle l'oriente sur les doigts de la fille, mais ne distingue rien.

Presque rassurée, elle se redresse quand un détail qui lui avait échappé jusque-là attire son attention. La jeune femme se trouve dans une forêt. Derrière elle, au loin, l'effet du verre grossissant lui permet de voir sur les branches hautes d'un arbre une cabane de chasse avec une pancarte qu'elle reconnaît aussitôt. Sa bouche dessine un rond d'étonnement. La photo a été prise dans les bois de la maison de famille de Faverolles. Elle se remémore parfaitement l'endroit. Avec cette nouvelle découverte, Catherine regarde passer au fond d'elle un sentiment hybride où se mêlent l'excitation, la peur et l'amertume.

Sur un clou du mur du garage, elle retrouve la clé de la demeure. Il lui suffit d'une heure et demie à peine pour s'y rendre. Aller là-bas est la meilleure chose à faire, mais c'est aussi prendre le risque d'être confrontée à une réalité qu'elle a toujours soigneusement évitée. Sa décision est prise. Elle passe un coup de fil rapide pour reporter un rendez-vous et se retrouve sur la route.

Lorsqu'elle arrive devant le domaine encerclé d'un haut mur, son cœur se serre. Elle ouvre le lourd portail, gare sa voiture dans l'allée jonchée de rosiers rouges, puis referme rapidement derrière elle pour ne pas éveiller la curiosité des voisins, toujours prompts à se mêler de tout. L'allée sablonneuse crépite sous ses pas. Son œil attendri examine un moment la maison de caractère aux robustes murs de pierres, aux volets fermés. Faverolles a toujours été associé, dans son esprit, aux moments joyeux de son existence : la naissance des enfants, les vacances à se prélasser dans le jardin en compagnie d'Annie… Cette demeure est devenue son sanctuaire. Quand les choses se sont gâtées avec son mari, elle n'y a plus remis les pieds.

Catherine entre par la vaste salle à manger qu'elle trouve en désordre. Un pull-over rouge de François traîne sur une table ; un frisson la traverse, elle détourne aussitôt le regard. Dans les placards de la cuisine, de récentes provisions ont été faites. Il avait donc organisé sa double vie, dans sa propre maison. Et pourtant, elle se sent ici comme une intruse.

Avec appréhension, elle grimpe les escaliers en bois qui mènent à un petit couloir mansardé. Elle choisit la première chambre sur sa gauche, tâtonne dans la pièce plongée dans le noir jusqu'à ce que ses doigts palpent enfin un interrupteur. Lorsque la lumière jaillit du plafonnier, l'épouse a une sensation bizarre. Son regard se promène sur le lit, les oreillers, les lampes, les aquarelles au mur. Elle pince les lèvres.

Elle tire le premier tiroir de la commode, vide. Elle enchaîne avec un deuxième où elle découvre un paquet de bonbons à l'eucalyptus, des bas en Nylon noirs, une fine chaîne en or, un bloc-notes et un stylo siglés du laboratoire pharmaceutique Vandel, basé à Vichy.

Ce nom lui semble familier, examine en détail les objets publicitaires, si bien qu'elle se saisit de son téléphone et compose le numéro qui est indiqué.

— Laboratoire Vandel, bonjour, ne quittez pas, nous allons prendre votre appel.

Ses réflexions doivent rapidement prendre forme sans laisser de place à l'hésitation.

— Merci d'avoir patienté, que puis-je pour vous ?

— Bonjour, madame, je suis le Dr Marie Renon, l'un de vos visiteurs médicaux a oublié quelque chose lors de sa visite dans mon cabinet, mais je ne me souviens plus de son nom… Une jeune femme brune, fine, cheveux au carré, les yeux clairs…

— Ah oui, bien sûr ! Il s'agit d'Irène, l'épouse de M. Vandel. Voulez-vous que je lui laisse un message ?

— Non, je vous remercie, je viens de trouver son numéro dans mes contacts. Au revoir, madame.

Contrairement à ce que Catherine avait imaginé, cette découverte ne lui procure aucun soulagement. De nouvelles questions émergent aussitôt.

— Irène Vandel…, murmure-t-elle, le combiné du téléphone coincé sous son menton.

Elle rejoint le couloir, pensive. *Comment João peut-il la connaître ? La femme du P.-D.G. ?* Elle se dirige distraitement vers la salle de bains. Sur une patère pend une culotte en dentelle rose pâle. Elle se raidit, humiliée par cette découverte. Elle décide aussitôt de partir sans poursuivre la fouille de la maison, elle n'en a plus envie.

Sur l'autoroute, son esprit est occupé à créer des nœuds, et en défaire d'autres. Elle donne de brèves impulsions sur l'accélérateur. Si son mari a amené cette fille dans leur maison de famille, c'est qu'elle avait plus d'intérêt que les autres. Mais elle, que pouvait-elle lui trouver ? Il était devenu ivrogne, lourd et suant… Pourtant toutes ces dépenses, ces cadeaux, ces week-ends à l'hôtel devaient être pour elle ?

La femme de François conduit penchée sur le volant. Le visage en larmes de João lui revient en mémoire. *Et lui, quel est son rôle dans cette histoire ? Que lui a fait cette Irène Vandel pour le mettre dans cet état ? Comment risque-t-il de réagir si je lui dis ce que je sais ?* Elle croise le regard d'une buse immobile, perchée sur un rail de sécurité. Dans le rétroviseur, l'animal impassible rétrécit puis ne forme plus qu'un point sombre minuscule qui se détache à peine des volumineux nuages prêts à ouvrir les vannes. Catherine décide finalement qu'elle abattra cette carte, le moment venu.

De retour à Clermont-Ferrand, l'image de Maxime, qui lui manque terriblement, l'accompagne sur le chemin de l'école des enfants. Son fils est à fleur de peau depuis la disparition de son père, et elle a beau ne pas l'imaginer heureux chez Michelle, elle ne veut surtout pas le brusquer de peur de le perdre à jamais. Elle parvient à se garer non loin de l'école et se dirige vers le portail encore fermé. Dans son dos, les commères s'en donnent à cœur joie.

— Il paraît qu'il a disparu…

— Mouais, moi je dis qu'un type de son âge qui disparaît, c'est soit qu'il se la coule douce avec une jeunette aux Bahamas, soit qu'il est en train de manger les pissenlits par la racine ! (Elle glousse.) Elle n'a pas l'air trop bouleversée.

— On dit que sa belle-mère l'a traînée chez les gendarmes, elle n'a pas du tout envie de le retrouver, tu parles, ce poivrot ! marmonne une troisième.

L'épouse humiliée bout intérieurement ; Martine a dû dévoiler les aspects peu reluisants de son couple à toutes ces mères désœuvrées. Cette pensée l'attriste, mais elle les observe en se forçant à sourire. En apercevant ses enfants, elle respire enfin. Elle s'accroche à leurs petites mains et les pousse rapidement dans la voiture comme pour les mettre à l'abri du monde. Elle voudrait démarrer vite et s'enfoncer dans un trou. Mais son sac est pris de secousses. Quelqu'un l'appelle.

13 décembre 2000, 16 heures, Vichy

La tête de Michelle pend avec lourdeur sur son petit corps courbé. Une inspiration sèche et bruyante comme une injonction la pousse à se redresser. Elle se remémore une homélie qui avait trouvé un écho tout particulier dans son esprit, des mois auparavant. Le curé y avait parlé du purgatoire comme d'une éprouvante purification. Voilà où elle se trouve en ce moment même. Au purgatoire. Après tout, les horreurs qu'elle subit ont donc un sens, mais elles n'en sont pas moins terribles.

À ses propres erreurs s'ajoutent désormais celles de Georges. Les reproches tombent dru sur sa tête comme une pluie d'aiguilles plus blessantes les unes que les autres. Ses filles ont choisi le pire moment de son existence pour venir la tourmenter avec leurs souvenirs d'enfance. *Comme s'il n'y avait qu'elles au monde !* Elles ont tout piétiné, tout détruit sans penser aux conséquences. Là-haut, quelque part dans le ciel, Georges doit être très en colère contre elles. Il leur avait pourtant fait jurer d'être toujours présentes et aimantes aux côtés de leur mère fragile et âgée. Elle retrousse ses lèvres fines en remuant tristement la tête. Toute la nuit, elle a prié en implorant le Seigneur de lui ramener son François sain et sauf. Des neuvaines entières chuchotées avec ferveur.

— Dieu sait que j'ai souffert, moi aussi ! soupire-t-elle, la main sur la poitrine.

Elle espère un appel de la police d'un moment à l'autre pour lui annoncer une bonne nouvelle. Ses yeux, petits comme des perles, sont secs et rouges d'avoir trop pleuré. En cas de retour de son fils, elle veut se convaincre que tout sera effacé. Jeanne et Marie ne se permettront plus de s'adresser aussi mal à elle. Quant aux enfants illégitimes de Georges, il saura leur faire comprendre qu'il est trop tard pour prétendre à quoi que ce soit. Mais pour le moment, elle doit s'occuper de Maxime.

Son séjour chez elle ne s'est pas passé comme elle l'aurait souhaité. Elle ressent une forme de malaise à l'idée qu'il ait connaissance de certains détails de son passé. Toujours est-il que ce gamin a eu avec elle une attitude désagréable. Un mélange de morgue et de froideur difficilement supportables. Le pire dans toute cette histoire c'est que si Jeanne n'était pas venue se plaindre, il n'aurait jamais rien su !

Quand la grand-mère a découvert sa fugue, elle s'est immédiatement sentie soulagée de retrouver sa solitude tranquille. Déjà sept jours qu'il est parti, il est temps de l'annoncer à Catherine. *Elle va sûrement s'en prendre à moi, elle aussi…*, appréhende-t-elle, pénaude.

En se dandinant, elle se dirige vers la cuisine où elle prend place à table en frémissant. C'est ici qu'a eu lieu son dernier échange avec son petit-fils. Elle ressent encore la brûlure de son regard sur sa peau. Décidément, personne ne lui pardonnera jamais sa rudesse passée. Elle clôt les paupières, prend une profonde inspiration puis compose le numéro de sa belle-fille.

— Bonjour, Catherine, c'est Michelle… Est-ce que Maxime est avec vous ? interroge-t-elle, la voix mal assurée.

— Pardon ? lui répond sa bru avec une voix sourde.

— Eh bien, je ne voulais pas vous alerter inutilement… Après tout, Maxime a 16 ans, mais il n'est plus chez moi.

La grand-mère est hésitante.

— Quoi ? Depuis quand ?

— Depuis jeudi dernier…

— Mais Michelle, nous sommes mercredi ! Où est-il allé ? s'emporte Catherine.

— Je n'en sais rien, je suis désolée… Nous avons eu des problèmes ici… Et… (Elle ravale un sanglot.) Je n'ai aucune idée de l'endroit où il se trouve, gémit-elle.

— Oh mon Dieu ! Il était sous votre responsabilité, bon sang ! Mais c'est pas possible !

Le téléphone est raccroché, sèchement.

La vieille femme est sonnée par la colère de sa bru. Maxime a le caractère fort des Renon, il est forcément en train de bouder quelque part chez un copain. Il est inutile de se préoccuper autant.

En jetant un œil inquiet à sa montre-bracelet, la mère de François se demande si Marie a été informée des résultats d'analyses sanguines. Si c'est le cas, elle ne l'appellera pas, c'est évident. La laisser dans l'incertitude et l'angoisse est sa revanche perfide.

De ses trois enfants, Marie a toujours été la plus bornée et la plus dure. Petite, rien ne pouvait la faire plier. Même après les réprimandes, elle gardait ce regard défiant, impossible à effacer de sa figure. Jeanne était moins difficile, mais c'était une enfant geignarde, inhibée et fragile. Elle avait voulu l'endurcir un peu. Après tout, son éducation a dû porter ses fruits, puisqu'elle est devenue une femme indépendante et responsable. *Je n'ai pas fait qu'échouer tout de même !* Avec son fils par contre, tout avait été très différent. C'était un enfant insaisissable. Malgré tout l'amour qu'elle pensait lui avoir donné, il était resté secret et fuyant.

Un jour, lors d'une promenade familiale dans les gorges de l'Allier, François, qui n'avait que 8 ans, avait échappé à sa vigilance. Durant de longues heures, Georges et deux amis s'étaient mis à sa recherche jusqu'à la tombée de la nuit. Finalement, c'est le père d'un de ses camarades qui l'avait ramené le lendemain en fin d'après-midi. Son fils avait fait une longue marche de plusieurs heures dans la nuit pour retrouver un copain avec qui il avait passé la journée en cachette. Michelle avait récupéré son enfant en larmes, pleine de remords. Lui affichait une figure grave doublée d'un air têtu. Il était déçu de la retrouver. Quand elle lui avait demandé pourquoi il s'était enfui, il avait simplement répondu : « J'avais besoin de prendre l'air… » Elle s'était sentie impuissante, blessée, détestée. Pendant ces longues heures d'attente, elle l'avait imaginé effrayé, l'appelant au secours, mais lui n'avait finalement cherché qu'à s'éloigner d'elle. Ce souvenir douloureux lui tire une larme. La vieille femme pense amèrement que ni Georges ni lui ne lui ont rendu l'amour qu'elle leur portait. *Je ne dois pas être douée pour l'amour*, regrette-t-elle. *C'est plutôt toi qui aimes mal…*, lui répond une voix intérieure. Cette pensée s'accroche aux profondeurs de son âme sans qu'elle parvienne à la comprendre. Une éprouvante purification, oui, c'est bien ce qu'elle est en train de vivre. L'attente la ronge depuis trop longtemps. Michelle a besoin de savoir si pour elle, l'étape suivante sera la libération ou l'enfer. Elle s'apprête à appeler Marie quand soudain quelqu'un sonne à la porte. Elle se fige aussitôt dans une expression de terreur.

13 décembre 16 heures, Vichy

Sevran s'est installée sur le bord du fauteuil dans le salon de Michelle Renon. Elle observe les yeux écarquillés de cette vieille femme, en pensant qu'elle va bientôt détruire sa vie. Elle qui n'aime pas faire souffrir les gens sent sa nuque se durcir lentement.

Tout à l'heure, Navard l'a appelée pour lui faire part de ses découvertes sur Georges et François, les deux piliers instables de l'édifice. Il était encore vexé par l'altercation de la matinée et s'est d'ailleurs montré plus efficace et direct que d'habitude.

— *Georges Renon a créé son entreprise Renon Construction en 1951. Élu député de l'Allier en 1956 puis en 1958. Tu sais… quand de Gaulle est arrivé au pouvoir, il y a eu une nouvelle constitution et donc de nouvelles élections législatives…*

— *Oui, Navard, je te remercie pour ce point de culture générale, et donc ?*

— *Donc, il a été réélu en 1958, en 1962, puis en 1967. Parallèlement à sa carrière politique, il a transformé l'entreprise familiale en petit empire en Auvergne. Grâce à des pots-de-vin, il a obtenu des marchés publics pendant au moins vingt ans. On raconte qu'il faisait casser la gueule de ses concurrents par le milieu marseillais en villégiature dans le coin. Il a été soupçonné de montages financiers douteux et frauduleux, mais jamais poursuivi. Le 2 mars 1985, on a retrouvé son associé, Claude Revère, mort ligoté sur un des chantiers de la boîte. Georges Renon était le principal suspect de l'assassinat. Il aurait eu des mots avec lui devant des témoins quelques jours plus tôt. Absent de la région au moment de l'homicide, l'enquête n'est jamais parvenue à prouver son implication. Par contre, la famille Revère, persuadée de sa responsabilité, lui en a toujours voulu à mort.*

— Bon… OK. C'est tout ?

— Ah non, c'est pas fini. Maintenant, il y a le fils, François. Il a repris la boîte en 1995 avec les méthodes du père. Lui n'a pas le réseau politique du paternel, mais de solides amitiés avec le milieu, et les frères Bonjean, deux belles raclures tombées plusieurs fois pour tentative d'homicide, vol à main armée et proxénétisme. Bref, François Renon est sous le coup de plusieurs procédures pour des chantiers non livrés, des malfaçons, et suspecté de corruption active pour un gros chantier sur Clermont.

Sevran se tient raide devant la dame âgée en se demandant si celle-ci a ne serait-ce qu'une infime connaissance du genre d'hommes qui l'entourent, ou si elle fait partie de ces femmes qui excellent dans l'art de fermer les yeux.

— Madame Renon, nous avons obtenu les résultats de la comparaison ADN… Malheureusement… ils concordent. (Elle prend une légère inspiration.) Votre fils François a été tué. Je suis désolée.

La capitaine baisse légèrement les yeux tout en serrant ses poings. Une émotion acérée comme une épine vient de la transpercer. Elle jette un regard nerveux à son équipier qui observe fixement la mère qui ne bronche pas.

— Madame Renon ? interroge-t-elle, gênée.

— Oui…

Elle a l'air absente.

— Vous m'avez entendue ?

— Oui.

L'enquêtrice en est bouche bée. Cette réaction inhabituelle la désarçonne. Biolet est aussi surpris qu'elle.

— Nous ouvrons donc une enquête pour assassinat, vous comprenez ? Nous avons besoin de recueillir le maximum d'éléments sur les activités de votre fils et les gens qu'il connaissait pour mettre la main sur son meurtrier.

Elle se penche vers la vieille femme, comme prise de pitié.

— Comment est-ce arrivé ?

Les fins sourcils de Michelle Renon forment soudain un « V » net. Les deux policiers échangent un regard inquiet.

— Nous avons retrouvé son corps au col des Goules le matin du 31 novembre, déclare Biolet.

— Mon Dieu… (Son regard se trouble.) Je veux le voir.

La mère de François a toujours l'air distraite.

— Non. Pour le moment c'est impossible, madame, je suis désolée.

— Mais pourquoi ?

— Nous effectuons encore des analyses, déclare la capitaine d'une voix sourde.

— Et alors ? Je veux le voir ! s'exclame soudain la dame âgée.

— Vous ne voudriez pas voir ça, madame Renon ! Il est méconnaissable. Dès que ce sera possible, nous vous remettrons sa dépouille. Écoutez… Nous pouvons reprendre cet entretien dans quelques minutes si vous avez besoin de…

— Non… Non…

La grand-mère a l'air d'une poupée désarticulée au fond de son fauteuil.

— Bien. (Sevran tire sur les pans de sa veste dans un geste automatique.) Quelles sont les personnes qui, selon vous, pouvaient en vouloir à votre fils ?

— Oh… (Elle souffle) Vous savez, la réussite éveille tant de jalousies… Nous avons toujours connu ça dans notre famille. (Elle a la tête penchée, et une petite bouche aux lignes amères. Puis elle relève son visage.) Vous avez sûrement fait une erreur dans vos analyses…

— Pardon ? demande la policière étonnée.

— Ce n'est pas mon fils…

La vieille femme a les yeux vitreux.

— Écoutez, madame… Avant de venir vous annoncer cette terrible nouvelle, nous avons pris toutes les précautions nécessaires, précise Biolet avec un ton compatissant.

— Alors… C'est absolument terrible ! (Elle devient blême, avec un air hagard.) François ! mon chéri !… Oh mon Dieu !…, se lamente-t-elle avant de se mettre à pleurer, le poing serré contre sa bouche.

Les deux policiers échangent un nouveau regard entendu. Sevran est presque rassurée par cette réaction. Elle fait signe à son collègue de laisser quelques secondes de répit à la mère de François. Au bout d'un instant, Michelle Renon, qui s'était laissée glisser sur son fauteuil, se redresse en s'appuyant sur ses coudes. Elle sanglote.

— Je ne peux pas vous dire si mon fils avait des rivaux dans son travail.

— Serait-il possible que d'anciens concurrents de votre mari aient pu en vouloir à votre fils ? interroge prudemment la capitaine.

— Comment ça ?

— La famille de Claude Revère par exemple…, ajoute son collègue.

La mère, bouche ouverte, penche lentement sa nuque en arrière.

— Oh, ils nous haïssent, oui, bien sûr… On n'a jamais su ce qui s'était passé… Mais Georges n'avait rien à voir dans sa mort pourtant…

La vieille dame a maintenant l'air si fragile et perdue que Sevran décide de mettre un terme à l'entretien.

— Bien… Inutile de nous raccompagner, madame, nous connaissons le chemin… Nous serons amenés à nous revoir pour les besoins de l'enquête…

Sevran lui tend une main qu'elle ne voudrait pas trop ferme.

La mère de François Renon les regarde partir sans les voir et sans un mot.

Dehors, les deux policiers s'observent en silence, encore stupéfiés par l'étrange scène qui vient de se dérouler.

— Allons voir Marie Renon…

Biolet acquiesce, crispé comme Sevran à l'idée de devoir faire face à une nouvelle vague d'émotion.

Lorsque la neurologue fait signe de la main aux enquêteurs d'entrer dans son cabinet, la capitaine remarque que son visage porte des traces de fatigue. Elle pense que ces derniers jours ont dû la tourmenter.

— J'imagine que vous avez obtenu les résultats ? interroge-t-elle avec impatience.

— Oui. Les deux ADN correspondent. Il s'agit bien de votre frère… Nous sommes désolés.

Elle fond en larmes.

Biolet observe sa collègue qui lui renvoie un regard inquiet. Elle a l'impression d'être éclaboussée par la douleur des autres. Cette situation lui est pénible, mais elle se tient droite, les mains jointes. Lui croise les jambes en se retenant aux accoudoirs. Sevran imagine que son ventre aussi est noué. Elle décide d'attendre patiemment que l'émotion de la jeune femme s'estompe.

— Madame Renon, nous enquêtons sur l'assassinat de votre frère. Tout ce que vous pourrez nous dire nous sera très utile…, hasarde-t-elle au bout d'un moment.

La médecin enfonce son visage dans un mouchoir pendant quelques secondes. Elle se mouche, renifle, puis relève la tête. Son regard est soudain glacial, et sa mâchoire serrée.

— Je vous ai dit que François menait une drôle de vie mais je n'ai pas de détails. Il était infidèle et il buvait. Rien qu'avec ça, vous pouvez vous mettre le monde entier à dos, dit-elle d'une voix étranglée.

— Que pouvez-vous nous dire sur son couple ? interroge Biolet gravement.

— Son couple ?

Marie Renon lance un regard de feu. Les deux policiers acquiescent en silence.

— Eh bien… Ils ont eu trois enfants. Ils ont passé au moins deux décennies ensemble… Je crois que Catherine n'a pas eu la vie facile avec lui.

— C'est-à-dire ?

L'enquêtrice pose son index sous sa lèvre inférieure.

— François se vantait en public de ses infidélités. Nous avons eu droit à un de ces épisodes lors d'un repas de famille. Catherine avait pris l'habitude de se réveiller la nuit pour aller le chercher dans les bars qui l'avaient jeté tellement il était ivre.

— C'est votre belle-sœur qui vous l'a raconté ? intervient son équipier.

— Non, non… Je l'ai su par les personnes qui ont été témoins de ces événements.

— Parlez-nous du repas de famille au cours duquel votre frère a raconté ses exploits, demande Sevran.

— C'était vulgaire… vraiment dégueulasse. Nous avons eu droit à tous les détails sur ses « petites maîtresses », les positions du Kama Sutra qu'il leur imposait… Il n'y avait bien que mon beau-frère Victor pour prendre plaisir à écouter tous ces récits sordides. Moi, au bout d'un moment, je me suis levée et je lui ai demandé de se taire. Il a ri, je suis partie. C'est la dernière fois que je l'ai vu.

Elle relève ses yeux rouges vers eux.

— À quand remonte cet épisode ? interroge Biolet.

— Trois ou quatre ans.
— Comment a réagi son épouse ?
— Elle a gardé un sourire tranquille pendant qu'il déballait ses horreurs.
La neurologue fronce les sourcils.
— Qu'est-ce que cette réaction vous a inspiré ? insiste la capitaine.
— Difficile à dire, je ne pense pas que c'était du mépris… Je ne pense pas non plus qu'elle n'était pas affectée par ce qu'elle entendait. Elle voulait juste… ne pas offrir ses sentiments en spectacle, je pense.
— Cette réaction était habituelle de sa part ?
La policière plonge son regard noir dans les yeux verts de la médecin.
— Euh… Oui, c'est une femme plutôt pudique. Ce n'est pas quelqu'un qui se livre facilement. C'est sans doute pour ça qu'elle s'est senti des accointances avec la famille Renon. Chez nous, on parle assez peu de ce qui fâche…
— Votre sœur Jeanne était là également ? enchaîne Biolet.
— Oui.
— Comment a-t-elle réagi ?
— Ah… Pour que Jeanne réagisse, il en faut beaucoup, malheureusement… Elle n'a rien dit de spécial. Elle était un peu gênée par le sourire complice de son compagnon, souligne-t-elle avec un léger rictus entendu.
— Que savez-vous au sujet de Claude Revère ?
— Oh… Eh bien… Comme je viens de le suggérer, on parle peu des choses qui fâchent chez nous… Ce que j'en sais, je l'ai appris ailleurs. (Elle soupire.) Mon père a été accusé d'avoir commandité son meurtre. La police n'a jamais rien pu prouver.
Elle est de nouveau crispée.
— D'après vous, votre père avait-il quelque chose à voir dans cet assassinat ?

— Vous me posez une question délicate.

— Nous ne pouvons rien exclure. Sa famille a souvent fait savoir, notamment par voie de presse, qu'elle tenait votre père pour responsable de la mort de Claude Revère..., précise Sevran.

— Ce serait une vengeance pure et simple pour des faits commis il y a quinze ans ? s'étonne-t-elle en leur jetant un regard vif et incrédule.

— Répondez-nous, s'il vous plaît, nous ne sommes pas en train de faire des spéculations, insiste la policière, agacée.

— Oui... Pour moi, mon père a ordonné la mort de Claude Revère. Je n'en ai jamais douté.

La médecin baisse la tête et examine ses mains.

— Sur le plan professionnel, avez-vous entendu dire que votre frère avait des ennemis ? des difficultés ?

Biolet a le front tendu.

— Je n'ai rien entendu, mais je ne suis pas aveugle. Du temps de mon père, l'entreprise marchait vraiment très bien. Vous voyiez des camions Renon Construction dans tous les coins de la région. Il y avait beaucoup d'argent. (Elle s'enfonce dans son fauteuil en cuir qui émet un léger craquement.) J'ai compris que François avait au contraire des difficultés de trésorerie. Je ne peux pas vous dire à quoi elles étaient dues.

— Bien. Merci pour ces renseignements.

Sevran s'apprête à se lever.

— Attendez, je vous prie. J'ai des questions moi aussi.

Marie Renon s'est redressée. Quelque chose chez elle déplaît fort à la capitaine. En professionnelle, elle se retient de le lui montrer.

— Quelle est la cause de sa mort ?

Les yeux de la médecin se mouillent à nouveau.

— Un coup de poignard dans la carotide, lâche sommairement l'enquêtrice.

— Est-ce que… ce que j'ai vu dans le journal est exact ? Vous n'avez pas son corps en totalité ?

— Oui. C'est exact.

La capitaine a l'impression qu'un doigt glacé glisse le long de sa colonne vertébrale.

— Et sa tête, et ses membres, alors ?

Une vague se forme sur le front de la neurologue.

— Les recherches n'ont pas abouti pour le moment, affirme Biolet, la voix écrasée.

— Qui peut être enragé au point de faire une chose aussi monstrueuse ?

Marie Renon a soudain le regard apeuré d'une enfant. Elle pose ses mains osseuses sur sa bouche. Les deux policiers baissent la tête un instant, avouant leur impuissance.

— Vous pensez que celui qui a fait ça le connaissait ?

— C'est trop tôt pour le dire. (Sevran lance un regard entendu à son équipier.) Nous vous laissons nos cartes. Si le moindre élément lié à votre frère vous revient en mémoire, n'hésitez pas à nous contacter.

— Je l'avais perdu de vue depuis trop longtemps… Je ne vois pas comment je pourrais vous aider…

Les yeux mi-clos et l'air absente, elle n'est déjà plus avec eux.

Lorsqu'ils se retrouvent au pied de l'immeuble, Sevran balaie l'avenue et le parc de son œil noir en imaginant le venin couler dans les veines des Renon. Biolet retire fébrilement une cigarette d'une poche de sa veste.

— Tu fumes ? demande-t-elle incrédule.

— Quand je stresse uniquement.

— Ils sont étranges dans cette famille, hein ?

— Imprévisibles, surtout…

Il regarde les cendres atterrir au ralenti sur le goudron.

— Bon. Est-ce que tu te sens prêt à encaisser une nouvelle déferlante de larmes acides ?

— Hum… Pas le choix. Jeanne Renon est sur le chemin du retour… Elle vit à la campagne. Ça tombe bien, j'ai besoin de prendre l'air.

Une odeur de bois brûlé plane dans l'atmosphère chargée d'humidité. Sevran s'installe au volant et se laisse porter par les indications de son collègue qui ronronne à ses côtés. Les dernières lueurs du jour posent leurs rayons rouges sur les champs. Elle parvient peu à peu à se défaire de la tristesse qui s'est accrochée à elle chez la mère de la victime. Le panneau annonçant Ferrières-sur-Sichon se reflète dans les phares et lui tire un sourire. Il prend un ton faussement irrité.

— Tu te moques de nos petits villages ?

— Pas du tout ! Et pour le moment je ne vois rien d'autre qu'une forêt…

— Ah, tourne ! C'est ici !

Deux lignes blanches nettes obliquent dans une nuit d'encre. Brièvement, le petit panneau du haras des Tournelles surgit de l'obscurité comme un encouragement à s'enfoncer dans la gueule sombre d'un bois touffu. Au bout d'un long chemin caillouteux qui oblige la capitaine à ralentir, apparaît une imposante ferme cossue entourée de loupiotes. À l'arrêt, elle se penche sur son volant pour examiner le lieu quand une jeune femme en manteau matelassé, pantalon d'équitation et bottes cavalières traverse juste devant les phares. Elle a les cheveux relevés en queue-de-cheval, l'allure farouche et les traits distinctifs des Renon.

13 décembre 2000, 17 heures 30, Ferrières-sur-Sichon

Jeanne s'apprête à aller brosser sa jument lorsqu'elle voit apparaître un couple dans une Clio au milieu de la cour. Il est tard et elle a encore beaucoup à faire dans l'écurie. Elle regarde à distance se déplier une jeune femme fine et un homme aux traits graves. La plaque d'immatriculation du Puy-de-Dôme suggère qu'il s'agit des deux policiers du SRPJ de Clermont-Ferrand. Sa gorge s'assèche instantanément.

— Jeanne Renon ? Bonsoir, je suis la capitaine Sevran et voici mon collègue Pierre Biolet.

— Oui… Rentrons à l'intérieur, il fait froid.

La cavalière sent ses jambes flageoler. Elle les fait pénétrer dans son grand salon rustique où ses trois chiens se lèvent aussitôt pour les accueillir. L'un d'eux fait la fête à la policière, visiblement mal à l'aise. La propriétaire des lieux l'attrape par le collier et lui ordonne, ainsi qu'aux deux autres, de retourner à leur sieste. Elle se racle la gorge, deux rides profondes viennent se creuser sous ses yeux. Elle est suspendue aux lèvres des enquêteurs qui se tiennent comme un mur devant elle.

— Vous n'êtes pas sans savoir que votre sœur Marie a effectué des analyses de sang qui nous ont permis d'extraire son ADN et de le comparer à celui d'une victime que nous ne pouvions pas identifier. (Jeanne Renon a de petits tremblements incontrôlés, juste sous ses paupières.) Les résultats sont arrivés. L'ADN correspond. Votre frère François est décédé. Je suis désolée, annonce Sevran.

La sœur de François ne se sent soudain plus soutenue par ses muscles. Son corps se laisse tomber dans un canapé, lui donnant l'impression de faire une chute de plusieurs mètres.

— Madame Renon ?... Ça va ?

Biolet s'approche d'elle tandis que son équipière l'observe à distance.

Victor, son compagnon, pénètre dans le salon, le visage encadré par une masse de cheveux grisonnants qui lui tombent légèrement sur les oreilles. Des brins de paille sont plantés dans les mailles de son pull à col camionneur beige, comme s'il venait de se rouler dans une botte. Il adresse un regard interrogateur à l'enquêtrice en venant s'agenouiller auprès de sa compagne, devenue toute pâle.

— Il s'agit de votre beau-frère François... Il est mort, répète-t-elle, crispée.

— Quelle horreur ! s'exclame Victor, visiblement affecté.

Jeanne enfouit sa tête dans les bras de son concubin. Elle voudrait être seule avec lui, la présence des policiers l'embarrasse.

Un silence insupportable s'installe jusqu'à ce qu'elle se redresse enfin. Elle défait ses cheveux d'un geste lent et enfonce sa main dans sa chevelure châtaine.

— Nous allons débuter une enquête pour meurtre. Nous avons besoin du maximum d'éléments pour retrouver l'auteur..., commence doucement Biolet.

— Un assassinat..., répète-t-elle à mi-voix, incrédule.

— Depuis quand n'avez-vous pas vu votre frère ?

— La dernière fois, ce devait être... il y a six mois.

— Mais non, ma chérie, enfin ! On l'a vu en septembre ! intervient vivement Victor.

Sevran dirige un regard interrogateur vers la sœur de François, qui confirme.

— À quelle occasion vous vous êtes vus ?

— Il est venu nous rendre visite avec son fils, Maxime, répond de nouveau son concubin.

Jeanne remarque l'attitude tendue de Sevran. La policière voudrait sans doute s'entretenir seule à seule avec elle, mais son compagnon s'est posé comme un rempart protecteur autour d'elle.

— Vous étiez proche de votre frère ?

— Ils se voyaient régulièrement...

— Excusez-moi, monsieur..., observe froidement la capitaine en se tournant vers Victor.

— Billon.

— Monsieur Billon. Mes questions ne s'adressent qu'à Jeanne Renon pour le moment.

L'air sévère, elle prend place sur le bord d'un fauteuil.

— Très bien... Ma chérie, veux-tu que je reste ? demande l'homme en prenant les mains de Jeanne dans les siennes.

Elle esquisse un mouvement de tête. Billon quitte la pièce, visiblement vexé d'avoir été écarté sans ménagement. La cadette de la famille a l'impression que son cerveau tourne au ralenti. Elle ne se souvient pas vraiment de cette dernière entrevue avec François. Elle n'a aucune envie d'en parler maintenant. Elle voudrait aller marcher seule dans la campagne.

— Comment vous a-t-il semblé en septembre ? demande Biolet, impatient.

— Euh... Souriant... Ça avait l'air d'aller...

Un chien se met soudain à aboyer, suivi des deux autres. Le tapage assourdissant empêche les policiers de poursuivre le fil de leur interrogatoire. Malgré son intense mal de crâne, la cavalière a repéré leur échange de regards agacé.

— Taisez-vous, bon Dieu ! crie-t-elle avec force en se tournant vers les trois chiens contrits de se faire réprimander.

Un silence tendu s'écrase dans la pièce. Sevran se radoucit un peu.

— Nous avons conscience que vous vivez un moment terrible. Prenez votre temps. Tout ce que vous pourrez nous dire sera très utile pour l'enquête.

— Euh... Mon frère est venu parler d'une affaire à Victor.

Elle se racle la gorge en lâchant une lourde larme.

— Quel genre d'affaire ?

— Un projet immobilier sur lequel il voulait que nous prenions des parts, je crois...

— Et vous avez accepté ?

— Je ne crois pas, non... Il faudrait voir avec mon compagnon. L'argent et les affaires ne m'intéressent pas.

Elle esquisse un mouvement nonchalant des bras destiné sans doute à montrer la simplicité de la pièce.

— Votre frère avait-il un problème avec l'alcool ? interroge prudemment le policier.

— Oui.

— On nous a parlé d'un repas de famille...

— Elle n'a pas pu s'en empêcher ! (Elle se met soudain en colère, de grosses larmes traînent encore sur ses joues.) Ma sœur nourrit une haine féroce pour François.

— Que voulez-vous dire ? l'interrompt Sevran.

— Qu'elle ne l'aime pas..., répond la cavalière froidement.

— Non, vous venez de parler de « haine féroce » ! insiste la capitaine avec fermeté.

— Écoutez... Laissez tomber, s'il vous plaît ! souffle Jeanne en portant ses mains à sa tête.

Elle a l'impression qu'on lui enfonce un clou dans les méninges.

— Madame Renon, nous sommes policiers à la Criminelle et nous enquêtons sur l'assassinat de votre frère. Nous ne laissons rien tomber, d'accord ?

La capitaine a pris soin de détacher chacune des syllabes en plantant ses yeux dans ceux de son interlocutrice.

— Très bien... François a eu un très grave accident de voiture lorsque nous étions adolescents. Il avait pris la Ferrari toute neuve de mon père et il a glissé sur les hauteurs de Clermont, vers Charade... Nous avons tous cru le perdre. Il est tombé dans le coma. Un jour, alors que Marie et moi étions seules à son chevet à l'hôpital, elle a retiré de sa veine la seringue qui lui administrait ses traitements. Elle voulait qu'il crève, c'étaient ses mots. J'étais affolée, bien sûr... J'ai tenté de replacer la seringue, mais je n'y arrivais pas. Marie m'en empêchait. Elle s'est mise à me taper dessus avec force. Je me suis enfuie dans le couloir à la recherche d'un médecin.

— Que s'est-il passé ensuite ? demande Sevran.

— J'ai inventé un mensonge grossier que le médecin n'a pas cru. Heureusement, il a agi rapidement. Ma sœur n'était plus là. Quand je suis retournée à la maison, elle m'attendait dans ma chambre avec un regard terrible, dont je me souviendrai toujours... Elle m'a demandé pourquoi j'avais cherché à le sauver.

— Pourquoi en voulait-elle à ce point à votre frère ?

— Je ne sais pas. Ma mère le chérissait... Et nous, on souffrait de voir qu'on ne l'intéressait pas... (Elle réfléchit.) Mais je n'ai jamais compris pourquoi elle avait fait ça.

— Plus tard, est-ce que votre sœur a renouvelé ces propos ? interroge Biolet gravement.

— Non. Plus jamais.

Jeanne se sent à bout de souffle. Elle regrette aussitôt d'avoir mis Marie en cause. Elle remarque les regards entendus des policiers. L'image de son frère apparaît dans son esprit. Elle se sent dévastée.

— Y a-t-il quelqu'un dans l'entourage de votre frère qui aurait pu lui en vouloir ?

— Oui… tout à fait. (Son regard devient vague.) Mon père Georges a eu deux fils avec une femme que je ne connais pas. Marie a décidé d'aller à leur rencontre récemment. Elle a appris que François les avait empêchés de percevoir la part d'héritage que mon père souhaitait leur réserver.

— Comment s'appellent-ils ?

Biolet a retiré un calepin de sa poche, prêt à noter.

— David et Jacques Chassaing. Ils tiennent une droguerie avec leur mère à Vichy…, dit-elle amèrement.

— Vous ne les avez jamais rencontrés ? s'étonne l'enquêtrice.

— Jamais.

Les policiers semblent sur le point de partir, mais leur interlocutrice les retient en levant une main pâle.

— Il y a une personne qui aimait François plus que tout au monde : c'est Maxime, son fils aîné. Il a voulu passer quelques jours chez ma mère à Vichy… Il est en conflit avec Catherine…

Sevran plisse les yeux d'étonnement et lance un regard à son équipier qui semble hésitant.

— Il est actuellement chez votre mère ? Vous en êtes sûre ? insiste-t-il.

— Oui… Depuis la disparition de François, il a de mauvaises relations avec sa mère, apparemment.

Jeanne cligne des yeux embués.

— Savez-vous ce qui se passe entre eux ?

— Non… pas vraiment. J'ai eu ces informations par ma mère, alors…

Elle a un haussement d'épaules las.

— Écoutez… Pour des raisons qui touchent à l'évolution de l'enquête, nous souhaitons qu'il ne soit pas informé immédiatement de la mort de son père.

— Mais…

La sœur de François n'insiste pas, trop occupée à sa douleur. Elle regarde les policiers disparaître sur le chemin. Lorsqu'elle retourne dans le salon, Victor est là, qui la dévisage d'un air énigmatique.

— Alors ?

— Est-ce que cette affaire que mon frère t'a proposée, tu l'as acceptée ?

— Oui…

Son compagnon a le regard fuyant, visiblement mal à l'aise.

— Tu n'aurais pas dû, conclut-elle sèchement.

Il arrondit les épaules, l'air abattu, sans tenter de se défendre. De son regard opaque, la sœur de François l'examine en pensant qu'il connaissait son frère mieux qu'elle-même. De multiples petits secrets devaient cimenter leur belle complicité virile. Elle s'en était naturellement toujours sentie exclue. Quelquefois, il était arrivé à Victor de découcher avec lui. Jamais pourtant elle n'avait posé la moindre question ou cherché à savoir ce qui pouvait bien les réunir des nuits entières.

Avec anxiété, elle réalise que les enquêteurs vont orienter leurs projecteurs sur tous les recoins sombres de sa vie à elle aussi. Elle frémit lorsque son esprit lui présente de nouveau le visage souriant de son frère. *Je ne le verrai plus jamais… François est mort, on l'a assassiné.* Ses habits ne la protègent plus du froid, ils irritent sa peau devenue sensible.

Jeanne a l'impression d'avoir été violemment jetée au fond d'un trou.

13 décembre 2000, 18 heures 30, Ferrières-sur-Sichon

Biolet prend de la vitesse sur le chemin bosselé, en expirant de fatigue. Sevran imagine que sa tête sous pression doit être aussi douloureuse que la sienne. Elle fouille dans les poches de sa parka à la recherche d'un chewing-gum à la menthe. Elle lui tend la dragée parfumée. Il la saisit en silence. Elle avale la sienne en cherchant des yeux un détail dans la nuit qui a tout englouti.

— C'est curieux de voir comment les fissures se mettent soudain à se craqueler les unes après les autres sur notre passage. La nature humaine ne cessera jamais de m'épater…, songe-t-elle à mi-voix.

— Il y a un truc malsain qui transpire de tous les pores de leur peau.

Biolet en frissonne presque.

— En tout cas, il y a un lourd contentieux entre ces trois femmes. Chacune est persuadée d'être différente, alors qu'elles se ressemblent tellement… C'en est pathétique.

— Pourquoi la mère ne nous a pas dit que Maxime était avec elle ? demande son équipier, suspicieux.

— Je me posais la même question, justement…

— Pour le protéger, peut-être…

— Oh non, cette femme ne protège qu'elle-même...

— Alors pourquoi ?

— Je ne sais pas, en tout cas, il faut qu'on voie ce gamin dès que possible.

La capitaine fait exploser sa bulle de chewing-gum.

— Quand même... C'est curieux cette histoire avec Marie Renon, hein ? Sa sœur nous balance son sac d'horreurs, sans qu'on la force plus que ça... Elle nous dit à mots à peine cachés qu'elle la pense coupable...

— Hum... Je me demande quand même quel genre de conflit peut pousser une adolescente à vouloir dézinguer son frère...

— Et les frères illégitimes ? Tu penses qu'ils ont pu le tuer ? demande-t-il Biolet en arquant les sourcils.

— Ah non, pour le moment, je ne pense rien. J'écoute les uns et les autres, je les regarde se positionner sur l'échiquier. Dans ces familles, où on a toujours tout mis sous cloche, caché les cadavres dans les placards... on profite souvent d'une enquête criminelle pour faire le ménage, régler les comptes... À nous de ne pas être dupes...

Biolet fait exploser une bulle de chewing-gum à son tour.

— Catherine... Je sens que ça va être quelque chose ! murmure la capitaine en joignant les mains dans un sourire étrange.

— La femme de François ? (Elle acquiesce.) On verra ça demain. En tout cas, on risque d'en apprendre de belles en retranscrivant les écoutes de cette famille..., siffle-t-il.

13 décembre 2000, 19 heures, Ceyrat

Les yeux brûlants, Catherine coupe un oignon blanc en fins dés. Elle interrompt son geste, cligne fermement des paupières, observe ses mains trembler.

Clémence et Eliott sont installés devant la télévision du salon. Au retour de l'école, ils se sont tous mis à la recherche de Maxime en se rendant chez ses amis à Chamalières, à Royat, à Durtol...

Personne n'a de nouvelles depuis au moins une semaine. À contrecœur, elle est même passée chez Martine en espérant y débusquer enfin son adolescent en rébellion. Bien sûr, il n'y était pas. Aussi glaciale que lors de leur précédente rencontre, elle affichait son air inquisiteur. Elle doit avoir de grandes certitudes sur la façon dont elle agirait en pareilles circonstances. Aveuglée par les commérages, sa propre amie s'est mise à la juger et la soupçonner sans ciller. En l'absence de Clémence et Eliott, Martine l'aurait sans doute accablée de reproches. Elle s'est contentée d'une remarque condescendante du genre : « Ma pauvre, tu dois te faire tellement de souci... »

La mère de famille a ensuite roulé dans Clermont à la recherche de son fils. Dans le quartier de la gare, autour de la rue Saint-Dominique, vers la place de la Monnaie. Aucun des visages croisés ne lui ressemblait.

Une semaine qu'il a fugué, se répète-t-elle les dents serrées. Des jours et des nuits sans que sa belle-mère n'ait pris la peine de l'informer de son départ. L'idée la traverse qu'elle a délibérément tardé à la joindre pour la mettre en difficulté. Sur son front et dans les plis de son cou, sa peau se met à briller. Est-ce que Michelle aurait encouragé son petit-fils à disparaître ? La femme de François se fige devant la fenêtre de la cuisine qui lui renvoie un reflet terne. *Ce qui compte, c'est de le retrouver, on verra le reste ensuite.*

Elle n'a pas d'autre choix que de prévenir les gendarmes. À cette idée, son ventre se met à tambouriner avec brutalité en protestant. Pourtant, si elle garde le silence et qu'ils apprennent que son fils n'est pas avec elle, la situation ne fera qu'empirer. Malgré elle, Catherine se résout donc à passer voir l'adjudant Barrier le lendemain à la première heure.

Soudain, une douleur vive la fait sursauter. Une entaille rouge apparaît sur son index gauche. De rogne, elle jette un coup de pied nerveux contre le battant de porte sous l'évier qui cède en s'écrasant au sol avec fracas. Elle se retient de toutes ses forces de hurler, ses veines saillantes ont brutalement gonflé sur son cou rougi.

Le bruit a attiré les enfants qui se tiennent dans l'encadrement de la porte de la cuisine, avec de petites billes sombres au-dessus de leur nez en guise d'yeux. Ils s'engouffrent à l'intérieur de ses bras grands ouverts. Leurs larmes chaudes coulent sur ses tempes.

— Je vous aime, mes anges ! On va retrouver Maxime, tout va s'arranger.

— Et papa ? On va le retrouver aussi ? demande Eliott, inquiet.

Catherine sent une faille s'ouvrir dans sa poitrine. Elle regarde son petit garçon d'un air triste puis se redresse pour essuyer sa plaie qui saigne toujours abondamment.

— Eliott, mon chéri… Papa est parti parce qu'il ne voulait plus vivre ici avec nous. Mais Maxime sera bientôt là, c'est promis !

Les deux jeunes, moroses, se regardent et s'attablent en silence. Leur mère attrape une bouteille d'alcool et fait couler quelques gouttes sur son doigt, réveillant la douleur piquante. Elle s'assoit à son tour avec une grosse serviette en guise de bandage autour de la main. La façon dont ils la dévisagent la met mal à l'aise. *Ils me prennent pour une folle.* Elle force un sourire en tendant la salade à Clémence, visiblement préoccupée.

— Pourquoi Maxime est parti lui aussi ? interroge sa fille.

— Je pense qu'il a préféré aller chez un copain plutôt que de rester avec mamie.

— Papa m'a dit que mamie était très méchante : c'est vrai ?

Catherine est aussi surprise qu'étrangement rassurée par la question de sa fille. Elle se met à jouer avec une feuille de salade du bout de sa fourchette et se souvient d'une réflexion que François avait eue un jour. « Je ne crains personne… À part ma mère. » Le ton jusque-là gai de la conversation s'était brutalement assombri. Elle avait compris que l'enfance de son mari était un sujet sensible. Lui l'avait rarement évoquée, et elle n'avait jamais osé l'aborder.

— Ma-man ! C'est vrai ou pas ? relance sa fille.

— Je ne sais pas vraiment, ma chérie. Je crois que ta grand-mère était très sévère. C'est tout.

— Mais papa la déteste.

— Oh, Clémence, s'il te plaît ! Ne dis pas des choses pareilles, je n'en sais rien, d'accord ?

Le reste du repas est meublé par le tintement métallique des couverts. Catherine repense à la photo que cache Eliott sous son oreiller. Elle se lève, débarrasse les plats et embrasse son petit garçon qui tressaille en recevant son baiser dans le cou.

Elle est à court de promesses, la situation est devenue trop délicate. Au bout de quelques minutes, les petits gagnent leurs chambres dans un calme inhabituel et angoissant. Elle les rejoint puis embrasse chacun longuement en humant un parfum de vanille sur leurs peaux douces. La mère de famille pose sa tête sur leur oreiller en perdant son regard dans leurs pupilles claires, en quête d'un remède au mal qui les ronge tous. Puis les lumières s'éteignent.

Elle se rend en silence dans la chambre de son aîné. Elle s'assoit sur le lit et observe les images qui envahissent les murs ; les photos d'engins militaires, et les posters de rock des années 1980. Lorsqu'elle s'allonge de tout son poids sur le matelas, un papier punaisé au mur s'agite dans le courant d'air qu'elle a provoqué. Catherine se tend vers le morceau de feuille blanche et déchiffre, les yeux plissés, l'écriture en pattes de mouche de son fils :

> « Là où nous sommes, il y a des poignards dans les sourires des hommes, proche du sang, plus proche du sanglant. »
>
> *Macbeth*, 1623, William Shakespeare.

Aussitôt incommodée, elle se redresse en songeant à cette citation qui produit un étrange écho dans son esprit. Les lames acérées de son entourage prêtes à la blesser. Cernée par le danger…

Elle quitte la chambre qu'elle referme avec précaution, puis rejoint la sienne à pas feutrés. Ses pensées fusent dans tous les sens, sans lui laisser de répit. Le regard perdu dans la moquette bleue, elle se prend à rêver que son fils aîné lui revienne enfin apaisé et sans rancune. Une pointe affûtée encombre sa poitrine en rendant sa respiration malaisée. Une sonnerie brève retentit sur son portable posé sur la table de chevet.

Ne t'inquiète pas, je vais bien, embrasse Clémence et Eliott pour moi. Max.

Enfin, un nouveau souffle inonde ses poumons. Elle fait courir ses doigts frénétiquement sur le clavier.

Je t'aime mon chéri. Reviens vite ! Maman.

Une sensation d'apaisement se répand comme un baume. Non seulement elle reverra bientôt son fils, mais elle n'a plus aucune raison d'informer les gendarmes de son départ. Pourtant, un malaise léger persiste dans les profondeurs. Les sourires menaçants ont jeté l'ancre dans ses pensées, prêts à l'accompagner dans la nuit.

13 décembre 2000, 20 heures, Clermont-Ferrand

La tension qui s'est agrippée à Sevran tout au long de cette rude journée se détache peu à peu comme un pansement sale. Elle pousse une lente expiration, puis elle part examiner l'intérieur de son frigo avec une moue triste. Elle saisit une canette de Coca qu'elle engloutit aussitôt. Le soda pétillant lui donne l'illusion de rafraîchir ses neurones.

Elle observe sa montre. Vingt heures. Elle n'a qu'une demi-heure pour se préparer et se rendre chez Brun pour le dîner. Alors que la boisson entraîne un hoquet déplaisant, elle inspecte son placard à la recherche d'une tenue civile. À force de porter des chemisiers de soie et des blazers, elle réalise que sa garde-robe se décline en trois couleurs minimalistes : noir, bleu marine et gris pour les vestes ; crème, gris perle et blanc pour les chemisiers. Elle soupire en retirant son jean et se dirige de nouveau vers son réfrigérateur qui crie famine, attrape un yaourt périmé de quelques jours et l'engloutit aussitôt. Elle n'a pas envie de forcer son naturel, encore moins de se sentir déguisée en portant une jupe. Son jean foncé et un chemisier blanc feront l'affaire, avec des talons à peine plus hauts et plus fins qu'à l'accoutumée. Brun sera certainement en robe de soirée. Sevran hésite encore puis hausse les épaules avec un soupir en réalisant que les mondanités l'agacent. Elle préférerait rester chez elle, lovée dans son canapé, à visionner une fois encore *Blade Runner*. D'ailleurs, toute la journée elle a eu le sentiment d'être Rick Deckard parti à la chasse aux Répliquants. Ces Renon sont si étranges que parfois, en les écoutant, elle s'est demandé s'ils étaient humains. Elle se verrait mieux seule ce soir, à ruminer ces longs entretiens et tracer des ponts entre les acteurs de cette tragédie. Mais comme le lui a rappelé la professeure, elle a une vie à vivre, des liens à tisser avec des gens ordinaires... La nuque tendue en arrière, elle se demande comment un simple dîner parvient à provoquer tant de remous dans son esprit. Est-elle d'un naturel si sauvage ou s'est-elle repliée sur elle-même sans en prendre conscience ?

Ses jambes la conduisent mollement vers la salle de bains où elle examine sa figure marquée. Elle applique un peu de poudre, enchaîne avec le mascara et décrète que dans les circonstances actuelles, elle ne peut guère faire mieux. La capitaine dévale les escaliers, une bouteille de bourgogne à la main.

Un taxi garé en double file l'attend devant son immeuble. Elle s'affale sur la banquette arrière qui dégage une odeur de plastique, avec l'impression qu'une créature invisible s'allonge lourdement sur son corps. La conductrice, une jeune femme asiatique, pose sur elle des yeux curieux. Elle démarre en silence puis, passé le rond-point du bout de la rue, l'interpelle.

— Habillée comme vous êtes, vous allez pas en boîte, vous... Je me trompe ?

Elle tend son visage vers le rétroviseur qui lui renvoie le sourire un peu forcé de la policière.

— Eh non... Pas trop mon genre, marmonne-t-elle.

— Mais avec votre bouteille à la main, je me demande bien où vous allez comme ça ?

Sevran aperçoit les cheveux de jais brillants et les pommettes hautes de la femme. Elle lui jette de petits regards furtifs si bien qu'elle se sent obligée de répondre.

— Je vais à un dîner.

— Alors c'est pour le boulot, hein ? C'est ça ? demande-t-elle en arquant des sourcils fraîchement épilés.

Intérieurement l'enquêtrice ne peut pas s'empêcher de lâcher quelques jurons en regardant les faubourgs sans fantaisie défiler. Elle voudrait un peu de silence avant d'affronter le dîner mondain de Brun.

— Vous… vous allez signer un gros contrat ce soir. Croyez-moi, j'ai le nez pour ça ! Mes clients me disent toujours : Nathalie, tu es un vrai éléphant ! Vous savez pourquoi ?

— Ils font sans doute allusion à votre finesse…

Elle a un rictus moqueur.

— C'est pas gentil, ça ! (La conductrice lui lance un regard vexé plein d'incompréhension.) L'éléphant a le meilleur odorat de tout le règne animal ! C'est pour ça qu'ils me disent que je suis un éléphant !

— Ah, OK. Désolée. Je vous ai vexée ?

— Ben, un peu quand même…

— Excusez-moi, la journée a été longue… Comme la vôtre sans doute, tente de se faire pardonner la capitaine en se déridant.

— Ben, il faut vous reposer alors, hein ?

— Oui… C'est ce qu'il y a de mieux à faire, je suis d'accord avec vous.

Sevran glousse discrètement, un peu rassurée par le sourire naissant sur le visage de la femme.

Le véhicule s'arrête au milieu d'une rue sans éclairage public. La policière paie sa course et sort du véhicule. Elle s'approche de la conductrice qui cherche sa monnaie.

— Le contrat est gros ! Vous penserez à moi tout à l'heure, je vous le dis ! lui assure-t-elle en lui tendant un doigt manucuré et pailleté.

— Très bien, on verra ça !... Alors bonne nuit !

La conductrice lui lance un clin d'œil et s'enfonce dans l'obscurité.

Sevran garde un sourire imprimé sur ses lèvres en poussant le portail de la maison de Brun. Elle saute quelques marches malgré ses talons et se retrouve dans un jardin arboré. La porte d'entrée est éclairée et encadrée par deux gros buis touffus. Le lieu est simple et raffiné, sans ostentation. Elle tient sa bouteille de vin dans ses bras comme s'il s'agissait d'un nouveau-né. Elle n'a pas le temps de sonner à la porte que déjà son hôte apparaît, rayonnante. La capitaine regrette aussitôt sa tenue, sa coiffure et son immense fatigue. Elle pénètre timidement dans le vestibule et se crispe en apercevant les convives dans la pièce d'à côté. Non seulement ils ont l'air de s'être habillés pour l'occasion, mais ils sont nombreux.

— Ils sont tous adorables et ont hâte de te rencontrer ! lui chuchote la légiste à l'oreille tout en la poussant dans son salon.

— Et voici notre retardataire, Virginie, ma camarade et partenaire de jogging ! lance-t-elle en provoquant une vague de curiosité qui vient s'écraser sur la policière, tout à coup décontenancée.

Un homme élégant, la cinquantaine aux cheveux grisonnants, vient l'embrasser. Sevran en conclut qu'il doit s'agir du mari de la professeure. Elle se sent sourire bêtement en balayant l'assistance des yeux. Son radar détecte aussitôt la présence du chef de service de gastro-entérologie du CHU, William Bonel, qui lui renvoie son sourire.

Elle a soudain chaud. Elle repense à Nathalie dans son taxi et à ses prédictions de gros contrats. Ses pensées la font rougir ou, du moins, elle l'imagine. Heureusement, on lui tend un verre d'alcool qu'elle avale d'un trait. Peu à peu, l'attention des convives se déplace vers la table, tandis que celle du médecin semble irrésistiblement attirée par elle.

— Tout ceci est un traquenard, j'en ai bien peur ! lui chuchote-t-elle avec un petit air mutin.

— Oh mon Dieu ! Vraiment ? William Bonel feint d'être étonné.

— Hum... Sophie Brun s'est prise de pitié pour moi. Elle a organisé toute cette soirée pour nous faire nous rencontrer, et parler d'autre chose que de cancer à l'estomac et de cadavre découpé en morceaux.

— Alors, nous sommes piégés…

Il s'approche d'elle tout en regardant les convives avec un air amusé.

— Je suis tentée par la fuite…, dit-elle pour elle-même en scannant la pièce puis en finissant par le regarder dans les yeux.

— Quoi ? Vous me laisseriez seul avec eux ? la taquine-t-il en levant un sourcil.

— Oh non ! Bien sûr que non ! Je vous emmènerais avec moi bien sûr…, répond-elle tout sourire, sentant un papillon virevolter dans son ventre.

En meneuse de soirée, Brun enchaîne les sujets avec une intelligence vive. Les invités sont drôles et sympathiques, si bien que Sevran, qui est d'ailleurs attablée à la gauche de William Bonel, apprécie la soirée. Elle a toutefois l'impression d'avoir atterri dans un milieu qui ne lui ressemble pas.

Certains convives lui font penser aux Renon, ils ont cette assurance tranquille des gens biens nés, cultivés et intéressants. Elle ne perçoit pas la moindre trace de doute chez eux. Habituellement, elle fuit la compagnie de cette espèce. Ce qu'elle aime au contraire, ce sont les tergiversations, les interrogations, les hésitations et les incertitudes. Toutes ces imperfections et ces doutes assumés qui rendent les humains à la fois complexes et profonds. Au début du repas, un petit homme rondouillard aux cheveux dégarnis s'est lancé dans un monologue autobiographique commençant par un : « Je suis le premier à avoir fait... » Une alarme interne s'est mise à hurler en elle, décrochant immédiatement son intérêt pour l'histoire et le bonhomme. Du coin de l'œil, elle en a profité pour étudier la réaction de William qui paraissait, heureusement, aussi peu intéressé qu'elle. Il a l'air de se détacher du groupe. Quelques-unes de ses interventions au cours du dîner lui ont plu. Il a donc le physique, et surtout l'esprit, propres à la séduire.

Lorsque vient le moment de se séparer, la capitaine est d'autant plus ravie que le médecin a pris soin de noter son numéro de téléphone plus tôt dans la soirée. C'est donc avec un visage lumineux et des yeux pétillants qu'elle appelle la centrale de taxis. Pendant l'attente, Brun s'approche :

— Il va falloir que tu me fasses un résumé complet de la soirée, ma jolie ! On court dans la semaine ?

La policière acquiesce en silence et sort dans la rue avec une légèreté inhabituelle.

Le froid mordant brûle son visage. Elle sautille sur ses talons, aussi nerveuse qu'une adolescente au bal de fin d'année. Lorsque le taxi approche, elle est surprise de retrouver sa conductrice de tout à l'heure.

— Ça alors ! C'est encore vous ?

— Ah ! Vous avez meilleure mine ! Vous avez signé le gros contrat ? demande-t-elle en pointant son doigt brillant en l'air.

— Euh... En quelque sorte..., bredouille-t-elle.

— Je vous l'avais bien dit ! Je suis un é-lé-phant !

Un rire enfantin s'échappe de ses cordes vocales. La capitaine se laisse aussi aller à un rire fatigué avant de s'écraser dans un demi-sommeil contre la vitre gelée.

Une fois dans sa cage d'escalier, elle examine les étages avec circonspection. Une houle imaginaire fait onduler les marches. Malgré le froid, elle décide de quitter ses talons et de grimper dans ses mi-bas noirs. Son cerveau alcoolisé est anesthésié, mais elle trouve l'énergie nécessaire pour atteindre au plus vite son refuge au troisième.

Légèrement titubante, elle jette ses vêtements en paquet dans le lave-linge et s'engouffre sous la douche. Elle a l'impression de flotter agréablement entre deux eaux. Le visage de William Bonel est resté accroché à ses rétines.

Elle s'affale sur son lit en espérant un sommeil rapide, mais elle est plus éveillée que jamais. Ses pensées vont et viennent dans un mouvement frénétique et désorganisé, entre les membres de la famille Renon, le corps mutilé de l'entrepreneur et le visage charmant du gastro-entérologue. Elle voudrait calmer le rythme de ses réflexions qui n'aboutissent à rien d'autre qu'à la maintenir en éveil. Voilà maintenant que l'image de son futur ex-mari Paul s'invite dans la boucle. Elle saisit sa tête entre ses mains et grogne nerveusement en se retournant dans son lit.

14 décembre 2000, 8 heures 30, Clermont-Ferrand

Le cachet blanc effervescent se met à pétiller en atteignant le fond du verre au ralenti. Il se dissout lentement sous le regard de Sevran qui attend de pouvoir l'avaler et mettre un terme à sa migraine matinale. Le bureau est encore vide. Dehors, les nuages laissent la voie libre au soleil qui semble décidé à s'imposer enfin. Elle vérifie distraitement son courrier et ses mails lorsqu'un texto fait vibrer son portable.

Cette soirée en ta compagnie a été très agréable. Remettons ça dans la semaine, qu'en penses-tu ? William

Son cœur papillonne agréablement dans sa poitrine. Biolet apparaît, deux cafés à la main ; il lui en tend un en s'installant sans cesser de l'examiner.

— Qu'est-ce qui t'arrive ? demande-t-il sur le qui-vive.

— Tout va bien… Tout va bien.

Un sourire immense fend son visage en deux. Elle avale son café.

— Il va falloir m'en dire plus !… Allez !

— On file chez Catherine Renon !

— Ah non. Elle va attendre ! Tu vas me dire ce qui se passe, oui ? Pourquoi tu as cette tête de luciole ?

Il se dresse devant elle les mains sur la taille, comme un père de famille qui demande des comptes à son ado.

— De luciole ? (Elle rit.) Eh bien, il y avait le chef du service gastro du CHU chez Brun hier soir…

— Ahhhh ! YES ! et alors ?

— Et alors… Il est… fort sympathique.

— Et après ?

— C'est tout.

— Quoi ? Tu te fous de moi ?

Il ouvre de grands yeux pleins d'une incompréhension mêlée d'impatience.

— Mais non, pas du tout. Tiens, il vient de m'envoyer un texto auquel je ne sais pas quoi répondre. Je crois que j'ai perdu la main…

Elle se berce dans son fauteuil d'un air absent. Son équipier jette un œil sur le message et se met à pouffer.

— Hé ! Ne te moque pas, dis donc !

Elle lui envoie une boulette de papier à la figure.

— C'est mignon… (Il prend un air attendri.) Ne me dis pas que tu ne sais pas quoi répondre à ça ?

— Je ne sais pas formuler ça en texto, non, désolée, avoue-t-elle en dressant les sourcils.

— Alors fais un truc un peu mystérieux, du genre : *vendredi 20 heures*… (Il marque une pause de quelques secondes puis prend une voix suave.) *Je serai TOUT à toi.*

Sevran part d'un rire aigu.

— OK, merci, Biolet, je vais m'en charger toute seule !

— Je pense que l'idée de « vendredi 20 heures » est excellente, propose-t-il, plus sobre.

— Ah ben oui. C'est simple, c'est clair. Je prends.

Elle pose les coudes sur son bureau et se met à pianoter sur son clavier. Ses joues s'empourprent, son collègue l'observe, hilare.

— Ça va…, s'amuse-t-elle en attrapant sa parka.

Il la suit tout sourire jusqu'au parking.

Plusieurs minutes plus tard, alors que la maison de Ceyrat se dévoile lentement derrière un imposant sapin, les policiers se rembrunissent. Son Biolet se gare derrière un long break bleu marine et tire avec une force inhabituelle sur le frein à main. La capitaine a elle aussi perdu de sa légèreté pendant le trajet. Elle pose un pied à l'extérieur et tend la tête vers la cime des arbres qui entourent la propriété. Elle attend que son équipier contourne la voiture et la rejoigne.

Ensemble, ils montent lourdement les quatre marches du porche de l'épouse Renon. Il sonne un coup long pendant que Sevran observe les petites plaques de neige restées accrochées à la pelouse. Une faible lueur apparaît à travers les branches tombantes des sapins. Tous les deux se redressent en entendant des pas approcher. Catherine Renon apparaît. De fines lunettes encadrent ses yeux bleu marine, elle porte une chemise rose pâle accordée à son rouge à lèvres. Le discret sourire que dessinaient ses lèvres disparaît quand elle les voit.

— Bonjour, vous êtes Catherine Renon ? commence Biolet.

— Oui… C'est pour quoi ? demande-t-elle sur la défensive.

— Nous sommes policiers au SRPJ de Clermont-Ferrand. (La policière tend sa carte.) La gendarmerie de Romagnat nous a parlé de la disparition de votre mari François. Nous pouvons entrer ?

— Je n'ai pas vraiment le temps, je leur ai déjà tout dit…

— Nous reprenons ce dossier en main. Nous avons lu votre déposition, mais nous avons d'autres questions à vous poser.

La capitaine commence l'analyse de l'épouse avec la plus grande acuité. Aucun de ses battements de cils ou des mouvements de son corps ne lui échappe. La visite n'a d'ailleurs pas d'autre but. Elle veut découvrir ses failles pour pouvoir s'y engouffrer dès que l'occasion de présentera.

— Mais je… Bon… Allez-y, entrez !

Catherine Renon leur indique le salon d'un geste, l'air agacée. Sevran, silencieuse, passe devant la cuisine, remarque que le battant en bois de la porte sous l'évier est éventré et posé au sol. Elle note mentalement ce détail tout en s'interdisant de se lancer dans des conclusions hâtives.

— Vous avez déclaré que votre mari a disparu le week-end du 26 novembre sans parvenir à dire si c'était le 25, le 26 ou le 27… Est-ce exact ? interroge immédiatement son collègue.

— Oui, confirme-t-elle en s'asseyant devant eux.

— Pourquoi cette incertitude sur la date ? enchaîne-t-il froidement.

L'épouse lève les yeux au ciel. La capitaine en profite pour balayer la pièce des yeux. Elle s'étonne de ne pas voir François Renon figurer sur l'imposante photo de famille qui trône au milieu du salon. Elle entend vaguement la mère de famille répondre à son collègue avec un air pincé. Quelque chose dans son ton et son attitude la fait tiquer.

— Cette photo a-t-elle été prise récemment ?

La diversion de l'enquêtrice produit le même regard étonné sur Biolet que sur l'épouse.

— Non. Pourquoi ?

— Qui l'a prise ? demande-t-elle d'une voix dénué d'expression.

Catherine Renon la dévisage d'un air hautain.

— Je ne vois pas le rapport…

— Un photographe professionnel sans doute ; le cadrage, la lumière… Ce n'est pas un amateur qui a fait ça ?

— Vous êtes très perspicace. En effet.

La femme de François dresse un sourcil.

— C'est un portrait de famille n'est-ce pas ? (Elle acquiesce avec impatience.) Si ce n'est pas votre mari qui l'a prise, pourquoi n'y figure-t-il pas ?

Sevran croise les bras en feignant l'étonnement. Son interlocutrice pâlit pendant que ses mains glissent nerveusement sur ses genoux. Un silence s'installe.

— Nous sommes une famille très unie. Avec mon époux, nous...

Ses petits yeux sont hagards.

— Non... Épargnez-nous ces histoires. Nous voulons la vérité sur vos relations.

— Nous avons eu des tensions... Comme dans tous les couples, admet-elle.

— Y avait-il une raison à cela ?

Elle hausse les épaules en feignant de ne pas la connaître.

— Est-ce que c'était lié au fait qu'il buvait comme un trou et qu'il avait des maîtresses dans tous les coins ? ose la capitaine.

— Je ne vous permets pas !

— Écoutez, nous avons déjà interrogé un certain nombre de personnes. Pas une seule ne nous a décrit un couple aimant et uni. Donc, nous vous écoutons, précise-t-elle froidement.

— Oh, très bien ! Puisque vous savez déjà tout... Je ne vois pas en quoi je peux vous être utile !

Elle se raidit, les lèvres pincées.

— Eh bien, il nous manque l'essentiel. On ne sait pas où il est passé.

— Moi non plus.

L'épouse replace machinalement une mèche de cheveux derrière son oreille droite.

— Vous l'avez cherché ? Ne serait-ce qu'un peu ?

La femme se racle la gorge :

— Non... Pas vraiment.

— C'est bizarre, remarque Sevran en s'adressant à Biolet.

— Oui, évidemment, tout le monde trouve ça bizarre ! s'exclame-t-elle en levant les mains en l'air.

— Vous admettez donc que, si tout allait pour le mieux entre vous, vous avez une réaction… je dirais… « anormale » ?

— Oh !… J'en peux plus ! craque-t-elle en se prenant la tête dans les mains.

— Pourquoi vous n'en pouvez plus ?

— Laissez-moi tranquille ! supplie-t-elle, à bout de nerfs.

— Écoutez… Vous feriez mieux de nous parler plutôt que de faire durer le mystère.

— Je ne fais aucun mystère.

Elle lui jette un regard acide.

— Pourtant, vous ne nous dites pas tout.

— Ça suffit ! Allez-vous-en, maintenant ! éructe la maîtresse de maison en se levant.

— Une dernière chose… Où est votre fils en ce moment ? Nous avons besoin de lui parler.

L'enquêtrice se tient droite, face à elle. Son interlocutrice pâlit :

— Je ne sais pas.

— Vous ne savez pas ? Il est mineur, vous devez le faire rechercher si vous pensez qu'il a fugué.

La policière la surplombe de toute sa hauteur.

— Laissez-moi deux ou trois jours pour régler ça, s'il vous plaît…, les implore-t-elle, en larmes.

Ils se lèvent en parfaite synchronisation. L'épouse cache son visage de ses mains sans bouger. Ils quittent la maison dans un silence pesant.

— Premier round. Catherine Renon, à terre…, annonce Sevran, une fois dans la voiture.

— Quand comptes-tu lui annoncer sa mort ?

Son équipier l'épie de biais.

— Quelque chose me dit qu'elle le sait déjà…

14 décembre 2000, 10 heures, Ceyrat

Catherine Renon reste figée jusqu'à l'évanouissement complet du crissement des graviers. Une fois la maison sans bruit, elle se lève brusquement et se met à faire les cent pas en se tordant les mains. *Merde-merde-merde !* Pourquoi la police se mêle soudain de la disparition de François ? Ces deux flics ne lui ont pas semblé plus aimables que l'adjudant Barrier. Cette femme, surtout, Sevran, lui a fait une très mauvaise impression. Elle a passé son temps à examiner la maison, à scanner son attitude. Elle pose ses mains sur ses tempes, ses doigts palpent inconsciemment ses veines frémissantes. Comme une bête traquée, elle réalise soudain que tout joue en sa défaveur. Sa belle-mère, Jeanne, Martine, l'adjudant Barrier et tant d'autres vont la présenter aux enquêteurs comme un monstre froid.

Cette situation intenable est entièrement de sa faute. Se retourner aussi vite après la disparition de François n'était pas malin… D'ailleurs, elle-même s'en étonne presque, parfois.

Il persistait bien un lien entre eux, mais si ténu… Une vague forme d'attachement que les années passées ensemble finissent toujours par créer. Mais on ne cherche pas à sauver des sentiments si diffus, c'est impossible et aussi vain que de se battre contre des moulins à vent.

La disparition de François l'a transformée en chrysalide, condamnée à la transformation. Il n'y a qu'Annie qui puisse le comprendre.

Sans doute aurait-elle dû tenter un rôle de composition, pendant un temps au moins. Quelques sanglots de façade, les gémissements appuyés d'une femme délaissée et humiliée… Tout le monde l'aurait compris. Ici, on ne comprend que ça. Une femme seule avec des enfants est une anomalie vouée à l'échec.

Excédée, Catherine essaie de construire une réflexion en rassemblant les fragments épars de ses pensées, mais pendant de longues minutes, elle ne voit pas l'ombre d'une solution. Elle se met à arpenter le salon fébrilement, puis marque un arrêt brutal. Son visage se fige et s'illumine. Une idée vient de germer dans son esprit. Irène Vandel. Elle pourrait utiliser ses récentes découvertes et tenter d'en savoir davantage. Elle attrape son manteau et ses clés, et quitte la maison en direction de Vichy.

Pendant le trajet, une inquiétude s'installe au creux de sa poitrine. *Que ferai-je une fois là-bas ? Qu'est-ce que je cherche à prouver ?* Le doute s'immisce doucement dans toutes les failles de son plan fragile, si bien qu'elle pense un instant bifurquer vers une bretelle pour prendre la direction opposée. Mais au moment où les roues du break glissent sur la ligne discontinue, elle se reprend. *Je n'ai pas le choix… Je dois détourner l'attention sur elle…* Elle poursuit donc son voyage, en pleine confusion.

Un soleil blanc apparaît dans une crevasse de ciel noir, l'asphalte se met à briller comme la carapace d'un scarabée. Elle se sent comme immergée dans un vase clos.

Chacune de ses tentatives d'évasion ne fait qu'aggraver la situation.

Elle s'engage dans une zone industrielle à l'allure quelconque, à la recherche du siège des laboratoires Vandel. Elle ignore encore ce qu'elle va y faire et se contente de conduire machinalement jusqu'à ce qu'elle découvre enfin l'enseigne attendue sur le toit d'un entrepôt en tôle gris. Elle se gare devant l'entreprise et reste immobile en silence dans son véhicule qui refroidit lentement. Elle ne pense plus à rien, concentrée sur l'instant présent. Une heure passe sans que personne ne se présente à l'entrée. Catherine observe les voitures autour d'elle, quand enfin arrive une Audi noire. Il en sort une femme brune vêtue d'une gabardine cintrée sombre. Bien que ses cheveux soient relevés sur sa tête, l'épouse de François ne parvient pas à voir son visage. La femme, perchée sur de hauts talons, pénètre dans l'entrepôt, puis, de nouveau, le silence se fait.

Catherine déplie ses jambes et sort de la voiture en direction de l'Audi. Elle en fait le tour en observant l'intérieur, mais le véhicule est aussi net que s'il sortait d'une concession. Déterminée, elle retourne à son break et décide d'attendre que la femme ressorte.

Vingt minutes plus tard, elle la voit réapparaître, des lunettes noires sur le nez et une serviette en cuir à la main. Elle démarre et quitte la zone. La mère de famille se lance dans une filature, sans réfléchir. Plusieurs fois, elle craint de perdre sa trace dans le trafic dense. À un rond-point, un camion d'ordures la double et s'impose devant elle comme une forteresse. Les effluves nauséabonds pénètrent dans ses narines. L'odeur du compacteur maculé de traces marron et de papiers gras collés lui soulève le cœur. Cette vision dégoûtante l'agace au point qu'elle tape plusieurs fois de rage sur son volant. L'Audi disparaît un instant de sa vue, pour réapparaître à la sortie d'un rond-point. Elle la suit le plus discrètement possible jusqu'au centre-ville, où elle la voit se garer dans une large rue commerçante. Elle fait de même quelques mètres plus loin.

La femme à la gabardine noire sort de sa voiture, marche dans sa direction et retire ses lunettes. Elle ne s'y était pas trompée, il s'agit bien d'Irène Vandel. Elle redémarre aussitôt et fait le tour du quartier en tentant de maîtriser son excitation, s'engouffre de nouveau dans la rue commerçante, s'approche de l'Audi et lui rentre dedans. Le bruit est tel que des visages surpris se tournent aussitôt dans sa direction. L'épouse de François fait mine d'examiner avec exaspération l'arrière de la voiture qu'elle a partiellement enfoncé. Un commerçant surgit d'une boutique toute proche et se met à l'interpeller. Pendant qu'elle subit les réprimandes en silence, Irène Vandel arrive.

— C'est elle qui vous a accroché la bagnole ! Elle ne vous a pas loupée ! s'exclame le commerçant.

Les yeux de reptile d'Irène Vandel se mettent à analyser Catherine qui fait de même. Alors que l'homme poursuit son monologue bruyant, Irène l'invite d'un geste silencieux à regagner sa boutique. Une tension muette s'installe quelques secondes entre elles.

— Vous me suiviez ? lui demande enfin la maîtresse de son mari.

— Pas du tout !

— Je vous reconnais, vous savez ? lui dit-elle en croisant les bras, tout en faisant basculer son bassin sur son pied droit.

— Quoi ? s'exclame Catherine, sincèrement surprise, cette fois.

— Vous êtes Catherine Renon, la femme de François. Venez.

La mère de famille sent une lave visqueuse et bouillonnante s'épancher de son cerveau. L'aplomb de cette femme la déstabilise. Elle a envie de hurler sa colère, mais seul un petit cri étouffé s'échappe de sa gorge. Elle se met à la suivre docilement dans les rues de la ville. La silhouette d'Irène Vandel et la sienne se reflètent un instant dans une vitrine. Catherine se voit écrasée par cette femme pleine d'assurance qui finit par l'entraîner au bar de l'hôtel des Ambassadeurs.

Avec l'attitude d'une cliente habituée, la maîtresse de son mari s'installe en retirant sa gabardine. Elle porte une robe moulante trop courte. Ses traits sont réguliers, mais sans charme. Elle croise ses longues jambes sur le côté et retire de son sac une cigarette qu'elle place entre ses lèvres maquillées. Après une légère bouffée, elle plante son regard dans le sien.

— Qu'est-ce que vous me voulez ?

— Vous vous êtes souvent vautrée dans mon lit à Faverolles ?

Irène Vandel affiche un sourire moqueur. Elle retire un peu de tabac de sa langue et la dévisage.

— Quelquefois, oui.

Sa voix est posée.

— Depuis combien de temps ?

— Un certain temps...

Elle a un léger soupir amusé.

— Vous savez que François a disparu ?

Elle souffle une bouffée de fumée blanche puis plisse les yeux pour toute réponse.

— Vous savez où il est ? insiste-t-elle.

La maîtresse de son mari remue la tête et fait rouler ses yeux sans se départir d'un rictus narquois.

L'épouse humiliée sent ses nerfs la lâcher, d'autant qu'elle remarque sa propre bague en émeraude à l'annulaire gauche de la femme. Cette vision l'agresse tant qu'elle ressent une haine féroce pour François et son amante, dont elle ne sait pourtant rien.

— M. Vandel est au courant ? fait-elle, écœurée.

Irène se met à rire.

— Vous avez fait un si long chemin pour me demander ça ? Ce n'était vraiment pas la peine.

— Comment connaissez-vous João Ramirez Pirez ?

Cette fois, elle cesse enfin de sourire, décroise ses jambes et se redresse dans le canapé. Elle marque une longue pause avant de répondre. La mère de famille vient d'appuyer sur un point sensible.

— Pourquoi me posez-vous cette question ?

Irène ne sourit plus.

— Contentez-vous d'y répondre.

— C'est une très vieille connaissance... (Elle fronce légèrement les sourcils.) C'est tout.

— Laissez tomber. Je communiquerai vos coordonnées aux policiers de Clermont qui sont venus m'interroger ce matin.

Catherine se lève et quitte l'hôtel en pressant le pas. Des émotions contradictoires l'assaillent. Voir sa bague au doigt de cette fille l'a profondément blessée, François n'avait donc plus la moindre limite. Pourtant, malgré cette nouvelle offense, une douce satisfaction l'envahit. Elle esquisse un sourire en rejoignant sa voiture. Elle pense que cette rencontre va entraîner un nouvel enchaînement d'événements qui devraient, cette fois, tourner en sa faveur. Du moins, elle l'espère.

15 décembre 2000, 12 heures, Vichy

Sevran trouve rapidement à se garer dans la rue Salignat. Elle vient d'apercevoir la droguerie vieillotte des Chassaing en passant. Le trajet en voiture depuis Clermont l'a engourdie. Elle déplie ses longues jambes et s'étire au milieu du trottoir. Biolet l'observe en tirant une nouvelle cigarette de son paquet.

— Il n'y a pas encore de quoi stresser ! fait-elle remarquer, un sourire en coin.

— J'anticipe. Donne-moi deux minutes.

Elle contourne la voiture et vient se poster à ses côtés, le dos contre la carrosserie.

Un homme à l'allure rigide quitte la boutique. Sevran étudie en silence ses traits secs et ternes, semblables à une falaise battue par les vents. Il porte un anorak gris-bleu et un pantalon au pli très marqué, qui lui donnent une dégaine de vieillard. Il passe devant eux avec une mine méprisante pour Biolet, occupé à aspirer fébrilement la fumée de sa cigarette. Quelque chose dans son attitude désagréable lui fait penser qu'il a un rapport avec les Renon.

— C'est bon. On peut y aller.

La capitaine se redresse et remonte la rue jusqu'au magasin qu'elle observe quelques secondes depuis la vitrine.

L'organisation des produits, l'éclairage et les étals en bois : tout lui donne l'impression d'être soudain parachutée dans les années 1950. Ce sentiment s'accentue lorsqu'elle pousse la porte et que retentit le son d'une cloche. Une dame âgée apparaît, souriante. Sevran approche et tend sa carte de police.

— Peut-on s'entretenir dans un lieu à l'écart, madame, s'il vous plaît ?

La vieille femme prend un air abattu, avant d'appeler son fils à la rescousse d'une voix aiguë. Un homme d'une quarantaine d'années arrive du fond du magasin avec une mine étonnée, qui se meut aussitôt en grimace inquiète. La policière, avare de mots, montre sa carte. Son collègue ne semble pas non plus avoir l'intention d'arrondir les angles. Le fils, Jacques, leur fait signe de la main de se rendre dans l'arrière-boutique. Les policiers le suivent, ainsi que la mère, qui paraît désormais minuscule.

— Nous avons des questions à vous poser au sujet de François Renon.

Aussitôt, la quincaillière émet un petit cri étouffé. Son fils se tient comme une biche devant un groupe de chasseurs.

— Qu'est-ce que vous voulez savoir ? demande-t-il en déglutissant.

— Eh bien, à vrai dire… Tout, répond la capitaine en choisissant un vieux tabouret de bois pour s'asseoir, pendant que Biolet, de son côté, opte pour un escabeau.

— Mon frère devrait être là…, fait remarquer Jacques Chassaing avec un ton de reproche dans la voix.

— Oui, mais malheureusement, nous allons commencer sans lui. Nous vous écoutons.

— Ma mère était mariée… (Il fait un geste vers la vieille dame.) Mais elle a eu une liaison avec Georges Renon pendant dix ans. (Elle baisse les yeux, visiblement vexée par le résumé un peu rapide et peu flatteur de son fils.) Nous sommes le fruit de cette relation extraconjugale. Mon frère David, qui vient de quitter la boutique, est l'aîné. Je suis né six ans plus tard. Georges n'a jamais été présent dans nos vies, et nous avons été éduqués par celui que nous avons toujours considéré comme notre père, Pierre Chassaing. (L'enquêtrice jette un œil à la vieille femme, qui se tord les mains.) Malgré son absence, Georges Renon avait tenu à ce que nous ayons une part de son héritage à sa mort. Mais son fils François s'y est opposé.

— Comment ?

— Il est venu ici complètement ivre. Il a attrapé mon frère par le col, l'a bousculé, et a fini par le jeter contre une série de miroirs que nous vendions à l'époque. David avait le visage en sang. François Renon nous a dit que nous n'aurions jamais droit à rien parce que nous étions des bâtards.

— Et ensuite ?

— Plus de nouvelles.

— Vous avez porté plainte ? demande la capitaine en fronçant les sourcils.

— Pourquoi ? Pour que tout Vichy soit au courant que nous sommes des fils Renon ?

Mme Chassaing sanglote en silence. Sevran se redresse et s'approche d'elle en lui proposant son tabouret.

— Donc, François Renon vient ici vous menacer, battre votre frère, et vous, vous restez là, les bras croisés à reprocher à votre mère sa faiblesse ? C'est ça ?

Malgré elle, elle a durci le ton de sa voix. Le fils baisse la tête avec une moue mauvaise.

— Où est votre frère David en ce moment ?

— Parti à la banque.

— Alors nous allons l'attendre, répond Biolet sèchement.

Plusieurs minutes passent dans un silence pesant. La policière en vient à explorer la réserve de cette vieille droguerie et ses trésors de ficelles, de bouchons en liège et de semences en tout genre pour s'occuper l'esprit. La commerçante a le teint gris et l'air anxieuse. Elle jette de temps en temps un œil inquiet à son fils qui se tient appuyé contre une étagère et n'en bouge plus.

Enfin, David Chassaing arrive promptement dans la réserve, prêt à reprocher à son frère de ne pas tenir le magasin en son absence. Il se raidit en voyant les policiers, bras croisés, qui l'attendent. Sevran avait raison tout à l'heure, c'est bien l'homme sec qu'elle avait repéré dans la rue. Il les observe avec un air de dégoût imprimé sur les lèvres.

— Asseyez-vous s'il vous plaît, monsieur Chassaing.

— Je n'en ai pas envie, répond-il avec une voix nasillarde.

— Très bien. Nous sommes au courant pour l'altercation qui vous a opposé à François Renon il y a quelques années. Qu'avez-vous à nous dire là-dessus ?

— Rien du tout.

— Je vous conseille de faire un petit effort, lui intime Biolet avec un air sévère qui produit son effet.

— Et pourquoi, je vous prie ? demande-t-il en perdant un peu sa contenance.

— Parce que nous sommes policiers à la Criminelle et que nous avons d'excellentes raisons de vous poser cette question.

Le nouveau venu baisse les yeux.

— Il a fallu des heures aux médecins pour me recoudre le visage après son passage... J'ai été hospitalisé plusieurs semaines. J'étais... sous le choc. Il est arrivé ici complètement soûl, il hurlait que jamais nous n'aurions droit à rien... Si Jacques ne l'avait pas maîtrisé... Je suis certain qu'il m'aurait tué.

Sa mère pose sa main sur sa bouche, la mine effarée.

— Pourquoi ne pas l'avoir dénoncé, alors ? insiste le policier.

— Pour ne pas déballer notre linge sale...

— Oui, oui, d'accord. Le qu'en-dira-t-on, les rumeurs, tout ça..., coupe-t-il agacé, en faisant un geste éloquent de la main.

— Je voudrais votre emploi du temps détaillé de la semaine du 25 novembre, s'il vous plaît. Nous allons vous trouver une feuille de papier pour noter tout cela au détail près, annonce Sevran, autoritaire.

— C'est ridicule ! Comment pourrais-je m'en souvenir ? s'exclame-t-il outré.

— C'est à vous de voir. Soit vous faites un effort, soit on vous amène avec nous, toutes sirènes hurlantes, au poste. Et là, c'est sûr : tout Vichy sera au courant, tranche-t-elle, sévère.

Un nouveau cri aigu s'échappe des cordes vocales de Mme Chassaing.

— Jacques, pouvez-vous amener votre mère dans un endroit calme, s'il vous plaît ? demande la capitaine, énervée par la rudesse des deux hommes vis-à-vis de la pauvre femme.

— Connaissez-vous l'adresse de François Renon ? intervient son collègue.

— Non.

— Connaissez-vous le col des Goules ? enchaîne-t-il.

— Vaguement… Je ne suis pas très porté sur la montagne.

— Quels sont les outils que vous possédez ?

— C'est une blague ?

— J'ai l'air d'un clown ? répond Biolet avec dureté.

Jacques Chassaing tend une feuille de papier à son frère qui commence à écrire. Les policiers se regardent.

— Allez, au boulot ! Et je vous conseille de ne rien oublier. (Il se penche vers lui avec une moue mauvaise.) On va tout vérifier.

Le regard haineux, le plus âgé des frères commence son inventaire en silence. Au bout d'un long quart d'heure, il rend sa copie à Sevran qui plonge aussitôt son regard dans son écriture scolaire.

— Vous habitez seul ? demande-t-elle.

— Oui. Au-dessus de la boutique. Maman est en bas, dans l'arrière-cour.

— Personne ne peut confirmer votre présence ici ces soirs-là ?

— Malheureusement, à part maman… non, répond-il, glacial.

— Vous avez peut-être passé des coups de fil à des personnes qui peuvent en témoigner, acheté quelque chose avec une carte bleue quelque part en ville ?

— Non plus.

— Vous avez écouté la radio ? regardé la télé ? Vous vous souvenez des programmes ?

— Pas du tout.

— Est-ce que vous êtes en train de vous foutre de nous ? demande Biolet, irrité par son manque de coopération.

— Mais non, enfin !

— Sans effort de votre part, vous pourriez vous retrouver en très grande difficulté, vous comprenez ? fait remarquer Sevran.

— Mais enfin, qu'est-ce que vous me reprochez, au juste ?

— François Renon a été retrouvé assassiné. Vu que vous aviez un gros contentieux avec lui, il est logique que nous voulions vérifier vos alibis avant d'échafauder des scénarios.

— Vous pensez que je l'ai tué ?

— Vous aviez une excellente raison de vouloir le faire, affirme la capitaine laconique.

— C'est honteux !

— Vu votre attitude… non, pas vraiment, répond son équipier, cassant.

Pendant de longues minutes troublées de temps à autre par les craquements des étagères en bois, au milieu d'une atmosphère saturés de poussière et d'encaustique, le fils illégitime s'efforce de reconstituer son misérable emploi du temps. Le front perlé de sueur, il tend son résumé à Biolet. Les policiers lui intiment l'ordre de ne pas quitter la région et sortent enfin avec un besoin partagé de reprendre leur respiration.

Ils s'écartent rapidement de la vitrine et se dirigent vers la place Charles-de-Gaulle. Ils s'assoient quelques instants sur un banc face au bureau de poste.

— Qu'est-ce que tu en penses ? demande Sevran les yeux plissés.

— Il n'a pas d'alibi et toutes les raisons du monde d'avoir tué Renon.

— Et il a les outils..., dit-elle absorbée.

— Hum... Mais pourquoi maintenant ?

— Je ne sais pas du tout.

— Et Jacques ? Qu'est-ce que tu en penses ?

Il la regarde, sombre.

— Il est inhibé, coincé entre les jupes de sa mère et la rigidité de son frère... Je vais vérifier son emploi du temps à lui aussi... Ensuite... on verra.

18 décembre 2000, 13 heures, Ferrières-sur-Sichon

Les yeux de Jeanne forment deux bosses rouges à force d'avoir trop pleuré. Elle a posé son regard il y a plusieurs minutes sur la cheminée, allant et venant dans un mouvement lent et désorganisé entre le tas de cendres noir et blanc, la poutre qui surplombe les piliers de pierre sculptée, la ferronnerie et ses courbes entrelacées qui retiennent quelques bûches en attente d'être brûlées.

Mais son cerveau n'enregistre rien de ce qu'il voit. Pour le moment, il se contente d'assurer les fonctions vitales : ventilation, transport d'oxygène des poumons aux cellules, contraction permanente et régulière du cœur, maintien de la tension artérielle.

Depuis le choc subi, il assure sa survie, rien de plus.

Pour Jeanne, la fin du monde a eu lieu lorsque les policiers lui ont annoncé la mort de François. Rien ne vaut plus la peine de se battre, maintenant. Le chaos pressenti est là. Les fondations de son existence ont volé en éclats et forment un tas de ruines à ses pieds. Elle se sent ensevelie sous un lourd amas de pierres. Comme une survivante hagarde, elle se répète en boucle : *Mon frère… assassiné…*, sans parvenir à réaliser le sens de ces mots. Ses lèvres gercées sont entrouvertes, son regard est vide.

Depuis quelques minutes, elle sent la présence de Victor dans son dos qui l'examine en silence. Elle tourne lentement son visage inexpressif vers lui, qui s'approche.

— Tu es choquée, Jeanne. Je pense qu'il faudrait que tu voies quelqu'un. Ne reste pas comme ça, tu n'es pas bien !

Sauf que pour le moment, elle ne ressent rien. Pas même la peine. Pas encore. Elle se prépare à la douleur comme on attend une tempête. Elle n'a pas l'intention de chercher à l'atténuer, elle veut s'y enfoncer complètement, et laisser la plaie ouverte.

Elle repense à lui. Leurs longues courses à cheval dans la plaine de la Limagne. Sa figure noire de cambouis après s'être plongé pendant des heures dans les moteurs. Plus tard, sa tête d'ivrogne et son sourire désespéré… Elle se souvient aussi qu'un jour, François lui a demandé pardon d'avoir été le témoin passif des crises terrifiantes de leur mère. Elle le lui a accordé, bien sûr. Pas Marie. Les remords ont rongé François des années durant, comme la rouille attaque le fer. Ils en ont fait une épave. Elle, qui connaissait les raisons de son désespoir, n'a rien fait pour l'aider. Au moins, elle n'a pas cherché à le tuer… Elle se rembrunit soudain. Elle revoit la lueur inquiétante au fond des pupilles de Marie. Son geste terrible avait été mûrement réfléchi. Il n'avait rien d'une folie passagère.

La peau de son front pâle se tend anormalement en laissant apparaître les marques de fines lignes régulières. Avec une obstination qui lui est étrangère, elle cherche une clé dans ses souvenirs longtemps enfouis. Mais rien ne lui vient à l'esprit. Jeanne ne comprend pas l'origine de la haine de Marie pour François. Dans un geste irréfléchi, elle prend son téléphone pour l'appeler. Elle a besoin de savoir maintenant. Au bout d'un instant, sa sœur répond avec sa voix habituelle. Jeanne en conclut qu'elle est moins affectée qu'elle.

— Pourquoi tu lui as retiré la perfusion à l'hôpital ? demande-t-elle de façon abrupte.

Un long silence s'installe.

— Pourquoi tu parles de ça maintenant ?

— Je veux savoir.

— Ça n'a plus aucune importance.

— Si, au contraire ! insiste Jeanne.

— Écoute, c'était il y a plus de vingt ans. Je ne vois pas pourquoi tu remues tout ça ? s'impatiente sa sœur.

— Ce souvenir m'est revenu et j'en ai parlé aux policiers... Je leur ai dit ce qui s'était passé quand il était dans le coma, les coups que tu m'as donnés lorsque j'ai cherché à le sauver.

— Pourquoi tu as parlé de ça ?!

— Parce que je n'ai jamais compris ta haine, Marie...

— Tu agis comme elle ! Elle a toujours cherché à nous séparer, jalouse qu'elle était de notre complicité... Comment tu as pu me faire ça, Jeanne ?

— Je ne suis pas comme elle ! Tu entends ? Les policiers cherchent à comprendre. Et moi aussi ! (Elle reprend son souffle.) Je me demande si tu n'aurais pas eu, une nouvelle fois, l'idée épouvantable de le tuer...

— Je t'interdis de dire une chose pareille. Mais qu'est-ce qui te prend, enfin !

— Rien. Je veux savoir. C'est tout.

— Ah !... Tu as toujours été tellement persuadée d'être innocente et vertueuse ! Tu devrais avoir honte.

— Je..., commence la cadette.

— Tu ne t'es jamais posé la moindre question sur la provenance de ton argent ? Tous ces placements que Victor a faits en ton nom ? Tu as les mains sales, ma pauvre, et tu ne t'en rends même pas compte !

— Ça suffit. Réponds-moi ! Est-ce que tu l'as tué ?

Jeanne aussi est en colère.

— Non.

— Et il y a vingt ans, pourquoi tu as voulu le tuer après son accident ?

— Au revoir.

Jeanne est bouleversée. Ses lèvres forment un rond silencieux, l'anxiété et la crispation ont fait disparaître les cernes lourds apparus la veille. Elle pose une main sur son front chaud, elle étouffe à l'intérieur. À tâtons, elle s'emmitoufle dans un lourd manteau et sort dans la cour.

Le vent froid lui glace les os. L'odeur de crottin et de bois humide s'engouffre dans ses poumons. Elle voudrait s'enfoncer profondément dans la forêt et ne plus jamais revoir un des membres de cette famille vipéreuse.

18 décembre 2000, 16 heures, Vichy

Sevran et Biolet marchent côte à côte en silence sur l'avenue Kennedy. Leurs visages sont marqués par la fatigue et la tension. Tous les deux ont les mains enfoncées dans leurs poches, les épaules raides et le cou protégé par leur cache-nez.

Arrivés en bas de l'immeuble de Marie Renon, la capitaine regarde avec lassitude son équipier, qui lui renvoie la même moue. Lorsqu'elle pousse la porte du cabinet de la neurologue, elle tombe nez à nez avec sa secrétaire. La jeune femme balbutie quelques mots et se rend dans le bureau de sa patronne qui ne tarde pas à se présenter dans l'embrasure de la porte.

La sœur de François a mauvaise mine. Elle les accueille avec réserve dans son bureau où règne une chaleur moite.

— Ne me dites pas que vous avez déjà du nouveau ? demande-t-elle avec nervosité.

— Rien que l'on puisse communiquer pour le moment, précise Biolet.

— Que me voulez-vous, cette fois ?

— Eh bien, on voudrait que vous nous expliquiez pour quelles raisons vous avez cherché à tuer votre frère lors de son hospitalisation.

Biolet feint le détachement.

— Ah oui… D'accord. (Elle a un sourire pincé.) Sacrée Jeanne. Elle m'a prévenue qu'elle vous avait parlé de ça. On ne l'entend pas pendant des années et tout à coup, elle se réveille… (Elle les regarde droit dans les yeux.) Je vais tout vous dire… J'avais 16 ans quand François a eu son accident avec la voiture de mon père. Ma mère s'est transformée en pleureuse pendant une semaine. Elle refusait de dormir, boire, manger, bref… Elle nous a toujours montré que nous n'avions aucun intérêt pour elle, mais à cette occasion, il faut dire qu'elle s'est surpassée. Vous me trouvez dure, n'est-ce pas ? (Elle s'enfonce dans son fauteuil. Les enquêteurs se jettent un regard furtif, sans répondre.) Pendant des années, ma sœur et moi avons été battues. Le matin, le soir, parfois même en pleine nuit… Quand, aussi simplement que je vous le dis, elle avait besoin de se défouler, elle nous réveillait. (Elle marque une pause.) On allait à l'école avec des cols roulés au mois de juin pour cacher les hématomes. (Son œil brille.) Mon frère assistait à ces déchaînements de violence sans rien dire. Un jour, peu avant son accident, ma mère m'a dit : « François a besoin que nous financions ses études. Toi tu n'en feras pas. Tu n'en es pas capable. » Sans s'en rendre compte bien sûr, elle venait d'ouvrir la boîte de Pandore. François n'avait aucun talent pour les études soit dit en passant. J'étais tellement désespérée ! Je me suis tournée vers mon père, mais il voulait absolument éviter les conflits. Dans mon esprit d'adolescente en souffrance a germé l'idée que sans mon frère, je pourrais peut-être mener une existence meilleure. Quand il s'est retrouvé dans le coma, j'ai pensé qu'il était temps de saisir ma chance.

— Vous avez réellement souhaité sa mort ?

— Oui. Bien sûr que oui… Maintenant, évidemment, je me rends compte que cela aurait été terrible, mais à l'époque, je voulais qu'il disparaisse, et qu'elle meure de désespoir. Je ne voyais pas d'autre solution pour continuer à vivre.

— Une fois votre tentative avortée, qu'avez-vous fait ?

— J'ai fui à Paris où j'ai eu de petits boulots qui m'ont permis de financer entièrement mes études de médecine.

— Vous étiez très proche de Jeanne, comment cela s'est passé pour elle ?

— Elle s'est rapprochée de François… Elle n'avait pas d'ambition, c'était parfait pour lui et pour mes parents.

— Pourquoi êtes-vous revenue dans la région, alors ? demande l'enquêtrice.

— J'ai épousé un Parisien qui a été muté ici ! J'ai pris ça comme une punition pour le geste fou que j'avais commis des années auparavant. Mais je l'ai accepté. Et j'ai rendu visite à ma mère une fois par semaine pendant quinze ans sans me plaindre.

La capitaine reste un moment silencieuse à observer Marie Renon. Son équipier poursuit pour la forme le fil de son interrogatoire. Elle ne les écoute pas. Un frisson la parcourt en imaginant Michelle en mère maltraitante vingt ans plus tôt, semant les graines du chaos dans sa famille, sans en prendre conscience. Maintenant, elle comprend mieux la froideur et la dureté de Marie, la tristesse écorchée de Jeanne. Mais Michelle Renon reste pour elle une énigme.

Les deux policiers quittent le cabinet avec l'impression d'avoir pataugé pendant des heures dans les miasmes. Sevran longe l'avenue en humant l'air d'hiver, les poings serrés dans ses poches. Il faudrait garder la distance nécessaire pour examiner cette famille à la loupe sans jamais la juger, mais cette mère échappe forcément à la règle. Comme si elle cherchait au fond d'elle à réveiller une forme de compassion, elle imagine la vieille femme malheureuse coincée entre un mari absent et volage et des enfants dont elle ne voulait pas. Mais une grimace déforme ses traits. Michelle Renon n'est pour elle qu'un monstre.

29 décembre 2000, 14 heures, Clermont-Ferrand

Des talons pressés traversent le couloir en claquant sur le sol. Le bruit sourd de conversations inaudibles parvient jusqu'au bureau des enquêteurs où règne un silence studieux. La paperasse envahit les tables. Il y a longtemps déjà qu'une fine poussière en suspension s'est mise à concurrencer l'oxygène dans cet espace confiné. Ghemzi et Navard sont penchés l'un en face de l'autre, absorbés par l'étude des relevés de comptes de François Renon. Biolet, un casque sur les oreilles, retranscrit les conversations téléphoniques de son épouse Catherine. Comme les policiers s'y attendaient, Noël a été l'occasion de nouveaux déchirements à coups de petites phrases au vitriol. Désormais, les esprits sont suffisamment échauffés pour que la bombe à retardement explose dans un immense fracas. Catherine, plus confuse et esseulée que jamais, s'est repliée dans sa maison comme une louve avec ses petits. Michelle, Jeanne et Marie ont encore échangé quelques missiles jusqu'à l'arrêt définitif des relations diplomatiques quelques jours plus tôt.

Sevran a toujours pensé que Noël était un accélérateur à particules du chaos. Elle a passé le sien en compagnie de sa mère en région parisienne. Le triste tête-à-tête a fait peser sur elle le poids d'une immense solitude lugubre. À son retour, elle s'est plongée dans le travail. Pathétique tentative de comblement du vide.

Son visage caché par ses cheveux lâches, un feutre jaune fluorescent à la main, elle étudie les fadettes du téléphone portable de François Renon. Les horaires, les bornes activées lors des appels et leur durée y sont notés. Chaque numéro est vérifié en le faisant correspondre à ceux de Catherine, Marie, Jeanne, Michelle Renon, les frères Chassaing… Quant aux appels de provenance inconnue, l'opérateur mobile la renseignera bientôt sur l'identité de leur correspondant. Même ceux inscrits sur liste rouge qui souhaitent pourtant rester discrets verront bientôt leur identité révélée.

Les relevés téléphoniques sont éparpillés autour de son clavier d'ordinateur. Elle en choisit un qu'elle approche de son visage, si bien qu'il s'éclaire maintenant d'une lueur pâle. Quelque chose la fait tiquer. Le dernier appel de la victime était destiné à sa mère, Michelle, le 29 novembre à 20 heures 12. Il n'a duré que cinq secondes. Elle fait un signe de la main à son équipier qui interrompt un instant son écoute.

— Dis-moi, Brun a bien dit que François Renon était mort une semaine avant qu'on découvre son corps au col des Goules ?

— Exact, répond-il en relevant ses bras derrière sa nuque pour s'étirer.

— Sa mère a reçu un appel de son portable sur sa ligne fixe le 29 novembre… (Sevran pose ses coudes devant elle.) C'est-à-dire trois ou quatre jours après sa mort…

— Quelqu'un cherchait à faire croire qu'il était toujours de ce monde…

— L'appel a activé les bornes de Randan-Loriaval, ça te dit quelque chose ?

— Oui, c'est du côté de Vichy. (Il porte un stylo à sa bouche.) On cherche donc un endroit dans ce secteur, où un dingue a pu découper et garder le corps pendant au moins cinq jours ?

— C'est ça.

— C'est pas la zone la plus habitée du coin. C'est même l'endroit idéal, observe Biolet, le regard absent.

— Ne nous emballons pas, c'est peut-être une fausse piste. Mais je voudrais tout de même aller y jeter un œil…

Ravi d'avoir un prétexte pour quitter le bureau, il enfile déjà son manteau. Sevran fait un signe d'adieu de la main à Ghemzi et Navard, toujours noyés dans les nombreux éléments de l'enquête.

La policière se laisse glisser sur les boulevards qui ressemblent à de grosses artères vides jusqu'à atteindre l'autoroute. La météo n'augure rien de bon, mais pour elle aussi, cette sortie est la bienvenue.

— Qu'est-ce que tu fais le soir du réveillon ? lui demande son collègue pour rompre la monotonie du trajet.

— Le soir du réveillon ? répète-t-elle, comme désorientée.

— On ne t'a pas prévenue que c'était bientôt le premier de l'an ?

— Oh… J'avais complètement oublié. Rien de particulier. Je devais faire ça en famille mais ça s'est annulé… Pas grave.

Elle hausse les épaules machinalement.

— Viens à la maison, on fera un truc simple. Julie a très envie de te rencontrer.

— Oh… Merci, Biolet, mais je veux être sur le pont tôt le lendemain, alors…

Elle a une moue embarrassée.

— Alors, on commencera dès 20 heures, conclut-il en tournant la tête vers la campagne léthargique.

La capitaine s'apprête à protester mais se ravise. Biolet et sa compagne pourraient se vexer. Après tout, franchir le cap de la nouvelle année accompagnée n'est pas une mauvaise idée.

Arrivée à Randan, Sevran se sent soudain immensément lasse. Comme l'avait signalé son collègue, la zone est peu peuplée. Une forêt noire et compacte s'étend sur des kilomètres autour d'eux. Elle pressent que les heures à venir vont être pénibles, peut-être même se révéleront-elles parfaitement inutiles à l'avancée de l'enquête.

Dans un froid sec, ils tapent aux portes des habitants du patelin. Les hommes et les femmes qui leur ouvrent ont en moyenne entre 40 et 70 ans. Ils affichent tous cette mine à la fois surprise et inquiète de ceux qui craignent que le cours tranquille de leur existence prenne soudain un virage inattendu. Dans chaque hameau de la zone, ils s'arrêtent et questionnent en duo rodé les habitants. L'enquêtrice sent son corps lui peser plus qu'à l'accoutumée.

Une douleur aux lombaires se réveille doucement jusqu'à devenir insupportable. Le pessimisme la gagne.

Ils reprennent la voiture pour s'éloigner un peu du côté du lieu-dit les Charmes. Là, elle stationne à l'angle d'une petite rue déserte devant une maison en brique aux volets vert pâle. Son équipier tape à une porte, une dame âgée aux cheveux blancs comme un linge et avec de petites joues comme des billes roses apparaît.

Elle porte un pull-over et un jogging noir sous un tablier blanc. Elle n'arrive pas aux épaules de Sevran. Elle leur offre un large sourire qui les réchauffe un peu. La dame écoute attentivement les explications de la capitaine et se met à réfléchir. Elle les invite à l'intérieur en leur proposant un café qu'aucun des policiers n'a le cœur de refuser, bien qu'ils pensent tous les deux perdre leur temps. La petite vieille leur tourne le dos, occupée à sa cafetière. Lorsqu'elle s'approche avec leurs tasses dans les mains, un de ses yeux noir et vif cligne en direction de Biolet.

— J'ai vu du mouvement dans la ferme des Lyonnais, vers le Buron.

— Quel genre de mouvement ?

— Pendant à peu près une semaine, une camionnette blanche était garée devant, alors qu'il n'y a jamais personne. En promenant mon vieux chien, un jour, j'ai vu un homme que je ne connais pas faire des va-et-vient… (Elle dresse un doigt malicieux en l'air.) Je me suis dit : celui-là, il est en train de faire un sale coup.

Sevran adresse un coup d'œil à Biolet qui la regarde sans expression.

— Qu'est-ce qui vous faisait penser ça ? enchaîne la policière.

— Ben vous savez, la tête que font les gens quand ils se cachent et qu'ils ont pas envie qu'on les surprenne ? Cette tête-là ! répond la grand-mère tout sourire.

— Vous pourriez nous le décrire ? l'interroge Biolet.

— Un peu comme vous… Cheveux bruns, je dirais… Peau blanche, de taille moyenne… Plutôt mignon. (Elle plisse les yeux.) En tout cas, ce n'est pas le propriétaire de la maison. Le Lyonnais, il n'a pas cette tête-là.

L'enquêtrice goûte son café du bout des lèvres. Comme elle le craignait, c'est de l'eau noire fade. *Un café de mamie.*

— Et vous avez vu ce qu'il y avait dans le véhicule ? poursuit-elle.

— Non, mais il allait et venait sans arrêt de la camionnette vers la maison.

La vieille dame a posé ses mains sur sa taille.

— Il était seul ? Vous êtes sûre ? insiste Sevran.

— Moi, je n'ai vu que lui… Mais il y avait peut-être quelqu'un d'autre. (Elle réfléchit.) Ça, je peux pas dire.

— Et vous ne l'avez vu qu'un seul jour ?

— Oui. Il a laissé la voiture et puis il est revenu la chercher ensuite. Parce que après, elle n'était plus là.

En écoutant la vieille dame, la capitaine ressent la chair de poule caractéristique des moments où elle flaire une piste.

Elle l'observe sortir de vieux biscuits du placard, et prétexte un rendez-vous urgent à Clermont pour parvenir à prendre congé d'elle. Les petites joues de la grand-mère se dégonflent aussitôt de déception.

Une fois dans la voiture, Biolet s'installe au volant et se dirige vers le lieu indiqué. Une maison isolée apparaît à l'orée de la forêt. Elle est simple, fermée par des volets gris, aucun véhicule n'est garé devant. Ils pénètrent sur le terrain sans clôture, et font le tour de la bâtisse en silence. La serrure de l'entrée n'a pas été forcée, les volets aux fenêtres sont intacts, rien aux abords directs de la bâtisse n'attire leur attention. À une trentaine de mètres d'eux, au fond de ce jardin sans bosquet ni relief, ils examinent une grange en bois vers laquelle ils convergent en marchant côte à côte. La construction a l'air ancienne, la porte est retenue par un simple crochet.

Les policiers se regardent, hésitants, puis Sevran se décide à pénétrer à l'intérieur. Il y fait sombre. Elle retire de la poche de son sac une fine lampe de poche qu'elle oriente de gauche à droite. De nombreux outils sont rangés contre un mur, du vieux matériel agricole rouille au fond. La lumière éclaire soudain une scie circulaire. Sa vision lui provoque aussitôt un élancement dans les lombaires. Elle jette un regard nerveux à son collègue qui semble être dans le même état de tension qu'elle. Puis elle oriente le faisceau lumineux vers l'autre coin du fond de la grange où un drap blanc est roulé en boule sur un tracteur. Elle approche et tire un pan du drap du bout de ses gants en cuir. Le tissu a été déchiré en morceaux. Les enquêteurs effectuent un demi-tour prudent sur eux-mêmes.

— Là-bas, derrière la brouette, tu vois ce que je vois ?

— Sous les caisses en bois ? Tu penses que…

— Oui. C'est un congélateur.

Biolet lâche un juron de surprise. La capitaine s'en approche en retenant sa respiration et l'ouvre lentement. Il est sale, mais vide et décongelé. Aussitôt, elle attrape son portable dans la poche arrière de son jean, tend sa lampe de poche à son équipier et file à l'extérieur pour demander un mandat de perquisition au procureur Candal.

Quelques heures plus tard, deux techniciens en identification criminelle sont là avec Ghemzi et Navard. Pendant que la Scientifique est occupée à relever les outils de la grange, le reste des policiers force les portes de la maison. Comme l'avait indiqué la vieille dame, le propriétaire est un Lyonnais qui a été informé de la perquisition des lieux. Il a été convoqué au commissariat pour un entretien le lendemain même.

Sevran pénètre la première dans une cuisine vieillotte mais propre et bien rangée. Elle ouvre chaque tiroir, chaque placard à la recherche d'un élément susceptible de les intéresser. Elle poursuit dans un petit salon où elle remarque aussitôt la présence d'un insert sur lequel elle pose un regard inquiet. De fines fibres de tissu blanc en partie consumées sont mélangées aux cendres. Elle appelle Biolet qui arrive à la course.

— Je suis sûre qu'il a servi à mettre le feu au corps, c'est le même qu'au col des Goules.

— Les TIC[1] nous le diront bientôt… Mais je dirais que oui, c'est possible.

— Capitaine !

La voix fluette de Ghemzi fait sursauter l'enquêtrice qui part au pas de course à l'étage. La douleur dans son dos s'est évanouie. Une énergie nouvelle la propulse en haut des marches. Navard et Ghemzi sont à genoux dans une salle de bains au carrelage jaune.

1. Techniciens en Identification Criminelle.

— Ça sent le détergent. Tout a été lavé à grande eau récemment. (Navard fait courir son doigt sur le carrelage.) Là, dans les rainures, ça a l'air d'être du sang.

La capitaine s'agenouille à ses côtés. Ses genoux tremblent sur le sol glacé. Elle colle presque son nez sur l'endroit indiqué par Navard :

— OK. Tu peux demander aux collègues de la Scientifique de nous passer tout ça au Bluestar dès que possible, s'il te plaît ?

Dans un silence de plomb, Sevran, Biolet et Ghemzi attendent le retour de Navard, accroupis. Les turbines, dans le cerveau de la capitaine, marchent à plein régime. Elle est persuadée de tenir enfin un bout du fil de l'histoire. C'est ici qu'a dû être caché puis découpé le corps avant être jeté aux Goules. Des pas font grincer le plancher au rez-de-chaussée. Un TIC en combinaison blanche apparaît enfin. En silence, il s'occupe calmement de fermer le volet de la fenêtre puis la porte de la salle de bains. Toute l'équipe se retrouve plongée dans la pièce obscure. Il asperge méticuleusement toutes les surfaces au révélateur puis éclaire les zones d'une lampe bleue. Quelques secondes à peine suffisent à voir se dessiner des traces et des coulures de sang partout. Sur le sol, la baignoire et les murs. La policière se sent traversée par un frisson.

— C'est la petite maison des horreurs, ici ! s'exclame le technicien. On dirait qu'on a mal fait le ménage… Heureusement qu'ils n'ont pas utilisé de Javel ! siffle-t-il, satisfait.

— C'est donc ici qu'a eu lieu la découpe du corps de François Renon…

Sevran se sent mi-horrifiée, mi-soulagée par la découverte.

— Au fait, je n'ai jamais compris pourquoi la Javel faussait les résultats…, demande Biolet, le regard concentré sur les traces lumineuses.

— Eh bien, le Bluestar réagit entre autres en présence de sodium contenu dans l'eau de Javel. Si une scène de crime est nettoyée avec une solution diluée d'eau de Javel, elle devient entièrement fluorescente… Et on perd toutes les traces organiques : sperme, sang… (Le spécialiste se redresse.) Mais là… c'est parfait ! murmure-t-il pour lui-même avec un rictus.

— Et les outils de la grange ?

Le TIC remue lentement la tête.

— Lavés méticuleusement à la Javel, justement… On verra si on peut en tirer quelque chose au labo, mais ça me semble mal parti.

Sevran lâche une profonde expiration. L'excitation un peu dissipée réveille l'insidieuse douleur au creux de ses reins. Elle se courbe dans une vaine tentative de calmer l'élancement, la tête penchée vers le bas. Le sang qui afflue jusqu'à son cerveau l'apaise un peu. Découvrir cette maison est une sérieuse avancée dans l'enquête. Il aura suffi d'une conversation anodine avec une grand-mère en mal de distraction… Elle se relève avec un sourire fatigué. Son équipier observe la pièce avec gravité.

— On a bien avancé aujourd'hui. Bon boulot, camarade !

Elle lui donne une petite tape amicale sur l'épaule puis se dirige nonchalamment en bas, vers le salon, pour s'y reposer quelques minutes.

Lorsqu'elle s'affale dans un fauteuil, il fait déjà nuit dehors. Au plafond, un lampadaire en porcelaine éclaire la tapisserie à fleurs en la teintant de jaune. Ses yeux se perdent dans l'insert. Elle imagine le meurtrier entre ces murs en train de s'affairer à la découpe et l'élimination des membres de François Renon. Un frémissement parcourt son dos, quand arrive Biolet, la mine creusée. Il s'assoit face à elle sur un radiateur en fonte.

— On fait venir une pelleteuse pour creuser le jardin à la recherche des membres. On en a pour un moment, soupire-t-il.

— Hum… La terre n'a pas l'air d'avoir été retournée récemment, mais on doit en avoir le cœur net.

Elle se laisse glisser, les mains accrochées aux accoudoirs en cuir râpé, prête à passer la nuit dans cette maison de l'horreur.

30 décembre 2000, 9 heures, Ceyrat

L'allume-cigares fait rougir le bout de cigarette que tient João entre ses doigts. Une ride aussi profonde qu'une faille s'est creusée entre ses sourcils. Ses pupilles noires observent le rétroviseur intérieur de son pick-up qui ne reflète rien d'autre qu'une armée de sapins sombres et un bout d'allée boueuse. Seul le bruit sourd du pot d'échappement qui refroidit perturbe le silence.

Enfin, des phares de voiture puis le capot bleu marine du break de sa patronne apparaît dans le miroir de courtoisie. Le contremaître tourne la tête dans sa direction. Elle semble étonnée de le voir là. Il s'extrait du siège de son pick-up en pensant qu'il aurait dû se préparer à la conversation qui va suivre. L'improvisation n'a jamais été son fort.

— Qu'est-ce qui se passe, João ? Un problème ? s'inquiète-t-elle.

— J'ai bien réfléchi. Je ne veux plus travailler pour vous.

— Non, ne dites pas ça, enfin ! J'ai besoin de vous !

Elle s'approche de lui. João ne voit pas quoi ajouter. Il a dit l'essentiel. Elle va certainement chercher à le retenir et peut-être même se mettre à le supplier. Il lève un sourcil dédaigneux vers elle et l'observe se rapprocher encore un peu. Elle ne porte pas ses lunettes ce matin. Elle a relevé ses cheveux, mais de fines mèches courent sur sa nuque. Elle s'est maquillée discrètement. Il ne peut pas nier qu'il est séduit, mais elle n'est pas vraiment son genre de femme. Trop compliquée. D'ailleurs, il n'est certainement pas son genre d'homme non plus. Elle doit viser plus haut. Les types séduisants et riches, pas les hommes comme lui, évidemment. Il la sent presser son bras.

— Entrez, s'il vous plaît ! lui demande-t-elle en le précédant.

Il s'y attendait. Elle va tout tenter pour le garder comme contremaître. Il décide de se laisser entraîner à l'intérieur, après tout, il n'a pas grand-chose à perdre. Il se retrouve assis dans le salon pendant qu'il l'entend s'affairer à la préparation d'un café dans la cuisine. Elle revient avec deux tasses dans la main, l'air étrangement soucieuse. Il retient son souffle, persuadé qu'elle va lui annoncer une mauvaise nouvelle.

— La paye est suffisante, n'est-ce pas ? demande-t-elle en espérant son approbation.

— Ça va.

— Écoutez, ce serait idiot de ma part de vous promettre davantage. La société n'est pas encore sortie des ennuis, et…

— C'est pas le problème.

— Alors quel est le problème ?

Elle prend un air pincé. Il se retient. Il n'a pas envie de lui expliquer les raisons de sa décision. Il pense qu'il faut se méfier de cette patronne-là. Son instinct lui a souvent joué des tours, mais cette fois, il sait qu'il faut s'y fier. Catherine Renon est une rose qui cache ses épines. Et puis, elle est trop présente sur les chantiers. Elle arrive sans prévenir, inspecte tout… Il aime se sentir seul maître à bord. Et ça, ce n'est pas une chose qu'il peut se permettre de lui dire.

— J'ai des informations sur la femme que vous recherchez.

Elle coupe brutalement ses réflexions en s'éloignant de lui.

Pris par surprise, il la dévisage de ses yeux sombres. Elle se mord les lèvres, se tord les mains, le visage affecté, crayeux. Il se demande s'il ne ferait pas mieux de partir. Des nouvelles d'Irène ne valent rien de bon pour lui. Pourtant, il reste là, sidéré.

— Je l'ai rencontrée à Vichy il y a quelques jours.

Une vague brûlante grandit dans sa poitrine. Il ferme les yeux quelques secondes pour observer ses ravages. Décidément, il ne parvient plus à contenir cette rage. Son poing droit se serre tant que les veines de ses avant-bras enflent à vue d'œil.

— À Vichy ?

— Oui, elle travaille dans un laboratoire.

Il écarquille les yeux, sonné. *Irène, dans un laboratoire ?* Dans d'autres circonstances, il aurait éclaté de rire. Mais, ici, maintenant, il ne comprend pas. Comment sa patronne peut lui donner des nouvelles d'Irène ? Pourquoi se sont-elles rencontrées ? Aurait-il de bonnes raisons de s'inquiéter ?

— João... Comme je le craignais, Irène était la maîtresse de François. Elle me l'a confirmé.

Il se lève et pousse la lourde fenêtre coulissante du salon pour se rendre à l'extérieur, prêt à craquer. Il doit voir Irène. C'est un mal nécessaire. Le seul moyen de mettre un terme aux tourments qui le rongent. Elle vient le rejoindre sur la terrasse, recroquevillée dans son manteau.

— Qu'est-ce que vous lui avez dit ? demande-t-il sur un ton ténébreux.

— Je lui ai demandé si votre nom lui rappelait quelque chose...

— Et alors ?

— Elle est devenue blême... Elle a dit que vous étiez une vieille connaissance.

— Une vieille connaissance ? (Il tape lourdement du poing sur le bois gelé.) Putain ! s'exclame-t-il.

— Écoutez, João, vous et moi, nous sommes liés à cette femme et… François a disparu. Les policiers sont venus me poser des questions et…

— Quoi ?

Une douleur apparaît sur son visage.

— Nous pouvons trouver une solution ensemble…

Il l'observe avec méfiance. À bien y regarder, ses épines sont visibles. Il voudrait fuir à toutes jambes, mais il faut qu'il en apprenne davantage.

— Où est-ce que je peux la trouver ?

— Non, vous ne devez pas y aller…

— Où ?

Il se met à crier si fort que Catherine Renon tremble comme une feuille.

— Les laboratoires Vandel, dans la zone industrielle à Vichy. Elle s'appelle Mme Vandel, maintenant.

L'ouvrier quitte la propriété en faisant rugir le moteur. La benne métallique bringuebalante fait un boucan de tous les diables dans l'allée gravillonnée. Malgré la vitesse et le bruit, il n'a pas l'impression de conduire. Il se sent maintenant aussi impuissant qu'un témoin embarqué dans sa propre existence. Il reconnaît cet état. *Irène, Irène, Irène.* Il y a vingt-deux ans, comme aujourd'hui, rien ni personne n'aurait pu empêcher la tragédie de se produire.

30 décembre 2000, 10 heures, Clermont-Ferrand

— Allô ?

— C'est Jacques Chassaing.

— Oh… Bonjour.

— Ma mère a eu un malaise cardiaque à la suite de votre visite à la boutique… et de celle de la police.

— Je suis désolée. Comment va-t-elle ?

— Mal. Elle est allée à l'hôpital, elle est bouleversée. Écoutez… Ne repassez pas nous voir, ni vous, ni votre sœur… Ce n'est pas une bonne idée. Nous…

— Attendez… S'il vous plaît ! François est mort… assassiné… La police a dû vous le dire… (Marie Renon marque un silence.) C'était aussi votre frère, après tout.

— Oh… ! Il n'a jamais été autre chose qu'un problème pour notre famille. (Son ton devient plus ferme.) David et moi, nous nous sommes demandé si sa mort changerait quelque chose pour nous.

— Je ne comprends pas.

— Eh bien, par rapport à l'héritage de Georges ! Nous pouvons peut-être enfin avoir notre part maintenant, non ?

— Oh ! Comment osez-vous ?

Sous la barre de progression de l'enregistrement, l'affichage annonce 40 secondes et 12 centièmes. Un casque sur les oreilles, Sevran ouvre de grands yeux étonnés. Elle appuie sur la touche « Rewind » pour écouter de nouveau la conversation de Marie Renon et griffonne sur son carnet : « Jacques Chassaing, frère de David Chassaing, François, Marie et Jeanne Renon. » Une fois l'écoute terminée, elle siffle d'incrédulité.

Elle attend l'arrivée de Biolet qui tarde. Ils ont passé une bonne partie de la nuit précédente en quête des membres et de la tête de François Renon dans le jardin du « Lyonnais », aux Charmes. Après des heures de recherches à la pelleteuse dans le jardin éclairé avec de puissants projecteurs, ils n'ont rien trouvé. Elle regarde sa montre, plus que quelques minutes avant que le propriétaire des lieux débarque pour être interrogé. Elle regarde ses notes pour se rafraîchir la mémoire quand son équipier se présente enfin avec des cernes bleutés sous les yeux et deux grands gobelets de café dans les mains. Le visage de la capitaine s'éclaircit immédiatement.

— J'ai pas fermé l'œil. Je suis mort.

Il se laisse tomber dans son fauteuil.

— Comprends pas. On est revenus à 4 heures du matin de ce trou paumé où le thermomètre devait chatouiller les moins 6 degrés et t'es pas en forme ? plaisante-t-elle avec un rictus moqueur.

— Je n'ai pas ta condition physique, moi !

Il se met à éternuer bruyamment.

— J'ai trouvé un truc intéressant dans les conversations téléphoniques de Marie Renon…

— Raconte.

— Jacques Chassaing l'a appelée… en lui demandant si son frère et lui ne pouvaient pas enfin mettre la main sur leur part d'héritage !

— Hein ?

— Oui. Je sais. C'est dingue.

Elle savoure son café.

— Ces gens… sont incroyables. (Biolet se passe la main dans les cheveux, les yeux écarquillés.) C'était Jacques, pas David ?

Elle hoche doucement la tête.

— C'était Jacques ! Moins benêt qu'on le pensait !

Une jeune femme en uniforme passe la tête dans l'encadrement de la porte et annonce l'arrivée du Lyonnais en salle d'interrogatoire. En rejoignant l'étage inférieur, Sevran remarque que son équipier se redresse avec entrain, et a l'air d'avoir retrouvé sa vivacité une fois arrivé.

— Comment tu veux procéder ? demande-t-il.

— Je te laisse commencer, OK ?

Lorsqu'elle pénètre dans la petite pièce aux murs gris, elle remarque immédiatement les traits tirés de l'homme d'une quarantaine d'années aux yeux clairs et aux cheveux roux vif. Il porte une chemise blanche à fins carreaux rouges et bleus sous un pull bleu ciel. Il a les mains posées à plat sur la table. Il les observe pendant qu'ils prennent place face à lui. La capitaine se présente en tendant la main, puis elle s'assoit en parcourant un dossier des yeux tout en gardant le silence. Son collègue le salue également et laisse volontairement une ou deux longues secondes de blanc dans la conversation.

— Alors, monsieur Massin, vous avez fait bon voyage depuis Lyon ?

Il pose son téléphone sur la table sans le regarder.

— Oui, merci.

— Pas trop de trafic ? Ces temps-ci, les travaux sur l'autoroute ralentissent pas mal…

Biolet s'enfonce dans sa chaise.

— Euh… Non, ça va…

Massin semble désarçonné par cette entrée en matière.

— Vous avez dû mettre deux heures et quart, quoi… Au lieu des deux heures habituelles… C'est pas la mer à boire, mais ça rallonge un peu, c'est sûr..., rajoute-t-il en faisant mine de réfléchir les bras croisés.

— Euh... Oui..., acquiesce le Lyonnais en relevant ses sourcils.

— Vous avez pu vous libérer sans difficulté ?

— ... Oui... Enfin... oui.

Sevran le trouve mûr pour débuter l'interrogatoire.

— Nous avons effectué une perquisition dans votre maison des Charmes hier. Vous en avez été informé, n'est-ce pas ? continue Biolet sur le même ton.

— Oui, absolument, répond Massin en joignant les mains.

— Et ?

— Pardon ?

L'homme plisse un œil.

— La police perquisitionne votre maison de campagne... Et ça ne vous étonne pas...

— Ah, si !

— Alors, qu'est-ce qui vous étonne ?

— Ben... Je sais pas... Je me demande pourquoi, dit-il avec un haussement d'épaules.

— Un témoin nous a parlé de quelqu'un qui était chez vous la semaine du 25 novembre.

— Qui ?

— Comment ça, qui ? Le témoin ou la personne qui était chez vous ?

Biolet prend un air sévère.

— Euh... (Il émet un rire nerveux.) Je comprends rien... Quelqu'un était chez moi, c'est ça ?

Biolet regarde Sevran de façon appuyée. Elle hausse les épaules.

— Oui ! Vous voulez nous faire croire que vous n'étiez pas au courant ?

— Euh... non. Je ne vois pas qui pouvait être chez moi.

— C'est une maison de famille ? intervient-elle.

— Oui.
— Qui a la clé ?
— Moi, bien sûr… (Il réfléchit, visiblement nerveux.) Il y a toujours une clé sous un pot du jardin, mais… si quelqu'un venait… (Il marque une pause.) Je pense qu'il me le dirait !
— Ou pas…
Biolet le regarde avec une mimique gênée.
— Donc, quelqu'un a pu venir sans vous prévenir. Faites-nous la liste de ces personnes, s'il vous plaît.
Sevran lui tend une feuille blanche et un stylo.
L'homme se met à écrire. Elle examine ses mains tremblotantes qui produisent de nombreuses ratures. Une dizaine de noms figurent sur la page lorsqu'elle la récupère.
— Tous de la famille ? demande-t-elle.
— Oui, et deux amis, j'ai mis une croix à côté.
— Donc… Nous avons effectué une perquisition et nous avons découvert un certain nombre d'éléments intéressants…, reprend Biolet en ménageant le suspense.
Le Lyonnais prend une profonde inspiration nerveuse.
— … En rapport avec l'enquête criminelle sur laquelle ma collègue et moi-même travaillons, ajoute-t-il.
Massin devient livide. Ses épaules s'arrondissent.
— Avez-vous une idée de ce que nous avons trouvé ? l'interroge la capitaine.
— Euh… Un revolver ? Je sais pas… De l'argent ? hasarde Pierre Massin.
— Oh, mais vous êtes plein d'imagination ! se moque-t-elle tout en se rembrunissant. Pas du tout.
— Je… je suis désolé, je ne comprends strictement rien à ce qui se passe, leur avoue-t-il en les regardant l'un et l'autre, paniqué.
— Est-ce que vous connaissez François Renon ? l'interroge Sevran.
— Qui ça ?

Il a l'air d'entendre ce nom pour la première fois.

— Catherine Renon, peut-être ?

Massin croise ses mains sur la table puis se frotte le visage comme pour chercher à se réveiller d'un vilain cauchemar.

— Je ne connais pas ces gens. Je vous le jure.

— La semaine du 25 novembre, où étiez-vous ?

— En congrès d'assureurs en Bretagne.

— Des gens peuvent le confirmer ?

— Oui, plusieurs personnes.

Sevran lui tend une autre feuille blanche en silence. Le Lyonnais est en panique. En rang serré apparaissent les noms de ceux qui peuvent attester sa présence. Elle fait signe à Biolet de mettre un terme à l'interrogatoire. Elle est persuadée qu'il ne sait rien. Après une salutation brève, les policiers quittent la salle et regagnent leur bureau.

— On va quand même le mettre sur écoute, on ne sait jamais…, observe Biolet.

— Hum… Ça ne mange pas de pain. Vérifions aussi s'il a un casier.

Un léger bâillement échappe à l'enquêtrice.

— Qu'est-ce qu'on fait avec les frères Chassaing ?

— Attendons encore un peu. Apparemment, la situation se tend avec Marie Renon.

— Et Catherine ? demande-t-elle.

— Rien de clair. Une discussion avec sa sœur Annie que j'ai retranscrite et te ferai lire.

2 janvier 2001, 7 heures 30, Volvic

Les cheveux noirs et bouclés de Martha ont envahi l'oreiller de João qui se réveille avec une lourde gueule de bois et une des mèches de sa compagne sur les narines. Ses jambes nues sont emmêlées dans les siennes et son bras endormi pèse sur son cou. D'un geste lent, il se défait de son emprise, provoquant un râle de sa compagne qui part se recroqueviller sur le bord opposé du lit. Il est torse nu et s'assoit en tailleur sur le drap usé. Il prend sa tête dans ses mains, il a une terrible migraine. Cette année, les fêtes avaient le goût dégueulasse de la prison. Comme l'ex-taulard a cru y voir le signe qu'il risquait d'y retourner, il a bu comme un trou. Naturellement, au bout de quelques bouteilles, l'alcool a fini par émousser les lames qui lui piquent continuellement les entrailles.

En revenant de chez Catherine Renon il y a trois jours, il a évité l'accident de peu en faisant un tête-à-queue sur le verglas. La peur l'a aussitôt réveillé de son état second. Il a finalement décidé de rentrer chez lui passer le cap de fin d'année, et tenter de se calmer autant que possible. Pourtant, ce matin, il a décidé de mettre certaines choses au clair. Malgré son ébriété avancée, lors du réveillon il a pris quelques bonnes résolutions. Au sommet de la liste, il y a Martha, avec qui il n'a pas l'intention de continuer à vivre.

Il la regarde dormir, bouche ouverte, le corps lourd et tordu dans son lit. Il se lève en se retenant au mur d'une main, et se dirige d'un pas mal assuré jusqu'à la salle de bains. Une fois dans le bac à douche, il tire vivement le rideau, retire son slip sale et se laisse inonder par l'eau chaude. Il lâche un gémissement et se recouvre d'une épaisse couche de mousse blanche.

Plusieurs minutes plus tard, il quitte la pièce surchauffée et embuée et se dirige vers la cuisine. Linda de Suza chante à la radio portugaise.

— La ferme ! maugrée-t-il en éteignant vivement le poste.

Les insultes de sa compagne fusent depuis la chambre. Il lève les yeux au plafond, envahi par la lassitude. Elle arrive devant lui avec un de ses T-shirts qui bâillent.

— Laisse-moi la radio. Je veux écouter les nouvelles du pays.

— Non. Tu prends tes affaires et tu t'en vas. Je veux plus te voir.

Elle reste un moment interdite. Ses cheveux mous dégoulinent sur ses joues tombantes. Elle se met à pouffer puis à rire de plus en plus fort en se moquant de lui. La lourde main du contremaître s'écrase contre le mur à quelques centimètres à peine du visage grisâtre de Martha, qui s'enfuit aussitôt dans la chambre. Il l'entend bourrer un sac de ses affaires avant de claquer la porte.

Il faut quelques secondes au voisin du haut pour réagir en donnant des coups sourds sur son plancher. Puis le silence envahit enfin l'appartement. Le contremaître se sert un café noir. Il s'assied calmement sur le bord de la table en Formica. Le cas « Martha » est enfin réglé. Une fois la tasse vide, il décide de prendre le chemin de Vichy. *Je n'attendrai pas davantage. Aujourd'hui, je pars voir Irène*... Bien que le mal de tête assaille toujours son cerveau, que les muscles de sa mâchoire et de sa nuque soient aussi tendus que la corde d'un arc, il pense qu'il est en meilleur état qu'il y a quelques jours. Il retourne dans sa chambre, déplie une chemise bleue, l'enfile et se regarde dans le miroir. Il se dit qu'il a une tête de repris de justice. Cette pensée lui tire une grimace. Il passe encore quelques minutes dans la salle de bains pour raser sa barbe naissante et faire glisser un peigne dans ses cheveux drus. Lorsqu'il quitte son appartement, le locataire du haut est sorti en robe de chambre sur son palier pour l'invectiver.

L'ex-taulard n'écoute pas. Il descend calmement les marches comme un félin qui déroule ses membres avec assurance. En démarrant son pick-up, il revoit le visage d'Irène, vingt-deux ans plus tôt. Ses cheveux longs, son regard envoûtant. Un frisson le parcourt. *A-t-elle changé ? Est-ce que je vais la reconnaître ?*

Le trajet jusqu'à Vichy s'éternise. João déteste ces plaines bombées qui s'étirent jusqu'à l'horizon. Il examine les petites maisons prétentieuses plantées au milieu des champs de céréales. Il se prend à rêver qu'un jour, il en retapera une qui sera à lui, au pied du puy de Dôme… Cette pensée le met d'humeur maussade.

Aujourd'hui, il va revoir Irène. Leurs chemins vont se croiser à nouveau. Il se demande quelles en seront les conséquences. Il donne un léger coup de volant à droite, s'engage sur une bretelle déserte, puis bifurque sur la gauche après le panneau « Zone industrielle ».

La tension revient aussitôt. Il peste intérieurement, tout en balayant du regard les bâtiments gris et blancs qui défilent devant lui. Au milieu de ces blocs monotones apparaît enfin l'enseigne des laboratoires Vandel. Le contremaître pile. Une alarme vient de se déclencher en lui, provoquant une respiration saccadée et une suée subite. Il pose un instant son front sur le volant en regardant tous les événements de sa triste vie se dévider comme une pelote de laine. *Tout a été de sa faute ! De sa faute !* Une voix intérieure lui ordonne de se ressaisir. Il se redresse, souffle, enclenche la première et vient se garer devant l'entrepôt en tôle grise. Il coupe le moteur et allume une cigarette. Une fumée blanche comme un écran voile l'entrée du bâtiment. João observe quelques instants les volutes s'évanouir sur le plafond beige de son pick-up. Arrivé au filtre, il sort sur le parking et jette son mégot aussi loin que possible. Il le regarde rebondir sur le goudron et finir sous les roues d'une voiture.

L'endroit est désert. Il n'y a aucun bruit. Il décide de ne pas rester là à attendre et se dirige, avec appréhension, vers la porte ouverte de l'entrepôt. L'espace de stockage est immense. Sur la gauche, contre un mur, un escalier métallique conduit à un étage où une petite baie vitrée donne sur des bureaux. Il monte. Dans sa bouche, le parfum de la cigarette a maintenant un goût écœurant. Il pousse une porte qui donne sur un couloir étroit de dalles de moquette noire. Des voix d'hommes et de femmes parlent calmement, des sonneries de téléphones retentissent. Le contremaître avance jusqu'à un box où une jeune blonde est occupée à faire des opérations sur une large calculatrice. Elle lève un regard surpris vers lui.

— Vous pouvez m'indiquer le bureau d'Irène Vandel, je vous prie ? demande-t-il avec un sourire étudié.

— Le dernier bureau au fond du couloir.

Un, deux, trois... Compter les pas pour ne pas laisser le champ libre aux pensées. Derrière la vitre, il l'aperçoit enfin. Elle a relevé ses cheveux en chignon. Un rouge à lèvres vif dessine les contours de sa bouche. Elle a l'air absorbée par la lecture d'un document. Ses longues jambes fines gainées de bas en Nylon noirs sont repliées sous son bureau. Elle n'a rien à voir avec la fille qu'il a connue. Il ouvre la porte sans frapper. Irène relève un visage pâle et sévère. Ses yeux… Il les reconnaît. Perçants et froids.

Oh non…, murmure t elle.

Voir sa réaction troublée le satisfait. Il attrape une chaise contre le mur et la fait glisser jusqu'à son bureau. Il s'installe au plus près, devant elle. Il croise son pied droit sur son genou gauche, pose ses mains sur les accoudoirs du siège en tissu noir. Irène recule dans son fauteuil en lâchant son stylo. Ses lèvres sont entrouvertes. Elle voudrait sans doute parler, mais il l'imagine trop bouleversée pour ça. Il se met à l'étudier en silence avec ses pupilles de cendre.

— On dirait que tu as vu un fantôme.

— Tu as changé…

Elle esquisse un sourire maladroit.

— La prison… Tu sais, ça marque.

Elle décroise les jambes et se raidit.

— Pourquoi es-tu là ?

— Imagine ma surprise, quand on m'a dit que tu étais ici, à quelques kilomètres de chez moi ! Je n'y ai pas cru… J'ai voulu voir ça par moi-même !

— João, écoute… Je suis désolée pour tout ce qui s'est passé…

— Pourquoi tu as disparu ?

— Je n'avais pas le choix !

— Tu sais que si tu avais témoigné à mon procès, ça aurait sans doute joué en ma faveur ? Je suis sûr que tu le sais ! Mais tu as préféré me laisser croupir au milieu de ces bêtes pendant sept putains d'années… (Les joues de son interlocutrice s'empourprent.) Une vie foutue en l'air…

Les battements de son cœur retentissent jusque dans son ventre, aussi forts que des coups de pied.

— J'étais camée… perdue…

— Et maintenant tu travailles dans l'industrie pharmaceutique… Putain, on dirait une mauvaise blague.

Il fait une mine dégoûtée.

Un silence s'installe à nouveau.

— Qu'est-ce que tu veux ?

— D'abord, je veux savoir ce que tu foutais avec ce connard de Renon.

— Tu le connais ?

— Réponds.

— J'étais sa maîtresse.

— Où il est passé ?

— Je ne sais pas.

— Les flics le cherchent. (Elle hausse les épaules de façon presque imperceptible.) S'il lui est arrivé quelque chose, ça va me retomber sur la gueule, dit-il sur un ton glacial.

— Écoute... François boit comme un trou, il baise avec n'importe qui, alors...

L'ex-taulard agrippe les accoudoirs avec fermeté.

— Pourquoi ce sale type ? Pour son fric ?

— Non.

— Pourquoi alors ?

— Il m'a plu, je ne sais pas !

— Et ton connard de mari ?

— Lui...

Sa bouche dessine une ligne amère.

— T'es une belle salope, maugrée-t-il.

— Qu'est-ce que tu veux ?

— Du pognon. Pour me refaire enfin une vie. Me tirer de ce trou.

— Mais je n'en ai pas ! On est un minuscule laboratoire ! On...

— Je m'en fous. Débrouille-toi. Je peux te mener une vie d'enfer, ma pauvre Irène. Je suis sûr que tu le sais.

— Combien ?

— Cent mille. Prix d'ami.

Sa bouche forme un rond d'où ne sort aucun son. Sa peau luit légèrement sur son front et ses joues. Son maquillage a migré par paquets au creux des rides sous ses yeux. Il ne la trouve plus belle, ni magnétique.

— Je te recontacte bientôt.

Irène est hébétée lorsqu'il sort de son bureau. En marchant dans le couloir, le contremaître sent la pression retomber peu à peu. En s'éloignant de Vichy, il se sent libéré, presque heureux.

2 janvier 2001, 11 heures, Clermont-Ferrand

Sevran et Biolet sont assis sur un canapé dans le salon d'une maison bourgeoise de Chamalières. Ils ont face à eux la veuve de Claude Revère et l'un de ses fils. Tous les deux sont tassés sur leur fauteuil avec de petites mines tristes. Un silence s'est installé depuis que la capitaine leur a demandé d'évoquer les derniers échanges qu'ils ont eus avec la victime.

Lorsque la veuve Revère leur a ouvert la porte tout à l'heure, elle avait deux grands yeux bleu clair mouillés, ourlés de rouge. L'enquêtrice en a déduit qu'elle venait de pleurer. Mais depuis qu'ils sont assis face à elle, ses yeux n'ont pas séché, comme condamnés à pleurer éternellement. L'épouse et son fils ont vu leur vie brisée le 2 mars 1985. Malgré leur colère contre la famille Renon, ils n'ont jamais rien tenté, si ce n'est par voie judiciaire, démarches restées sans effet pour eux. Pendant que la veuve fixe le sol avec un regard vitreux, son fils se redresse et hausse les épaules.

— Je ne vois pas ce que nous pouvons ajouter, désolé, regrette-t-il.

Les policiers se lèvent et les saluent.

Une fois dehors, ils se regardent d'un air entendu. Chacun signifiant à l'autre dans un langage muet que la piste de la vengeance des Revère est sans issue. Alors que la capitaine conduit sans se presser dans les rues pentues, son collègue reçoit un appel qui semble le crisper.

— Passer vous voir ? Oui, bien sûr… Tout de suite ? D'accord. Nous arrivons.

Elle l'interroge du regard.

— Catherine Renon a des choses à nous dire.

— Incroyable…, s'étonne-t-elle.

Quelques minutes plus tard, ils s'engagent dans l'allée de la propriété de Ceyrat. En regardant en direction de la terrasse, Sevran remarque la femme de François les mains jointes, debout dans son salon. Celle-ci sursaute en les voyant apparaître et file à pas rapides vers la porte.

— Merci d'être venus aussi vite.

Son accueil est presque chaleureux.

Sevran dégaine un regard noir de circonstance, et constate en s'asseyant dans le salon que ses avant-bras sont de nouveau couverts de chair de poule.

— Nous vous écoutons, entame Biolet.

— J'ai trouvé la photo d'une femme dans le bureau de mon mari il y a quelques jours. Je ne la connaissais pas jusqu'à ce que j'aille la rencontrer à Vichy. J'ai mené ma petite enquête…

Ses lèvres dessinent un sourire factice.

— En avez-vous fait part aux gendarmes ? la coupe l'enquêtrice sur la défensive.

— Euh… Non… Cette femme était avec lui avant sa disparition. Je lui ai posé des questions, mais elle n'a rien voulu me dire. Elle semblait cacher quelque chose. Ce qui m'étonne beaucoup, c'est que mon contremaître, qui s'appelle João Ramirez Pirez, la connaît aussi… Intimement, je veux dire.

Sevran sent ses mains devenir moites.

— Et comment s'appelle cette dame ?

— Irène Vandel, des laboratoires Vandel, à Vichy, précise Catherine Renon.

— Très bien, nous allons vérifier ça...

L'enquêtrice prend des notes.

— Vous pensez que François est parti avec elle ? demande Biolet à son tour.

— Eh bien, je pense surtout qu'elle est la dernière à l'avoir vu.

— Et d'après vous, où est votre mari en ce moment, s'il n'est pas avec elle ? enchaîne la capitaine en fixant imperturbablement l'épouse.

— Je n'en ai pas la moindre idée ! Mais c'est bizarre, vous ne trouvez pas ?

Elle ouvre de grands yeux bleus, l'expression presque enfantine.

— En effet, répondent-ils en chœur, visiblement désarçonnés.

— Peut-on avoir les coordonnées de votre contremaître, de tous les ouvriers et de cette personne, s'il vous plaît ?

— Oui, bien sûr. (Elle se lève et se dirige vers une commode.) Au fait, je voulais vous dire que mon fils Maxime est revenu à la maison. Je crois que la crise est passée. (Elle pouffe nerveusement.) Vous pourrez l'interroger vers 17 heures, à son retour du lycée, si ça ne vous ennuie pas de repasser...

Les deux policiers échangent un regard.

— Non, bien sûr, nous repasserons à 17 heures.

L'épouse les raccompagne jusqu'en bas du porche. Un sourire s'est imprimé sur ses lèvres, et ne la quitte plus. Sevran est intriguée, mais ne laisse rien paraître.

Quelques minutes plus tard, les deux policiers, coincés dans la circulation, soufflent comme s'ils lâchaient les vannes.

— Elle se fout de nous !

— C'est bien qu'on y retourne cet après-midi. C'est très bien…, murmure-t-elle en croisant les bras.

Une fois revenue au commissariat, elle fait une recherche sur les noms communiqués par l'épouse Renon. Elle marque un temps d'arrêt sur la fiche de João Ramirez Pirez.

— Un problème ?

Biolet tend le menton vers son équipière.

— On vient de gagner un nouveau suspect, regarde.

Elle tourne vers lui son écran d'ordinateur.

— Oh ! Joli casier… Ça pourrait coller.

Navard et Ghemzi les interrogent du regard avant de s'approcher, les bras chargés de documents.

— Juste une nouvelle piste à creuser. Vas-y, Ghemzi, on t'écoute. Quoi de neuf dans les relevés bancaires ?

De sa voix fluette et mal assurée, la jeune femme expose les faits avec précision. La capitaine ne peut pas s'empêcher d'avoir un œil critique sur son allure adolescente tout en prenant des notes. Il ressort de ses recherches que la comptabilité de la société de François Renon était dans le rouge, tout comme celle du couple. En revanche, il disposait d'un autre compte personnel au Crédit lyonnais, dont Catherine Renon ignorait sûrement l'existence, et qui, lui, affichait un crédit de 95 000 francs. Dans cette même banque, 220 000 francs avaient été placés au nom du fils, Maxime.

Quand la voix de sa jeune collègue s'interrompt enfin, un silence s'installe comme une pause salutaire. Sevran et Biolet en profitent pour digérer les dernières informations. Navard s'apprête à prendre la parole à son tour, mais Biolet tend son index vers lui.

— Deux minutes.

Il fixe le sol un instant, les sourcils en « V ». Sevran s'assoit sur son fauteuil qu'elle fait balancer de gauche à droite. Elle laisse encore quelques secondes à son équipier pour organiser ses pensées.

— Vas-y, Navard, on t'écoute, dit-elle.

— Massin, le Lyonnais… Il a le casier de Blanche-Neige. Vierge. Et aucun des membres de sa famille ne s'est rendu dans la maison des Charmes la semaine du 25 novembre. Il me reste à vérifier l'emploi du temps d'une cousine, mais je ne pense pas qu'elle me balade.

— D'accord…

Elle réfléchit tout en continuant à se bercer.

— Du côté de son alibi, tous les noms de la liste confirment sa présence du 25 au 30 novembre à Carnac pour un congrès sur les assurances vie, ajoute-t-il, les pieds rivés au sol comme un colosse.

L'enquêtrice observe son collègue en fronçant les sourcils.

— Biolet ? Ça va ?

— Bon sang, est-ce que le Lyonnais n'aurait pas oublié un nom d'ami sur sa liste ? C'est pas possible ! s'agace-t-il.

— On peut lui mettre un nouveau coup de pression…, propose-t-elle, en imaginant la confusion dans son esprit.

Elle aussi espère rapidement mettre la main sur une preuve, un témoignage qui s'imbrique parfaitement dans la pièce manquante de ce grand puzzle.

Tous restent un moment silencieux, chacun perdu dans ses pensées.

— Biolet, tu peux me passer tes transcriptions des conversations de Catherine Renon, histoire que je me mette dans l'ambiance pour notre rendez-vous de ce soir ?

— Tu vas voir, il y a quelques perles avec sa sœur Annie.

Elle se saisit d'une dizaine de pages imprimées dans lesquelles elle se plonge avant de conclure :

— Bien…

Un sourire aux lèvres, elle s'enfonce dans son fauteuil. Dans le calme studieux qui s'est de nouveau installé, elle fourbit ses armes pour la rencontre à venir. Soudain, tout excité, Navard déchire le silence.

— On vient de nous signaler la bagnole de François Renon, un Renault Trafic blanc, accidentée du côté de Randan !

— Accidentée, mais pas brûlée, hein ? l'interroge Sevran, inquiète.

— Non, pas brûlée.

Elle regarde sa montre, l'esprit submergé. Il y a tant à faire. Trop à faire. Biolet lui expose une mine aux traits tirés.

— On n'a pas le choix. On y va.

Une heure et demie plus tard, ils arrivent enfin sur place. La voiture blanche est enfoncée dans un fossé en bordure de forêt. Les TIC sont déjà en train de faire des relevés de fibres et d'empreintes. Sevran se pose à côté du Trafic et attend avec impatience que l'un des techniciens sorte du coffre pour l'interroger.

Un sac de nuages noirs prêt à vomir sa pluie glacée s'est posé au-dessus d'eux. Elle observe le ciel avec lassitude en espérant que les intempéries ne freineront pas les investigations. Ses pieds trépignent dans la glaise pour conjurer le froid, ses mains sont profondément enfoncées dans ses poches. L'attente lui est insupportable.

Au bout d'un moment, n'y tenant plus, elle passe la tête dans le coffre. Les techniciens en combinaison et capuche blanches sont accroupis à l'intérieur, des pinceaux dans les mains.

— Bonjour, messieurs, excusez-moi… Vous pouvez me dire si ça se présente bien ? Il y a de quoi faire ?

— Ah ça…, répond l'un amusé. On peut dire qu'il y a de quoi faire, oui !

— C'est-à-dire ? demande-t-elle, intriguée.

— Fibres, cheveux, poils pubiens, sang… Tout ce dont vous avez toujours rêvé !

— Vous l'avez passé au Bluestar ?

— Pas encore, un peu de patience ! On sait que vous êtes pressés, c'est pour ça qu'on bosse ici en se les gelant !

La capitaine referme la porte de la camionnette, pendant que son équipier s'enfonce une cigarette dans la bouche.

— S'il y a de quoi faire, c'est une bonne nouvelle ! dit-il avec un mouvement nonchalant de la main. Ah… J'aime pas attendre.

Il maugrée en approchant un briquet de ses lèvres.

Environ une heure plus tard, la Scientifique chargée de ses valises de matériel quitte enfin la camionnette. Sevran, qui attendait dans la Clio en écoutant Radio Classique, bondit comme un ressort dans leur direction.

— Alors ?

— On a trouvé une bonne quantité de sang. Votre macchabée a dû être transporté là-dedans. On a aussi trouvé des morceaux de bâches en plastique. On va faire les analyses de poils et de cheveux et regarder les fichiers. On vous tient au jus. On prend le véhicule et on le ramène à la maison.

Elle n'ose pas les implorer de faire vite. L'autre policier s'adresse à elle.

— On va se presser, vous inquiétez pas.

L'enquêtrice lui renvoie un sourire reconnaissant. En silence, son collègue, fourbu, se frotte les mains sur le visage. Le sac de nuages décide de vomir sur eux, à l'instant même où ils quittent la forêt.

2 janvier 2001, 14 heures, Clermont-Ferrand

Catherine Renon court avec légèreté d'un rayon à l'autre du supermarché. Avec ses baskets blanches et son jean sous sa parka kaki, elle a retrouvé un air de jeunesse. Les enceintes du magasin diffusent un vieux tube des Beach Boys qui la rend guillerette : *God Only Knows*... Arrivée au rayon des sucreries, elle reste un long moment à étudier les paquets de bonbons colorés pour ses enfants. Elle réalise que le poids qu'elle portait depuis plusieurs jours dans la poitrine a disparu. Ce matin, les policiers lui ont semblé plus sympathiques, moins soupçonneux. *Ça va mieux... oui, vraiment, ça va mieux*, se répète-t-elle comme un mantra depuis ces dernières heures.

Après le rayon des fruits et légumes, elle glisse sans en prendre conscience vers l'étagère des alcools, vins et liqueurs. Question d'habitude. Un bref vertige la saisit, car c'est ici même qu'il y a encore quelques semaines elle chargeait lourdement son chariot du ravitaillement de François. Ce triste souvenir fait disparaître momentanément son entrain. Elle se tient raide au milieu du passage puis se détourne et traverse l'allée pour se saisir d'un lourd pack d'eau minérale. Tandis qu'elle approche des caisses, une vague d'optimisme l'envahit de nouveau. Elle prend en silence son tour dans la queue en pensant aux policiers qui doivent en ce moment même se pencher sur les vies d'Irène Vandel et de João. Ses paupières se plissent tandis qu'une lueur étrange apparaît au fond de ses pupilles. Elle relève le menton avec assurance. Le client devant elle quitte la file de la caisse. Elle dépose avec précipitation ses victuailles sur le tapis roulant. Il y a là un paquet de biscuits fourrés au chocolat qu'elle a acheté en prévision de la visite prochaine des enquêteurs. Une délicate attention qui devrait un peu apaiser leurs relations.

Lorsqu'elle arrive chez elle, elle sort de la boîte aux lettres trois courriers tamponnés de noms d'entreprises avec lesquelles François travaillait. Dans la cuisine, fébrilement, elle déchire les enveloppes. Les chèques apparaissent. Elle les dispose les uns à côté des autres et les contemple en silence. *Tout finit toujours par s'arranger…*

Elle monte un instant dans sa chambre pour s'allonger sur son lit. Là, la tête enfoncée dans l'oreiller, elle frémit en imaginant le corps étendu de son mari à ses côtés. Elle se retourne mollement pour scruter la fenêtre. De frêles branches d'arbres dénudées plient sous un vent doux. Un filet de coton semble envelopper le ciel blanc. Elle somnole en pensant à Maxime.

À son retour à la maison, il avait l'air amaigri et grave. Elle s'est jetée sur lui, l'a couvert de baisers, si heureuse qu'il ne cherche pas à lui échapper pour une fois. Lui a balbutié : « Pardon, maman. Je t'aime. »

La confusion, la peur, les remords, les regrets : ce kyste fibreux s'est aussitôt dissout. Son fils avait l'air ravi de retrouver Clémence et Eliott ; quant à eux, elle ne les avait pas vus si légers depuis longtemps. Son fils aîné a raconté son escapade en pointillé. Catherine, qui a perçu un malaise dans ses silences, en a conclu qu'il avait dû vivre des moments délicats. Mais en évoquant Inès, ses yeux ont brillé avec tant d'éclat que Clémence l'a surnommé l'« imbécile amoureux ». L'adolescent a gloussé sans démentir. Cette fugue a au moins eu ça de bon, son fils a mûri. Elle qui a toujours cherché à créer un cordon sanitaire autour de ses enfants, a conscience que cette solide protection est étouffante, parfois. Loin d'elle, Maxime a entrevu la dureté du monde.

Catherine l'a ensuite observé border son frère et sa sœur en les couvrant de baisers. Puis, quand ils ont été enfin seuls, il lui a fait un autre récit de ces derniers jours. Un voile sombre s'est posé sur son visage à l'évocation de la visite de Jeanne. Sa mère l'a écouté, crispée, en réalisant que ce qu'elle avait toujours pressenti chez Michelle se révélait vrai. Hostile et venimeuse, voilà comment elle la jugeait. Puis, avec un regard plein de détresse, il a détaillé sa rencontre avec Daniel Ambert, leur passage dans le club de Riom... Les jambes de Catherine en ont flageolé sous la table. Un trouble profond l'a saisie lorsque son fils lui a fait part de son désespoir de ne pas trouver son père dans ce cloaque. « Je ne savais pas, maman... Je suis désolé. » Elle a refréné un sanglot puis habilement réorienté les discussions sur Inès. Une lueur a ranimé l'iris charbonneux de son aîné, agissant comme un pansement sur sa plaie.

Catherine tourne son visage vers la fenêtre, qui l'enveloppe désormais d'une lumière chaude. Il est temps d'aller chercher les enfants à l'école. Lorsqu'elle jette un œil distrait à sa montre, une onde provoque des remous désagréables dans son ventre. Bientôt, les policiers seront de retour avec leur flot de questions et de jugements à l'emporte-pièce.

Dans la voiture, les trois enfants sont gais. Son grand garçon, qu'elle observe plus attentivement du coin de l'œil, a l'air d'aller mieux. Il chahute même avec Eliott, hilare. Une fois à la maison, elle dispose toutes sortes de bonbons dans un saladier en inspectant l'horloge de la cuisine qui indique déjà 18 heures. L'appréhension, une fois de plus, traverse son esprit comme une vague à la surface de l'eau.

Depuis le salon, elle aperçoit enfin la Clio s'approcher dans l'allée. À grandes enjambées, elle se dirige vers l'entrée en espérant trouver les enquêteurs aussi bien disposés à son égard que dans la matinée. Seulement, quelque chose a changé dans leur attitude. Elle perçoit nettement une forme d'antipathie qu'elle ne parvient pas à comprendre et qui déclenche aussitôt chez elle une alarme interne.

2 janvier 2001, 18 heures 30, Ceyrat

Après un bref échange avec Catherine Renon sur le palier, Sevran a rejoint Maxime à l'étage. Elle observe la maison dans les moindres détails. Le salon lui a donné l'impression d'avoir été rénové il y a peu, alors que l'étage lui paraît étonnamment vieillot. Elle examine au pas de course la chambre parentale entrouverte, sa moquette bleue fanée, sa grande fenêtre donnant sur l'arrière de la maison. La commode et le placard blancs que la patine du temps a rendus gris.

La mère de famille est devenue blême tout à l'heure, lorsqu'elle lui a annoncé son intention d'interroger Maxime seule à seul. La surprise s'est subtilement muée en expression d'abattement et de douleur, digne d'une *pietà*. Tout sonne faux chez elle, son air pincé, ses sourires mécaniques. Même ses silences.

Lorsque la capitaine arrive dans l'antre du fils aîné, elle sourit.

— Comment se fait-il qu'on ait les mêmes goûts musicaux ? J'ai bien vingt ans de plus que toi !

Elle désigne du doigt un poster des Clash.

Le fils aîné hausse timidement les épaules. Elle tire une chaise du bureau et s'installe face au lit en balayant la pièce du regard, puis son attention est happée par l'oiseau mort que l'adolescent arbore sur son T-shirt.

— Plutôt cool ton T-shirt. Très rock… J'aime beaucoup.

— C'est un cadeau de mon père. (Il pose un regard défiant sur elle.) Vous savez pas ce que c'est…

Elle se met à rire.

— C'est le logo du label dans le film *Phantom of the Paradise*, Death Records… Eh oui, même les flics aiment le rock.

Elle l'observe se détendre imperceptiblement.

— Qu'est-ce que tu écoutes en ce moment ?

— Joy Division.

— Oh ! Excellent ! Ian Curtis !

— Ouais… J'adore.

L'intérêt du garçon est piqué.

— Il avait une façon de danser très spéciale ! Il faisait de violentes crises d'épilepsie à répétition, le pauvre ! J'ai souvent essayé de danser comme lui en boîte, mais on m'a prise pour une folle…

Le rire clair du lycée la soulage un peu. Elle laisse passer un léger silence, puis enchaîne en douceur.

— Tu sais pourquoi je suis là ? (Maxime acquiesce sans un mot.) J'aurais besoin que tu me donnes le plus d'éléments possible sur la dernière fois où tu as vu ton père.

— Je l'ai entendu seulement…, bredouille-t-il. (Elle pose ses coudes sur ses genoux et l'invite du regard à poursuivre.) Ils se sont bien engueulés avec maman.

— Une grosse dispute ?

— Ouais.

— Ça arrive souvent ?

— Comme ça, non. J'ai jamais vu ma mère aussi… je sais pas… (Il réfléchit un instant.) Comme si elle avait pété un plomb, cette fois.

— D'après toi, pourquoi cette dispute a éclaté ?

— À cause des conneries de papa. Avant, je m'en rendais pas vraiment compte, mais j'ai découvert des trucs pas terribles sur lui…, dit-il, à la fois triste et absent.

— Comme quoi ?

— Pfff ! (Il lève une main dans un élan nerveux.) Il fréquente les clubs échangistes ! (Il remue la tête, écœuré.) Faut vraiment qu'il soit mal dans sa tête pour se taper ces vieilles ! (Il est soudain gêné.) Oh pardon…

— C'est pas grave ! Je ne l'ai pas pris pour moi !

Elle esquisse un sourire.

— Et puis, son problème avec l'alcool était devenu pénible pour maman. Pour nous aussi, même si dans le fond on commençait à s'habituer à ne plus jamais le voir sobre.

— Les clubs dont tu me parles, tu les connais ?

— Y en a un à Riom où je l'ai cherché… (Il fait une moue écœurée.) Sinon y a un type, un de ses copains, Daniel Ambert, à Gannat, qui sait tout du « côté obscur »… (Il mime des guillemets avec les doigts.)… de mon père.

— D'accord… C'est noté. Et ta mère dans tout ça, comment elle prend les choses ?

— Ma mère… elle encaisse en silence. Elle ne s'est jamais plainte, n'a jamais rien dit de mal sur mon père… Je ne sais pas comment elle fait.

Une grosse mèche sombre vient masquer ses yeux. La policière prend une inspiration discrète avant d'enchaîner.

— Tu me dis que lors de cette dernière dispute, elle a « pété les plombs », c'est ça ? (Il acquiesce.) Qu'est-ce que tu veux dire par là ? demande-t-elle avec une voix douce.

— Je préfère pas le dire.

Maxime se ferme.

— Pourquoi ?

— Parce que vous allez penser des choses sur elle.

— Non, Maxime, je ne vais rien penser du tout, mais j'ai besoin de savoir… S'ils se sont battus, par exemple, ça pourrait mieux expliquer le départ de ton père…

L'adolescent lève vers elle des yeux inquiets.

— Je pense que ça a été la fois de trop, sans doute. J'ai entendu les meubles bouger et tomber. Ensuite, maman est descendue, débraillée et décoiffée. Elle avait des yeux… (Il devient soudain blême.) Enfin, je crois qu'elle était à bout de nerfs.

— D'accord. Est-ce que tu connais un certain João Ramirez Pirez ?

— C'était le contremaître de mon père. Il l'a viré il y a quelques mois après qu'ils se sont battus tous les deux. Je ne sais pas vraiment pour quelles raisons, des histoires d'argent sans doute. Mon père n'avait plus confiance en lui. J'en ai voulu à maman d'être partie le chercher. J'aime pas ce type.

— Pourquoi ? Pour cette dispute qu'il a eue avec ton père ?

— Oui. Et puis, je n'aime pas sa manière de regarder ma mère.

— Je comprends. Je te remercie pour ton aide, Maxime. Je te laisse tranquille.

L'adolescent lui renvoie une mine triste. La capitaine quitte la chambre en évitant les craquements du parquet pour tenter de percevoir des bribes de la discussion qui se poursuit en bas entre Biolet et Catherine Renon.

— Il m'a plaquée au sol ! Je me suis défendue en lui donnant un coup de pied ! Je ne lui ai jamais voulu de mal ! Comment pouvez-vous penser une chose pareille ? Oh ! mon Dieu…

Quand elle les rejoint dans le bureau, son collègue est assis sur une chaise, les coudes posés sur les genoux, tandis que l'épouse se tient debout contre la bibliothèque. Son corps pousse les étagères comme si elle cherchait à fuir la réalité. Elle est effrayée. Un silence s'installe pour l'incommoder davantage, puis Biolet enchaîne, mauvais.

— Nous avons retrouvé le Renault Trafic de votre mari.

— Ah…

Un nouveau temps mort s'étire. Sevran observe son équipier qui lui renvoie un regard lugubre.

— Vous ne me posez pas de questions ? Je vous dis qu'on a enfin une trace de votre mari et vous ne cherchez pas à savoir où était le véhicule, ce qu'il y avait dedans ? Rien ! Vous vous en foutez, en fait ! assène Biolet.

— Mais je suis complètement bouleversée ! Vous ne pouvez pas comprendre ça ?

L'épouse fond en larmes. Sevran fait un signe discret à son collègue. Elle s'assoit sur une chaise à son tour.

— Madame Renon… Maxime vient de me faire part d'une violente dispute entre votre mari et João Ramirez Pirez : vous étiez au courant ?

— Ah bon ? Non ! Bien sûr que non ! Je n'aurais pas fait appel à lui si j'avais su !

— Ils se seraient battus… Vous n'étiez vraiment au courant de rien ?

La bouche de Catherine forme un rond d'étonnement. Elle s'assoit lentement sur le fauteuil du bureau, manifestement ébranlée par la nouvelle.

— Je… je ne savais pas.

— Bien. On va vous laisser, maintenant.

Dans la voiture, Sevran reste un long moment silencieuse. Le paysage défile sans couleurs. Elle redresse son corps crispé dans le siège qui lui paraît anormalement raide. Le visage de Maxime occupe tout son esprit.

Elle a ressenti son angoisse pesante et contagieuse tout à l'heure. Les repères de l'adolescent semblent s'effriter comme un morceau de charbon entre les doigts. Elle se sent envahie par une immense tristesse. Bientôt il aura connaissance de la réalité violente et crue. Il ne la comprendra pas. Peut-être même qu'il ne la supportera pas. Une pointe d'anxiété vient percer ses entrailles. *Cette nouvelle va le briser… et je ne peux rien y faire.*

Du coin de l'œil, elle observe son collègue qui a gardé ses sourcils froncés et sa bouche crispée depuis le départ de Ceyrat.

— Comment a-t-elle réagi quand tu lui as parlé de la dispute avec son mari ?

— J'ai vu la panique dans ses yeux. Elle s'est demandé comment je l'avais su. Quand elle a enfin compris que je ne lui dirais rien, elle s'est mise à pleurnicher… Que c'était pas de sa faute, que c'est lui qui avait commencé, qu'il avait été violent avec elle.

— Ce qui est possible…, suggère-t-elle en se tournant vers lui.

— Oui bien sûr, mais… Je ne sais pas. (Il lui adresse un regard désabusé.) Tu sais qu'elle nous attendait avec du thé et des gâteaux ? (Il hoche la tête avec un rictus d'incompréhension.) La dernière fois, elle nous a reçus comme des chiens ! Il y a un truc qui ne tourne pas rond chez elle. Je me demande à quoi elle joue. (Il marque un silence.) Elle cache quelque chose, c'est évident. Il faut qu'on l'ait à l'œil. Je suis sûr qu'elle va faire un faux pas.

— C'est le but de l'opération… Mais je culpabilise un peu pour ce pauvre gamin…

2 janvier 2001, 17 heures 30, Volvic

João essuie ses mains moites sur son jean élimé aux genoux, dans un mouvement lent et répétitif. Il a l'air distrait et calme depuis qu'il a pris place dans le cabinet de son psychiatre. Il essaie de faire le tri entre ses émotions et le récit à faire des événements.

Le crâne dégarni parsemé de taches brunes du Dr Lapierre est penché vers lui. Deux touffes de cheveux gris ébouriffés l'encadrent. Il relève le nez pour mieux examiner son patient avec ses grands yeux bleus, protégés derrière de fines lunettes à monture argentée. L'ex-taulard a la sensation que son cerveau s'est brutalement vidé de sa substance en arrivant ici.

— João, qu'est-ce qui vous arrive ?

Le Dr Lapierre a un doux sourire.

— Je… euh… je…

— Vous vous êtes laissé bouffer par vos émotions… Comme souvent, hein ? (Il l'observe en silence un moment.) Ne vous laissez pas faire ! On a travaillé ensemble pour éviter ça… Vous vous en souvenez, n'est-ce pas ? lui demande-t-il d'une voix grainée comme du cuir.

— Oui… Mais...

— Elle a quelle gueule votre émotion, en ce moment ? (Il a posé ses coudes sur son bureau, le buste penché vers son patient.) Observez-la bien. Faites comme si vous lui ouvriez la porte et que vous la voyiez pour la première fois. Vous pouvez fermer les yeux si ça vous aide.

João les ferme aussitôt en interrompant le mouvement de ses mains.

— Elle est… comme une fumée noire qui bourdonne. Comme une nuée d'insectes minuscules.

— C'est grand ? C'est gros ?

— Gros et grand, oui… Ma taille à peu près.

— Hum… Vous pouvez lui parler… Allez-y…

— Hein ?

— Ne craignez pas le ridicule, mon vieux, allez-y, dites-lui ce que vous avez à lui dire.

— Fous le camp !

Le contremaître s'est aussitôt raidi. Le Dr Lapierre sourit malicieusement.

— Si vous lui parlez comme ça, pas étonnant qu'elle vienne vous emmerder !

João se passe la langue sur les lèvres.

— Qu'est-ce que tu me veux ? reprend-il, plus calme.

— Oui… C'est bien… Concentrez-vous, détendez-vous. Elle va vous répondre… (Il marque un long silence.) Alors… Elle vous parle ?

— Oui… Elle dit qu'elle veut venir à l'intérieur de moi.

— Pourquoi veut-elle ça ?

— Elle a besoin de moi pour vivre, sinon…

— Elle se nourrit de vous en quelque sorte ?

Le praticien parle avec douceur.

— Oui, je crois que c'est ça.

— Eh bien, dites-lui gentiment d'aller voir ailleurs… Vous ne pouvez pas accueillir toutes les émotions qui traînent !

— Fous le camp ! lâche-t-il à nouveau dans un mélange de lassitude et de nervosité.

— Chuuuut… Du calme… Doucement… Respirez. Dites-lui : « Je suis désolé, je ne peux pas t'accueillir en ce moment. »

— Je suis désolé, je ne peux pas t'accueillir en ce moment, répète-t-il, vaguement honteux de se livrer à cet étrange exercice.

— Bien. Vous faites du bon boulot… Pensez maintenant à la dernière fois où vous vous êtes senti bien… vraiment bien… serein…, le guide Lapierre en fermant les yeux.

— Hum…, soupire le contremaître en imitant le psychiatre.

— Elle avait quelle gueule cette émotion ?

— Euh… Une grande lumière douce.

— D'accord… Parlez-lui…

— J'aime… (Il ouvre un œil inquiet.) Euh… J'aime quand tu es là…

— Très bien, mon vieux… Très bien… Vous l'accueillez, alors ?

Le spécialiste a gardé ses yeux fermés.

— Oui.

— Maintenant concentrez-vous sur votre émotion négative et noire, puis sur l'autre, douce et lumineuse. Passez de l'une à l'autre. Comme si vous faisiez balancer votre bassin du pied droit sur le pied gauche. Ces émotions ne doivent pas loger au même endroit chez vous… Il y en a sûrement une qui s'est incrustée dans vos entrailles, et peut-être l'autre… dans votre tête ?

— Oui, c'est ça… oui…

— Passez de l'une à l'autre, doucement. Vous jouez avec elles. C'est vous, le maître du jeu ! (Le Dr Lapierre se remet à observer João avec malice.) Vous voyez… Au bout d'un moment, les émotions finissent par s'annuler l'une l'autre…

— Oui… C'est vrai. Je me sens plus calme.

De fines larmes s'écoulent sur les joues brunes de l'ex-taulard.

— Ah oui. Je préfère votre tête maintenant, je vous le dis ! Vous pouvez ouvrir les yeux.

— Merci…

João baisse la tête.

— Vous vous êtes persuadé que pour vous, la roue ne tournerait jamais… (Le psychiatre le regarde avec bienveillance.) On en a souvent parlé, João ! Le type que j'ai connu en centrale n'a rien à voir avec l'homme que j'ai devant moi ! Vous êtes peut-être dans une mauvaise passe… Il y a un grain de sable dans les rouages et les souvenirs remontent ? Vous pouvez lutter contre ça, mon vieux… On a appris à le faire tous les deux… Et vous vous en sortez comme un chef !

Il se penche en souriant vers lui.

— Oui… J'ai revu la femme qui m'a rendu fou il y a vingt-deux ans, Irène… Et ça a tout détraqué.

— Ce qui est fait est fait, vous n'y pouvez rien… Mais tout ça est derrière vous. Plus personne n'aura d'emprise sur vous. Elle a dû changer elle aussi… hein ? Elle ne doit plus être aussi fraîche et appétissante ?

Il lui adresse un clin d'œil mutin.

— Oui, c'est vrai… et… j'ai aussi demandé à Martha de déguerpir.

Le Dr Lapierre joint les mains en levant les yeux au ciel.

— João, c'est formidable ! Cette fille vous tapait tellement sur les nerfs ! Bravo mon vieux ! Vous tenez le bon bout ! Ça va aller ?

— Oui, je crois que oui.

— On oublie les médicaments, d'accord ? Ils ne vous servaient à rien. Ce petit exercice que nous avons fait ne relève pas à proprement parler de la psychiatrie, mais je vois qu'il vous a fait du bien, n'est-ce pas ?

— Oui, et je préfère éviter les médicaments.

— Vous avez bien fait de passer, je suis content que ça aille mieux.

Le psychiatre se dirige vers son patient qui se lève, lui adresse une tape amicale sur l'épaule, et le regarde droit dans les yeux avec un sourire clair.

Une fois dans la rue, le contremaître se sent plus calme. Les paroles du médecin l'ont apaisé.

Sur le chemin du retour, son esprit lui présente le visage fade d'Irène. Il ne se sent plus attiré par elle. Il ne lui a trouvé aucun charme lorsqu'il l'a vue. Il espère seulement qu'elle parviendra à réunir l'argent ; ensuite, il pourra s'enfuir d'ici.

Il observe ses jambes monter les escaliers de son immeuble. Les dernières minutes lui ont complètement échappé, comme un temps mort apaisant. Il entre chez lui où un silence inhabituel l'accueille. Il se dirige vers le réfrigérateur et saisit une bouteille de lait. Il en boit une rasade quand la sonnette bruyante de l'entrée retentit. Il s'attend à voir le voisin du haut prêt à se plaindre, une fois de plus.

Une femme et un homme se tiennent sur son palier.

— Monsieur Ramirez Pirez ? Capitaine Sevran et lieutenant Biolet. On peut entrer pour parler ?

L'ex-taulard fait un signe de la tête et se retourne pour ouvrir la voie jusqu'au salon en plein désordre. Il bredouille quelques excuses pour l'état des lieux. Tous s'assoient en silence sur un bout de fauteuil, une chaise ou un tabouret. Au vu des circonstances, il se maîtrise parfaitement. Il repense au visage rassurant du psychiatre, et attend le début des hostilités.

— Nous enquêtons sur François Renon, et votre identité est apparue dans le cours de nos entretiens, lui annonce Sevran, glaciale.

— Oui, c'est normal. J'étais son contremaître, et je suis maintenant celui de son épouse. Elle m'a dit qu'il avait disparu récemment.

— Exact. Quelles étaient vos relations ?

— Bonnes au début, mauvaises par la suite… Avant de venir, je pense que vous avez fait une recherche sur mon casier…

— En effet, oui, répond Sevran.

— D'accord. J'ai payé ma dette. J'en ai bavé. Maintenant j'évite les emmerdes. Tout se passait bien tant que François Renon était « clean », et puis il a déconné avec l'argent. Il s'est mis à tromper des gens, à me demander de faire n'importe quoi sur les chantiers. Je n'ai pas aimé, je le lui ai dit, on s'est battus. Voilà.

— Vous vous battez souvent, apparemment, fait remarquer Biolet.

— Hum… Je me défends, surtout.

— Vous vous défendez beaucoup et souvent. Votre casier est tout de même chargé, insiste la capitaine.

João a un rictus dégoûté.

— Après notre bagarre, je suis parti. Le lendemain, j'avais du boulot ailleurs.

— Quelle était la raison exacte de cette bagarre ? demande le lieutenant.

— Il a mis au point un système de fausses factures. D'autres patrons du coin sont mouillés. Un jour, un des gars du chantier m'a mis en garde contre un entrepreneur qui comptait me faire casser la gueule parce qu'il n'avait pas reçu ses billets. J'ai eu peur. J'ai voulu en avoir le cœur net et j'en ai parlé à Renon qui s'est foutu de moi. Il m'avait mouillé dans son affaire sans que je le sache. Ça m'a mis les nerfs.

Le contremaître a posé ses mains sur ses genoux, il se sent toujours calme.

— Et vous lui avez défoncé la tête…

— À peine… juste cassé le nez… Ça va, c'est bon, tente-t-il de tempérer en fronçant les sourcils.

— Moi, je voudrais la vraie raison de cet accrochage, coupe Sevran.

— Je ne comprends pas.

— Vous partagiez une maîtresse... Et ça, apparemment, c'est un truc que vous n'aimez pas. Ça vous a rendu dingue, comme il y a vingt-deux ans..., poursuit-elle avec l'œil qui frise.

— Non. Je viens seulement de retrouver la fille, Irène. C'est ma patronne qui m'a appris qu'elle était la maîtresse de son mari, dit-il posément.

— Il paraît que quand vous avez su qu'Irène Vandel était revenue dans le coin, ça vous a rendu complètement fou.

— Ça a ravivé de mauvais souvenirs.

Il sent ses épaules se raidir.

— Quelle coïncidence, quand même. Votre patron et vous... La même fille...

— Je ne vous le fais pas dire.

— Est-ce que vous êtes l'amant de Catherine Renon ?

— Non, mais ça va pas ?

Il prend un air choqué.

— Simple question.

— Eh bien je vous réponds tout aussi simplement et c'est non.

Un nouveau silence s'étire.

— On cherche François Renon partout. Vous ne l'auriez pas fait disparaître, par hasard ? le provoque Biolet.

— Je suis sûr que vous le retrouverez bientôt. Il doit cuver chez une de ses bonnes femmes.

Le contremaître ne bouge pas d'un poil.

— Vous avez déjà conduit sa voiture ? l'interroge Sevran.

— Non.

— Ne répondez pas à la légère. Réfléchissez bien. Prenez votre temps.

— La réponse est non, répète l'ex-taulard en plantant ses yeux dans ceux de la policière.

— Alors, nous en avons fini pour cette fois. Ne vous éloignez pas de la région, c'est préférable.

Elle se lève, suivie de son collègue. João reste un long moment interdit, seul au milieu de son salon sens dessus dessous. Cette visite de la police était inévitable au vu de son casier, mais il se rassure en pensant qu'il a su maîtriser sa nervosité.

Pourtant, il n'est pas soulagé, son esprit reste encombré. *Les flics n'ont pas le temps de chercher les disparus. Il est sûrement mort. Ils ont fait exprès de ne pas me le dire. Ils vont me mettre sur écoute. Merde… Irène.* Sa tête chute en avant dans ses mains.

3 janvier 2001, 8 heures, Clermont-Ferrand

Sevran a beau se conditionner pour maintenir à distance les souvenirs de la nuit passée, le corps chaud de William a laissé son empreinte agréable sur elle. Leur quatrième rendez-vous n'a pourtant pas commencé sous les meilleurs auspices. Elle est arrivée en retard d'une demi-heure, rincée par une pluie battante qui lui donnait l'air d'une noyée tout juste repêchée. Elle s'est sentie piteuse, épuisée, enlaidie par les lourdes mèches collantes qui dégoulinaient sur ses épaules. William a posé un regard si doux sur elle qu'il est parvenu à repousser au loin les pires turpitudes de son existence en les rendant soudain insignifiantes. Son humour, la courbure de ses yeux rieurs, sa voix grave et ses petits éclats de rire soudain plus aigus… Tout ça l'a fait fondre. Puis, une fois chez elle, un vertige agréable les a saisis tous les deux. En se remémorant la nuit, un sourire bienheureux lui échappe. Elle se redresse enfin en cherchant à masquer cette petite lumière en elle, qu'elle sent prête à tout irradier.

Plus tôt la veille, en quittant l'immeuble de João Ramirez Pirez, elle a longuement observé les étoiles et la constellation d'Orion dans le ciel d'encre. Au bout de son nœud papillon formé de sept étoiles, la géante Bételgeuse brillait intensément. Elle s'est souvenue de l'explosion imminente qui fera d'elle une supernova. Dans son esprit, la relation avec la famille Renon lui a paru évidente. Michelle, Jeanne, Marie, Catherine… Même Maxime, qui apprendra bientôt la mort de son père, chavirera dans ce désastre. Puis une étincelle a soudain crépité dans son esprit.

— La sœur de Catherine, Annie, est bien en phase terminale d'un cancer ?

Elle s'est tournée vers Biolet, alors occupé à négocier dans la nuit les lacets de la route obscure pour qu'elle arrive à temps à son dîner avec William.

— C'est ce que j'ai cru comprendre, oui…

— Il faut qu'on aille la voir à Fontainebleau dès que possible. Annie est un témoin capital.

— Très bien. On verra ça demain… Tu vas avoir un peu de retard, désolé.

— Hum… Il comprendra… Et pour Fontainebleau ?

— Oui, on ira dès que possible à Fontainebleau ! Pense à autre chose, maintenant !

— Tu rentres après m'avoir déposée ?

— Non, je vais rester une petite heure à écouter Catherine au téléphone. (Sevran a esquissé un mouvement de lèvres qui ressemblait à une ébauche de protestation.) Va tranquille à ton rendez-vous ! On a bien bossé aujourd'hui.

Elle a fini par se résigner en s'enfonçant dans le siège, les pieds croisés sous la sortie d'air chaud, les pensées tournées vers l'épouse Renon. Elle l'a imaginée en panique, prête à commettre le faux pas qu'elle attend secrètement depuis plusieurs jours. Car, bien qu'elle ne lui trouve pas le cran suffisant pour commettre un tel crime, elle reste persuadée, comme son équipier, qu'elle a jeté un voile opaque sur la vérité.

Un virage glissant a brutalement interrompu le cheminement de ses réflexions et lui en a fait emprunter d'autres.

— Au fait, comment va Julie ? Tu lui rediras que j'ai beaucoup apprécié de passer le réveillon en sa compagnie ?

— Elle t'a trouvée très sympathique. Pour une flic.

— Ah…

La capitaine a eu une mine déçue.

— Je plaisante ! Elle t'a trouvée très drôle et très sympathique, tout court.

— Vous avez l'air bien tous les deux…

— Oui. Ça va bien. Vraiment bien.

Ses lèvres ont formé un sourire serein.

— Ne tarde pas trop ce soir, Catherine Renon peut attendre demain.

— C'est juste l'affaire d'une petite heure.

Dans la semi-pénombre matinale, Sevran chatouille le clavier depuis quelques minutes en produisant un nouveau rapport sur un coin de bureau encombré. Elle n'a plus qu'une idée en tête : interroger Annie, la sœur de Catherine, chez elle à Fontainebleau, avant qu'il ne soit trop tard. Biolet apparaît enfin dans l'encadrement de la porte.

— Alors ? demande-t-il tout sourire.

— On va à Fontainebleau ?

— C'était bien, hier soir ?

— Super. On va à Fontainebleau ?

Elle se lève pour attraper son manteau et ses gants.

— Et William ? En forme ?

— Parfait. Si on part maintenant, on peut y être dans quoi… Trois heures ?

Elle jette un œil à sa montre d'un air têtu.

— Plutôt quatre… Et le dîner, la conversation… Tout nickel, quoi ?

— Oui, exactement.

— Et après ? insiste-t-il avec un sourire en coin.

— Après, on va à Fontainebleau ?

Plusieurs heures de route dans un paysage brumeux éteignent leurs pensées. L'hiver a avalé les reliefs, et c'est l'esprit absent que Sevran conduit, un coude posé sur la porte. Allongé sur le siège passager, Biolet, les mains jointes sur son ventre, a l'air d'un gisant. Lorsqu'ils arrivent enfin à Fontainebleau, ils longent le château de François Ier. Biolet se souvient d'une chute mémorable, enfant, dans l'escalier en fer à cheval. La fine cicatrice qu'il a au-dessus du sourcil droit en est le vestige. Elle écoute distraitement son récit épique en souriant.

Sevran appréhende l'entretien avec Annie. Il ne faudrait pas déranger cette femme en fin de vie. Pourtant, elle ressent le besoin de se faire une autre opinion de Catherine et il semble bien qu'Annie soit la seule en mesure de l'y aider. Elle se gare en douceur devant un pavillon simple et coquet.

En prenant une profonde inspiration, Sevran revoit soudain son père, raide, le teint cireux et les lèvres bleues sur son lit d'hôpital. La température de son corps chute brutalement. Elle pose une main sur le portail métallique glacé, marque un arrêt. Son équipier se rapproche, inquiet.

— Qu'est-ce qui se passe ?

— Rien… Allons-y.

L'image de son père la hante pendant de longues minutes encore. Lorsqu'elle finit enfin par s'en détacher, elle se retrouve penchée sur Annie, dans sa chambre claire. Le bras de la capitaine effleure celui de son équipier, sa présence à ses côtés est rassurante. Face à eux, la malade est allongée, les yeux mi-clos. Ses bras gris aux veines bleues marquées émergent de la couverture. Un léger souffle s'échappe de ses lèvres gercées. Elle remarque leur présence et entrouvre ses paupières. Pendant que la capitaine lui explique la raison de leur venue, la sœur de Catherine l'interrompt d'un geste de sa main frêle. Elle souhaite un verre d'eau, demande qu'on l'aide à boire. Sevran s'exécute. À travers la chemise de nuit d'Annie, la pulpe de ses doigts entre en contact avec les côtes saillantes et les creux de son dos maigre. Un électrochoc traverse sa poitrine. Lorsqu'elle se rassied, un nouveau vertige s'empare d'elle, si bien que son collègue décide de démarrer l'entretien.

— Que pouvez-vous nous dire du couple que forment Catherine et François Renon ?

La malade tousse et pose sa main décharnée sur ses lèvres.

— Un couple… (Elle tousse à nouveau.) Je n'appelle pas ça comme ça. François Renon a gâché la vie de ma sœur pendant des années, sans même qu'elle s'en aperçoive. (Elle tousse encore longuement.) Elle n'a jamais rien dit. Mais j'ai tout compris il y a longtemps.

Sevran, qui se ressaisit peu à peu, intervient à son tour.

— Qu'est-ce qui vous fait penser ça ?

— C'était un type détraqué, lubrique, obsédé… (Elle porte un mouchoir à sa bouche.) Vraiment répugnant. L'alcool n'a rien arrangé, au contraire. Il était devenu un poids pour elle. Je l'ai senti libérée quand il est parti.

— Vous parlez de lui au passé ? demande l'enquêtrice intriguée.

Annie essaie de se redresser en tremblotant.

— Vous pouvez m'aider s'il vous plaît ?

— Oui, bien sûr…

La policière serre les dents en retenant la sœur de Catherine par les aisselles.

— Je ne le sens plus de ce monde. (Elle les regarde avec une moue étrange.) Peut-être parce que je vais bientôt partir moi aussi… (Elle a un sourire las.) Catherine était aveuglée par cet homme. Elle en était folle. Elle le voulait, et quand elle l'a eu, elle a tenu à le garder quoi qu'il arrive. (Elle est coupée par une nouvelle quinte de toux.) Je pense qu'elle était prête à tolérer tous ses écarts. Ses enfants sont ce qu'elle a de plus précieux au monde, et elle voulait sauver les apparences pour eux.

— Le week-end où François Renon a disparu, votre sœur et ses enfants étaient chez vous ? demande Sevran

— Oui, c'est exact.

— Tout le week-end ? insiste-t-elle.

— Ils sont allés ensemble à Disneyland la nuit du samedi, mais sinon, oui, ils sont restés ici.

Le mari d'Annie, Jean Teyssandier, vient leur serrer la main en s'excusant de les interrompre. La capitaine observe cet homme d'une quarantaine d'années à la carrure large. Ses yeux verts entourés de plis bruns lui donnent l'air d'avoir été creusés dans la terre. Ses cheveux châtains mériteraient un rafraîchissement. Il s'éclipse avec la discrétion d'un ectoplasme.

— Pourquoi ce revirement dans l'attitude de Catherine ces derniers temps ?

— C'est comme les plongeurs en apnée… (Elle se racle la gorge. Sevran et Biolet échangent un regard d'incompréhension.) Vous avez déjà plongé ? (Ils répondent par la négative en silence.) C'était mon loisir favori… (Elle a un sourire nostalgique.) Les plongeurs descendent toujours plus profond malgré l'obscurité, la solitude et le froid. (Elle marque une pause.) Avec la pression qui augmente sur les poumons, le cœur qui ralentit et l'oxygène qui vient à manquer, ils se retrouvent dans un état second. Vous n'avez jamais eu envie de tenter ?

— Non, répondent en chœur les policiers, un peu trop vite, impatients de comprendre où Annie veut les mener.

— Les poumons rétrécissent et deviennent aussi petits qu'une orange. (Elle sourit, l'air distraite.) Et puis… vient un moment où le besoin de respirer est pesant. Il faut remonter. Ce chemin du retour est dur et douloureux. Les dix derniers mètres sont de loin les pires… Mais une fois qu'on est arrivé à la surface, l'inspiration est magique, puissante, étourdissante. (Elle tousse longuement.) C'est comme une renaissance.

— Annie… Qu'est-ce que vous voulez nous dire exactement ? interroge Sevran, l'air soucieuse.

— Catherine avait beau se sentir bien dans les profondeurs avec François… cette respiration à la surface lui a sauvé la vie.

— Votre sœur a-t-elle pu faire du mal à son mari ?

— Jamais !

La malade a soudain l'air en colère, elle tousse de nervosité cette fois.

— Vous n'aimiez pas François Renon, n'est-ce pas ? enchaîne l'enquêtrice, l'œil sombre.

— Je souhaitais qu'il lui fiche enfin la paix, déclare-t-elle en baissant les yeux.

— Au point de souhaiter sa mort ? enchaîne-t-elle, tendue.

— Parfois… oui.

Son masque de douleur s'anime quelques instants de façon sinistre. La capitaine, qui s'apprêtait à poursuivre le fil de ses questions, se ravise. La sœur de Catherine a l'air si faible, allongée dans son lit, que la vie semble l'abandonner. D'un regard complice, les policiers décident de mettre un terme à l'interrogatoire. Ils remercient la mourante qui replonge aussitôt la tête dans son coussin, elle disparaît dans l'épais rembourrage. Ils quittent la chambre à pas feutrés et retrouvent son mari assis dans son salon, comme un patient dans une salle d'attente.

— Monsieur Teyssandier… Nous vous laissons. Merci pour votre accueil, lui dit-elle en lui tendant une main.

— Vous avez trouvé François ?

Sevran jette un œil stressé à Biolet qui la regarde.

— Sa voiture seulement.

— Ah ? Comment a-t-il pu partir sans sa voiture ? remarque-t-il avec une apparente naïveté.

— Nous avons quelques hypothèses. Mais excusez-nous, nous avons pas mal de route à faire, coupe Biolet.

— Que pensez-vous de votre beau-frère, monsieur Teyssandier ? poursuit l'enquêtrice sous l'œil rond de son équipier.

— François ? Oh, c'est pas un mauvais bougre… Mais il aurait mieux fait de rester seul.

— C'est-à-dire ?

— La vie de famille, les enfants et les responsabilités qui vont avec n'ont jamais été pour lui. Il s'est toujours conduit comme un adolescent attardé. Il y en a toujours eu que pour les amis, les sorties et les fêtes…

Il hausse les épaules.

— Votre opposé en quelque sorte ? ose la policière.

— Oh… Chacun ses choix… Mais j'ai toujours pensé qu'il était plus complexe et torturé qu'il en avait l'air…, répond-il avec un air vague.

— Ah bon ? Pourquoi ?

— On le voyait peu… Disons qu'il était toujours jovial, avec un bon coup dans le nez, mais dans le fond, je pense qu'il était profondément écorché… Je ne peux pas vous en dire plus malheureusement, nous n'étions pas proches. Il a souvent essayé de nous proposer d'investir dans ses affaires, mais j'ai toujours refusé. Je pense qu'il en a pris ombrage.

— Pourquoi avez-vous refusé ? renchérit Biolet.

— Ça sentait la magouille à plein nez. J'aime pas ça, Annie non plus.

— Votre femme a l'air de le détester… Pourquoi ?

— Eh bien… Je ne sais pas tout, vous savez ?

Un voile pudique plein de chagrin recouvre aussitôt les traits du mari.

En rejoignant leur voiture, les deux policiers se regardent en silence. Sevran a du mal à déterminer l'état dans lequel elle se trouve, encore bouleversée par l'image de son père agonisant. Pourtant, cet échange avec Annie puis son époux a réveillé quelque chose qu'elle ne parvient pas à saisir. Machinalement, elle passe sa main sur son avant-bras gauche. Ses poils sont dressés.

— Il y a un truc pas net là…, dit-elle en s'adressant à son équipier.

— Annie le haïssait… Mais pourquoi, au fond ?

— C'est ça le problème… Je crois qu'elle ne nous a pas tout dit.

3 janvier 2001, 11 heures, Ferrières-sur-Sichon

La silhouette d'un frison noir apparaît à travers une forêt de hêtres et de sapins sombres. Chacune de ses foulées soulève un épais amas de boue en produisant un son régulier et sourd. Il galope à en perdre haleine entre les allées de terre battue qui longent les bois. Dressée sur ses étriers, en suspension au-dessus de la selle, Jeanne sent les muscles puissants de l'animal contre ses jambes. Les épaules en arrière, elle se rassoit dans la selle en refermant ses doigts sur les rênes. Lentement, le cheval ralentit au trot. Une buée blanche s'échappe de ses larges narines. La cavalière se sent ivre d'air frais, cette sortie l'a propulsée loin de ses tourments. Elle caresse les flancs de l'animal qui avance au pas. Il se met à cabotiner entre les arbres en écoutant les mots qu'elle susurre à ses oreilles pointues. Dans la brume épaisse, ils regagnent le haras, le pas chaloupé. Jeanne est essoufflée. Ses joues roses ont eu si froid qu'elles lui procurent maintenant une sensation de chatouillement. Elle savoure chaque seconde de ce moment de paix. La ferme apparaît au bout de l'allée.

En approchant, elle remarque la vieille Renault 5 blanche de sa mère garée devant son entrée. Un coup de pied atteint soudain ses tripes. Sa mère, qu'elle s'était juré de ne plus revoir, est là, chez elle. Jeanne se dirige vers les box et ralentit le rythme des soins qu'elle prodigue habituellement à sa jument. Elle la brosse lentement puis la couvre d'une épaisse couverture. Elle entoure son long cou suant de ses bras et contemple un instant ses grands yeux doux. Elle voudrait pouvoir prolonger ce moment délicieux. Le pas lourd, elle prend enfin la direction de la maison.

Michelle sort de sa voiture pâle et amaigrie. Son corps flotte dans un pantalon sombre devenu trop grand pour elle. Sans un mot, sa fille ouvre rudement la porte, elles pénètrent en silence dans le salon où crépite un feu. Les chiens s'agitent et viennent à leur maîtresse gaiement. Pendant que Jeanne les couvre de caresses affectueuses, sa mère l'observe comme une étrangeté.

— Pourquoi es-tu là ?

— Tu as su… pour François ?

La vieille femme a une petite voix tremblante.

— Oui.

— Les policiers t'ont interrogée ?

Jeanne acquiesce, muette. Elle s'installe dans un fauteuil en évitant son regard.

— Qu'est-ce que tu leur as dit ?

— Je ne pense pas que ça te regarde.

— J'espérais que, peut-être, tu leur avais parlé de Victor ?

— Quoi, Victor ?

— Oh… Eh bien… Les projets immobiliers, leurs sorties entre hommes… Ça doit certainement intéresser les policiers. Tu ne crois pas ? demande Michelle avec un air chagriné et ingénu à la fois.

— Mais qu'est-ce que tu insinues ?

— Rien du tout ! C'est juste… que Victor est le seul à avoir suivi François dans toutes ses histoires. Il doit connaître les gens qui lui en voulaient. (Elle a l'air d'une enfant perdue.

Sa fille se tait en serrant ses poings.) Oh… dans le fond tu es comme moi, Jeanne… Tu as fermé les yeux pour ne pas te retrouver seule…

— Quoi ? Comment est-ce que tu peux oser venir chez moi me dire une chose pareille ?

— Écoute, Victor sait des choses ! Si tu ne dis rien à la police, moi je leur parlerai ! la menace la vieille femme avec une voix aiguë et chevrotante.

— Mais qu'est-ce que tu vas leur raconter ? Tu n'es au courant de rien ! Va-t'en, maintenant !

Sa fille se déplie brutalement et se dirige vers la porte qu'elle ouvre en grand. Un froid sec s'engouffre aussitôt dans le salon. Michelle se lève lentement, exsangue.

Une fois que sa mère a franchi le seuil de la porte, Jeanne la fait claquer avec violence. Marie d'abord, sa mère ensuite. Elle ne peut plus éviter la discussion avec Victor. Elle se dirige lentement vers la cuisine où elle tente d'échapper à ses réflexions en se préparant un café noir. Pendant que l'eau brûlante tombe goutte à goutte dans la mouture, elle décide d'en avoir le cœur net.

Elle se jette sur ses clés de voiture, attrape sa veste et fonce dans la cour. Les pneus patinent quelques secondes sur le sol sablonneux, elle accélère et prend la route jusqu'à la clinique vétérinaire.

Une fois arrivée, elle dépasse l'accueil et fonce jusqu'à la salle de soins. Elle découvre son compagnon assisté d'une jeune femme. Tous deux sont habillés de chasubles bleues, prêts à opérer un chien inanimé sur la table. Il lève vers elle des yeux inquiets, tandis que son assistante la dévisage avec sévérité.

— J'ai besoin de lui parler.

Elle s'adresse à la jeune femme qui quitte la salle après avoir interrogé le vétérinaire du regard.

— Enfin, qu'est-ce qu'il y a ?

— Qu'est-ce que tu fabriquais avec mon frère ?

— On a fait quelques affaires ensemble. Ça nous a permis de faire fructifier l'argent. C'est grâce à ça qu'on a pu acheter le haras !

Elle se crispe. Elle craignait cette réponse. Elle se retourne un instant pour réfléchir.

— Mais qu'est-ce que vous faisiez pendant ces soirées interminables !

— Mais Jeanne, tu le sais bien ?

— Non, je n'en ai aucune idée.

— On se détendait un peu… Rien de bien méchant ! Mais enfin qu'est-ce qui se passe ?

— C'est-à-dire, « on se détendait »… Précise, s'il te plaît !

— On allait dans des bars… François draguait et moi je jouais au poker, avoue-t-il en haussant les épaules.

— Au poker ?

Son compagnon reste hébété devant elle.

— Mais parle ! se met-elle à crier dans un sanglot.

— Oui ! J'ai parfois gagné… parfois perdu. Ton frère m'a donné des coups de main.

— Combien t'a-t-il prêté ?

— Oh… Je ne sais plus trop bien…

— Parle, je t'en supplie !

Elle pleure à chaudes larmes, la main sur la bouche.

— Dans les 200 000 francs, peut-être.

Il regarde ses pieds, honteux. Abasourdie, elle se laisse glisser sur un tabouret, les yeux rougis, le corps meurtri comme si elle venait d'être rouée de coups.

— Est-ce que François a roulé des gens avec ces histoires d'argent ?

— Euh… J'imagine que oui… Ma chérie, je…

— Tais-toi… S'il te plaît… Je vais demander aux policiers de t'interroger.

La jeune femme ne sait pas ce qui est le plus douloureux : que sa mère ait eu raison, ou que son compagnon lui ait caché la vérité. À moins, comme dit Michelle, qu'elle n'ait jamais voulu savoir. La vérité n'a pas les rondeurs confortables et familières de l'ignorance. La vérité pique, coupe, brise, brûle. Elle l'a toujours su. Plongée de force dans son chaudron dès l'enfance, elle a simplement cherché à s'en éloigner autant que possible. Désormais la voilà rattrapée, sans fuite possible.

La cavalière a rejoint son salon, où elle s'installe auprès de ses chiens. Une fois réconfortée par leurs regards brillants et leurs coups de langue, elle se saisit de son téléphone.

— Sevran, j'écoute.

— Oui… Bonjour, c'est Jeanne Renon. Je pense qu'il faudrait que vous entendiez mon compagnon Victor… Il sait un certain nombre de choses sur les affaires de François, et les gens qu'il côtoyait.

— D'accord… Nous allons le contacter. Merci.

— Vous avancez sur l'enquête ?

— Nous consacrons tout notre temps à cela, madame Renon. Nous vous tiendrons au courant de nos avancées. Je vous remercie, répond la capitaine un peu sèchement.

Jeanne raccroche, vexée de se sentir ainsi tenue à l'écart. Elle voudrait en finir vite, pouvoir mettre un nom et un visage sur le monstre qui a tué son frère.

5 janvier 2001, 10 heures, Clermont-Ferrand

Sevran arpente seule les couloirs du palais de justice. Une bulle pétillante a pris place dans son cerveau. Depuis les profondeurs de ses méninges, elle jaillit, s'évanouit, suivie d'une autre, encore et encore, en ne lui laissant aucun répit. Elle est impatiente de saisir enfin le sens de toute cette histoire. Elle monte quelques marches et bifurque sur la gauche dans une longue artère où des magistrats en robe la toisent en la croisant. Elle arrive enfin devant le bureau du procureur, puis marque une pause en s'apprêtant à entrer quand elle voit arriver Candal et sa raideur habituelle, avec quelques mètres derrière son équipier qui le rattrape à petites foulées. Tous les trois se retrouvent devant la porte que le procureur ouvre sèchement.

— Faites vite, j'ai peu de temps à vous accorder.

— Nous souhaitons perquisitionner les domiciles des frères Chassaing et leur boutique de Vichy.

— Oui… J'ai lu votre rapport.

La policière, qui s'est assise, est suspendue aux lèvres du procureur. Son genou droit effectue un mouvement frénétique qui trahit sa nervosité.

— C'est accordé. Dites… le contremaître portugais… Je le connais. Vous devez savoir qu'il est d'une violence extrême.

Elle lève un sourcil et regarde discrètement Biolet qui décroise lentement ses jambes. Candal a l'air pensif.

— Eh bien, il fait toujours partie de la liste de nos suspects. Il est sur écoute… Nous…

Il la coupe.

— J'étais jeune avocat général lors de son procès d'assises il y a une vingtaine d'années. Un témoin est arrivé à la barre et a dit quelque chose qui lui a déplu. Je ne me souviens plus quoi… Ramirez Pirez a soudain été pris d'un accès de rage absolument effrayant. Il a fallu quatre policiers pour le maîtriser… Ce type est une vraie bête.

Le magistrat, qui a posé ses bras sur les accoudoirs de son fauteuil, croise ses mains osseuses. Il a l'air perdu dans ses réflexions.

— C'est noté… monsieur le procureur…

Sevran se lève pour le saluer. Elle sent son corps se durcir et se transformer en armure. Il lui offre une poignée de main mécanique et molle sans même la regarder.

En rebroussant chemin dans le palais, la capitaine remarque qu'un souffle las, pourtant presque imperceptible, s'est échappé de la bouche de Biolet. Lorsqu'ils rejoignent le parking, le ciel ressemble à un tas de linge souillé. Elle prend le volant pour occuper son esprit à autre chose qu'à maudire Candal.

— Il t'agace, hein ?

— Oui…, acquiesce-t-elle avec un sourire forcé.

— Cette histoire de procès, t'en as pensé quoi ?

— C'est arrivé il y a vingt-deux ans ! On n'est pas complètement idiots, on sait que le mode opératoire concorde puisque Renon a reçu vingt-huit coups de couteau. Mais une partie seulement ! Ensuite, il a été découpé en morceaux à la scie circulaire ! Ramirez Pirez est du genre à tuer et à se faire prendre, justement parce qu'il ne tient pas ses nerfs ! Je ne l'imagine pas garder le cadavre pendant des jours pour finir par se le traîner en pleine tempête de neige aux Goules… Ça ne tient pas.

— En même temps, il a pu apprendre à ne pas se faire prendre en sept ans de taule, tu ne crois pas ?

— Oui, bien sûr… (Son regard se perd dans les plaines noires.) On ne peut rien exclure, mais c'est pas pour une petite histoire de fric que tu tues de cette façon !

— Il y a aussi Irène Vandel, leur maîtresse à tous les deux !

— Catherine Renon a confirmé qu'il l'avait appris très récemment, en tout cas au moins quinze jours après la mort de François.

— Mais toi… (Il se retourne gravement vers elle.) Tu penches pour qui ?

— Euh… (Elle a un soupir las.) Ça peut être les frères Chassaing, mais ça peut être Catherine, même si elle explique qu'elle était à Fontainebleau ce fameux week-end…

— Au fait, elle a bien dormi au Séquoia Lodge à Disneyland la nuit du 25 novembre, comme nous l'a dit Annie. L'hôtel nous l'a confirmé ce matin.

— Oui, je m'en doutais… Mais elle a pu demander à quelqu'un de faire la sale besogne. N'oublie pas que c'est un homme qui s'est chargé de la découpe dans la maison du Lyonnais. (Ses traits se tendent.) Bon. Procédons par étapes. D'abord, la perquisition des frères Chassaing… (Elle reste un long moment à observer les différentes teintes du goudron que la voiture avale à toute vitesse.) Et toi ? Tu penches pour qui ?

— Catherine…, dit-il sobrement. Mais je ne sais pas comment l'expliquer…

Sevran trouve à se garer à l'angle du boulevard Carnot. Navard et Ghemzi sont sur place à les attendre. La capitaine remarque que cette dernière a troqué ses baskets d'adolescente pour des souliers noirs qui lui donnent une allure presque adulte. Son partenaire a les jambes écartées et les bras croisés sur le torse. Avec son bomber noir et sa moue renfrognée, il a l'air d'un hooligan prêt à charger.

— Allez, on y va, mais en douceur… Je ne voudrais pas que la vieille dame nous fasse une crise cardiaque, annonce-t-elle au groupe, vite rejoint par deux autres officiers de police judiciaire qu'elle ne connaît pas.

— Navard et Ghemzi, vous faites la boutique et la remise. (Elle fait signe aux deux autres OPJ.) Vous, l'appartement de Jacques ; Biolet et moi, l'appartement de David. S'il y a quoi que ce soit d'intéressant, on s'appelle. Soignez bien les photos, s'il vous plaît. Vous… (Elle fait de nouveau signe aux deux OPJ.) Assurez-vous de la présence de Jacques à vos côtés pendant toute la perquiz, OK ?

— OK ! répondent-ils en chœur.

Lorsque Sevran pénètre dans la droguerie, comme la première fois, la quincaillière est assise derrière le comptoir, avec un visage fatigué. Elle se dirige vers elle et lui explique calmement le déroulement des opérations en prenant soin de ne pas la brusquer, tandis que Biolet part dans la remise à la recherche de ses fils. Quelques secondes plus tard, Jacques en ressort avec une mine effarée, encadré par les deux OPJ qui l'entraînent à l'extérieur jusqu'à son domicile. L'enquêtrice fait signe à Ghemzi de garder un œil sur la mère pendant qu'elle se rend à son tour à l'arrière pour retrouver son équipier.

Dans la remise sombre, le visage de David Chassaing est faiblement éclairé par une vieille ampoule à incandescence pendue à un simple fil électrique bleu. Il se tient raide, les mains le long du corps, le visage griffé de rides profondes. Son collègue lui explique la procédure, mais il ne semble pas l'écouter. Sevran fait un geste de la main en direction de l'arrière-cour en guise de signal.

David Chassaing marche devant eux, presque chancelant. À y regarder de près, il a l'air aussi âgé que sa mère. Il s'engage dans des escaliers étroits en bois sombre où Sevran le suit jusqu'à son appartement situé au-dessus de la droguerie. Lorsqu'il ouvre la porte, elle découvre une chambre monacale. Les murs blancs sans fioritures, les meubles résumés au strict minimum. Cet espace lui semble si triste qu'elle l'observe avec des yeux où l'on perçoit soudain une lueur de pitié. *Cet homme n'a pas de vie. C'est le vide absolu.* Son équipier prend les clichés en silence, en commençant par les vues générales. Puis c'est au tour des tiroirs, des placards, d'être fouillés et photographiés en détail sous le regard blessé du propriétaire. De ses mains gantées, la capitaine soulève, retourne, déplace sans ménagement. Dans un carton plat caché sous le lit, elle découvre une série de coupures de presse qui concernent Georges Renon. Elle lève les yeux vers le droguiste qui détourne le regard.

— C'est vous qui avez accumulé tous ces articles sur les Renon ?

— C'est illégal ? répond-il sèchement.

— C'est vous ou pas ?

— Oui, c'est moi, oui.

— On saisit le carton, dit-elle pour elle-même.

Biolet s'approche en silence et lui tend un mode d'emploi de scie circulaire Bosch. Le suspect les observe, visiblement troublé.

— Où est cette scie circulaire ?

— Je ne m'en souviens pas.

— Bien... Je vais me répéter. (Elle s'approche tant de lui qu'il recule d'un pas.) Où est-elle ?

Elle est devenue autoritaire et glaciale.

— En bas... Dans la remise, lui dit-il en déglutissant.

— L'avez-vous utilisée récemment ?

— Oui.

— Pour quoi faire ?

— Couper des planches de bois.

— On va la trouver et on va la saisir également.

— Allez-y, faites ce que vous avez à faire.

Il retrouve son air hautain.

Une fois le petit appartement photographié et fouillé de fond en comble, tous les trois redescendent dans la remise où leurs collègues s'affairent.

— Nous cherchons une scie circulaire de marque Bosch. Vous l'avez vue ?

— La voilà.

Navard montre l'engin du doigt. La policière s'en saisit et la place dans un grand sac plastique. Elle murmure quelques instructions à l'oreille de sa consœur, puis se retourne vers Biolet.

— Je vais chez Jacques.

— OK, je reste ici, répond-il.

Sevran reprend le boulevard, passe devant la rue Couturier, puis s'arrête au 14 Carnot. Jacques Chassaing, adossé à un mur du rez-de-chaussée, assiste impuissant au déballage de sa vie privée. Elle l'étudie un bref instant puis se tourne vers ses collègues. L'un d'eux lui fait signe d'approcher. Il murmure à son oreille.

— Dans la cuisine, on a saisi un grand couteau qui peut correspondre à l'arme du crime. Il a aussi tout un tas de somnifères et d'anxiolytiques dans sa salle de bains. Il dit qu'il ne retrouve plus les prescriptions.

La capitaine ressent une secousse dans le ventre. Elle se tourne vers Jacques Chassaing.

— Vous allez nous accompagner à Clermont-Ferrand. On vous place en garde à vue avec votre frère.

Elle se dirige mécaniquement vers l'extérieur pour appeler le procureur. Une fois son appel passé, elle voit apparaître son équipier au coin de la rue.

— Le labo vient de me dire qu'on a retrouvé l'ADN de François Renon en infime quantité sur la scie circulaire découverte dans la grange du Lyonnais. Elle a été mal nettoyée, annonce-t-il l'air épuisé, en appuyant son dos contre une façade.

— Et dans le Renault Trafic ?

— Six ADN différents, inconnus de nos fichiers...

La policière a du mal à digérer l'information. Lentement, elle aussi se pose contre la façade, les yeux dans le vide. Ils restent là quelques minutes en silence.

— Ça écarte João Ramirez Pirez, puisque son ADN est dans nos fichiers... Les deux frères vont devoir se soumettre aux analyses génétiques. On verra bien, dit-elle en se redressant.

Biolet acquiesce du regard.

— Il faut qu'on sache si l'un des deux a un lien avec Massin, le Lyonnais. Est-ce qu'ils connaissent sa maison ? Est-ce qu'ils connaissent un familier ou un de ses amis ? Ils pouvaient s'y rendre sans difficulté, les clés sont sous un pot.

— En tout cas, on a quarante-huit heures pour leur faire cracher le morceau, annonce Biolet qui se redresse et repart sans un mot en direction de la rue Salignat.

La bulle pétillante s'est transformée en marmite bouillonnante dans le cerveau de la capitaine.

À son tour, elle prend le chemin de la droguerie des Chassaing. Elle voudrait pouvoir se détacher de la réalité pendant quelques minutes, mais son téléphone se met à sonner. Une voix éructe avec violence dans son oreille.

— Comment avez-vous osé faire une chose pareille !

— Qui est à l'appareil, je vous prie ?

— Ma pauvre sœur, qui se bat contre un cancer et qui vit sans doute ses dernières heures ! Vous n'avez pas honte ?

— Madame Renon… Calmez-vous, s'il vous plaît.

— Me calmer ? Je commence à en avoir assez de vous sentir rôder autour de moi et de mes proches. Retrouvez-le et qu'on en finisse !

La femme de François Renon raccroche aussi sec. Sa nervosité contagieuse a rosi les joues de Sevran qui accélère son pas, en martelant durement le trottoir. Elle imagine l'étau qui enserre lentement l'étrange épouse et la fait paniquer davantage de jour en jour. L'idée provoque un rictus mauvais sur la bouche de la capitaine. Bientôt, elle ne doute pas de parvenir à résoudre l'équation à plusieurs inconnues de cette affaire.

7 janvier 2001, 14 heures, Fontainebleau

Allongée dans son lit, Annie est restée pétrifiée depuis l'appel téléphonique de sa sœur. Elle n'a pas reconnu ses intonations aiguës tant elles étaient entrecoupées de sanglots. Catherine était si paniquée que les mots se bousculaient dans sa bouche. Elle pense l'avoir entendue bredouiller qu'elle se préparait à quitter Ceyrat avec les enfants pour se rendre chez des cousins en Bourgogne… Elle semblait si confuse et perdue.

En l'écoutant, elle a eu le sentiment qu'une vague glacée la submergeait. Si elle avait eu le cran de tout lui avouer, tout aurait peut-être changé, sa sœur aurait peut-être fait d'autres plans. Mais elle n'en a pas été capable. Les pensées ont refusé de prendre forme dans sa bouche. Elle tourne les yeux vers le plafond dans une grimace de douleur. Sa sœur s'englue peu à peu dans cette histoire qui lui échappe et la détruit à petit feu. Annie se sent terriblement coupable et impuissante maintenant, mais elle ne peut plus rien pour l'aider. Elle joint ses mains dans un soupir. *Pardon… pardon. Faites que Catherine s'en sorte !* Elle ignore pourtant à qui s'adressent ses prières.

Depuis son réveil, elle a la certitude que ce jour sera le dernier. Elle l'a attendu si longtemps. Pourtant maintenant, elle voudrait retarder l'échéance comme on essaie vainement de pousser les murs. *Je suis pitoyable… Je suis si lâche…* La malade remue sa tête sur son oreiller jauni de sueur dans un reproche silencieux. Des râles s'échappent de sa gorge. Nathalie, l'infirmière qui est à ses côtés depuis ce matin, se penche vers elle. Elle a un visage doux. Elle lui caresse les joues. La sœur de Catherine se laisse aller en fermant les yeux. Une agréable sensation de repos la berce un instant. Puis des images confuses se présentent à elle.

Annie se voit assise au centre d'une pièce vide sans fenêtre. Elle porte une longue jupe et un chemisier beige qu'elle ne reconnaît pas. Ses doigts glissent sur le tissu épais. Le sol et les murs sont recouverts d'une moquette du même ton. Elle oriente son visage intrigué dans tous les sens, elle ignore où elle se trouve. Une musique sourde bourdonne au loin, un air de jazz, que des bruits métalliques secs couvrent de temps en temps. Elle tend l'oreille en se concentrant sur ces ondes familières et rassurantes. Pourtant, ce lieu vide l'angoisse. Sans savoir pourquoi, elle s'y sent espionnée. En se retournant sur sa chaise, une porte apparaît dans son dos. Elle se propulse vers la poignée qu'elle tente de forcer, mais l'issue est fermée. Contre les murs nus, ses doigts palpent les surfaces lisses à la recherche d'une ouverture invisible. Annie est de plus en plus nerveuse. La musique cesse. Seul son souffle court, légèrement sifflant, perturbe le silence. De minuscules perles de sueur se forment au-dessus de ses lèvres qui frémissent. Elle attend ainsi longuement en écoutant sa respiration sèche. Puis la musique reprend là où elle s'était interrompue, accompagnée du grincement des gonds de la porte. Elle observe la fente noire grandir devant elle. Il s'en échappe une vapeur épaisse et blanche qu'elle cherche à éviter en reculant jusqu'à ce que son dos rencontre brutalement le mur du fond. Une silhouette sans visage, habillée d'un costume blanc, avance vers elle. La bouche d'Annie s'agrandit dans une moue effrayée. De petits tremblements incontrôlés la traversent en sentant la chaleur du corps qui se rapproche. L'être à la tête sans relief lui tend une main dont la paume est tournée vers le haut. Elle l'examine à distance, avec méfiance. Lentement, la main se transforme sous ses yeux. Les os roulent sous la peau, des angles apparaissent, puis des creux. Un rond noir puis un second. Une ligne rose ourlée de lèvres. Des cils… Le visage de François Renon se matérialise. Lacéré d'entailles profondes, enflé d'hématomes, il s'adresse à elle, mais elle ne l'entend pas.

Une quinte de toux grasse la réveille en sursaut. Des râles s'échappent de sa gorge haletante. Nathalie pose sa main sur la sienne. La mourante lui jette des yeux suppliants.

— Maintenant.

L'infirmière s'exécute sans protester. Depuis quelques semaines déjà, elle a pris soin de placer une ampoule de Pavulon dans la corbeille au pied du lit. Une surdose provoquera la mort. Les gestes de la soignante sont mesurés, précis. Annie les observe en détail avec des yeux qui ressemblent à deux puits profonds. L'aiguille pique une veine de son poignet maigre, peine à s'enfoncer. Elle creuse son chemin avec une brûlure douloureuse. La mourante refrène un sanglot. Son bras finit par s'alourdir et s'engourdir.

— Excusez-moi, Annie…

— Ce n'est rien…

Les dernières pulsations de son cœur sont comme des coups d'enclume qui la font chavirer. Ses grands yeux exorbités roulent dans leurs orbites. Chaque pas vers sa propre fin lui procure maintenant une angoisse terrifiante. Elle craint de se retrouver seule face à son bourreau pour l'éternité. Elle suffoque et s'agrippe au bras de Nathalie.

— Est-ce que tout est prêt ?

— Oui. Ne vous inquiétez pas.

— Vous garderez ces écrits secrets… (La mourante se met à tousser.) Ne les envoyez que si vous apprenez que Catherine est en difficulté.

— Je vous le promets.

Un long silence s'étire. Elle entend sa respiration saccadée. De petites impulsions électriques traversent son cerveau. Elle est essoufflée, en sueur.

— Vous devez me prendre pour un monstre…

— Non, pas du tout.

L'infirmière éponge son front.

— Je…

Son souffle se transforme en gémissement.

— Catherine…

Elle tousse à nouveau plus fort.

— Chuuut… Détendez-vous, maintenant.

Annie s'enfonce dans un sommeil qui l'aspire. Elle se sent comme une poupée de chiffon jetée du sommet d'une montagne. Des bribes de conversations lointaines lui parviennent. Jean est entré dans la pièce, il s'est approché du lit.

— Comment va-t-elle ?

— Elle était très angoissée tout à l'heure, mais elle est en train de partir doucement, chuchote la soignante.

Annie se sent glisser loin du monde. Son corps ne la fait plus souffrir. Peut-être l'a-t-elle déjà quitté… Jean murmure quelque chose à son oreille. Elle fait un dernier effort, immense, pour l'entendre. Il murmure une promesse d'amour éternel dont seuls quelques fragments écrasés lui parviennent. Un dernier trouble. Un ultime vertige.

7 janvier 2001, 10 heures, Clermont-Ferrand

Sevran rapatrie sèchement les éléments d'un dossier qu'elle avait étalé sur la table quelques heures plus tôt. Elle se sent étouffer dans l'air méphitique de cette salle d'interrogatoire où s'accumulent les miasmes des gardés à vue et des fonctionnaires de police. Face à elle, David Chassaing se tient raide sur sa chaise. Mis à part son front légèrement luisant, il ne laisse voir aucun signe extérieur de stress. Ni lui ni son frère Jacques n'ont craqué comme elle s'y attendait.

Ghemzi, qui a entendu le Lyonnais pour un second interrogatoire, n'a pu déterminer aucun lien entre les trois hommes. La capitaine se déplie en luttant contre la gravité qui l'écrase. Une sensation d'échec l'étreint depuis tout à l'heure en jetant une ombre sur tout ce dossier qu'elle ne parvient plus à comprendre. Avant de quitter la salle, elle jette un dernier regard au suspect.

— Un officier va venir vous chercher pour faire les analyses de sang.

— Je peux voir mon frère ?

— Ce sera possible dans quelques minutes.

Elle sort en prenant une bouffée d'air à peine moins toxique que dans la petite pièce borgne. Avant de rejoindre

Biolet qui s'est absenté pour poursuivre les écoutes de Catherine Renon, elle se dirige machinalement vers une machine à café au fond du couloir. Hypnotisée par le jus marron qui gicle dans le gobelet en carton, elle sursaute quand son équipier pose une main ferme sur son bras.

— Catherine prépare son départ pour la Bourgogne !

— J'appelle le procureur.

Elle attend de longues secondes au téléphone avant de pouvoir enfin joindre Candal dont le timbre de voix l'agresse particulièrement ce matin.

— Oui !

— Bonjour, monsieur le procureur, les écoutes de l'épouse Renon nous ont appris qu'elle s'apprête à quitter la région. Nous souhaitons perquisitionner son domicile pour ne pas risquer de perdre des éléments de preuve.

— Faites. Et le Portugais ?

— Rien de concluant de son côté pour le moment. Son ADN n'était pas dans le Renault Trafic. Mais, comme je vous l'ai dit, nous ne lâchons pas sa surveillance.

— Bon… Dites…

— Oui ?

— Je vais saisir le juge Quoignard de cette affaire. Vous en référerez à lui dorénavant.

— Très bien, monsieur le procureur.

Candal raccroche au nez de l'enquêtrice qui a l'impression qu'une brise froide traverse son dos. Elle part au pas de course vers le parking où Biolet l'attend au volant. Navard et Ghemzi s'apprêtent à les suivre dans un autre véhicule.

Sur le chemin qui mène à Ceyrat, elle repense à son dernier échange téléphonique avec Catherine Renon. Elle affûte ses lames en prévision du moment de tension extrême qui aura bientôt lieu avec cette femme perturbée, complexe, et sans doute un brin manipulatrice. Son équipier a une conduite brute et saccadée qui trahit son envie d'en découdre. Ses réflexions sont semble-t-il à l'unisson avec les siennes.

— Il est comment le juge Quoignard ? demande-t-elle.

— Ah ! Ça y est, Candal a saisi Quoignard ! Eh bien, c'est exactement le même type de bonhomme. On ne gagne pas vraiment au change… Et Catherine… Comment tu veux l'attaquer ?

— Le plus calmement du monde… Elle est sous pression. Un vrai fruit mûr qu'on n'a plus qu'à cueillir délicatement.

Lorsque les quatre policiers se retrouvent sous le porche de la maison de Ceyrat, les collègues de la Scientifique ne sont pas encore arrivés. La capitaine appuie longuement sur la sonnette. Elle observe ses collègues qui lui renvoient un même regard plein d'attente et d'incertitude. Soudain la propriétaire apparaît à la porte. Ni maquillée, ni coiffée, ses petits yeux rouges sont gonflés.

— Bonjour, madame Renon, nous venons procéder à la perquisition de votre maison, annonce Sevran tout en s'interrogeant sur les raisons de son attitude.

Alors que Navard et Ghemzi se rendent immédiatement à l'étage, elle et Biolet se dirigent vers le salon avec l'épouse qui se met à pleurer en silence en s'asseyant dans un fauteuil.

— Que se passe-t-il ? demande Sevran, poussée par la curiosité.

— Ma sœur Annie est morte.

— Ah… Nous sommes sincèrement désolés, dit Biolet avec une voix blanche.

Elle hausse les épaules, le regard embué.

— Écoutez… Nous avons du nouveau au sujet de votre mari François, tente l'enquêtrice avec précaution.

Catherine lève la tête vers elle, sans réagir.

— Nous sommes désolés de vous apprendre la nouvelle dans de telles circonstances, mais nous l'avons retrouvé. Il est mort.

Leur interlocutrice s'enfonce dans son fauteuil en se recroquevillant, sans rien dire. La capitaine sent le regard de son équipier sur elle.

— Nous allons devoir perquisitionner la maison et le garage, et nous allons devoir vous interroger de nouveau.

Biolet affiche un visage grave.

— Je n'ai rien à vous dire…

— Alors c'est la garde à vue au commissariat, tranche-t-il.

— Quoi ?

— Votre mari est mort assassiné. Nous cherchons son meurtrier activement, et nous avons de sérieux doutes vous concernant, ajoute-t-il en se penchant vers elle.

— Non, non… C'est incroyable !

— Vous devez assister à la perquisition. Venez, je vous prie.

Sevran arpente la maison en imaginant que Jean Teyssandier vient tout juste d'informer sa belle-sœur de la mort d'Annie, sans quoi la surveillance les aurait informés de la situation. Catherine est sidérée. Son état de choc empêche le moindre échange pendant plusieurs minutes. En montant à l'étage, Sevran se demande opportunément si les circonstances vont enfin permettre de lever le voile sur sa personnalité. Navard et Ghemzi sont déjà en train de s'activer dans la chambre du couple. Tout est retourné, soulevé, déplié sans ménagement sous les yeux effarés de l'épouse, toujours muette. L'enquêtrice, partie inspecter la salle d'eau attenante, entend l'arrivée des collègues de la Scientifique qu'elle rejoint en dévalant l'escalier.

— Une préférence pour commencer ?

— Oui, la cuisine, s'il vous plaît.

— Très bien. C'est parti.

Lorsque, en remontant à l'étage, elle passe devant la chambre de Maxime, une émotion noue instantanément ses entrailles. Elle revoit le visage triste de l'adolescent lors de leur entretien ici même quelques jours plus tôt. Une boule de culpabilité enfle dans sa gorge qui s'assèche. Sans doute aurait-il mérité de savoir plus tôt... Ne plus attendre en espérant l'hypothétique retour de ce père tant adoré. Une tristesse foudroyante inonde ses prunelles. La capitaine se détourne un instant de ses collègues. En fouillant dans ses poches, elle retire un mouchoir avec lequel elle tamponne le coin de ses yeux. Elle rejoint la chambre en prenant une profonde inspiration, et y découvre Mme Renon assise comme une enfant punie au bord du lit. Ghemzi fouille la commode, Navard le placard, Biolet est dans la salle de bains.

— Lorsque vous êtes revenue de Fontainebleau, pour quelles raisons avez-vous déposé les enfants chez une amie ?

— Comment savez-vous ça ?

— Votre amie Martine a été interrogée, explique Sevran froidement.

— Mais pourquoi vous l'avez interrogée ? s'étonne Catherine, les yeux écarquillés.

— Qu'est-ce que ça peut vous faire ? Répondez à la question, s'énerve Biolet qui est revenu dans la chambre.

— Je... je voulais avoir une discussion avec François.

— Ah oui ? Nous pensons plutôt que vous saviez déjà qu'il était mort et que vous aviez sans doute besoin de cacher son corps.

— Non ! crie-t-elle, bouleversée.

Navard et Ghemzi font signe à Sevran qu'ils vont poursuivre les recherches dans les autres pièces.

— C'est le moment ou jamais de tout nous dire. Après, il sera trop tard.

— Mais j'ai rien à dire ! Vous faites erreur ! Et Irène Vandel, pourquoi vous ne vous intéressez pas à elle ?

— Accuser les autres ne vous aidera pas, au contraire. Vous avez dit à Annie que vous aviez eu envie de le tuer.

Sevran fixe intensément l'épouse.

— Ce n'est pas possible… Ma sœur n'a pas pu vous dire ça !

— Bon sang ! Vous allez arrêter de chercher à savoir qui a dit quoi ? Mettez-vous à table, maintenant ! Vous êtes dans de sales draps ! Vous comprenez ? s'exclame le lieutenant, tout à coup excédé.

— Mais enfin, je n'ai jamais dit une chose pareille !

— Si, madame. Nous vous passerons l'enregistrement au commissariat si vous voulez. Vos lignes téléphoniques sont sous surveillance depuis plusieurs jours, lui révèle la policière avec une voix caverneuse.

Catherine Renon se tasse soudain. Ses yeux s'enfoncent de quelques millimètres dans son crâne.

Tous se rendent maintenant au rez-de-chaussée. Sevran jette un œil inquiet à ses collègues de la Scientifique. L'un d'eux lui fait signe de patienter. La perquisition se poursuit dans le bureau. Navard s'attaque à des cartons posés sur des étagères, tandis que son équipière fouille dans les tiroirs du bureau. Sevran les observe, la mâchoire serrée. De longues minutes silencieuses s'installent pendant lesquelles elle se lamente intérieurement qu'aucun élément intéressant n'ait encore été découvert. Quand, enfin, on l'appelle depuis la cuisine.

— Capitaine !

Elle accourt à grandes enjambées.

— On a retrouvé du sang dans les joints de l'évier. On a pu faire des prélèvements. On a passé la cuisine au Bluestar. Elle été nettoyée à la Javel, ça brillait de partout, annonce le policier de la Scientifique.

— Oh merde.

Elle accuse le coup, le visage soudain terreux.

— Mais attendez ! Elle a été lavée vite fait… Il restait des giclures sur ce mur.

Le technicien tend son doigt vers une cloison située à droite du point d'eau.

— En quelle quantité ?

— Suffisamment pour qu'on puisse dire qu'il s'est passé un très sale truc dans cette pièce.

Soulagée, Sevran se redresse, prête à regagner le bureau.

— Et merci beaucoup, messieurs ! C'est toujours un plaisir.

Son sourire satisfait ne fait plus douter personne qu'elle compte enfin un atout dans son jeu. Elle échange un regard appuyé avec Biolet puis s'adresse à Catherine Renon :

— Nous venons de faire une découverte qui vous met dans une situation très très délicate. Je ne peux que vous conseiller de parler, à présent.

— Euh… Dites-moi ce que vous avez découvert… Et je vous expliquerai, répond la mère de famille, prise dans des sables mouvants.

— Non, ça ne marche pas comme ça. Vous parlez d'abord.

Elle se met à réfléchir. Ses yeux roulent dans tous les sens, sa bouche est entrouverte. Elle finit par s'adresser à la capitaine.

— Écoutez, j'ai conscience de ne pas toujours faire ou dire ce qu'il faut… Je ne suis pas quelqu'un qui montre facilement ses faiblesses. Même ma sœur ignorait ce qui se passait entre François et moi. Ça n'allait plus depuis longtemps, c'est vrai. Mais jamais je ne lui ai voulu le moindre mal.

— Alors, expliquez-nous comment cette maison est devenue une scène de crime.

— Pardon ?

— C'est ici qu'a eu lieu l'assassinat de votre mari. Il a ensuite été transporté ailleurs.

— Je vous jure que je n'en sais rien… Je n'en ai aucune idée. C'est horrible… C'est monstrueux !

Le visage subitement hâve, son corps est secoué de violents tremblements. Elle semble se noyer devant leurs yeux. Cette réaction déroute brièvement l'enquêtrice. Sa sincérité ne devrait faire aucun doute, et pourtant…

L'atmosphère du bureau devient peu à peu asphyxiante. La gravité de l'instant rend les visages et les corps lourds, écrasés par une chape de plomb invisible. Sevran fait un signe de tête à son équipier dans une invitation silencieuse à la suivre à l'extérieur. Lorsqu'ils se retrouvent dans le jardin, ils soupirent de concert. Biolet fouille dans ses poches à la recherche de son paquet de cigarettes qu'il tend à sa collègue.

— Dans mon état, c'est le paquet tout entier que je pourrais fumer…, dit-elle en remuant la tête.

— À mon avis, elle ment.

— Je n'en suis pas sûre… (Elle fait quelques pas en observant les sapins.) Elle s'était presque habituée à son mari ivrogne et volage…

— Ils se sont bagarrés quelques jours plus tôt, je te rappelle, Maxime l'a dit.

— Oui, je sais… Et elle a déclaré qu'elle avait eu envie de le tuer. Mais là, j'ai un vrai doute.

— Tu m'expliques ?

— Attendons la fin de la journée, que les pelleteuses aient ratissé le jardin… Je te ferai part de mes doutes en détail.

Biolet examine sa collègue bouche bée pendant qu'elle observe le garage et le jardin. Son visage s'éclaircit au gré des hypothèses qu'elle échafaude. Sans un mot, elle retourne à l'intérieur.

7 janvier 2001, 10 heures, Volvic

João tourne nerveusement les pages du journal en quête de nouvelles au sujet de la disparition de François Renon. La rubrique des faits divers ne mentionne toujours rien. De sa main, il palpe son visage et se met à réfléchir. Sans élément nouveau, il doit se tenir à carreau. La police l'a toujours à l'œil. D'ailleurs, avec son passé, il est certainement en tête de liste des suspects. Il se lève en direction de la cafetière dans la cuisine, quand soudain il entend une série de coups sourds en provenance de l'entrée. Il se fige en imaginant les flics juste derrière la porte, prêts à le coincer.

Le Dr Lapierre a tort. La roue ne tourne pas, elle fait du surplace. Son existence radote. À croire qu'il est maudit.

Les coups redoublent. L'ex-taulard s'en approche, éteint comme un condamné. Avant d'ouvrir, il pense à scruter le judas. Irène ? Que fait-elle ici ? Comment l'a-t-elle trouvé ? Dans un élan rageur, il ouvre, se saisit de son bras et l'entraîne brutalement à l'intérieur. Une fois la porte claquée, ils s'épient comme deux bêtes prêtes à en découdre. Il se détourne en longeant le couloir de son appartement en désordre. La présence d'Irène le trouble et le rend honteux. Il entend presque les rouages de son cerveau en train de s'appliquer à juger sa petite vie, ses poches désespérément vides, sa barre d'immeuble triste et défraîchie. Irène et ses nouveaux airs d'héritière. Il voudrait planter ses yeux noirs comme des clous dans les siens et effacer ce sourire satisfait de sa figure plâtrée.

— Comment es-tu arrivée ici ?

— Ce n'était pas bien difficile, tu es dans l'annuaire, fait-elle, moqueuse.

— Tu as réuni le fric ?

Il avance d'un pas menaçant vers elle.

— Du calme… (Elle se dirige vers le salon qu'elle observe en pinçant le nez.) Je suis venue te dire que les deux flics de Clermont-Ferrand sont venus me voir.

— Et alors ?

— Et alors, Renon est mort et ils te soupçonnent.

Une fine lame crée une entaille nette dans les profondeurs de sa poitrine. François Renon, mort. Assassiné, forcément. Cette fin tragique lui pendait au nez. João laboure distraitement ses cheveux d'une main. Pour ce qui le concerne, jusqu'ici, il n'a commis aucun faux pas, il n'a rien à craindre.

— Sans doute… Sauf que toi, Irène, tu étais sa maîtresse. Moi je n'étais que son ouvrier.

— Mais j'ai un alibi.

— Ah oui ?

— J'étais aux Seychelles la semaine où il a été tué. Tu connais ? C'est fantastique.

— Je ne suis pas complètement con, tu sais ? Avec mon pedigree, s'ils avaient le moindre doute, je serais déjà en taule, mais je suis là, chez moi, tranquille, comme tu peux le voir.

— En effet…

Elle s'assoit lentement en tirant une cigarette de son sac. Elle fait signe de demander l'autorisation de fumer, il accepte.

— Tu ne roules pas sur l'or à ce que je vois…

Le contremaître se tait en l'observant si intensément qu'il ressent sa gêne. Il pense qu'elle cherche à le piéger ou à le manipuler, comme par le passé. Il se sent nerveux, mais il parvient à se maîtriser.

— Donne-moi des nouvelles de mon fric, Irène, il n'y a que ça qui m'intéresse.

— Je suis en train de le réunir, ce n'est pas si simple !

— Alors pourquoi tu es venue jusqu'ici ? Tu comptais tenter quelque chose ? Tu crois que de venir te planter devant moi avec ta jupe fendue va suffire ? Ça fait longtemps que tu ne m'intéresses plus.

Les lèvres d'Irène se crispent dans un mouvement involontaire.

— Explique-moi pour quelle raison au juste je devrais te donner tout cet argent ?

— Je me suis dit que certains épisodes de ta jeunesse pouvaient intéresser Vandel… Il imagine sans doute qu'il a épousé une étudiante en chimie alors que tu es la plus grande camée que j'aie jamais rencontrée !

— Qu'est-ce qui te fait penser qu'il ne le sait pas ?

— Oh, eh bien, c'est évident ! Il ne t'aurait jamais confié la moindre responsabilité s'il avait su le niveau de déchéance que tu as été capable d'atteindre pour te droguer. Au fait, tu piques dans les stocks du labo ou dans la caisse ? Les deux peut-être ?

Il s'est tant rapproché d'elle qu'il sent sa chaleur comme une brise légère. Irène a perdu de sa superbe. Elle écrase hargneusement son mégot à même la table.

— Tiens, d'ailleurs, ça pourrait aussi intéresser les flics d'en savoir plus sur toi, tu crois pas ?

Ses paroles produisent chez elle l'embarras qu'il attendait.

— Donne-moi encore deux semaines, et après ça, je ne veux plus jamais entendre parler de toi.

— Ravi de te l'entendre dire.

Elle quitte la pièce sans se retourner. Le cœur de João est soudain pris de palpitations anarchiques. Il regarde ses poings se serrer fermement, écrasant ses veines. Il a peine à croire que dans quinze jours il pourra enfin changer de vie, monter son affaire ici, ou partir... Il sourit en s'y projetant, mais se rembrunit instantanément lorsque ses yeux tombent sur le journal plié sur la table. Rien de tout cela ne sera possible tant que la police n'aura pas mis le meurtrier de Renon sous les verrous. Il reste une bête traquée dont le moindre faux pas sera fatal.

8 janvier 2001, 8 heures, Clermont-Ferrand

Catherine se ronge les ongles. Des tremblements réguliers dus au froid et à la peur la traversent. Elle n'a dormi que trois heures la nuit dernière.

Dans son rêve, elle assistait aux obsèques d'Annie entourée de ses enfants, puis elle s'effondrait au sol sans jamais se relever. Clémence la secouait en hurlant, mais c'était fini. Elle aussi était morte.

Elle regarde ses doigts que ses dents n'ont pas cessé de mordre sans qu'elle en prenne conscience. Ses enfants sont chez Martine qui les a heureusement acceptés. Avant d'être placée en garde à vue, elle a eu quelques minutes pour leur annoncer la mort de sa sœur. Tous les trois ont été bouleversés. Catherine craint que la mort de François ne produise des ravages bien pires encore. La veille, elle ne s'est pas sentie prête à leur parler de leur père assassiné. Elle le fera une fois leur tante enterrée. Elle sanglote, le regard fixé au plafond, en suppliant le ciel de l'aider à affronter tous ces cataclysmes. Ses lèvres s'agitent, mais ses paroles sont inaudibles.

Soudain, la porte de la salle d'interrogatoire s'ouvre, la gardée à vue sursaute et renifle. Sevran vient d'entrer, un sourire léger accroché aux lèvres. Lorsqu'elle s'assoit face à elle, sa bouche a repris sa forme d'origine. La policière lui propose un café qu'elle accepte volontiers. Lorsqu'elle quitte de nouveau la pièce, Catherine imagine une armée de démons prêts à l'attaquer. Elle n'a jamais souhaité aussi fort de disparaître.

La perquisition de la maison, le fil ininterrompu des questions des enquêteurs, leurs soupçons, elle ne sait plus comment réagir. Elle a essayé de faire preuve de bonne volonté, mais ils n'ont pas l'air de se rendre compte de tous ses efforts. Ils la croient coupable. Leur intime conviction leur souffle que c'est elle l'assassin. Sous la pression, elle s'est presque sentie prête à avouer ce qu'elle n'avait pas fait hier soir, tant la tension était insupportable. Entre leurs insinuations et ses propres souvenirs devenus flous, elle a senti que son cerveau brodait une histoire qui lui échappait. Sa petite mine se tend. Elle doit se reprendre en main, ses enfants attendent son retour.

Sevran pose deux gobelets sur la table, elle est suivie de Biolet. Pendant qu'ils s'installent, la gardée à vue jette de petits yeux anxieux vers lui. Il a été particulièrement dur avec elle hier. Presque violent. L'interrogatoire va reprendre. Leurs dossiers sont fermés devant eux, chacun prend sa pose et tout le manège se remet en branle. L'épouse place ses mains tremblotantes sur la table, prête à supporter le feu des grenades.

— Audition de Catherine Renon, 8 janvier 2001, il est 8 heures 30, note Sevran. Comment allez-vous, Catherine ?

Elle hausse les épaules.

— Avez-vous besoin de consulter un médecin ?

— Non… Ça va.

— Bien. Au cours de la perquisition de votre propriété, nous avons retrouvé les papiers et la carte bleue de votre mari dans le garage de votre maison. Comment l'expliquez-vous ? l'interroge la capitaine.

La mère de famille est coupée dans son élan. Elle qui souhaitait faire preuve de bonne volonté, répondre du mieux qu'elle pouvait aux questions, ne trouve rien à dire à ça. Elle arque ses sourcils, ce qui semble agacer le lieutenant qui se met à souffler.

— Je… je ne comprends pas.

— Où rangeait-il ses affaires habituellement ?

— Dans son bureau ou dans un vide-poches du vestibule.

Elle refrène un sanglot, s'essuie le nez avec la manche de son pull.

— Le fait de les retrouver dans le garage n'est donc pas normal selon vous ?

Sevran tire de sa poche un paquet de Kleenex qu'elle lui tend.

— Non. Pas du tout…

— Nous avons retrouvé du sang dans la cuisine. Comment pouvez-vous l'expliquer ?

— Je me suis coupée récemment en cuisinant.

— Où ?

— Au doigt.

— Non, vous m'avez mal comprise. Les quantités de sang retrouvées sont importantes. La coupure d'un doigt ne provoque pas de telles giclures sur un mur.

La gardée à vue a soudain la nausée. Elle se penche en avant, secouée de spasmes violents.

— Catherine ! Catherine ! Ça va ?

L'enquêtrice se lève et s'approche.

— C'est un cauchemar ! Qui a fait ça ? Qui ? Je ne comprends rien ! Pourquoi ?

Son regard terrorisé croise celui des policiers qui l'étudient, impassibles.

— Vous voulez faire une pause ?

— Non, non…

Une douleur est apparue sur son visage. Elle tente de reprendre ses esprits. Elle surprend un échange de regards entre Sevran et Biolet qu'elle ne parvient pas à interpréter.

— … Pour quelles raisons votre sœur Annie détestait-elle tant votre mari François ?

Surprise par la question, l'épouse penche la tête sur le côté. Son regard devient étrangement distrait pendant quelques secondes.

— Vous n'y avez jamais prêté attention ?

— Honnêtement, non… Jamais. C'est vrai qu'elle ne l'aimait pas… Je ne saurais pas vraiment dire… (Elle réfléchit.) Au début, lorsque j'ai rencontré François et que je le lui ai présenté, elle l'appréciait. Je sais que ce n'était pas du tout son genre d'homme, mais elle le respectait. (Elle fait un effort pour chercher dans ses souvenirs.) Un peu avant la naissance de ma fille Clémence… C'est vrai… Oui… Son attitude vis-à-vis de lui a changé…

Catherine devient très sombre.

— Pourquoi d'après vous ?

Elle s'apprête à ouvrir la bouche, mais rien ne vient. Cette question de l'enquêtrice fait vibrer une corde quelque part en elle. À la réflexion, oui, Annie avait radicalement changé. La gardée à vue sent sa tension chuter, devient blême. Le visage de sa sœur lui apparaît. Elle ne comprend pas où veut en venir la capitaine ? Elle ne pourra jamais demander à Annie les raisons de son rejet pour son mari. Cette idée provoque en elle un vertige soudain.

— Est-il possible qu'il se soit passé quelque chose entre eux ?

— Quoi ? (Elle se fige en forçant sa mémoire à lever le doute que la policière vient de semer.) Mais… non… ma sœur ne m'aurait jamais trahie !

— François Renon avait une sexualité particulière, parfois violente d'après ce que nous savons… Il lui a peut-être fait des avances, ou été trop loin avec elle ? tente Sevran avec précaution.

— Je… je… ne sais pas…, bredouille-t-elle en sentant son estomac se contracter.

Catherine se penche sur le côté de la table, tombe à genoux et se met à vomir. L'idée que Sevran vient de soulever produit un trouble profond. Elle se tord en crachant une bile jaunâtre. Biolet quitte la pièce tandis que sa collègue la rassure.

— Vous allez vous reposer quelques minutes, ça va aller.

— Oh mon Dieu… Quelle horreur ! Je ne sais plus… Je ne sais plus où j'en suis… Je suis désolée…

— Ne vous inquiétez pas pour ça, madame Renon, ce n'est rien.

À son tour, la capitaine disparaît, laissant à nouveau la gardée à vue à ses démons qu'elle sent se rapprocher.

8 janvier 2001, 10 heures, Clermont-Ferrand

Sevran, stimulée par une nouvelle énergie, a couru dans les couloirs à la recherche de son équipier. Elle l'attrape par le bras et reprend son souffle.

— Tu sais que ce à quoi tu penses est impossible ? commence-t-il de but en blanc.

— Non, pas tout à fait.

— Tu plaisantes, j'espère.

— Non. Je sais de quoi je parle. Écoute, prenons un café. Il faut que je t'explique.

Sevran trouve son collègue particulièrement grave et tendu. Elle-même se raidit à l'idée d'évoquer un événement personnel aussi douloureux que la mort de son père. Ils montent en quête d'une salle de réunion vide pour parler discrètement.

Au deuxième étage, ils choisissent une pièce nue. Elle sent une émotion lui piquer les yeux. Elle la réprime en silence tout en tamponnant le coin de ses yeux. Pendant que des vagues de souvenirs secouent sa mémoire, Biolet attend debout dans son dos, décontenancé par son trouble.

— Quand nous sommes allés chez Annie à Fontainebleau, des souvenirs de la mort de mon père ont ressurgi… Il était atteint d'un cancer de la gorge… (Sa voix est presque chevrotante.) C'était il y a dix ans. (Elle se racle la gorge.) Le cancer a vite évolué au point que j'avais perdu tout espoir. Il ne mangeait plus depuis plusieurs jours, il ne pouvait plus se tenir debout… C'était terrible. (Elle tourne son visage vers le plafond en lâchant un soupir.) Un jour, je suis allée lui rendre visite à l'hôpital, et sa chambre était vide. Ses affaires étaient à leur place… J'ai imaginé le pire. Je suis allée chercher les infirmières… Personne ne savait où il était passé. Une heure plus tard, alors que j'étais rongée d'angoisse, mon frère m'a appelée pour me dire qu'il était en train de déjeuner au restaurant avec lui. (Elle a un sourire triste.) Quand je les ai rejoints, je n'en croyais pas mes yeux. Mon père était là… avec une mine presque lumineuse… Nous avons longuement parlé, il se sentait en forme. Nous avons fait une longue marche dans un parc. Moi… j'ai bêtement cru à un miracle ! (Elle se mord les lèvres.) Deux semaines après, il était mort. Les médecins appellent cela « l'amélioration temporaire ». Certains malades atteints de cancer peuvent vivre ce type d'épisode. C'est très troublant… On pense à une guérison, mais en fait c'est une sorte de sursaut vital ultime.

— Je suis désolé…, murmure Biolet faiblement. Et tu penses que c'est ce qui est arrivé à Annie ?

— C'est possible. Il faut qu'on aille interroger son mari.

— Et Catherine, tu veux maintenir sa garde à vue ?

— Laissons-la rentrer chez elle, elle ne nous dira rien de plus.

Elle réfléchit distraitement en regardant sa montre.

— Qu'est-ce qu'il y a ?

— J'ai juste une toute dernière question à lui poser.

Sevran, en train de dévaler les escaliers, croise Ghemzi.

— Tu entends Victor Billon le compagnon de Jeanne aujourd'hui, n'est-ce pas ?

— Exact. On va l'interroger avec Navard, répond la jeune femme en la suivant du regard.

La capitaine lève le pouce et se dirige vers la salle d'interrogatoire où Catherine Renon observe curieusement un homme de ménage qui essuie le sol à l'aide d'une serpillière sale.

— Vous vous sentez mieux ?

— Oui... Merci.

— Nous vous laissons partir. Une dernière question. Est-ce qu'Annie est restée tout le week-end en votre compagnie lorsque vous lui avez rendu visite ?

— Elle avait rendez-vous chez son médecin le 25. Je ne l'ai vue que le lendemain matin. Nous avons passé la journée ensemble avant que je parte avec les enfants à Disneyland.

— D'accord. Où peut-on trouver votre beau-frère en ce moment ?

— Il m'a dit qu'il souhaitait retourner au travail. Il est banquier à Paris vers la gare de Lyon. À la Banque Populaire, il me semble. Pourquoi ?

— Simple question. Merci.

Sevran retourne à grands pas pressés jusqu'à son bureau. Au fond d'un couloir, elle voit apparaître Ospitalé qui chemine dans sa direction, comme un chat cherchant à se faire les griffes. Elle file derrière une porte et atterrit dans un bureau où des collègues lèvent des yeux surpris vers elle. Elle n'est pas d'humeur à supporter le numéro de cirque du directeur et se cache de lui quelques secondes.

De retour à son bureau, elle tombe sur son équipier, au téléphone, qui lui adresse de grands signes. Comme elle remue la tête en signe d'incompréhension, il griffonne sur une feuille : « Michelle Renon, en pleine crise !!!! » La vieille femme vient certainement aux nouvelles, furieuse de se sentir écartée de l'enquête. Elle refoule une bouffée d'antipathie et fait signe à son partenaire de mettre un terme rapide à la conversation. Il raccroche en se fendant d'un juron.

— Bon. Teyssandier a repris le travail à Paris. On doit y aller.

— Oh non ! On en a pour cinq heures de trajet ! râle-t-il, épuisé.

— Pas le choix ! C'est pour la bonne cause ! Et Michelle Renon, qu'est-ce qu'elle veut ?

— Oh... (Biolet, toujours assis, se passe les mains dans les cheveux, excédé.) Dans le désordre : ça ne va pas assez vite, on est une bande d'incompétents... Elle veut voir le corps de son fils.

— Aïe ! (Sevran pince les lèvres.) Ben ça va pas être pour tout de suite. Allez, on file !

— Faudrait peut-être que je prenne des vitamines, moi..., murmure-t-il en se dépliant douloureusement. Comment tu fais, toi ? lui demande-t-il en tentant de la rattraper dans les couloirs.

— Viens t'entraîner à la course avec Brun, tu verras !

— Y a l'amour, aussi ! Ça joue sur le mental et le physique !

— Moui... Sans doute... Allez viens, je t'amènerai dans un chouette restaurant du 12e, ce soir, ça va te plaire.

Son équipier retrouve le sourire. Sevran, qui commence à connaître ses petites faiblesses, s'en amuse.

La route triste est brouillée par le crachat sale d'une pluie grise. Les essuie-glaces traînants jonglent alternativement entre les nuances visibles. L'effet soporifique entraîne la policière dans d'agréables rêveries comme de petits ruisseaux qui prennent leur source chez William. Rejoindre Paris et ses souvenirs a créé une légère perturbation que sa douce évocation a su calmer. Elle sent qu'un sourire niais s'est installé sur sa bouche. Depuis quelques jours, un immense bouleversement chimique a révolutionné son cerveau en y diffusant une sensation oubliée et agréable. La capitaine est en train de tomber amoureuse.

Ses pensées sont troublées par les ronflements de plus en plus bruyants de son collègue, tordu sur son siège, la bouche ouverte.

— Psttt, Biolet ! Tu sais qu'on a pas le droit de ronfler comme ça ! C'est interdit, un truc pareil !

Il se frotte les yeux, honteux, et se racle la gorge.

— Hum, pardon, désolé.

— C'est pas grave… J'ai de quoi te faire chanter maintenant.

Il lui adresse une moue grimaçante tout en s'étirant.

— Bon. Comment on s'y prend avec lui ?

— En douceur, il vient de perdre la femme qu'il a aimée. Il est forcément sensible et vulnérable.

Elle a repris un air sérieux.

— Ça peut être un atout, ça !

— Tout à fait, mais on va la jouer avec soin et doigté…

— Je suis quand même curieux de voir où toute cette enquête va nous mener…

Le boulevard périphérique, comme une grosse langue grise, apparaît quelques heures plus tard. Sevran s'y engouffre en se lançant dans d'audacieuses queues-de-poisson pour se rapprocher au plus vite de la gare de Lyon. Elle pile enfin devant la banque de Jean Teyssandier et se lance dans un créneau aussi réussi que brutal. Une fois la manœuvre terminée, son équipier, blême, décroche lentement sa ceinture de sécurité. Ils observent un instant en silence l'agence à travers ses larges vitrines.

Elle prend une profonde respiration parisienne où l'odeur de café chaud échappée d'une brasserie se mêle aux effluves de carburant et de caoutchouc brûlé d'un bus à accordéon. L'air chargé pénètre dans ses bronches et lui tire un sourire.

Après quelques minutes d'attente, les enquêteurs voient apparaître le mari d'Annie dans un costume sombre et cravate claire. Il a taillé ses cheveux, mais ses yeux verts sont toujours cerclés de noir. Il est accablé d'une tristesse calme et ne semble pas surpris de les voir sur son lieu de travail. La capitaine s'en étonne intérieurement. Une fois qu'ils sont installés dans un bureau spacieux dont une cloison en verre donne sur un espace d'attente vide, Biolet commence :

— Merci de nous recevoir, monsieur Teyssandier. Sincères condoléances…

Sevran acquiesce discrètement.

— Je vous remercie.

Son regard se voile quelques secondes.

— Nous avons des questions au sujet du week-end où votre belle-sœur est venue avec ses enfants chez vous, hasarde l'enquêtrice.

— Très bien. Je vous écoute.

— Votre femme avait des rendez-vous à l'hôpital le 25 novembre toute la journée, est-ce exact ?

— C'est possible.

— Vous ne vous en souvenez pas ? Vous ne l'avez pas accompagnée ? demande-t-elle, étonnée.

— Non… Je suis désolé.

— En tout cas, Annie n'était pas alitée à la maison ce jour-là, elle est sortie, n'est-ce pas ? enchaîne-t-elle.

— Excusez-moi, mais je ne comprends pas pourquoi ces questions tournent autour de ma femme…

Il plisse les yeux, intrigué.

— Nous avons besoin de préciser les emplois du temps de chacun, monsieur Teyssandier, précise Biolet.

— Mais… elle n’est plus là pour nous y aider, malheureusement.

Il fixe ses mains.

— C’est important, insiste la capitaine qui le harponne du regard.

— Eh bien, ma femme était en phase terminale d’un cancer des poumons, je doute qu’elle soit partie faire du shopping.

Sa remarque un peu sèche produit un courant électrique le long de l’échine de Sevran.

— Certains malades atteints d’un cancer au stade avancé ont ce qu’on appelle une amélioration temporaire de leur état. Est-ce qu’elle a connu cela ?

— Oui, en effet, confirme-t-il après un silence.

— Et comment cela s’est traduit ?

— Eh bien… (Il réfléchit en prenant un stylo sur son bureau.) Elle avait retrouvé une certaine vigueur, oui… J’ai même pensé qu’elle avait finalement pris le dessus sur la maladie… Excusez-moi, j’ai oublié ce que vous me demandiez exactement.

Il remue la tête avec une mine exaspérée.

— S’est-elle absentée ce jour-là ? reprend l’enquêtrice en augmentant légèrement le volume de sa voix.

— Oui, effectivement.

— Savez-vous où elle est allée ?

— Non. Je ne sais pas. Elle avait soif de liberté, après des semaines passées au lit. Ma présence constante auprès d’elle lui pesait parfois, alors… je n’ai pas demandé.

— Catherine nous a dit qu’elle ne l’avait pas vue avant le samedi matin. À quelle heure est-elle rentrée ?

Teyssandier se passe la main sur le visage. Il ne répond pas. Ses yeux devenus sombres le trahissent. La capitaine se crispe en pensant qu’il cache quelque chose.

— Hum… Pas tard, je crois.

— C'est-à-dire ?

— Je ne m'en souviens plus, désolé.

— Votre femme avait pris sa voiture ? interroge Biolet.

— Oui, je pense…

— Comment étaient les relations entre Annie et François Renon, lorsque Catherine les a présentés l'un à l'autre ? enchaîne Sevran.

Il prend un air étonné.

— Eh bien… Bonnes, bien sûr ! affirme-t-il avec un léger sourire.

— Pourtant, elles ont changé, n'est-ce pas ?

— Oui…

— Pourquoi ?

— Je ne sais pas. (Il fixe le stylo qu'il a entre les doigts.) Elle ne l'aimait pas, c'est certain, dit-il sobrement.

— Oui, mais il y avait forcément une raison à cela…, insiste-t-elle.

— Il ne rendait pas Catherine heureuse. C'est une raison suffisante, je pense.

— Écoutez, monsieur Teyssandier… Votre épouse a emporté ses secrets avec elle, mais Catherine est en très mauvaise posture en ce moment. Elle est soupçonnée d'avoir assassiné son mari.

Sevran arrondit de grands yeux exprimant soudain plein de bonne volonté. Le mari d'Annie devient blanc comme un linge et s'enfonce dans son fauteuil.

— Catherine ? Vous n'y pensez pas ? s'exclame-t-il.

— Eh bien, si…

— Qu'est-ce que vous attendez de moi, au juste ? Je ne comprends pas la raison de votre présence ici…, s'agace-t-il.

— Nous allons avoir besoin de faire quelques vérifications chez vous.

— Je ne suis pas d'accord.

— Je vous déconseille de nous en empêcher, tranche-t-elle, tout aussi ferme.

— Très bien, allons-y alors... De toute façon, je n'arrive pas à travailler.

Il se saisit d'un attaché-case noir, éteint les lumières de son bureau puis fait signe aux policiers qu'il est prêt. En silence, ils quittent l'agence et se dirigent vers la voiture. Sevran s'installe au volant, Biolet à l'arrière. Le visage grave, elle jette de temps en temps un regard au mari d'Annie qui observe le monde comme à travers une vitre opaque. Le silence pesant qui s'est installé le met visiblement mal à l'aise.

— Vous avez trouvé François Renon dans sa voiture, alors ? hasarde-t-il enfin.

— Non. Qu'est-ce qui vous fait penser ça ?

— Je pensais que vous me l'aviez dit lors de votre visite à Annie.

Il fait mine de réfléchir.

— Non, nous n'avons jamais dit ça. Nous avons dit que nous avions seulement trouvé sa voiture, précise la capitaine.

Il marque un silence :

— Et lui ? Où l'avez-vous trouvé ?

— Nous l'avons trouvé ailleurs.

— Ah... Mais pas chez lui, sans doute ? insiste-t-il.

— En effet.

— Mais enfin... ma belle-sœur n'aurait jamais pu se charger d'une chose pareille, vous vous en rendez compte ?

— Nous n'excluons aucune piste... Strictement aucune.

Sevran se concentre sur sa conduite.

— Elle n'avait pas la force..., murmure-t-il.

— Pourquoi lui aurait-il fallu de la force ? reprend-elle.

— Euh... Pour... pour le tuer, enfin... J'imagine.

— Comment pensez-vous qu'il a été tué ? rebondit-elle.

— Oh, je n'en sais rien. Je suis désolé, je parle sans savoir... Excusez-moi.

Jean Teyssandier se recroqueville sur lui-même en scrutant le paysage. Il a les mains jointes et une douleur imprimée sur les traits. L'image de cet homme brisé produit chez la policière une bouffée d'empathie impossible à refouler.

— Vous ne vous étiez pas préparé à ça, n'est-ce pas ? lui demande-t-elle d'une voix éteinte.

— Non… (Il baisse la tête.) Annie me le répétait pourtant sans cesse, mais je ne voulais pas y croire.

— Elle… n'avait pas peur de mourir ?

— Non. Elle avait tout préparé. J'avais une liste d'instructions qui m'attendait dans une enveloppe… (Il se met soudain à pleurer.) Pardon…

— Ne vous excusez pas…

La tristesse du veuf devient contagieuse. Sevran la perçoit gagner du terrain dans les yeux de Biolet, qui s'est ratatiné contre la porte, à l'arrière. Elle aussi la sent s'épancher comme un liquide visqueux dans ses pensées. L'apparition d'un panneau indiquant Fontainebleau à 5 kilomètres est un soulagement. La tension qui s'est installée dans la voiture depuis quelques minutes est devenue insupportable. Arrivée au centre-ville, elle suit les instructions atones de Jean Teyssandier jusqu'à son pavillon.

— Puis-je voir la voiture de votre épouse ? demande aussitôt Biolet.

— Elle est dans le garage, je vous y emmène.

— Non, laissez, j'en ai pour deux minutes à peine. Ma collègue a des précisions à vous demander, ensuite nous vous laisserons tranquille.

Les policiers échangent un regard entendu. Elle se dirige vers la maison, accompagnée du veuf qui ouvre la voie, un fardeau invisible sur ses épaules.

— Les enfants ! C'est moi ! crie-t-il en entrant dans la maison.

Des voix fluettes lui répondent. Sevran sent sa gorge se tordre. Deux enfants viennent de perdre leur mère, ils ne l'ont pas encore enterrée qu'elle arrive pour secouer son cadavre. Elle reste immobile à l'entrée, misérable et piteuse, tandis que lui se rend dans le salon.

— Une dame et un monsieur de la police sont avec moi, ne vous inquiétez pas. Vous avez goûté ?

La capitaine, qui l'observe à distance, se recompose insensiblement. Elle pénètre à sa suite dans une chambre d'amis à la décoration raffinée.

— Désolé, nous n'avons plus de bureau..., s'excuse-t-il.

— Pas de problème.

Elle s'assoit sur une chaise, écrasée par un sentiment de culpabilité. Est-elle vraiment obligée de remuer les ordures maintenant ? Il suffirait qu'elle laisse cet homme à sa douleur, elle pourrait effacer ses pas dans le sable, oublier ces idées folles. Mais ses lèvres qui ne veulent rien entendre brûlent de parler. Sa poitrine se gonfle discrètement, elle plonge :

— Est-il possible... que François Renon ait agressé sexuellement Annie, et que vous n'en ayez rien su ?

— QUOI ?! s'exclame-t-il, outré.

— Prenez le temps d'y réfléchir, s'il vous plaît...

Le veuf, toujours habillé de son manteau, s'assoit sur le bord du lit recouvert d'un tissu clair. Il a l'air tout à coup étranger à cette maison, à cette existence. Les traits écorchés, la bouche ouverte, il se fige.

— Monsieur Teyssandier ? Si une telle chose s'était produite, est-ce que vous auriez pu l'ignorer ?

Il se racle la gorge en détournant le regard.

— Oui... C'est sans doute possible.

— Ces faits auraient-ils pu se produire un peu avant la naissance de votre nièce Clémence ?

Il porte son poing à sa bouche et se met à pleurer à chaudes larmes. Un vertige saisit Sevran. Un malaise enfle dans sa gorge qui l'étrangle. La réaction du mari d'Annie a tout l'air d'une approbation silencieuse. Elle reste un moment muette sans oser bouger. Son regard troublé s'ancre sur une aquarelle accrochée au mur rose pâle, pour ne pas se laisser contaminer par l'émotion.

— Annie... était si forte. Elle prenait tout sur elle... Elle aurait pu nous le cacher à Catherine et à moi, en pensant nous protéger sans doute.

Il pose sa main sur ses yeux, se penche en avant. Sevran se lève doucement en imaginant que Biolet aura sans doute eu le temps de faire les vérifications nécessaires sur la voiture d'Annie. Elle veut abréger sa présence dans ces murs qui transpirent la maladie et la mort.

— Nous allons vous laisser... J'aurai peut-être d'autres questions plus tard.

Il lève son visage bouleversé vers elle.

Elle quitte la maison avec une sensation de dégoût dans la bouche. Traumatiser cet homme de la sorte, en plein deuil... La petite ritournelle poursuit son œuvre. Devant la porte de la maison, Biolet lui fait signe de vite le rejoindre. Il s'assoit au volant et démarre vigoureusement. Sevran, encore sous le choc de ses émotions, l'étudie, circonspecte. Au bout d'environ un kilomètre, il se gare enfin sur le côté.

— Dans la voiture d'Annie, il y avait un GPS. Je l'ai allumé, j'ai regardé l'historique des itinéraires. Il y en avait un récent, qui menait tout droit à la maison de Ceyrat. Il y avait aussi des tickets de péage datant du 25 novembre...

L'enquêtrice en reste bouche bée, les yeux exorbités par la surprise. Elle se penche en avant en passant les mains dans ses cheveux qu'elle détache. Son cœur bat à tout rompre.

— Mais... Alors, c'est vraiment elle ? bredouille-t-elle.

8 janvier 2001, 10 heures, Clermont-Ferrand

Catherine se traîne dans les couloirs du commissariat. Ses pas l'ont dirigée devant le comptoir de l'accueil où elle attend un taxi sans parvenir à réaliser ce qui lui arrive. Au bout de quelques minutes, un policier l'interpelle.

— Allez vous asseoir sur les sièges là, devant, s'il vous plaît, ne restez pas ici !

Elle s'exécute sans un mot, n'osant lever le nez vers la voix autoritaire. De nouveau, des tremblements la traversent. Le goût acide de vomi a laissé une empreinte désagréable dans sa bouche. Elle se sent comme un arbre après une tornade. Brisée. Blessée. Elle ne comprend pas vraiment pourquoi les enquêteurs l'ont laissée partir puisqu'elle est apparemment coupable.

Un homme rondouillard et nerveux pénètre à vive allure dans le commissariat. Il lui jette un œil inquisiteur et lui désigne le taxi qui l'attend.

— J'espère que vous avez de quoi me payer ! C'est pas parce que les flics m'ont appelé que la course sera gratuite, maugrée-t-il en enfonçant son corps lourd dans son siège.

— J'ai ce qu'il faut. Nous allons à Ceyrat. Je vous indiquerai le chemin.

La voiture démarre et à l'arrière la mère de famille lève ses grands yeux bleus vers l'hôtel de police. Une angoisse l'étreint à l'idée qu'elle pourrait être amenée à revenir ici. Elle se colle contre la portière pour éviter le regard du chauffeur qui la dépose quelques minutes plus tard devant son portail.

Elle remonte l'allée à pied en observant le gravier boueux sous ses pieds. Une fois devant la maison, elle scrute son jardin entièrement retourné par les pelleteuses. De petits sanglots la secouent pendant qu'elle reste là, les bras ballants, incapable de s'orienter. Ses cheveux ternes et gras encadrent mollement son visage émacié. Bien qu'elle rêve de se changer et de prendre une douche, elle file à l'intérieur pour attraper ses clés de voiture et récupérer ses enfants chez Martine. Elle les aura forcément gardés auprès d'elle en leur évitant l'école.

Catherine, très affaiblie, démarre laborieusement. Une fois arrivée chez son ancienne amie, celle-ci apparaît aussitôt, tout de noir vêtue, visiblement embarrassée.

— Catherine…

— Où sont mes enfants ?

— Ils jouent dans la chambre, ils vont bien, ne t'inquiète pas.

Elle part les rejoindre sans un mot ni un regard pour Martine. Ses trois enfants sont là, souriants, mais inquiets de la voir si mal en point. Elle les fait s'habiller et ramasse leurs affaires qu'elle entasse dans un large sac noir. Elle les pousse dans le couloir en pressant le pas et les entraîne jusqu'à la voiture. Catherine sent le regard de Martine sur elle, mais ne souhaite pas lui parler. Une fois ses enfants installés, le poids qu'elle ressentait dans la poitrine la quitte. Pourtant, ce répit sera fugace.

En arrivant à la maison, elle réunit les trois enfants dans le salon. Elle s'agenouille en silence devant eux et se saisit des mains de Clémence et Eliott. Elle ouvre la bouche, mais aucun son n'en sort. Ses yeux sont noyés de grosses larmes qui tombent au sol en formant de petits cercles mouillés devant elle. Puis les mots parviennent enfin à prendre forme.

La mère de famille croise le regard désespéré de son aîné. Les deux petits ne semblent pas la comprendre. Elle se revoit leur annoncer la mort d'Annie trois jours plus tôt. Une rage se réveille au fond de ses tripes tandis qu'elle serre ses enfants contre elle. *On ne mérite pas ça !* Ils restent soudés ainsi pendant de longues minutes.

Dans la salle de bains, elle quitte ses habits imprégnés de sueur et de vomissures. Le jet de la douche inonde sa tête puis son corps frêle. Son assurance a disparu. Lorsqu'elle retourne dans sa chambre, elle s'habille simplement d'un jean et d'un pull noirs. Depuis le palier, elle aperçoit ses trois enfants recroquevillés sur son lit. Elle est occupée à scruter les ravages causés par ces dernières journées quand la sonnerie du téléphone retentit au rez-de-chaussée. Elle descend et décroche le combiné.

— Oui ?

— Bonjour, Catherine, c'est la capitaine Sevran. Est-ce qu'Annie avait un double des clés de votre maison ?

— Oui… elle en avait un.

— Très bien. Je vous remercie.

— Mais…

La capitaine a déjà raccroché. Elle se dirige vers l'évier, une casserole à la main. Ses bras cèdent quand elle pense à ce que les policiers lui ont dit. François a été poignardé dans cette cuisine. Ces murs muets lui donnent la nausée. L'horreur surgit comme un flash aveuglant devant ses rétines. Une puissante envie de fuir loin d'ici la soulève.

7 février 2001, 10 heures, Clermont-Ferrand

Un mois au point mort. Les obsèques d'Annie ont eu lieu à Fontainebleau, suivies trois semaines plus tard de celles de François Renon, dont le corps incomplet a pu être enfin rendu à la famille.

Les caméras de la police ont tout filmé de ses funérailles. Il fallait observer de près cette famille aux liens branlants. Michelle, minuscule dans ses vêtements immenses, s'appuyait sur une canne, privée du soutien de ses filles. Jeanne et Marie, arrivées séparément, ne se sont pas adressé la parole. Catherine et ses enfants s'agrippaient les uns aux autres comme des naufragés en pleine tempête. Une présence dans ce parterre de proches et d'amis a intrigué la policière. Celle de Jean Teyssandier, venu assister à la mise en terre des miettes de son beau-frère. Sans savoir vraiment pourquoi, elle ne l'a pas lâché des yeux pendant toute la cérémonie. Elle attendait sans doute chez lui la manifestation d'une émotion quelconque. Mais si le corps du mari d'Annie était bien là, son esprit, lui, occupait d'autres espaces apparemment lointains. Sans doute que pendant longtemps encore, cet homme vivra ainsi, privé de la flamme qui l'animait.

Sevran est penchée sur son bureau, absorbée par la lecture des relevés des comptes personnel et familial d'Annie. Les feuilles de papier s'accumulent autour de son clavier d'ordinateur. Certaines tiennent en équilibre instable sur de vieux gobelets de café en plastique vides, qu'elle n'a pas pris le temps de jeter. Armée d'un feutre jaune fluorescent, elle est à l'affût d'une information qui déterminera l'issue de l'enquête. Ses yeux effectuent de petits mouvements nerveux et s'arrêtent net à la date du 25 novembre. Elle souligne de son marqueur : « 25.11.00 : Total 210 francs – Cofiroute 25 francs. »

Elle s'empare maintenant des factures téléphoniques du portable d'Annie. Le 25 novembre à 18 heures 06, elle note un appel à destination du mobile de Jean Teyssandier. L'appel a activé les bornes de Ceyrat et Romagnat.

— J'ai enfin trouvé ce que je cherchais…

Elle se jette en arrière sur son fauteuil à roulettes qui recule de quelques centimètres.

— C'est-à-dire ?

La voix puissante du directeur Ospitalé la fait sursauter.

— Euh… Eh bien, nous avançons.

— Allez, faites-moi le topo, et vite, lui intime-t-il avec une mine renfrognée.

— D'abord… en ce qui concerne les frères Chassaing. Leur médecin de famille nous a confirmé avoir prescrit des tranquillisants et des anxiolytiques à Jacques, qui est atteint de dépression depuis plusieurs mois. Par ailleurs, les résultats du labo sont arrivés. Ni l'ADN de Jacques ni celui de David n'ont été retrouvés dans la voiture de Renon. Il semble donc que l'on puisse écarter cette piste, momentanément du moins. Concernant Catherine Renon, la garde à vue n'a pas été concluante. Elle a craqué, mais elle nous a surtout confortés dans l'idée qu'elle n'était au courant de rien. Elle…

— Ouais… Et le Portugais ?

— D'origine portugaise. Il est français, rectifie Sevran, agacée d'avoir été interrompue.

— M'en fous. Alors ?

— Il était sur un chantier toute la semaine, et son ADN n'était pas non plus dans la voiture. Il a réglé son problème avec Renon en lui cassant la figure.

— Qu'est-ce que vous en savez ? Le type est dingue !

— On a auditionné tous les ouvriers avec lesquels il a travaillé sur un gros chantier du côté de Thiers. Il y en a pour 80 kilomètres aller-retour. Il ne pouvait pas le tuer cette semaine-là.

— Bon, ben vous n'avez rien alors ?

— Si, justement... Le 25 novembre, Annie, la sœur de Catherine Renon, qui habitait Fontainebleau, est venue seule à Ceyrat. On a la preuve qu'elle a fait le plein de carburant. Elle a pris l'autoroute en payant le péage par carte bleue. À 18 heures 06, on sait qu'elle était sur place. Elle a passé un appel à son mari qui a activé les bornes dans le coin.

— Et alors ?

— Alors... Elle n'avait aucune raison de venir ici, vu que sa sœur Catherine l'attendait chez elle à Fontainebleau pendant ce temps. Annie est la seule à avoir ouvertement dit qu'elle détestait François Renon. Elle nous a affirmé avoir souhaité sa mort.

— Mais putain, j'ai cru comprendre qu'elle était morte ?

— Oui, en effet. Ce qui ne change rien au fait que nous devons déterminer si oui ou non c'est elle qui a tué Renon.

Pendant ce temps, Biolet suit attentivement l'échange entre Sevran et Ospitalé. Le directeur du SRPJ l'examine du coin de l'œil.

— Vous savez que ça pue le rat mort dans ce bureau ? lâche-t-il en s'adressant à Biolet.

— Oui. On sait, mais ça nous plaît, ça nous met dans l'ambiance.

— Pffff. Quelle bande de cons ! assène le directeur en tournant les talons.

La capitaine reste immobile quelques secondes, atterrée.

— Mais il est complètement abruti ce mec !

— Bon ! (Biolet lève les mains et les pose derrière sa nuque, absorbé par ses propres réflexions.) Elle est sur place… De là à en conclure qu'elle l'a poignardé…

Un jeune homme en uniforme passe la tête par l'entrebâillement de la porte.

— Qui se charge de l'affaire François Renon ici ?

Sevran, intriguée, se lève.

— Nous… Pourquoi ?

— Vous avez un courrier qui vous est adressé. On l'a reçu il y a trois jours, mais il a fait le tour de la maison, désolé… On n'est pas censés connaître le nom des affaires de chacun ! Si le correspondant avait écrit votre nom sur l'enveloppe, ça aurait été plus simple…

Elle se saisit de l'enveloppe qu'elle déchire aussitôt. Une écriture soignée se dévoile devant ses yeux. Elle rejoint son fauteuil en silence, concentrée sur sa lecture :

Je suis Annie Teyssandier, je demeure au 12, rue Le-Primatice à Fontainebleau. Je suis coupable de l'assassinat de François Renon.

J'ai tué François Renon le 25 novembre 2000, dans sa maison, à Ceyrat.

Je m'y suis introduite pendant qu'il dormait, ivre, sur le canapé de son salon. J'ai mélangé des tranquillisants et des somnifères au reste de boisson qui était posé sur la table. J'ai attendu dans le garage qu'il se réveille. Lorsqu'il s'est rendu dans la cuisine, je l'ai poignardé à plusieurs reprises dans le dos avec un couteau que j'avais trouvé plus tôt sur le plan de travail. Ce couteau est enterré dans un sac plastique dans le jardinet de ma maison de Fontainebleau. Vous y trouverez mes empreintes. Je me suis chargée de sa mort entièrement seule.

J'ai pris soin de payer le péage par carte bleue afin que vous puissiez retrouver ma trace.

Je ne regrette pas mon geste. Je suis atteinte d'un cancer. Je suis condamnée.

François Renon a fait vivre un enfer à ma sœur Catherine.

Il m'a violée chez moi en 1988.

Je ne pouvais plus le laisser nous détruire.

J'ai voulu libérer Catherine de ce monstre.

Elle n'est au courant de rien.

Mon mari Jean Teyssandier non plus.

Sevran est devenue pâle. Biolet, qui s'est mis à lire la lettre par-dessus son épaule, l'est tout autant. Navard et Ghemzi lèvent vers eux des visages surpris et inquiets.

— Qu'est-ce qu'il y a ? demande Navard.

— La sœur de Catherine Renon s'accuse du meurtre de son beau-frère François..., annonce-t-elle avec une voix monocorde et un regard distrait.

— Mais elle vient de mourir, non ?

L'expression que Sevran et Biolet lui renvoient refroidit instantanément Navard, qui prend un air désolé.

— On a plus qu'à aller voir le juge et trouver le couteau de cuisine, résume-t-elle, un peu chahutée par la nouvelle.

Lorsque Sevran se retrouve assise devant le juge Quoignard, elle a l'impression que le jumeau de Candal la toise. Lui aussi est un homme sec à l'allure rigide, à peine plus jeune peut-être que le procureur. La greffière, dont le bureau est situé à sa droite, l'examine en détail depuis leur arrivée. C'est une femme rondouillarde aux cheveux courts et bruns, qui porte de lourdes lunettes rouges dans une vaine tentative de se rendre sympathique aux yeux du monde. Biolet, assis près de Sevran, a une main posée sur la joue et les bras croisés sur la poitrine. Les récentes découvertes l'ont propulsé dans un état de doute intense. La capitaine se sent dans ce bureau comme une étudiante en train de faire ses preuves à un examen. L'idée l'irrite au plus haut point.

— Le procureur Candal m'a fait une synthèse détaillée de votre affaire et j'ai lu tous vos rapports. Ce qui m'ennuie, c'est que cette lettre d'Annie arrive au moment où on soupçonne très sérieusement sa sœur Catherine… Elle vient à son secours, en quelque sorte…, commente-t-il avec une voix geignarde.

— C'est vrai. Annie a dicté cette lettre à son infirmière Nathalie Bressini que nous avons eue au téléphone tout à l'heure. Elle a eu comme instruction de ne l'envoyer qu'au cas où Catherine serait en difficulté… Il y a seulement trois jours, l'infirmière a appris par Jean Teyssandier que Catherine avait été placée en garde à vue, elle a donc envoyé les courriers comme prévu. Jean Teyssandier en a reçu un également. On peut imaginer que son épouse y apporte des précisions sur le viol subi en 1988. Nous souhaitons l'interroger de nouveau et perquisitionner la maison et le jardin pour y trouver l'arme du crime…

— Les deux sœurs auraient-elles pu s'entendre pour se débarrasser de Renon ?

— Oui, nous y avons pensé, mais rien ne permet d'accréditer l'idée que Catherine a pris part à ce plan. Elle n'était pas physiquement sur place le jour de la mort de son mari. Sa garde à vue a été très tendue, elle n'a jamais rien dit. Tout lui échappe depuis le début… Elle a vécu dans le déni pendant des années, elle s'est sentie revivre quand François a disparu, mais elle n'a jamais eu ne serait-ce que l'idée de se séparer de lui.

— Bon. Allez-y, conclut-il en formant une ligne amère avec sa bouche.

— Monsieur le juge…

Elle se lève et lui tend une main qu'il serre avec un peu plus de poigne et moins de moiteur que le procureur.

Une fois dehors, la lettre d'Annie défile devant les yeux de la capitaine qui éprouve le besoin de faire quelques pas sur la petite place sans charme. Ces aveux écrits ont créé une gêne désagréable, semblable à une griffure sur la peau. Elle regrette de ne pas avoir poursuivi l'audition d'Annie. Même face à cette femme à l'agonie, elle n'aurait pas dû se laisser détourner de son enquête. Les confessions d'une morte, qui n'a d'ailleurs eu de cesse de protéger sa sœur, sont trop minces pour expliquer la fin horrible de François Renon.

Les bras croisés sur la poitrine, elle poursuit quelques minutes ses déambulations silencieuses dans les ruelles, la frustration de l'inachevé pour compagne.

8 février 2001, 16 heures 30, Clermont-Ferrand

Michelle Renon regrette de ne pas avoir pris ses tranquillisants avec elle. Des idées noires la tourmentent depuis de nombreuses heures maintenant. Avec ses joues creusées et ses cheveux aplatis sur la tête, elle est méconnaissable. Une fois sortie de sa voiture, elle observe le toit du commissariat. Une grimace de douleur déforme ses traits. *Dire que je suis obligée de faire tout ça seule... Sans l'aide ni le soutien de personne...* À petits pas maladroits, elle se dirige vers l'accueil où un policier la reçoit sans expression.

— Je viens voir la capitaine Sevran et son collègue M. Biolet.

— Je les appelle, un instant s'il vous plaît.

La vieille femme observe les allées et venues dans le hall de l'hôtel de police comme si elle venait d'être parachutée dans un autre monde.

— Ils ne sont pas là, mais l'officier Ghemzi peut vous recevoir si vous voulez.

— Oui..., murmure-t-elle, hésitante et perdue.

— Troisième étage à gauche. On n'a pas d'ascenseur.

La vieille femme commence son ascension lentement et douloureusement. *Personne... Je suis seule... toute seule...*

De petites rides amères tirent ses lèvres vers le bas, sa peau brille excessivement sur son front et ses joues. Les gens vont et viennent dans les escaliers sans que personne ne la remarque. Agrippée à la rampe, elle grimpe encore en respirant avec difficulté. Enfin arrivée, elle s'éponge le visage avec un mouchoir blanc qu'elle déplie avec précaution, et fait quelques pas en serrant son sac à main contre elle. Par l'entrebâillement d'une porte, elle remarque la présence d'une jeune fille.

— Mademoiselle… Je cherche l'officier… euh… Gan…, tente-t-elle d'articuler, à bout de souffle.

— Ghemzi. C'est moi, madame Renon, asseyez-vous, je vous en prie.

La dame âgée fixe le jean moulant, le simple pull ras du cou et les grosses baskets aux pieds de la policière. Elle s'énerve intérieurement, cette gamine ne peut pas la renseigner. À croire que personne ne prend la mort de son fils au sérieux.

Elle s'installe à contrecœur sur le siège qu'elle lui indique et prend quelques secondes pour retrouver son souffle.

— Qu'est-ce que je peux faire pour vous, madame ?

— Je veux savoir où vous en êtes. Est-ce que Victor, le compagnon de Jeanne, a dit des choses ?

— Je l'ai moi-même interrogé. Je ne peux pas vous renseigner sur ce qu'il a dit. L'enquête avance.

— Mais… C'est un type louche. Il est toujours à court d'argent… Ma fille ne se rend pas compte de tout ça… Elle est… (Elle fait un geste de la main.) Fragile. On a reproché tout un tas de choses à mon fils François, mais Victor… Il n'est pas mieux !

— Madame, je vous assure que je l'ai longuement entendu. Pour le moment, aucun élément ne nous permet de l'incriminer. Nous poursuivons notre enquête.

La vieille femme se tait un instant. Elle n'aime pas le regard que cette gamine d'enquêtrice pose sur elle. Elle a l'impression d'être prise pour une idiote. Elle, la mère de François ! C'est incroyable ! Elle sent ses nerfs se nouer les uns après les autres.

— Et les Chassaing ? Vous vous en êtes occupés ? Vous ne devez même pas savoir qui ils sont !

— Si. Nous savons. Nous les avons également entendus.

— Ils ont des choses à se reprocher, ces deux-là. Ils n'ont pas eu l'argent !

— Nous sommes au courant, madame. Nous creusons aussi cette piste.

— Mais enfin ! Cette enquête devrait être votre priorité ! Où sont Sevran et Biolet ? Qu'est-ce qu'ils fabriquent ?

— Nous faisons notre maximum…

— J'en ai assez. Je veux voir les voir maintenant.

— C'est impossible, madame, ils sont sur le terrain.

— Je suis la mère de la victime, j'ai le droit de savoir, tout de même ! Personne ne m'a rien dit de la façon dont il est mort ! J'ai besoin de savoir !

— Écoutez… Il a été…

— Quoi ?

— Il a été poignardé…

Ghemzi affiche un air paniqué.

— Oh… Mon Dieu, c'est abominable… Mais… Lors de ses funérailles, l'employé des pompes funèbres a dit quelque chose à ma fille que je n'ai pas compris. Il a parlé des « restes du corps ». Pourquoi ?

— Eh bien… Votre fils… a subi des mutilations.

La vieille femme balaie le bureau poussiéreux des yeux.

— Mais… Ce n'est pas possible…

— Je suis désolée, ajoute Ghemzi tristement.

Michelle Renon s'angoisse à contretemps. Son cœur semble prêt à bondir de sa poitrine. Cette épreuve lui est insupportable.

— Des mutilations ? Mais qu'est-ce que vous voulez dire ?

— Ça veut dire qu'on n'a pas retrouvé ses membres, madame, répond une voix masculine grave dans son dos.

Elle se retourne vivement et étudie l'homme qui se tient devant elle. Jeune, petit, trapu, le crâne presque chauve. Elle s'humecte les lèvres. Son cerveau est en panne, elle n'a pas compris ce qu'il a dit.

— Qui êtes-vous ?

— Je suis l'officier Navard. Votre fils est mort poignardé. Son assassin a mutilé son corps… Ses membres n'ont pas été retrouvés… Sa dépouille vous a été rendue telle que nous l'avons découverte sur la scène de crime, madame…

La mère de François ne se sent plus soutenue par ses muscles qui la lâchent subitement. Elle s'écroule au sol de tout son long, comme un oiseau mort.

8 février 2001, 17 heures, Fontainebleau

Sevran observe ses collègues qui creusent avec une pelle dans le jardinet d'Annie. Déjà une heure et demie qu'ils cherchent l'arme du crime dans le froid comme des ratiers. Biolet fume cigarette sur cigarette depuis leur arrivée. Avec un air las, la capitaine décroche son téléphone qui vient de s'illuminer.

— Sevran, j'écoute.

— C'est Ghemzi. Michelle Renon est venue au commissariat, elle a fait un malaise, on a dû la conduire à l'hôpital pour qu'elle soit examinée.

— Oh non. C'est pas vrai…

— Elle voulait des détails sur la mort de son fils… Avec Navard on a été obligés de lui dire…

— Ghemzi, rassure-moi, c'est toi qui t'en es chargée ?!

— Oui… et non. Enfin Navard a été assez fin. Il fallait bien qu'on lui explique…

— OK. Vous avez bien fait. Donne-moi de ses nouvelles quand tu en as, d'accord ?

— Oui, ça marche.

Elle raccroche en trépignant. Chaque pelletée de terre est un coup porté à ses nerfs. Son équipier se rapproche d'elle, il n'a pas l'air plus calme.

— Qui a fait un malaise ?

— Michelle Renon. Chez nous.

Il lâche un juron tout en soufflant une fumée grise en l'air. En silence, l'enquêtrice tisse le fil des événements à venir avec appréhension.

— On l'a ! s'exclame enfin un des TIC agenouillés sur la pelouse.

Elle bondit vers lui. Il lui montre un sac en papier kraft qu'il pose délicatement à ses pieds. Il engouffre sa main gantée à l'intérieur, et en sort un sac en plastique transparent à travers lequel Sevran aperçoit nettement le couteau de cuisine ensanglanté. Jean Teyssandier, qui se tenait à distance, s'est rapproché, abasourdi par la découverte.

Elle partage un regard soulagé avec son collègue qui esquisse un léger sourire. En se redressant, elle fait signe au mari d'Annie de se rendre dans la maison pour discuter.

Ils prennent place dans le salon qui porte les marques du passage récent des enfants. Des jouets sont posés sur les tables et des vêtements de petite taille traînent un peu partout. Elle s'assoit lentement.

— Nous avons donc l'arme du crime. Vous avez conscience que cette découverte change tout ? (Il tord la bouche.) Dans la lettre qui vous est adressée, Annie vous donne des détails sur le jour où a eu lieu le viol… Avez-vous des souvenirs de ce dîner de l'été 1988 ?

Il évite le regard de Sevran et Biolet.

— Oui…, répond-il, las. J'ai senti qu'il s'était passé quelque chose, mais je n'aurais jamais pu imaginer ça. (Il ferme les yeux.) Si j'avais su… c'est moi qui l'aurais tué il y a longtemps, dit-il d'une voix dénuée d'intonation.

— Écoutez… Annie a avoué le meurtre de François, mais il y a un problème.

Il semble ne pas avoir entendu, puis redresse la tête vers eux.

— Hein ?

— Annie n'a pas pu se charger seule de faire disparaître le corps.

— Que voulez-vous que je vous dise ? J'apprends que ma femme s'est fait violer par mon beau-frère il y a douze ans et qu'elle a fini par le tuer... Je n'ai rien vu venir, rien compris... Vous pouvez imaginer dans quel état je suis ? Vous ne pouvez pas me laisser seul, maintenant ?

Il hausse les épaules, l'air désespéré.

— Oui... c'est terrible. Mais... c'est absolument certain, elle n'a pas pu se charger de « la suite » toute seule...

— Quoi ? Qu'est-ce que vous entendez par « la suite » ?

Un regain d'énergie le fait se redresser soudain. Son ton est presque agressif.

— Êtes-vous certain de ne pas le savoir ?

Sevran parle lentement, sans ciller. Une lueur étrange traverse les iris de son interlocuteur qui se tait.

— Connaissez-vous un homme qui s'appelle Pierre Massin ? On l'appelle aussi « le Lyonnais » dans le village où il a sa maison de famille..., demande Biolet.

— Non.

— Les Charmes, ça vous dit quelque chose, peut-être ? Près de Randan ? insiste le policier.

— Je ne connais pas, affirme-t-il en baissant les yeux.

— Vous mentez.

— Non, mais, qu'est-ce qui vous autorise à me parler sur ce ton ?

— Il est assureur... Vous êtes banquier. Vous avez peut-être fait vos études ensemble ? Vous connaissez sa maison des Charmes... Vous y êtes déjà allé. On le prouvera..., reprend la capitaine, suspicieuse à son tour.

— Vous êtes complètement dingues ou quoi ?

— Comment Annie a tué François Renon ? le coupe-t-elle.

— Euh... Avec un couteau, je crois..., dit-il en devenant blême.

— Le corps que nous avons découvert a été mutilé pour retarder son identification. Nous recherchons activement les membres et la tête de Renon. C'est pourquoi notre équipe creuse toujours dans votre jardin.

Jean Teyssandier ne marque aucun étonnement.

— Très bien... Allez-y, je n'ai rien à cacher, dit-il en se tassant légèrement.

— Parfait. Lorsque nous aurons mis la main sur les membres, nous aurons notre complice.

— Quoi ? Un complice ? Mais enfin, Annie a fait ça seule, elle le dit dans ses lettres !

— Rien ne le prouve... Et puis mutiler un cadavre et empêcher son identification est un acte grave passible d'une peine de prison. Celui qui a fait ça ne va pas s'en tirer à bon compte.

Le veuf reste muet, absorbé par d'intenses réflexions.

Sevran fait un signe du regard à son équipier et se rend dans le jardin où elle donne une consigne discrète à ses collègues. Lorsqu'elle revient à l'intérieur, Teyssandier est crispé sur son fauteuil, l'air absent. Une demi-heure plus tard, comme convenu, un policier apparaît pour signaler la fin des recherches dans le jardin. Sevran et Biolet se lèvent de concert.

— Nous vous laissons. Nous n'avons rien trouvé ici.

— Je n'en suis pas étonné, dit-il en jetant un œil noir à la capitaine.

— Au fait... Vous saviez que François Renon avait eu un très grave accident de voiture étant jeune ? demande-t-elle.

— Oui... Il m'en avait parlé. Avec la Ferrari Dino de son père, je crois.

Étonné par la question, il baisse la garde.

— Que vous avait-il dit à ce sujet ?

— Rien de particulier… Qu'il avait failli y passer… Que parfois son bras le faisait souffrir.

— Son bras ?

— On lui avait posé une broche métallique… Je ne sais plus à quel bras. Enfin, bref… C'est tout.

— D'accord. (Elle sent un éclair traverser ses tempes.) Merci. Bonne soirée.

Une fois dans la rue, elle prend le volant et démarre. Au bout d'une cinquantaine de mètres, l'enquêtrice freine et regarde si la vue de la maison du mari d'Annie est suffisamment dégagée depuis l'endroit où elle se trouve.

— Qu'est-ce que tu mijotes ?

— J'espère que tu n'avais pas fait de plan pour la soirée ?

— Pas particulièrement, mais j'espérais qu'on dînerait dignement… Tu ne m'avais pas parlé d'un restaurant à Paris ?

— Hum… Pas ce soir, camarade… (Elle secoue la tête.) Ce soir, on le surveille.

— Mais pourquoi ?

— Parce qu'il va bouger. Je le sens.

Elle confirme aussitôt son intuition en passant sa main gauche sur son avant-bras droit. Une armée de poils s'est dressée.

— On se demandait pourquoi les membres de Renon n'avaient pas tous été coupés à la même longueur… On a notre explication pour l'avant-bras droit… Une broche métallique aurait permis de l'identifier en deux jours maximum.

Elle pince les lèvres. Biolet se passe en silence la main dans les cheveux, en sifflant.

— S'il te plaît, demande à Ghemzi d'appeler le Lyonnais. Il faut qu'on s'assure qu'il connaît Teyssandier. Dis-lui de m'envoyer un texto quand elle le saura.

Pendant que son équipier pianote sur son clavier de portable, elle sent ses membres frétiller sur son fauteuil.

Une heure plus tard, elle penche sa tête vers le rétroviseur extérieur, puis le buste, pour examiner en détail une jeune femme blonde qui approche de la maison.

— C'est qui celle-là ? chuchote Biolet pour lui-même.

— Aucune idée... Une copine ? Une maîtresse ? marmonne-t-elle en haussant les sourcils.

Un quart d'heure plus tard, ils observent le veuf quitter la maison et se diriger vers sa voiture.

— La fille, ça doit être la baby-sitter... Il s'en va !

Jean Teyssandier quitte Fontainebleau et se dirige vers l'A6, puis prend la direction de l'A77. Au bout d'une heure, la capitaine, qui le suit à distance raisonnable, s'engage sur de petites départementales qui l'obligent à ralentir et donner du mou à sa filature. Ni elle ni Biolet n'émettent le moindre son, tous les deux retiennent leur souffle en attendant de voir où les mène le mari d'Annie.

Le temps semble dessiner des courbes et se déformer dans la nuit. Elle a l'impression de rouler dans un couloir sans issue. Elle se met à douter des intentions de son suspect, et se sent gagnée par la fatigue et les idées noires.

Environ deux heures et demie après leur départ de Fontainebleau, à proximité de Saint-Pourçain-sur-Sioule, Jean Teyssandier bifurque brutalement et prend la départementale 46. Une pluie fine se met à tomber et rend la chaussée glissante. Sevran se dresse sur son siège, penchée sur le volant. Pendant encore de longues minutes, ils traversent de petits villages calmes plongés dans l'obscurité. Un regain d'optimisme la gagne lorsque les phares de la voiture du mari d'Annie quittent son champ de vision et plongent sur la gauche dans une forêt compacte.

Elle coupe l'éclairage de la Clio et se laisse guider à distance par celui de la voiture qu'elle poursuit. Elle avance pratiquement au pas sur un chemin cabossé. Soudain, des lumières rouges s'allument vivement. Elle stoppe net et coupe le contact. Elle aperçoit la silhouette du veuf qui quitte son véhicule muni d'une pelle.

— On y va en douceur, murmure-t-elle à Biolet qui remonte le col de son manteau, la mine grave.

La pluie tombe dru sur la tête de Sevran qui avance avec précaution sur le chemin boueux. Dans la nuit noire, elle n'aperçoit déjà plus son collègue. Elle s'en inquiète un instant, mais poursuit son avancée le cœur battant. Elle l'imagine quelque part près d'elle.

Les gouttes d'eau tombent comme des lames sur le sol. Elle est gelée, ses pieds mouillés nagent déjà dans ses chaussures. La voiture de Teyssandier est plus loin qu'elle ne l'avait prévu. Elle tourne la tête sur les côtés à la recherche de Biolet, mais ne l'aperçoit toujours pas. Une détonation sèche et brutale déchire soudain le ciel. Un orage éclate et éclaire vivement la forêt. La capitaine sursaute et se jette instinctivement dans un buisson pour ne pas être repérée. Le tonnerre électrise de nouveau la nuit, elle cherche toujours Biolet autour d'elle, le nez dans les fougères. Elle se remet à avancer et se trouve maintenant tout près de la voiture de Teyssandier. Elle se cache derrière le véhicule et regarde avec des yeux exorbités les arbres immenses qui s'étendent autour d'elle. *Mais où est passé Biolet, bon sang ?* Elle fulmine puis se ressaisit. Plus que deux pas avant de s'accroupir à côté de la portière avant gauche. Les pulsations saccadées de son cœur l'étranglent. Il pleut si vivement qu'elle cligne des yeux pour tenter de percevoir la silhouette du mari d'Annie pourtant éclairée par les phares. Il s'agite en creusant de toutes ses forces dans la boue. Sevran sent ses doigts se crisper en palpant son arme, elle s'approche encore.

Une fois parvenue au niveau des roues avant, son portable vibre dans sa poche. Elle s'en saisit et peine à lire le texto qui apparaît sous ses yeux tant la pluie brouille son écran. C'est Ghemzi.

Le Lyonnais confirme. Teyssandier, vieille connaissance de la fac de droit. Pas vu depuis quinze ans.

La capitaine prend une profonde inspiration et se lance.

— Jean, c'est fini ! Arrêtez de creuser ! crie-t-elle de toutes ses forces, mais elle a l'impression que sa voix est couverte par l'averse glacée.

Il se retourne vers elle, blême, le regard sombre.

— Pourquoi vous m'avez suivi ? Je… je n'ai rien fait de mal.

— Écartez-vous et posez cette pelle.

Elle s'approche encore et remarque maintenant de nombreux sacs plastique à moitié engloutis dans la boue.

— Ce n'est pas… N'allez pas croire que…

— Les membres de François Renon sont dans ces sacs, et c'est vous qui les y avez mis.

— Non ! C'est ma femme…

— Vous avez découpé le corps, vous l'avez déposé aux Goules, et vous êtes ensuite venu cacher les membres ici, suffisamment loin de la maison de François Renon, de celle du Lyonnais et de la vôtre… À vrai dire, c'était l'endroit idéal, mais votre regard vous a trahi tout à l'heure.

Elle est essoufflée par le froid et la peur.

— Non, c'est faux !

— Nous savons que vous connaissez Pierre Massin. Vous avez été vu dans sa propriété par un témoin la semaine du 25 novembre. Ça ne sert à rien de nier.

Le veuf est raide devant elle. Il a gardé la pelle dans les mains. Elle observe son regard ténébreux.

— Laissez tomber cette pelle immédiatement.

Teyssandier reste figé.

— Je suis armée, si vous ne lâchez pas cette pelle, je vous jure que je tire.

— Non... Vous ne le ferez pas. Annie a tout avoué... Laissez-moi en paix avec mes gosses !

— Ça suffit !

Il fait un pas vers Sevran qui recule et glisse dans la boue. Son pouls bat à tout rompre. Les yeux de Teyssandier sont emplis d'une lueur inquiétante.

— Je n'ai fait que me débarrasser du cadavre de ce pauvre type, pourquoi vous ne me foutez pas la paix ?

Il avance encore vers elle, menaçant.

— N'aggravez pas votre cas ! Lâchez cette pelle ! lance enfin Biolet en le tenant en joue.

Son équipière reste quelques secondes hébétée au sol sous la pluie battante. Biolet attrape le veuf par le bras et le traîne sans ménagement jusqu'à la voiture en le menottant. Après quelques secondes, le brouillard épais qui avait envahi la tête de Sevran se dissipe.

Elle se relève et se dirige vers les sacs encore enfouis, en saisit un qu'elle tâte des doigts.

En l'ouvrant d'un geste brusque, elle aperçoit une touffe de cheveux bruns. Un cri aigu lui échappe et fait accourir son collègue auprès d'elle.

— C'est la tête de Renon !

— Allez viens. C'est fini. On rentre.

Il se saisit du bras de son équipière bousculée par une nouvelle bourrasque pluvieuse.

Dans la Clio, la loupiote du plafonnier creuse de profondes ombres dans le visage de Teyssandier qui fixe Sevran avec intensité.

8 février 2001, 20 heures, Ceyrat

Du bout de l'ongle, calmement, Maxime ôte du mur de sa chambre la punaise qui accrochait la citation de *Macbeth* recopiée il y a un an. « Il y a des poignards dans les sourires… » Traversé par un frisson, il déchire le papier en petits morceaux qui s'éparpillent en confettis en tombant au sol.

Lorsque les policiers sont venus à la maison, la capitaine Sevran lui a tout expliqué. Il ne l'a pas crue d'abord. Mais, peu à peu, l'idée creuse son sillon dans ses méninges. De petits vertiges le saisissent de temps en temps en pensant à ce déchaînement de violence, à toute cette horreur. *Annie était si douce pourtant… Comment a-t-elle pu me priver de mon père ?* L'adolescent s'affale sur son lit, les yeux embués. Il se sent perdu. Flotte entre deux eaux, révolté et résigné à la fois. *Mon père était un beau salaud.* De fines larmes brûlantes glissent sur ses pommettes. *Mais moi, je l'aimais…*

Les tranquillisants qu'il a avalés quelques heures plus tôt ont beau atténuer sa souffrance, il nage dans une rivière d'épines. Quand la vraie douleur se réveillera pour de bon, il pense qu'il ira se blottir dans les bras d'Inès. *Je ne suis pas comme lui…*

Ses petits yeux troubles remontent vers la porte de sa chambre où il aperçoit sa mère qui le regarde avec inquiétude.

— Comment vas-tu, mon chéri ?

— Je ne sais pas.

— Moi non plus…, murmure-t-elle en venant s'asseoir à ses côtés.

— Maman… Comment est-ce qu'on va pouvoir vivre avec ça ?

— On y arrivera, mon chéri… Ce sera difficile, mais on s'en sortira.

— Tu en veux à Annie ?

— Oui… Elle n'avait pas le droit de nous faire ça.

Maxime observe la figure éteinte et résignée de Catherine. Une voix qu'il tente d'étouffer le torture depuis des jours : elle chuchote à son oreille que sa mère, par son inertie, a laissé le drame les décimer.

9 février 2001, 8 heures, Volvic

Une tasse de café noir à la main, João feuillette fébrilement le journal en commençant par les faits divers. Une accroche attire son attention : « *Cadavre des Goules : la meurtrière décédée, son complice écroué. L'entrepreneur François Renon a été tué par sa belle-sœur le 25 novembre dernier…* »

La surprise le laisse bouche bée. João reste un instant ainsi, stupéfait en pensant avec délice à sa liberté retrouvée. Irène a beau avoir pris un peu de retard dans la livraison de son argent, elle l'a assuré qu'il lui sera bientôt versé. Il peut donc désormais tout changer, quitter cette vie étriquée et partir loin. Catherine Renon doit vivre des heures noires, pense-t-il. Un mouvement involontaire lui fait hausser les épaules… Après tout, dans la vie, chacun a sa part de drames. Les siens sont enfin derrière lui.

Dans la salle de bains, il prend soin de se raser de près et de peigner correctement ses cheveux indisciplinés. Il s'observe un moment et force son visage à sourire, sans y parvenir vraiment. En traversant le couloir, son regard tombe sur un papier glissé sous sa porte. Il le déplie prestement.

« *L'argent est sur ton compte. Ne me contacte plus jamais. Irène.* »

Il reste longuement absorbé par la lecture de cette note libératrice. Un frisson agréable agite ses entrailles. Par habitude, toutefois, une pensée profonde gesticule : *Ce n'est pas possible… Tu n'as jamais eu de chance… Toi, tu es fait pour en baver. Il n'y a rien de bon pour toi ici.* Mais la vieille appréhension est sans effet sur lui. Il se dirige vers sa chambre, marque un arrêt à mi-chemin en doutant encore un peu. Il est comme un mineur épuisé d'avoir gratté les entrailles de la terre et qui entr'aperçoit la lumière au bout d'un boyau noir. La vie, enfin, va commencer. Habillé d'un jean et d'une chemise foncée, il quitte son studio et s'engouffre dans son pick-up, évitant de croiser qui que ce soit dans l'immeuble.

Sans qu'il en prenne conscience, il a pris le chemin de Clermont-Ferrand où il se gare en plein centre-ville. Les nuages ont posé un voile gris sur la cité et ses habitants. L'ex-taulard marche sans but, les poings enfoncés dans son blouson de cuir râpé aux manches. Son pas ralentit devant une agence de voyages. Il pénètre à l'intérieur, presque surpris par sa propre initiative. Une dame occupée sur son ordinateur quitte ses lunettes et dresse le nez vers lui.

— Que puis-je pour vous, monsieur ?

Il s'assoit devant elle, presque intimidé.

— Je voudrais partir en voyage.

— Vous êtes bien tombé ! (Elle sourit à pleines dents.) Et où voulez-vous aller ?

Il ne répond pas immédiatement. Son regard se promène sur les affiches au mur. Les États-Unis ? La Turquie… Le Mexique… Une mappemonde Air France dévoile les attraits de ce monde qui lui tend enfin les bras. Ses yeux se baladent d'un hémisphère à l'autre.

— Un aller simple… pour le Brésil s'il vous plaît.

15 février 2001, 6 heures 15, Clermont-Ferrand

Sevran a calé ses petites foulées sur celles de Brun. L'impact de leurs pas sur le sol produit un son net avec une cadence régulière. Ce rythme pulsatif, presque hypnotique, entraîne loin ses pensées.

Les corps tordus, les visages perdus, le désespoir et la mort avec laquelle elle flirte sur les scènes de crime depuis si longtemps. Tout lui revient en mémoire comme une déferlante : les vies qu'elle s'est appliquée à décortiquer, les secrets parfois sauvagement piétinés… Et la culpabilité, toujours là, avec sa petite pointe affûtée, qui vient l'aiguillonner.

Le désespoir de Jean Teyssandier s'est s'accroché à elle comme une maladie. Sa garde à vue a été l'un des moments les plus douloureux de sa vie d'enquêtrice. Depuis, la désolation a fondu sur elle comme un rapace affamé. Dans ses rêves, les voix de ses enfants qu'elle n'a pourtant pas vus lui demandent des comptes. La capitaine s'enveloppe chaudement dans ses principes de moralité et de justice, mais il n'empêche qu'au fond, une brèche s'est créée. Une petite blessure qui ne demande qu'à s'infecter.

— Tu sais que je pense beaucoup à ton affaire ? (La voix forte de Brun l'extirpe de ses idées sombres.) Comment il s'y est pris exactement ton bonhomme ?

Un éclair parcourt l'échine de Sevran qui peine à trouver la force de poursuivre sa course. Elle ralentit sa foulée, prête à livrer à la légiste son rapport de police circonstancié, vidé de la chair et du sang de cette affaire qui l'a éclaboussée.

— Eh bien… Quand sa femme Annie est rentrée le soir du 25, il a senti que quelque chose de grave s'était produit. Il est allé dans sa voiture et il a trouvé les clés de la maison de Catherine bien en vue à côté de la boîte de vitesse et des traces de sang sur le volant. Il a compris qu'elle était allée à Ceyrat. Pas pour voir sa sœur, puisqu'elle était déjà arrivée chez eux avec les enfants. Mais sans doute pour avoir une discussion qui avait dû mal tourner avec François Renon. Il a pris la route dans la nuit pour en avoir le cœur net. Quand il est arrivé, il l'a trouvé, mort poignardé dans la cuisine.

La professeure poursuit sa course sans l'interroger davantage. La capitaine se retranche de nouveau dans sa forteresse, occupée à repenser à cette nuit d'horreur qui a tant pollué ses pensées.

Une fois son démon tué, Annie ne s'est pas sentie capable de cacher son corps. Lorsque son mari l'a découvert, il s'est mis à la tâche. Il a tout lavé, tout rangé, obsédé par l'idée que rien ne puisse relier ce meurtre terrible à sa femme. Il a embarqué le corps dans le Renault Trafic de François Renon en prenant la route des Charmes, puis il l'a déposé dans le congélateur en attente d'une solution. Il savait la maison vide la plupart du temps… Pendant quatre longues journées, il s'est torturé le cerveau en quête d'un plan pour que François Renon disparaisse de leur vie à tout jamais. Le 29 novembre, Teyssandier a prétexté un court déplacement pour son travail, puis il est retourné chez le Lyonnais.

Le soir venu, à 20 heures 12, il a appelé Michelle Renon pour faire croire que son fils était toujours en vie. Pendant les heures qui ont suivi, il l'a découpé avec la scie circulaire repérée dans la grange. Les bras d'abord, puis les pieds, et enfin, la tête sanguinolente a roulé au fond de la baignoire. Sevran a imaginé la scène tant de fois qu'à la fin la présence de Teyssandier lui donnait la nausée.

La journée du 30 novembre, il l'a consacrée à effacer les traces dans la maison. La nuit tombée, il a embarqué le tronc puis l'a déposé aux Goules. La suite a été une succession de va-et-vient destinée à brouiller les pistes. Après avoir laissé la camionnette de Renon dans le jardin du Lyonnais, il est reparti à pied jusqu'à la gare de Randan à quelques kilomètres de là. La tête recouverte d'une casquette destinée à se cacher d'éventuelles caméras de surveillance, il a pris un billet payé en liquide pour Clermont. À la gare, il est monté dans un taxi toujours payé en liquide pour Ceyrat, où il est allé récupérer sa voiture chez Catherine. Ce scénario, Teyssandier l'a nié jusqu'à ce que le chauffeur de taxi reconnaisse son visage et que la présence de son ADN dans la camionnette soit confirmée.

— Et les membres ? Il en a fait quoi ?

La curiosité toute professionnelle de Brun la réveille.

— Après avoir jeté le cadavre aux Goules, Teyssandier a repris la route. À Saint-Pourçain-sur-Sioule, dans un endroit paumé auquel personne n'aurait pensé, il a creusé un trou pour enterrer les sacs contenant les membres, puis il est retourné chez le Lyonnais. Il a caché le Renault Trafic dans la grange, puis est parti à pied récupérer sa voiture laissée dans un endroit discret un peu plus loin.

— Hum…, ponctue la légiste, sa mine butée trahissant ses réflexions.

— Quant au Renault Trafic, lorsqu'il a réalisé qu'il risquait de nous aider à faire la relation entre le Lyonnais et lui, il l'a éloigné et l'a fait glisser dans un fossé. Il a fallu plusieurs jours pour qu'un chasseur l'aperçoive. Il avait bien prévu son coup. Il a pris soin de faire le maximum de choses de nuit.

— Mais enfin... Pourquoi s'être donné tout ce mal ?

Brun fronce les sourcils d'incompréhension.

— Il pensait sans doute qu'Annie avait encore des années à vivre, il n'arrivait pas à se faire à l'idée qu'elle meure. Il a dû avoir peur qu'on ne découvre ce qu'elle avait fait et qu'on la mette derrière les barreaux...

La professeure ouvre de grands yeux étonnés. Sevran adopte une mine grave en pensant à l'amour hors norme de Teyssandier pour sa femme. Elle n'avait jamais imaginé que des sentiments si forts puissent lier deux êtres, et les pousser à commettre une telle folie.

— Est-ce que tu te sens libérée, au moins, maintenant que cette affaire est bouclée ?

— Oui... D'une certaine façon je suis soulagée...

— Laisse les morts et la culpabilité d'avoir attrapé ce type derrière toi, décrète Brun avec sérieux.

La capitaine lui jette un regard inquiet puis elle interrompt sa course en ralentissant doucement.

Elle était parvenue à se convaincre, comme à chaque fois, que la résolution de cette affaire changerait tout. Qu'une fois le meurtrier sous les verrous, elle pourrait réinitialiser son programme comme un vulgaire ordinateur.

Elle marche tête baissée maintenant, en observant l'écorchure piquante que vient de créer la réflexion de la légiste dans son esprit. Brun lui adresse quelques mots qu'elle n'écoute pas vraiment, puis elles se saluent amicalement en se promettant de se revoir bientôt.

Sevran prend le chemin de son appartement, somnolente. Elle repense à « ses morts » devenus les témoins muets de sa propre existence. Elle les imagine, hagards et solitaires, pavant son chemin. Mais elle n'a plus peur d'eux.

La ville se réveille dans un calme lumineux. Sa démarche devenue tranquille la berce comme dans un ventre maternel. Doucement, elle reprend sa foulée dans les rues désertes en pensant à William qui l'attend chez elle.

Je souhaite remercier du fond du cœur mes parents, premiers lecteurs curieux et attentifs, mes sœurs et mes amis pour leurs encouragements et leur soutien sans faille.

Merci à mon petit Joseph pour ses idées toujours justes et son optimisme.

Mais c'est surtout à mon mari, Julien, que je dois d'avoir pu mener cette entreprise à bien.

Je n'y serais pas parvenue sans son total dévouement.

Pour suivre l'actualité
de vos auteurs préférés
et découvrir de nouvelles lectures,
retrouvez-nous
sur les réseaux sociaux :

@fleuve.editions

@Fleuve_Editions

fleuve_editions

Retrouvez les extraits des parutions 2019
chez tous les libraires numériques sous le titre
« Fleuve Éditions – Extraits offerts 2019 »

Composé par Nord Compo à Villeneuve-d'Ascq

Imprimé en France par CPI
en janvier 2019
N° d'impression : 3032405

Fleuve Éditions
12, avenue d'Italie
75627 Paris Cedex 13

R11849/01